佐渡絢爛

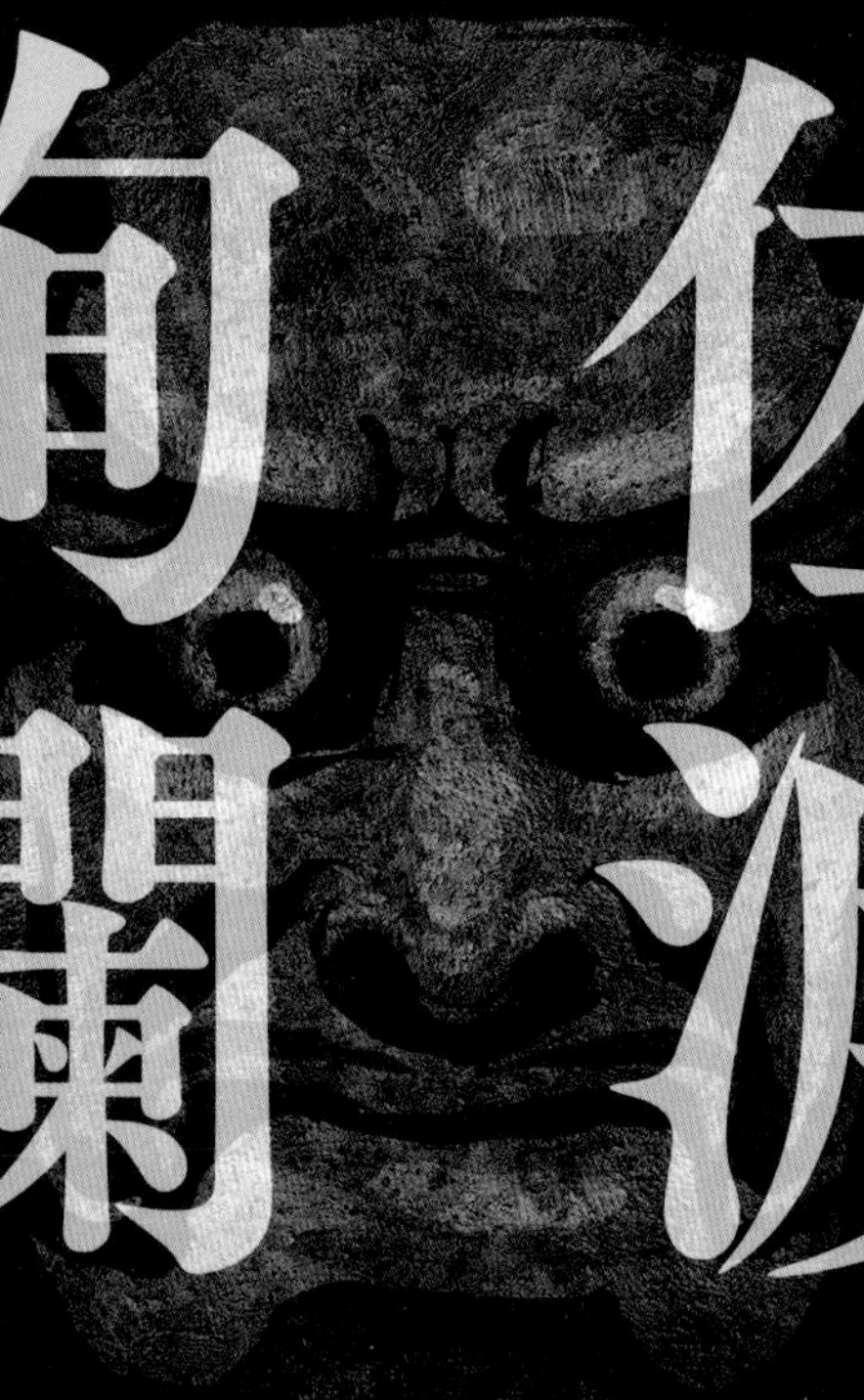

佐渡絢爛

赤神 諒

徳間書店

目次

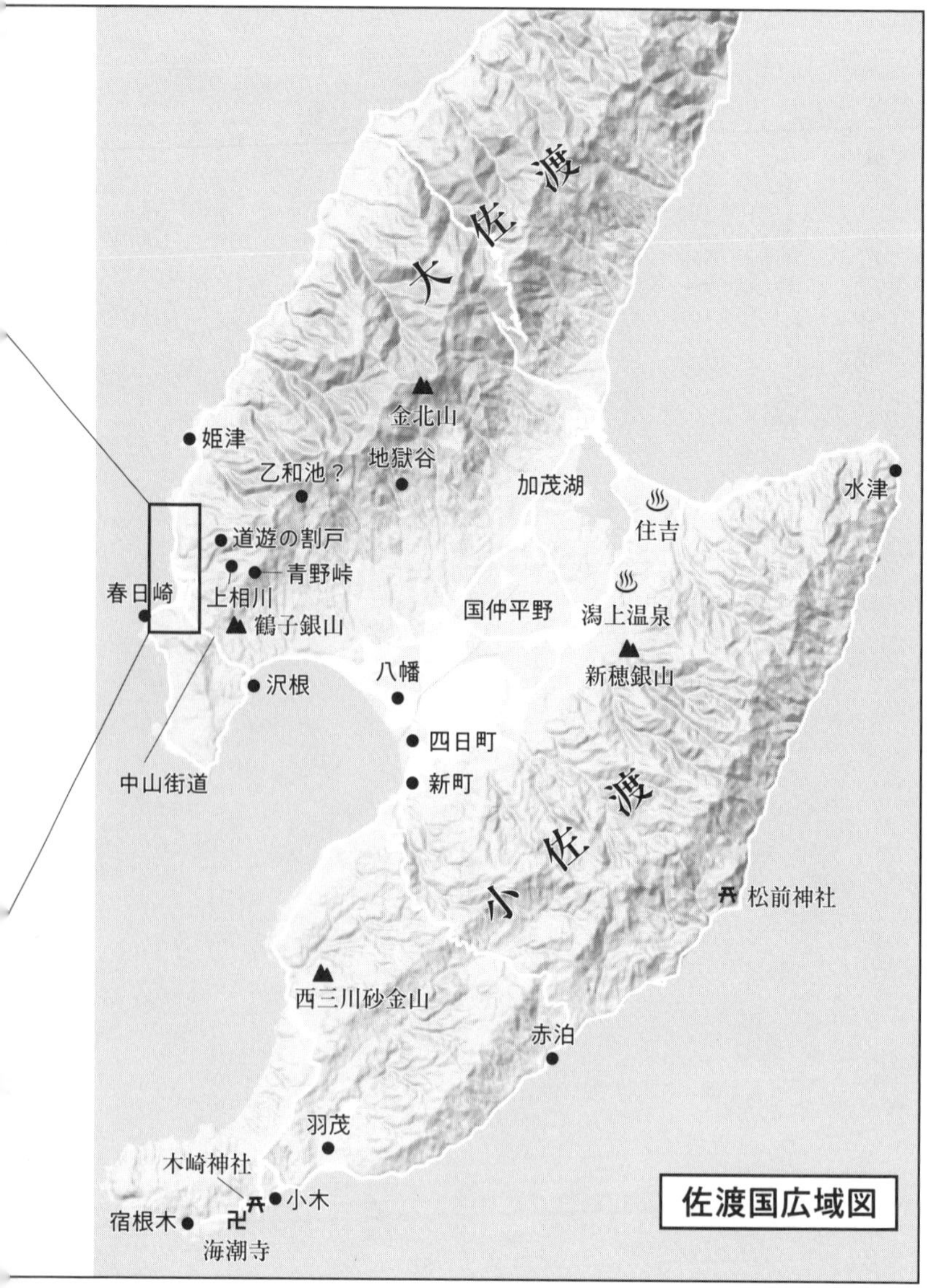
大佐渡
金北山
姫津
地獄谷
乙和池？
加茂湖
水津
住吉
道遊の割戸
青野峠
上相川
春日崎
国仲平野
潟上温泉
鶴子銀山
新穂銀山
八幡
沢根
四日町
中山街道
新町
小佐渡
松前神社
西三川砂金山
赤泊
羽茂
木崎神社
小木
宿根木
海潮寺
佐渡国広域図

相川詳細図

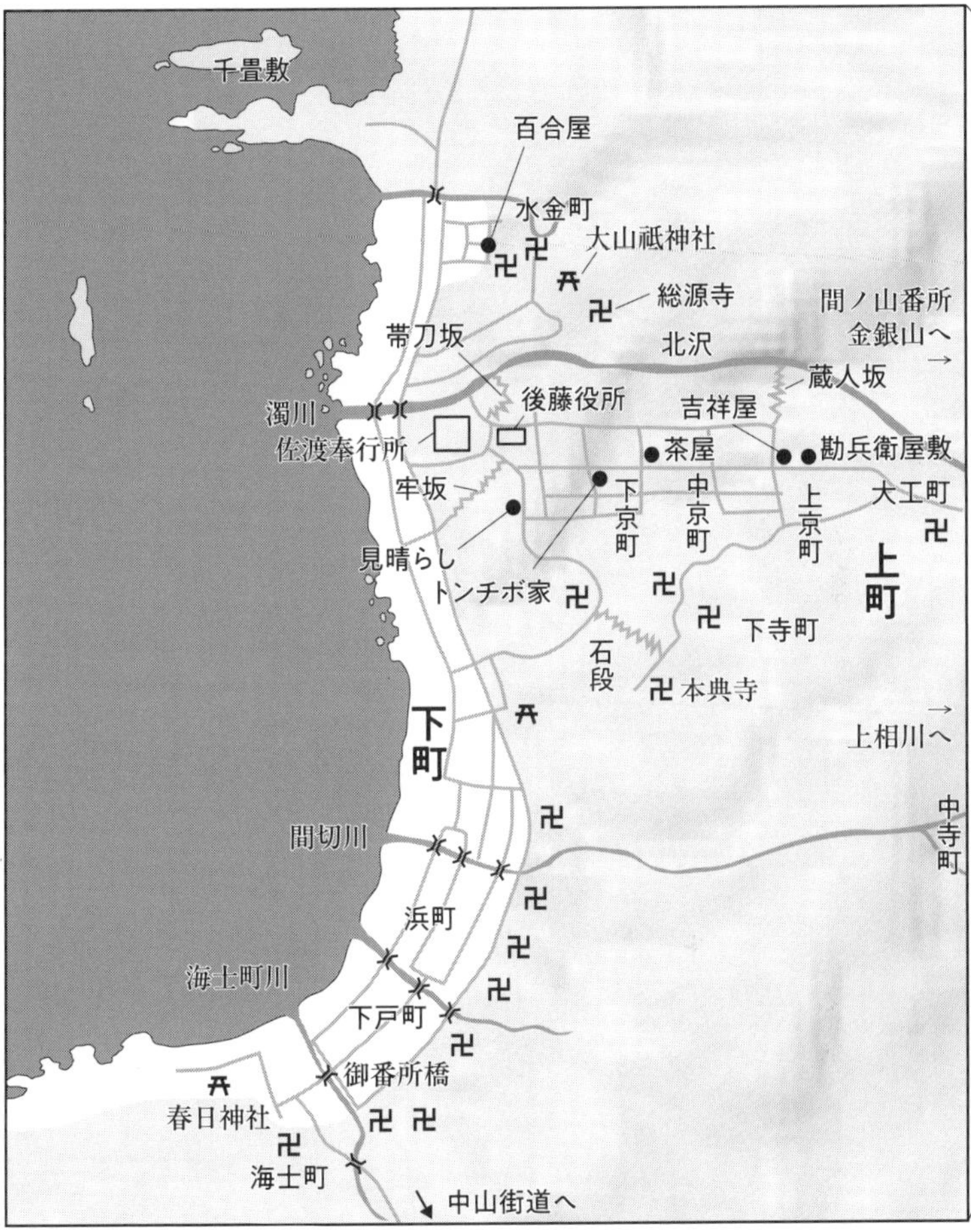

千畳敷
百合屋
水金町
大山祇神社
総源寺
間ノ山番所
金銀山へ
→
帯刀坂
北沢
蔵人坂
後藤役所
吉祥屋
濁川
佐渡奉行所
茶屋
勘兵衛屋敷
牢坂
下京町
中京町
上京町
大工町
見晴らし
トンチボ家
上町
下寺町
石段
本典寺
下町
→
上相川へ
中寺町
間切川
浜町
海士町川
下戸町
御番所橋
春日神社
海士町
中山街道へ

主な登場人物

間瀬吉大夫《ませきちだゆう》　佐渡奉行所《ぶぎょうしょ》の広間役《ひろまやく》。元は吉原遊郭の雇われ浪人。三十三歳

静野与右衛門《しずのよえもん》　見習い振矩師《ふりがねし》。二十歳

荻原彦次郎重秀《おぎわらひこじろうしげひで》　幕府の勘定吟味役《かんじょうぎんみやく》にして、佐渡の新奉行。三十四歳

槌田勘兵衛《つちだかんべえ》　老振矩師。山方役《やまかたやく》筆頭で、与右衛門の師

お鴇《とき》　与右衛門の幼なじみで、トンチボの娘。十六歳

静野与蔵《よぞう》　与右衛門の父。三備《さんび》・米津《よねづ》藩の元下級藩士

あてび　上京町《かみきょうまち》の遊郭〈吉祥屋《きっしょうや》〉の女将《おかみ》（楼主）

窪田平助《くぼたへいすけ》　江戸の流人《るにん》で、遊女屋を営む遊び人

金沢雄三郎《かなざわゆうざぶろう》　荻原の腹心。あだ名は「カエル」

平岡四郎左衛門《ひらおかしろうざえもん》　同右。あだ名は「ヒラメ」

後藤庄兵衛《ごとうしょうべえ》　金座を預かる後藤家の手代で、有力者

トンチボ　何でも屋の落ちぶれた山師。本名は石見団三郎《いわみだんざぶろう》

升田喜平《ますだきへい》　奉行所の留守居役。あだ名は「ボンクラ」

大癋見《おおべしみ》　佐渡で怪事件を起こす謎の能面侍

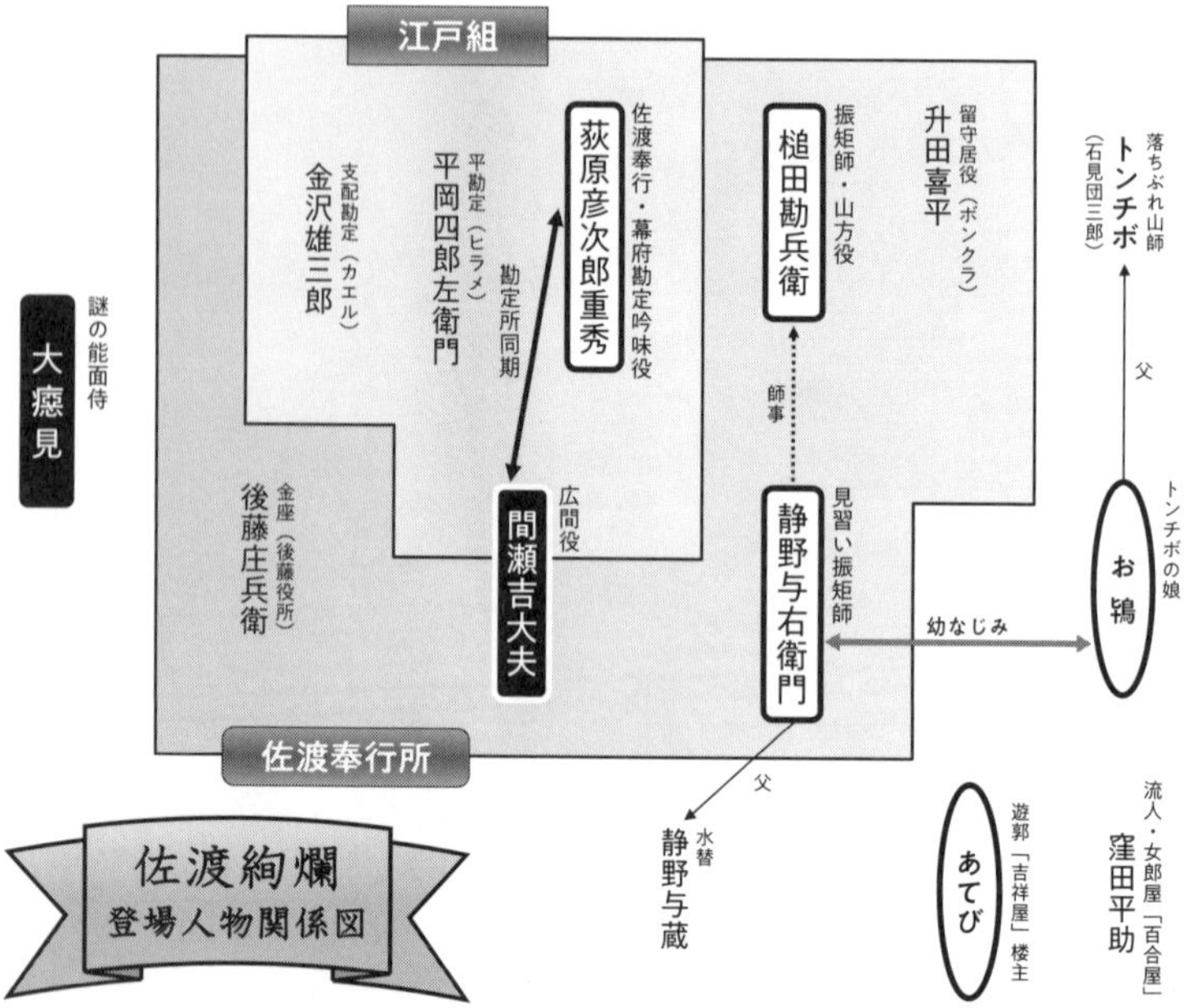

主な鉱山用語

御直山《おじきやま》　幕府直轄の鉱山
金穿大工《かなほりだいく》　鉱石を採掘する坑夫
かます　鉱石等を入れる藁で編んだ袋
釜《かま》ノ口《くち》　間歩の入口。坑口
切《きり》羽《は》　坑内の採掘場の先端
鏈《くさり》　鉱石
買石《けいし》　鉱石を入札で買い取り、製錬する業者
間切《けんぎり》　採鉱坑道
敷《しき》　間歩の中の鉱石採掘箇所
勝場《せりば》　買石が製錬する場所
立合《たてあい》　鉱脈
縄引《なわびき》　測量
振矩師《ふりがねし》　鉱山測量技師
穿子《ほりこ》　大工以外の雑役夫
間歩《まぶ》　鉱山の坑
山方役《やまかたやく》　佐渡奉行所の鉱山行政責任者
山留《やまどめ》　坑道内の落盤等を防ぐ工事

採鉱模式図

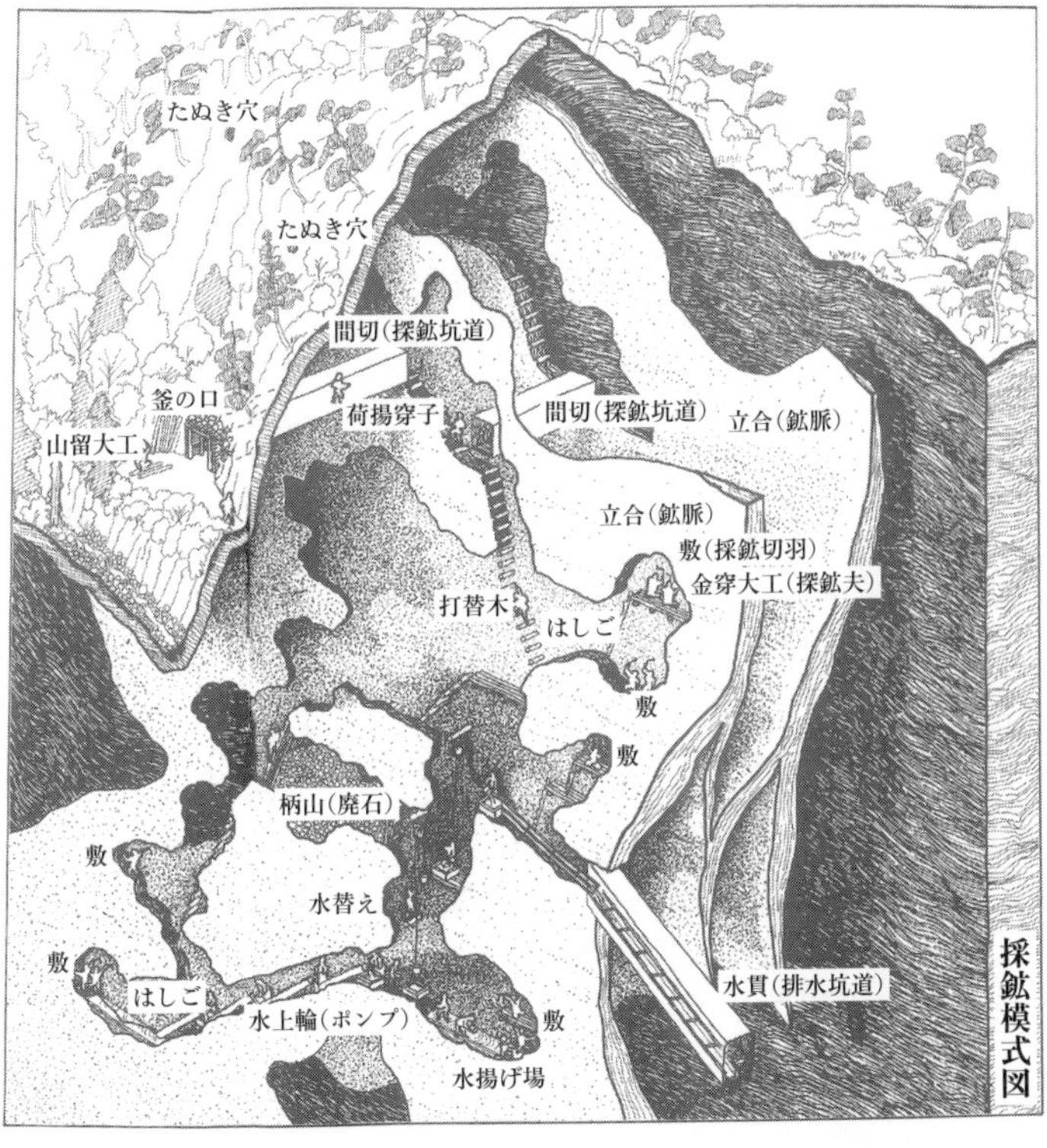

佐渡奉行所

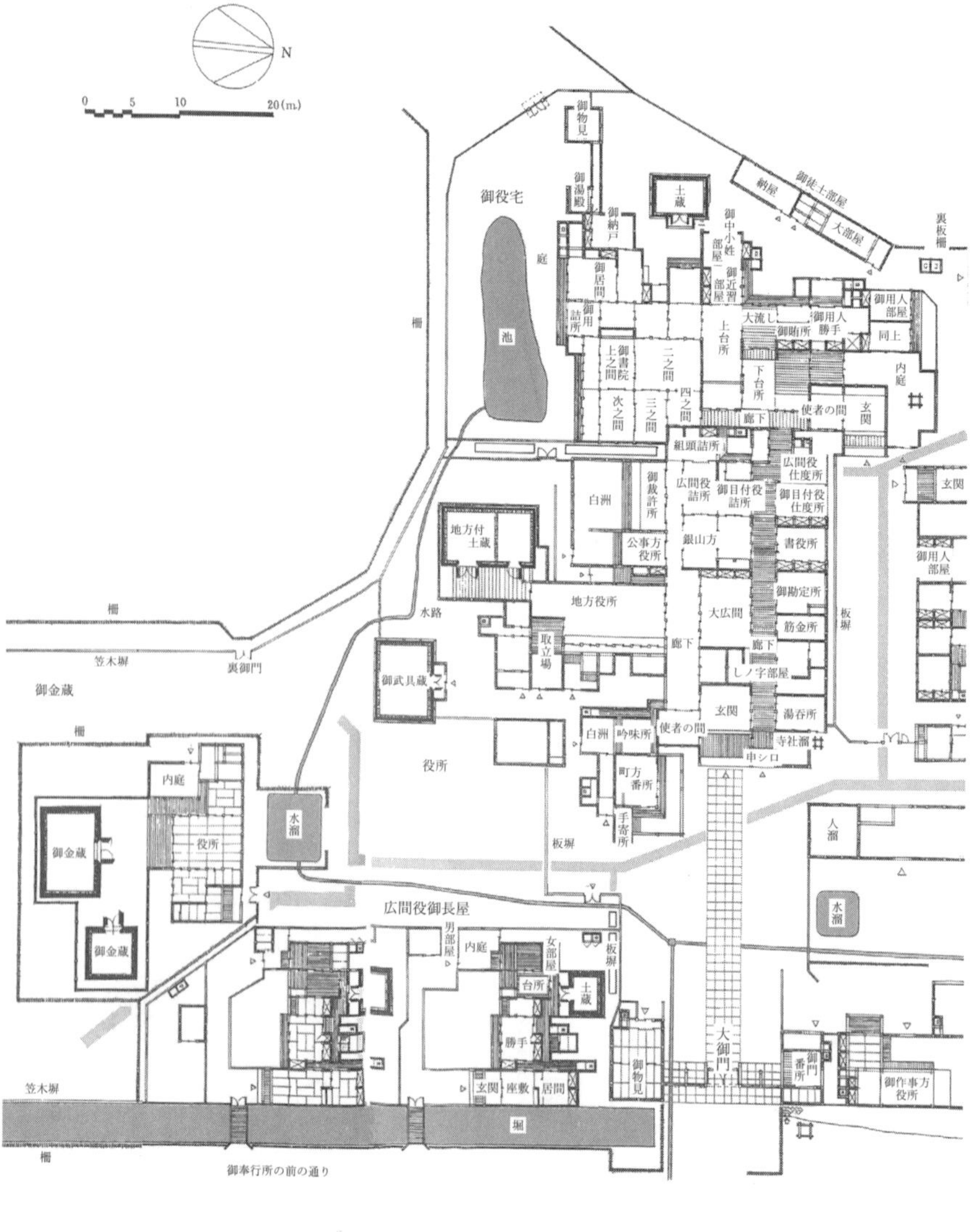
N
0 5 10 20(m)
御物見
御役宅
御湯殿
土蔵
御納戸
御中小姓部屋
御近習部屋
納屋
御徒士部屋
大部屋
裏板柵
庭
池
御居間
御用詰所
御書院
上之間
二之間
次之間
三之間
四之間
上台所
大流し
御賄所
御用人勝手
御用人部屋
同上
下台所
内庭
使者の間
玄関
廊下
柵
組頭詰所
広間役詰所
広間役仕度所
御目付役詰所
御目付役仕度所
白洲
御裁許所
地方付土蔵
公事方役所
銀山方
書役所
御勘定所
筋金所
地方役所
水路
大広間
廊下
取立場
しノ字部屋
御武具蔵
玄関
湯呑所
寺社溜
白洲
吟味所
使者の間
申シロ
町方番所
手寄所
役所
板塀
柵
笠木塀
裏御門
御金蔵
内庭
役所
御金蔵
御金蔵
水溜
人溜
水溜
広間役御長屋
男部屋
内庭
女部屋
台所
土蔵
板塀
勝手
玄関
座敷
居間
御物見
大御門
番所
御門
御作事方役所
板塀
玄関
御用人部屋
笠木塀
堀
柵
御奉行所の前の通り

序　三十六人の地下舞《じげまい》

墨色《すみいろ》の地底を照らしていた篝火《かがりび》は力を失い、足搔《あが》くように揺らめいてから、消えた。

昼夜も知らぬ間歩《まぶ》の奥底で、無限に湧《わ》き出る忌《い》まわしき水が、またその嵩《かさ》を増す。

荒削《あらけず》りの岩肌《いわはだ》から滴《したた》り落ちる雫《しずく》がどこぞで静かな音を立てた時、坑道《こうどう》の暗き岩天井《いわてんじょう》がミシリと悲鳴をあげた。鑿《のみ》も鏨《たがね》も容易《たやす》く受け付けぬはずの硬き天盤《てんばん》に、大蛇のごとき亀裂がみるみる幾筋も走ってゆく。

激しい地揺れの中、巨大な岩塊《がんかい》を支え切れなくなったがらんどうは、鈍い轟音《ごうおん》を立てながら、一挙に崩壊した――。


翌夕、佐渡奉行所《さどぶぎょうしょ》の見習い振矩師《ふりがねし》・静野与右衛門《しずのよえもん》は、釜ノ口《かまのくち》の脇に立ち尽くし、坑道の奥で揺れるつりの明かりを見つめていた。

廃屋《はいおく》が軒《のき》を連ねる上相川《かみあいかわ》に、初雪が舞う。

あと半刻《はんとき》（約一時間）もせぬうち、夜の闇は佐渡をすっかり覆《おお》うだろう。

（いったい、佐渡はどうなってしまうんだ……）

かつて汲《く》めども尽きぬ水のごとくに金銀を産出した「妙《たえ》なる金《こがね》の島」は、太平続く元禄《げんろく》の世にあって、滅びを迎えようとしていた。一時は全国から五万人が移り住んで栄えた鉱山の町相川《あいかわ》も、金銀の枯渇《こかつ》に伴い窮乏《きゅうぼう》し、寛文《かんぶん》六年（一六六六）には三千人を超える餓死者《がししゃ》を出した。それから二十有余年、浮き沈みの激しい悪戦苦闘の日々が続くが、明るい見通しはない。弱り目に祟《たた》り目、今度は奇妙奇天烈《きみょうきてれつ》な禍事《まがごと》が襲ってきたのである。

暗い坑道から、薄汚れた姿形《なり》の山稼《やまかせ》ぎの男たちが現れた。

申し合わせたようにガクリと肩を落とし、悄然《しょうぜん》とした顔つきだ。

戸板《といた》に載《の》せられた骸《むくろ》が、次々と運び出されてゆく。

与右衛門は奉行所の一役人として、高落《たかお》ち（落盤）で亡くなった人々の身元を確かめるだけの虚《むな》しい役回りだった。無惨に圧《お》し潰された遺骸は正視しがたいはずなのに、男たちの死に顔が、心なしか安らかに見えるのはせめてもの救いだが、思い過ごしだろうか。

「近松八郎左衛門殿《ちかまつはちろうざえもん》、富森惣兵衛殿《とみもりそうべえ》、早水孫太夫殿《はやみまごだゆう》……」

三人とも奉行所の役人だ。いい齢《とし》をしての遊郭《ゆうかく》通いが玉に瑕《きず》だが、大の能好きで、暇《ひま》さえあれば舞《まい》の稽古《けいこ》をしていた。後輩《こうはい》にも声をかけてくれる気安い三人組だった。

与右衛門はその名を、せめて丁寧《ていねい》に書き記してゆく。

（三十四、三十五、三十六。これで、姿を消した人数と同じになったが……）

与右衛門が内心で呻《うめ》いた時、無言で続く行列の最後尾に初老の男が現れた。

間歩《まぶ》の奥深くで働く父の静野与蔵《よぞう》は、中背《ちゅうぜい》だったはずが、十余年も体を酷使し続けたせいで小柄にさえ見える。無愛想《ぶあいそう》な顔の眉間《みけん》に深い皺《しわ》が刻み込まれてから、もう何年経つだろうか。

「親父殿。洞敷《どうじき》には、他にも骸が？」

「これで、最後じゃろう」

元下級藩士の与蔵は無口だが、声には微かな震えが混じっていた。

佐渡金銀山は掘り進むのに難渋《なんじゅう》するほど岩盤が硬いぶん、高落ちは稀《まれ》だった。今回の底が抜けた岩なだれのごとき大崩落で命を落としたのは、三十六人。勤め口は違えど、斜陽の島を各々《おのおの》の持ち場で支えてきた頼もしい男たちだった。

「先生はまだ上がって来られませぬか?」

槌田勘兵衛《つちだかんべえ》は与右衛門の振矩術《ふりがねじゅつ》の師で、佐渡の知恵袋として厚い信望を集めていた。振矩師は縄引《なわびき》(測量)の技を駆使《くし》する金銀採掘に不可欠の人材である。

「山方役《やまかたやく》はまだ間歩であずっておわす」

崩落の現場で声をかけながら念入りに探しているらしい。年輪を刻んだ勘兵衛の穏やかな顔には、深い苦悩が浮かんでいよう。「あずる」とは、与蔵の生国《しょうごく》である瀬戸内は三備《さんび》の方言で、「もがく」の意だ。

与右衛門は拳《こぶし》をぎゅっと握《にぎ》り締《し》め、雪のかけらを落としてくる灰空《はいぞら》を見上げた。

無力な見習い振矩師に今できるのは、祈ることくらいか。

相川に突如異変が起こったのは、夜嵐《よあらし》が去って蒼穹《そうきゅう》が澄み渡る心地よい朝だった。山から町、湊《みなと》へ至るあちこちで、来るべきはずの人間が現れなかった。日が高くなっても、都合三十六人もの働き盛りの男たちが持ち場に出ず、忽然《こつぜん》と姿を消したのである。

奉行所の留守居役《るすいやく》・升田喜平《ますだきへい》以下、相川はたちまち騒然となった。

升田の命《めい》を受けて勘兵衛が調べを始めたところ、「昨夜半《さくやはん》に上相川の廃寺《はいじ》のほうへ向かう幾人かの姿を見た」との報《しら》せが寄せられた。往時《おうじ》は二十二町に数千人が暮らしていた上相川も、乱掘《らんくつ》の後、間歩が湧水《ゆうすい》のために水没、放棄されると、歯が抜けるように人が去っていった。

この昼下がりに役所から人を繰《く》り出し、手分けして探したところ、廃間歩《はいまぶ》の釜ノ口近くのぬかるみに、多人数の足跡が見つかった。

与右衛門ら山方役の地役人《じやくにん》が間歩を下りてゆくと、無惨にも大勢の男たちが高落ちのために坑道で岩々の下敷きになっていた。次なる崩落を懸念した勘兵衛は、急ぎ若者を外へ出し、年配者に骸を運び出させたのである。

辺りがざわつき始めた。野次馬たちも現れて、黒山の人だかりだ。

「与右衛門さん！　どんげぇ？」

息を切らしてやってきた萌黄色《もえぎいろ》の小袖《こそで》姿は、幼なじみのお鴇《とき》だ。小ぶりでまん丸な目を見開き、色白のふっくらした丸顔を火照《ほて》らせている。流行《はや》りの勝山髷《かつやままげ》で髪を結《ゆ》い上げた白いうなじを間近で見ると、こんな時でも胸がときめく。近ごろはハッとするほど大人びて、綺麗《きれい》になった。

「奉行所に届け出のあった三十六人は皆、亡くなっていた」

「もつけねぇ（かわいそうに）。でも、どうして廃間歩なんかに……」

七十年も昔、元和《げんな》の時代に大盛《おおざか》りだった諏訪《すわ》間歩は乱掘により廃されて久しい。当時は掘り下げてから立合《たてあい》（鉱脈）を水平に掘り進めたため、地底に〈洞敷《どうじき》〉と呼ぶがらんどうがしばしばできた。中でも、諏訪間歩の大きなそれは、明かりで照らし出すと趣があったため、島になじめない流れ者たちが時おり酒盛りをして騒いだりなどした。だが、洞敷で斬殺された山師《やまし》の骸が見つかった事件を機に、奉行所が直轄の御直山《おじきやま》とした上、二つある釜ノ口に出入りを禁じる高札《こうさつ》を掲《かか》げていた。

「一人でも生きていれば、事の仔細《しさい》もわかるのだが……」

どんな変災でも、早めに救出すれば息のある者が幾人かいるものだが、今回は皆無だ。

三十六人の身元は役人、金穿大工《かなはりだいく》に油屋、建木屋《たてぎや》、紙燭屋《しそくや》、塗師《ぬし》、船大工《ふなだいく》など実に様々だったが、面妖《めんよう》なことに、目に見える繋《つな》がりはなく、互いに面識がないはずの者さえいた。

「実は、うちの父《とと》が昨日の夕方に出たきり、戻ってこないの」

ぽそりと出たお鴇の言葉に、与右衛門は息を呑む。

「トンチボがこの間歩に入る理由なんて、何もないはずだ」

佐渡ではむじなを「トンチボ」と呼ぶが、お鴇の父石見団三郎《いわみだんざぶろう》は、顔と体がずんぐりしてむじなを思わせるため、そのあだ名がついた。団子鼻《だんごばな》の愛すべき男ながら、うらぶれた山師だった。

「昨日の昼下がりに父《とと》がうちの茶屋へ顔を出して、旅に出るからしばらく戻らねぇって」

以前にも娘を放ったらかして、ひと月ほど家を空けた時があった。佐渡からは船旅しかないが、昨夜は嵐になった。心配になったお鴇が湊の廻船問屋《かいせんどんや》に尋ねると、波が荒くて船を出せなかったという。だが、元漁師のトンチボは自前で船を動かせる。

「こいつは呪いの地下舞《じげまい》に違いねぇ！　大久保《おおくぼ》の祟《たた》りだ。連中は能面に誘い出されて、大癋見《おおべしみ》に殺されちまったんだ！」

騒擾《そうじょう》を煽《あお》るように叫ぶ色黒の小男は、窪田平助《くぼたへいすけ》だ。

よく喋《しゃべ》る割には舌足らずの薄っぺらい男で、何か事件が起こるたび、「呪いだ、祟りだ」と怪異《かいい》に結びつけたがる輩《やから》だった。本人曰《いわ》く旗本《はたもと》の次男坊らしいが、噂によると、賭博《とばく》で身を持ち崩して遠島《とう》の憂《う》き目に遭《あ》った三十絡《がら》みの流人《るにん》である。

「高落ちのあった場所で、また血染《ちぞ》めの大癋見が見つかったそうだ」

与右衛門の囁《ささや》き声にお鴇が瞠目《どうもく》した時、勘兵衛たちが釜ノ口に姿を現した。小柄な痩身《そうしん》、白髪と白髯《はくぜん》が七福神《しちふくじん》の寿老人《じゅろうじん》を思わせるため、そう呼ぶ者もいた。

「皆の衆、よう力を尽くしてくれた。留守居役になり代わって、私からも礼を申す」

ゆっくりと落ち着いた声音《こわね》は、聞く者をほっとさせ、勇気付けてくれる。

「廃間歩へ入った事情は知れぬが、山方役たるこの私に重い責めがある。大切な者たちを失った面々に衷心《ちゅうしん》より詫《わ》びたい。すまぬ、この通りじゃ」

勘兵衛が頭を下げる。きちんと揃《そろ》えられた髷《まげ》もすっかり白くなった。

その誠実廉潔《せいじつれんけつ》で道義堅固《どうぎけんご》の人柄ゆえに、地役人《じやくにん》としては異例ながら、山方役の筆頭に抜擢《ばってき》された。武士たちをさしおいて当代佐渡で最も高名な名士であり、奉行と留守居役はもちろん、大御門《おおごもん》の番士から遊女に至るまで頼りにしている。与右衛門が手放しで尊敬する第一級の人物だ。

「北沢《きたざわ》の総源寺《そうげんじ》にて、亡くなった三十六人の朋輩《ほうばい》を丁重に弔《とむら》い、二度とかような変災が起こらぬよう、皆で力を合わせて参りたい」

金銀山では洪水や坑内の気絶《けだ》え、落石や油火事《あぶらかじ》などによる落命も珍しくないが、廃間歩で起こった摩訶不思議《まかふしぎ》な大量死を前に、奉行所の役人も、手伝いに来た町人、百姓、野次馬たちも皆、押し黙っていた。

「山方役、洞敷に転がっとった大癋見を見せてくれませんかね？」

神妙な沈黙を破ったのは平助だ。

勘兵衛が背のかますから一枚の能面を取り出すと、皆が一斉に身を乗り出した。

「大癋見の呪いぞ。三十六人の地下舞じゃ！」

平助が叫び、群衆がどよめく。

十五年前に与右衛門が来島する以前から、佐渡では殺しや盗みなど一連の怪事件が続いていた。下手人《げしゅにん》らしき侍の姿は幾度か目撃されたが、天を突く大男だったと断言する者もいれば、猿みたいな小男だったはずと首を捻《ひね》る者、丸々と肥えた体つきだったがと自信なさげに言う者もいた。稀《まれ》にしか現れぬため、上方《かみがた》から北前船《きたまえぶね》でやってくるという噂もあった。正体は髑髏《どくろ》だとの空言《そらごと》まで流布《るふ》したが、能面を着けているため素顔《すがお》はわからない。

ゆえに神出鬼没《しんしゅつきぼつ》の怪賊《かいぞく》は、その仮面の名で呼ばれた。

——能面侍《のうめんざむらい》〈大癋見〉と。

大癋見は怒り悲しみをぐっと堪《こら》えるように口を結ぶ鬼神面《きしんめん》で、主に天狗《てんぐ》の役に使われる。

佐渡金銀山の礎《いしずえ》を築いた大久保長安《ながやす》は、甲州猿楽師《こうしゅうさるがくし》・大蔵太夫《おおくらたゆう》の次子で、家康《いえやす》の命《めい》により代官として赴任《ふにん》する際、二人の能楽師を同道し、自ら勧請《かんじょう》した相川の春日神社《かすがじんじゃ》に見事な能舞台を作って神《しん》事能《じのう》を奉納した。以来、佐渡では能文化が大輪の花を咲かせ、多くが能を楽しむ。二百以上の能舞台がある佐渡で顔を隠すなら、能面を使うのはごく自然だった。

これまで大癋見に命を奪われた者は数も知れぬが、中には悪名高い小役人に、欲の皮が突っ張った悪徳山師《あくとくやまし》やいかさま買石《けいし》たちも含まれていたため、能面侍こそは世を正す義士義賊《ぎしぎぞく》なりと讃《たた》える者が出る始末だった。島中が大騒ぎになった幕府への運上金《うんじょうきん》千五百両の盗難も、大癋見の仕業《しわざ》とされている。

「これより調べを行うが、不幸な変災じゃろうと、わしは見ておる。ところで——」

かますに能面をしまい、勘兵衛が痩《や》せた手で群衆を制すると、喧騒《けんそう》もようやく静まった。

「新たな御奉行様《おぶぎょう》より、報《しら》せが届いた」

日ノ本《ひのもと》最大の金銀山を持つがゆえに、佐渡は天領《てんりょう》とされた。幕府は鉱山を統括《とうかつ》する遠国《おんごく》奉行として、有能な旗本たちを佐渡奉行に任じてきたが、先月、十年ぶりに奉行の交替があった。新奉行の荻原彦次郎重秀《おぎわらひこじろうしげひで》は「当代随一《とうだいずいいち》の切れ者なり」と天下に名が轟《とどろ》いており、佐渡を衰退と混迷から救い出してくれるはずだと、皆は大いに期待していた。

「荻原様はご来島に先立ち、一人のお侍をお遣《つか》わしになるそうな。間瀬吉大夫《まぜきちだゆう》というお人じゃ。留守居役を補佐申し上げるため、奉行所に新しく〈広間役《ひろまやく》〉なる御役《おやく》が作られることになった。こたびの件も、広間役となられる間瀬様の手に委ねられよう」

だが、間瀬某《なにがし》なる侍は氏素性《うじすじょう》の知れぬ浪人《ろうにん》上がりらしく、勘兵衛も首を傾《かし》げていた。広間役はその侍のために用意された役職らしい。

「うち、怖い。一時《いっとき》に三十六人も亡くなるなんて、やっぱり呪いじゃないのかなぁ……」

すがりついてくるお鴇を、与右衛門はそっと抱き寄せた。

「呪いなんて嘘だ。そんなものはない」

与右衛門の得意な算術や縄引と同じで、何事も理詰《りづ》めで積み上げてゆけば、正解が見えてくる。呪いや祟りの類《たぐい》は、人間の不安が生み出した産物にすぎない。

「顔が赤らんで、鼻の穴を大きく膨《ふく》らませたあの大癋見、見覚えがあるの。この前父《とと》が上方で手に入れたお面で、春日神社へ奉納するんだって、何度も自慢しとったから……」

返す言葉が見つからなかった。

大癒見は作り手によって相当異なる能面だ。トンチボも廃間歩へ入ったのか。もしそうなら、何のためだろう。

天が死者たちを悼《いた》み、滅びゆく佐渡を憐《あわ》れんだのか、暮れの寒風に交じる雪のかけらは、湿《しめ》りを帯び始めていた――。


その後の奉行所の調べによると、三十六人は春日神社の神事能に大なり小なり関わっており、諏訪間歩のがらんどうで能稽古《のうげいこ》をしている最中に崩落が起こったものと考えられた。だが本当は、就寝中に呪いの大癒見により夢見心地《ゆめみごこち》で誘い出されて殺されたのだと、まことしやかに語る者たちが後を絶たなかった。

〈三十六人の地下舞《じげまい》〉である。

年が明けても、大癒見の正体は依然《いぜん》不明で、トンチボも行方知れずのままだった。不可解な謎に包まれた金《こがね》の島に、新奉行の荻原が広間役として間瀬吉大夫を先遣《せんけん》してきた。

天の涯《はて》まで、すっきりと澄み渡る冬の青空の下、波の穏やかな昼下がり。

その男は、腰に大小の刀を差しただけの身ひとつで現れ、キセルを口に咥《くわ》えたまま、人気《ひとけ》の少ない相川の湊で廻船《かいせん》を下りた。

古来佐渡は、旅者《たびのもん》（島外の人）が来るたび事が起こり、変身を遂げてきた。

恐らくは今度も同じだろう。

第一章　グウタラ侍

1

「起きて！　また呪いのお面よ！　春日《かすが》神社でお侍が磔《はりつけ》にされとるっちゃ！」

木戸を激しく叩く音とお鴇《とき》の金切り声で、与右衛門は跳《は》ね起きた。

障子《しょうじ》越《ご》しに月照が差し込んでいる。相川の下町《したまち》に早春の朝はまだ訪れていない。

裸足で通《とお》り土間《どま》へ跳び降りるや、小柄な少女が駆け込んできた。

体を抱き締める。温かくて、柔らかい。体は小刻みに震えていた。

女になってきた幼なじみの体を腕の中に感じ、与右衛門はどぎまぎした。

「まさか、また血染めの大癋見《おおべしみ》か？」

蒼白《そうはく》の丸顔がこくりとうなずく。

「暗くてはっきり見えんかったけど、鼻の穴を膨《ふく》らませて、ぐっと口をつぐんだ能面よ」

「侍はどんげぇな死に方をしとった？」

与右衛門は羽織《はおり》に袖を通しながら尋ねる。二月の佐渡はまだ寒い。

「能舞台の天井の穴から、磔にされたみたいに大の字にぶら下がっとったの。体に〈逆《さかさ》くノ字〉の血の跡が……」

怖気《おぞけ》がした。大癋見による殺害の特徴だ。相手の右脇腹から左胸へ斬り上げ、跳ね返って右肩のほうへ、心ノ臓を抉《えぐ》り取るように斬るのだ。数瞬で絶命するであろう恐るべき剣技は、骸《むくろ》に残された刀傷の形に因《ちな》み、〈逆くノ字斬り〉と名付けられた。殺害は決まって暗夜《あんや》や間歩《まぶ》など闇の中だ。

「手の込んだ真似をしやがる」

凝《こ》った能舞台の天井には〈道成寺《どうじょうじ》の鐘〉を出し入れするための鐘穴《かねあな》が開けてある。下手人は由緒《ゆいしょ》正しい能舞台にわざわざ骸を吊《つ》り下げて、人目を引くように仕組んだわけか。

「きっと大癋見の仕業《しわざ》よ。うち、怖くて……」

「確かめに行こう」

与右衛門は護身の脇差《わきざし》を腰に差すと、二人で下戸町《おりとまち》の長屋を出た。昔、剣豪で鳴らした父がいれば心強いが、与蔵《よぞう》は皆の嫌がる夜中の仕事を買って出て、今も間歩にいるはずだった。真っ暗な地の底には昼も夜もなく、暮れと正月以外は年中働きづめだ。

夜明け前の海風が体に沁《し》みた。寒さより怖さのせいだろう、お鴇が身を寄せてくる。辻を折れて風が和らぐと、お鴇から刺激のある丁子《ちょうじ》の甘い香りがした。近ごろはお鴇も化粧《けわい》をするようになり、母と娘みたいに親しい女将《おかみ》のあていが江戸から取り寄せた〈花の露《つゆ》〉なる化粧水を試《ため》したりしている。

まだ近くに大癋見がいたら怖いからと、お鴇は道すがら遠回りして数軒に声をかけた。

甲斐性《かいしょう》なしの父親が昼間から呑《の》んだくれても、お鴇は粗末な山苧《やまそ》の筒袖《つつそで》姿でかいがいしく働いた。朗《ほが》らかな人柄が皆に好かれて引く手あまた、中京町《なかきょうまち》にある茶屋の看板娘のほか、麩屋《ふや》の手伝いから飴《あめ》の振り売り、針仕事に藁細工《わらざいく》の内職までこなした。早暁《そうぎょう》から叩き起こされる町人たちは気の毒だが、大癋見と聞けば、放っておいても野次馬は集まる。

「もしかして、父《とと》が大癋見なのかなぁ……」

二人は足早に春日神社へ向かう。

「トンチボが人を殺すわけがないだろう」

不安そうなお鴇の呟《つぶや》きを、与右衛門はすぐに否定してやった。

トンチボは短気で手が早いくせに、喧嘩は弱い。「このままじゃ、佐渡が駄目になる」が口癖で、故郷が馬鹿にされると怒った。十二体の仏を乗せた船が難破《なんぱ》しかけて一体が海へ落ちたと知ると、「もつけねぇ」と海へ潜《もぐ》り続け、半年かけて海の底から助け出したりもした。

もともと素行が良くはなかったが、愛妻が病死した日、京町《きょうまち》の往来で号泣しながらやけ酒を呷《あお》って以来、昼酒《ひるざけ》の悪癖がついてしまった。幼時こそ世話になったものの、与右衛門はいつしか世話をする側に回っていた。

「父《とと》はどこへ行ったんかなぁ……」

父の安否を気遣うお鴇は、村名主《むらなぬし》の年始礼《ねんしれい》の日から、トンチボも崇敬《すうけい》していた春日神社へ百度参りを始めた。毎日「父が無事に戻りますように」と祈りを済ませるまで、誰とも口をきくまいと願を掛け、まだ人気《ひとけ》のない夜明け前に通っていた。

今日はその帰りがけに、左手の能舞台から男の呻《うめ》き声が聞こえてきたという。勇気を振《ふ》り絞《しぼ》って声のしたほうへ向かうや、ぷんと血の臭いがした。恐るおそる近づくと、天井から一人の侍が、両手と腰を丈夫なくつわ縄で縛《しば》られ、吊り下げられていた。能面で顔は見えないが、もう死んでしまったらしく、がくんと頭を落とし、ピクリとも動かなかった。

「誰が殺されたのかなぁ。舞台にも血が落ちてて、足がすくんで……」

未明の暗がり、磔にされたごとく天井からぶら下がる血塗《ちまみ》れの遺体を、十六の娘が落ち着いて確かめられるはずもない。小柄なお鴇には手の届かない高さだったが、大癋見は今や死を呼ぶ呪われた能面で、触れれば祟《たた》りがあると噂されていた。

殺されたのが侍なら、奉行所に属する役人たち二百数十人の中の誰かだろうか。

「いっそこの島から消えてほしい侍なら、一人おるんだが」

留守居役は佐渡奉行に代わり島を治める支配者だが、升田《ますだ》は上には揉《も》み手でへつらい、下には偉そうにふんぞり返る嫌われ者で、佐渡の行く末など毫《ごう》も考えず、ただ私欲を貪《むさぼ》り、保身に汲々《きゅうきゅう》としていた。

妻に先立たれた独り身で、娘たちも片付いた升田は派手に女遊びをし、京町通りで高価な西陣織《にしじんおり》を買い叩いてはお気に入りの遊女たちに与えていた。金銀の産出が減って佐渡の経済が傾いても、のんびりと潟上《かたがみ》の温泉に浸《つ》かり、あちこちの女郎屋《じょろうや》で女を買っては遊興にふける、好色強欲で愚昧《ぐまい》な俗物だった。

春日神社の石鳥居《いしとりい》をくぐり、参道を歩いてゆくと、鬱蒼《うっそう》と茂る鎮守《ちんじゅ》の森の中に、冷たい月影《つきかげ》を浴びる能舞台が姿を現した。薪能《たきぎのう》の夜などは広い境内を人々が埋め尽くすが、今は人っ子一人いない。

「そんな！　さっきは確かに……」

お鴇が白洲梯子《しらすばしご》の前で立ち尽くしている。天井から磔にされていたはずの骸が、影も形もないのだ。本舞台の上には、血染めの大癋見が転がり、小さな血だまりがあるだけだった。

与右衛門は脇差へ手をやりながら、辺りを見回す。お鴇が嘘を吐《つ》くはずがない。

境内に咲く藪椿《やぶつばき》が暗がりでどす黒い血の色を思わせるだけで、人の気配はなかった。

殺害後、素早く姿を隠した下手人《げしゅにん》は、お鴇が下戸町《おりとまち》の与右衛門を起こしに行き、二人でここへ戻ってくる四半刻《しはんとき》（約三十分）にもならぬ間に骸をどこかへ運んだわけか。だが面妖な話だ。骸を隠すのなら、なぜわざわざ派手に磔のようにして見せたのだ？

ほどなく、お鴇が声をかけた町人たちがガヤガヤと駆けつけ、能舞台の周りは人で溢《あふ》れ返った。お鴇の訴えに、数十人が境内の裏手や奥の森まで探し回ったものの、殺しに繋《つな》がりそうな手掛かりは得られなかった。

「またもや大癋見の呪いじゃ。能面に触ると祟られるぞ！」

野次馬根性逞《たくま》しい平助《へいすけ》は、事件が起こると必ず現れた。町外れの水金町《みずかねまち》で評判の悪い女郎屋を営みながら、うまく升田に取り入り、色々な雇われ仕事をしている。耳慣れない節回《ふしまわ》しの鼻歌を歌う癖があり、耳障《みみざわ》りだった。

「なあ、お鴇。死んでたのは本当に侍だったのか？　んねの父《とと》じゃねぇかさ」

平助には幼い頃から面倒を見てもらった――というより、人の悪口を聞かされたり、ただ働きをさせられただけだが、腐《くさ》れ縁《えん》が切れないまま、今でも二人を子供扱いしてくる。

「違います。羽織袴《はおりばかま》のお役人姿でしたから」

「どうだかね。大癋見の正体はトンチボだと、おいらは睨《にら》んでる」

山師は浮き沈みの激しい生業《なりわい》だ。

トンチボは若い頃にひと山当てて京町に三階建ての家まで建てたものの、湧水のために間歩はほどなく閉山した。その後は、見つけてもじきに尽きるちっぽけな立合《たてあい》ばかりで、「法螺吹《ほらふ》き山師」と腐《くさ》す者もいた。金銀の枯渇に伴い夢を諦《あきら》める山師たちも多い中で、何度失敗してもめげないトンチボは、山から町、湊、村の仕事を手広く手掛ける「何でも屋」になり、「佐渡のために大立合を探し当てる」とあちこちに現れた。

その神出鬼没ぶりから大癋見ではないかと噂が立ったが、悪いことに遊郭《ゆうかく》でひどく酔っ払った本人が調子に乗り、「実はわしが大癋見なんじゃ」と得意気《とくいげ》に明かしてみせた話は有名だ。

「トンチボは大癋見に呪い殺されたんだ。今ごろ白滝《しろたき》の地獄谷《じごくだに》へ引きずり込まれてるさ。あの切り立った谷底まで降りる度胸はねぇが、奴の骸が転がっとるぞ」

平助が騒ぎたてる中、ざわめきがにわかに静まった。

「皆の者、もう一度手分けして、手掛かりを探してくれんか」

ゆったりとした足取りで現れたのは、質素な裂織《さっこり》の小袖姿の勘兵衛だ。上京町《かみきょうまち》にある屋敷まで、誰かが呼びに行ったらしい。

「すまんが二人一組になって、馬町《うままち》の者は海士町川《あままちがわ》の向こうを、炭屋町《すみやまち》の者は川の手前を、浜町《はままち》の者は海沿いを、他の者たちは神社の裏手から森のほうを頼めぬか。私は奉行所へ報告して参る。最初に見つけたお鴇も同道してくれい」

「与右衛門さんもついてきて」

勘兵衛が有能なのを奇貨《きか》として、ボンクラ留守居役の升田は仕事のほとんどを配下に任せ、自分は遊郭や温泉で遊び呆けていた。それでも報告を欠くと、後で烈火《れっか》のごとく怒り出すから、奉行所で手順を踏んでおく必要があった。

三人は境内を出て、北の奉行所へ向かう。

東の空が明るみ始めた。やがて佐渡中の棚田が無数の朝日を映し出すだろう。

山がちな佐渡で、川の上流から用水路を掘削しつつ段々状の田を作れるのは、高下《こうげ》（高低）を正確に測れる振矩師《ふりがねし》がいるからだ。人目にはつかずとも、大きく傾く佐渡を陰ながら必死に支えているのは、勘兵衛とその門弟たちなのだ。

大久保長安が現れるまで、相川はせいぜい五、六軒の寒村だったが、金銀目当てに全国から人が殺到し、日本一の鉱山町となった。人々は故郷から身内はもちろん知己《ちき》、寺まで呼び寄せ、さらに町を広げた。田畑を捨てて佐渡へ渡る「走り百姓」に困った各藩が渡海《とかい》を禁じても、人々は禁を犯してやってきた。だが、山盛《やまざか》りの時代はとうに終わり、かつて九十四あった町も、すでに七十七町まで減っている。

佐渡に、時は余り残されていなかった。

2

小高い丘に建つ奉行所の檜皮葺《ひわだぶき》の屋根が、朝ぼらけの下で赤褐色《せきかっしょく》を取り戻し始めた。

三人は奉行所へ至る急坂を上がってゆく。相川の上町《かみまち》と下町《したまち》を繋《つな》ぐ坂道は、小川の流れる登り口近くに重い咎人《とがびと》の牢《ろう》があるため「牢坂《ろうさか》」と呼ばれている。

「留守居役は、また遊郭から朝帰りでござろうか」

升田は金座の後藤庄兵衛《ごとうしょうべえ》と遊び仲間で、相川の疲弊《ひへい》には見向きもせず豪遊《ごうゆう》を繰り返した。ほとんど毎晩のように後藤のほか、太鼓《たいこ》持ちの小役人やご機嫌取りの山師などを引き連れては酒宴を開き、日が高く昇ってから奉行所へ入る。ろくすっぽ仕事をしないから、いなくても別段差し支えはないのだが。

軽蔑をたっぷり込めた与右衛門の言葉に、勘兵衛は坂道で息を切らせながら微苦笑《びくしょう》を浮かべた。

「ご不在なら、広間役《ひろまやく》が応対されよう」

与右衛門の口から、嘆息より先に嘲笑《ちょうしょう》が出た。

「先生は、あの御仁《ごじん》に付けられたあだ名をご承知でございまするか？」

ひと月ほど前、広間役の間瀬吉大夫《ませきちだゆう》は単身ふらりと海を渡ってきた。

齢《とし》は三十絡み、長身に苦味走《にがみばし》った細面《ほそおもて》の美男だが、言葉遣いも物腰もちゃらんぽらんで、早くも佐渡者《さどもん》から馬鹿にされていた。「まずは佐渡を知るべし」と宣《のたま》い、島内の巡検と称してはあちこちを訪ねた。誰にでも気安く話しかけ、しばしば酒を酌《く》み交《か》わす。船や馬で何日もかけて集落を巡り、佐渡を一周してきたぞと胸を張っていた。

「ご本人から〈グウタラ侍〉じゃと聞いた。存外お気に入りのご様子じゃったがの」

吉大夫は大癋見よろしく神出鬼没だ。

相川にいるときは〈道遊《どうゆう》の割戸《わりと》〉の天辺《てっぺん》で眺望を楽しみながらキセルをふかす姿も見かけた。気が向くと間歩《まぶ》を下り、あるいは四ツ留番所《よっどめばんしょ》で荷分《にわ》けの様子を眺め、はたまた勝場《せりば》でねこ流し（水流による比重選鉱）に精を出す女たちを冗談で笑わせ、かと思えば警固《けいご》の厳しい後藤役所に乗り込んで佐渡小判を見物したりもする。仕事の邪魔をしながら、気が付くと所構わずうたた寝していた。茶屋でも看板娘のお鴇に馴れ馴れしく話しかけ、「この島で一番美味《うま》い食い物は何だ？」「好きな男はいるのか？」などと馬鹿話をしていたそうだ。

つまり、ボンクラ留守居役も顔負けなほどに仕事をしない。昼間から一杯やり出した休みの金穿《かなほり》大工と酒席で意気投合し、夜は遊郭に通いつめ、中でも上京町《かみきょうまち》の吉祥屋《きっしょうや》と山先町《やまさきまち》の大黒屋《だいこくや》が大のお気に入りらしかった。遊郭にいなければ、広間役御長屋《おながや》に役人たちを集めて夜通しどんちゃん騒ぎをしている。佐渡者《さどもん》はそんな姿を見て、のんびり遊び暮らすのんきな広間役を「グウタラ侍」とあだ名したわけだ。

（皆が皆遊んでいたら、佐渡はこの先どうなるんだ……）

奉行所でも、与右衛門は居眠りする役人たちを苦々しい思いで見ていた。手を拱《こまね》いていれば、相川金銀山を閉じるほかない。

「佐渡の命運が懸《か》かった剣ヶ峰《けんがみね》に、よりによってボンクラ留守居役とグウタラ広間役。われらは天に見放されたようでございまする」

吐き捨てる言葉に、与右衛門は嘆きと怒りを込めた。

「お前は間瀬様と、きちんと話をしたことがあったかの？」

「寝転がってキセルをふかしながら某《それがし》の話を聞かれましたが、どこまで理解できたのやら」

初めて佐渡に来る武士たちは、金銀山をかけらも知らない。上役が交替で赴任《ふにん》してくるたび、金銀採製《さいせい》図や立合引銀山《たてあいびきぎんざん》岡絵図《おかえず》などを使って説明する習わしだが、勘兵衛が多用なため、数年前から与右衛門が担当していた。説明の後、間歩の敷《しき》や水揚《みずあ》げ場へ案内しても、吉大夫はへえ、と物珍しそうに感心していただけだ。

「でも、間瀬さまはずいぶんな男前でしょう？　女将《おかみ》さんはしっかり者のくせに面食《めんく》いだから、最近ちょっと様子がおかしいのよ」

吉祥屋のあてびは、勘兵衛と親しい上にトンチボの片想いの相手でもあるため、昔からよく世話になったが、近ごろは疎遠だった。

佐渡一の美人できっぷもいいから、あてびは「佐渡最強の女」だと山稼ぎの男たちに持て囃《はや》されるが、何度言い寄られても、「もう惚《ほ》れた腫《は》れたの齢《とし》じゃないから」と突っぱねていたはずだった。なのに、もしも吉大夫に気があるというなら、情けない話だ。

三人はようやく長い牢坂を登り切った。勘兵衛の息が上がっている。

「人はそれぞれの持ち場で懸命に働いている。昼間は遊興とうたた寝、夜は遊郭で酒と女に溺《おぼ》れるグウタラ侍が広間役だなんて、世も末だ」

「でも、間瀬さまは本当に面白い方なのよ」

お鴇《とき》は遊郭と同じ敷地に建つあてびの料理屋を手伝っていた。吉大夫は頻繁に顔を出し、遊女や客を相手に親しく話し、銭を使った奇術まで披露《ひろう》するという。

「何と馬鹿げた話だ」

与右衛門は潔癖《けっぺき》すぎると朋輩《ほうばい》からもたしなめられるが、グウタラ侍は軽蔑に値した。

「台所で支度《したく》をしていたら、お話が聞こえたの」

吉大夫は遊女の故郷と残してきた身内について優しく尋ねながら、笑わせていたらしい。

「下らぬ。それが広間役とやらのやるべき仕事なのか」

奉行所の役柄は、奉行交替のたび名称を含めてころころ変わるが、新しくできた〈広間役〉の仕事が何なのか、役所の誰も理解していなかった。恐らくは当の本人もだ。

「それに、間瀬さまは仰ったもん。お前の親父を探してやるって」

お鴇は行方《ゆくえ》知れずのトンチボを探してほしいと奉行所に願い出ていたが、赴任後まもなく、相川湊で出入りの廻船を眺めながらキセルをふかす吉大夫を見つけ、改めて頼み込んだ。

「わかった。俺に任せろ」と安請《やす》け合《う》いしたらしいが、何も知らぬくせに勝手な希望を持たせるのは、かえって可哀《かわい》そうだ。実は先だって、与右衛門は密かに諏訪間歩を下り、トンチボの骸を念入りに探した。徒労《とろう》に終わったが、あの夜は嵐で出船できなかったはずだし、そもそも姿を隠す理由がない。自慢の大癋見が現場で見つかったのだから、崩れて閉ざされた坑道《こうどう》の奥に骸があるのだろうと考えていた。

「グウタラなくせに、出鱈目《でたらめ》な侍だ」

与右衛門が鋭い口調で会話を断ち切って間もなく、三人は奉行所の大御門《おおごもん》に着いた。

申シロで面会を求めたところ、案の定升田はおらず、代わりに吉大夫が応対するという。広間役御長屋は奉行所の外にあり、厳重に警固される御金蔵《おかねぐら》の裏手にあった。

勘兵衛の顔を見るや、見知りの家人《けにん》が笑顔で奥の居間へ案内し、急ぎ火鉢を熾《おこ》して部屋を温《ぬく》めてくれた。

席が温《あたた》まるころ、ほどなく長身が現れた。本来は上役人の継裃《つぎかみしも》姿のはずなのに、吉大夫は動きやすい裁着《たつつけ》で、無精《ぶしょう》ひげを生やしている。

「すまねぇ、今日も朝帰りでな。実はまだ酔いがちゃんと醒《さ》めてねぇんだ」

ふらつく足でへたり込むように座る吉大夫の姿を見て、与右衛門は出だしから呆《あき》れた。

「江戸と違って、佐渡はいつまでも寒いねぇ」

吉大夫は四角い火鉢の上で大きな手を揉《も》み合わせている。

すっきりと鼻筋が通り、切れ長の目に太眉毛の端整《たんせい》な顔つきは、確かに稀《まれ》に見る美男だろう。鉱物に喩《たと》えるなら、眩《まぶ》しく煌《きら》めく黄金ではない。むしろ穏やかで渋みがあり、柔らかい輝きを放つ燻《いぶ》し銀か。

眼前で山が噴火してもゆったりキセルをふかしていそうな落ち着き払った物腰で、一見、肝《きも》の据《す》わった武士を思わせる。涼やかな眼ざしで見つめられ、優しげな低音で口説かれたら、女はコロリと騙《だま》されるのだろう。だが、この見掛け倒しの優男《やさおとこ》には、中身がまるで伴っていない。

「小木《おぎ》の御所桜《ごしょざくら》が咲く頃には、島も暖かくなり申す。いま少しの辛抱《しんぼう》でござる」

勘兵衛が応じると、吉大夫は長い指先で猪口《ちょこ》を飲む仕草《しぐさ》をした。

「満開の桜の下で花見酒をやりてぇな。そうだ、寿老人。あんたが北前船で仕入れてる〈旅烏《たびがらす》〉だが、あれほどの美酒は珍しいぞ。佐渡は酒も女も最高だぜ。中でも、あてびとお鴇はピカイチだ。なあ、与右衛門」

親しげに笑いかけてくる上役を、与右衛門は真顔でむすっと黙殺した。吉大夫がお鴇を見る目が疎《うと》ましい。金銀山が苦境にあるため、勘兵衛は上京町《かみきょうまち》で酒の卸《おろ》しを商《あきな》って利益を上げ、山に私財を投じてきた。吉大夫は何も事情を知らずに酔っ払っているだけだ。

「それよりも広間役。例の大癋見が現れましたぞ」

穏やかでもピシャリとした勘兵衛の口調に、吉大夫はバツの悪そうな顔で居住まいを正した。

「へえ、また奴のお出ましかい？」

勘兵衛とお鴇が過不足なく春日神社の事件を伝える間、吉大夫は口の周りの無精ひげをしごきながら、ふんふんと聞いていた。

「大久保の祟りだ、大癋見の呪いだって奇談で佐渡は持ち切りだが、つまるところ、あれはどんな話なんだい？」

石見《いわみ》や伊豆《いず》から巧者《こうしゃ》の山師たち七十余名を呼び寄せた大久保長安は、諸制度を取り決めて金銀山経営の礎を築き、相川の町を作った。

しかし、天領佐渡を繁栄させた偉大な功臣の死後、大久保一族は長安の不正な蓄財《ちくざい》を理由に滅ぼされ、七人の子も次々と切腹《せっぷく》させられた。佐渡で育ち、とりわけ能に秀でていた十五歳の末子安寿《あんじゅ》もその一人だった。

安寿の死を佐渡で聞いた同齢の許嫁《いいなずけ》は、当時大盛《おおざか》りだった道遊間歩《どうゆうまぶ》の割戸《わりと》で、これみよがしに首を吊《つ》り、恋に殉《じゅん》じてみせたが、その際安寿が愛用していた大癋見の能面を着けたと伝わる。娘は、佐渡の恩人である大久保家への冷酷な仕打ちを恨《うら》み、故郷佐渡の滅びを願いながら死んだのだと囁《ささや》かれていた。

「そいつは恨みも深かろうよ。呪いや祟りが残っても仕方ねぇな」

得心《とくしん》したように何度もうなずく吉大夫を見ながら、与右衛門は内心でため息を吐いた。

「例の三十六人の地下舞《じげまい》も大癋見の仕業《しわざ》だって、平助から聞いたぜ。大勢が命を落としたがらんどうに、血塗れの能面が転がってたんだろ?」

浮薄《ふはく》な遊び人の与太話《よたばなし》を鵜呑《うの》みにするとは、情けない上役がやってきたものだ。

「先だっても申し上げました通り、あの高落《たかお》ちは長年の間に煙穴《けむりあな》からひびが入って、天盤《てんばん》が崩れ落ちた不幸な変災であろうと考えておりまする」

勘兵衛が順を追って丁寧に説明しても、口を尖《とが》らせる吉大夫に納得した様子はない。

「高落ちの件はともかく、こたび殺しのあった能舞台を検分なさいまするか?」

「ああ。血染めの大癋見を拝ませてもらおうか。ちと広間役らしくめかし込んで参るゆえ、大御門の前で待っていてくれ」

侍のくせに、吉大夫は腰に大小を付け忘れることさえあり、「こんなに重くて物騒《ぶっそう》な代物《しろもの》をいちいち持ち歩くたぁ、武士ってな面倒くさい商売だねぇ」と愚痴《ぐち》をこぼしていた。酔っ払って刀を遊郭に忘れたこともある。実は浪人上がりゆえに手元不如意《てもとふにょい》で、鞘《さや》の中は竹光《たけみつ》だとの噂まであった。

吉大夫が奥へ引っ込むと、三人は御長屋を出た。

「先生、グウタラ侍はもしや、すべて大癋見の呪いとして片付ける肚《はら》でござろうか」

「広間役のご一存で物事が決まるわけではない。まずは骸を見つけねば」

呪いなど勘兵衛も信じまいが、本来の仕事は金銀山を預かる山方役だ。留守居役以下、役人たちが揃《そろ》って〈呪い〉で一連の事件を終わらせる気なら、打つ手なしだろう。

「よもや新奉行は、呪いと聞いて納得などなさいますまいが」

これまでの奉行は留守居役に任せきりで、升田のもと佐渡の政《まつりごと》は腐敗し、人心も荒《すさ》みがちだった。十年ぶりの奉行交替に升田は戦々恐々《せんせんきょうきょう》としていたが、勘兵衛を始め心ある者たちは、鳴り物入りで海を渡ってくる荻原重秀に切なる期待を寄せていた。

荻原は江戸勘定奉行所の端役《はやく》の次男坊ながら、幼少より秀才の聞こえ高く、十七歳で幕府勘定方《かんじょうかた》に召し出されるや頭角を現し、下役から次々と昇進した。異例の若さでの佐渡奉行就任には本人も驚いたはずで、誇りを胸に、やる気満々でやってくるだろう。即刻ボンクラとグウタラを御役御免《おやくごめん》にして奉行所を一新し、佐渡を蘇《よみがえ》らせてはくれぬものか。

「日本一お忙しい方だそうでな。渡海は早くとも四月半ばじゃ。さてと、私は留守居役を探して、殺しの件をお耳に入れねばならん。お前たちで広間役の案内を頼めるか」

気は進まぬが、お鴇ひとりに任せるわけにもいかない。去ってゆく勘兵衛は老いても矍鑠《かくしゃく》として、しっかりした足取りだった。

「奉行所の連中に、先生の爪《つめ》の垢《あか》を煎《せん》じて飲ませたいものだ」

「先生でも、お齢には勝てないのでしょうね。この前は京町《きょうまち》の坂の途中で休んでらした」

勘兵衛は数年前から苦しそうな息遣いをする時があった。かかりつけの老薬師《ろうくすし》は「年甲斐《としがい》もなく働きすぎじゃ。早《はよ》う隠居《いんきょ》なされい」と口癖のように言いきかせている。

やがてゆらりと現れた吉大夫は、見た目だけは偉丈夫《いじょうふ》で、小柄なお鴇より頭一つぶん高い。こんな人間を「うどの大木」と呼ぶ。

うどが濠端《ほりばた》を歩きながら話しかけてくる。

「俺も算術を多少学んだが、お前は何流だ?」

勘兵衛から追手流《おってりゅう》を伝授されたと答えると、算術書『塵劫記《じんこうき》』の話になったが、与右衛門が邪険《じゃけん》に応じたため、話は広がらなかった。

牢坂の上に立つと、相川の下町《したまち》を一望できた。吉大夫が感慨深げに眺めている。

「いい故郷《ふるさと》じゃねぇか」

相川の町は、東の奥にある金銀山が、海に向かって巨大な舌を突き出したような台地上に広がっており、その舌の尖端《せんたん》付近に奉行所が建ち、西の海へ到達する。台地の上が「上町《かみまち》」で、海べりが「下町」だ。舌は「北沢《きたざわ》」こと濁川《にごりかわ》、「南沢《みなみざわ》」こと間切川《けんぎりがわ》により南北で挟まれ、北沢には大きな段丘《だんきゅう》崖《がい》がある。この特殊な地形の地下に、複雑怪奇な坑道が迷宮のごとく入り組んでいるわけだ。

(今はいい町でも、もう滅びかけてるんだ)

与右衛門は内心でひとり焦りを募らせる。

びっしりと石が置かれた木羽葺《こばぶき》の屋根は、朝光を浴びて真っ白に輝いていた。相川には米屋、味噌屋、八百屋、炭屋などが集まり短冊《たんざく》の形で綺麗《きれい》に並ぶが、急激に人口が膨れたため急斜面にも家が建てられた。

佐渡が金銀で繁栄すると、山稼ぎの者たちの衣食住を担うために田畑が開かれ、船が寄港し、豊かな文化が生まれた。世にも美しい町だが、それは人が住んでいるからだ。上相川のように人が減れば、町は廃《すた》れ、やがて消え去る。

先人から受け継いだ興隆を、与右衛門たちの世代は守れるだろうか。

「トンチボが大癒見だっていう噂、お前らはどう思ってんだ？」

沈黙が苦手なのか、牢坂を下りながら、吉大夫が絶え間なく話しかけてくる。

「父《とと》はお調子者で口も悪いですが、人を殺《あや》めたりなどいたしません」

自分も懐が寒いくせに、酔っ払うと気が大きくなり、見栄《みえ》を張って皆に奢《おご》るし、物乞いがいれば巾着袋《きんちゃくぶくろ》ごと銭を恵んでやるような男だ。酔っ払っては京町の大通りでよく反吐《へど》を吐くし、だらしのない男だが、それでもそばにいてくれると心が温まった。

「大癒見の呪いが本当なら、打つ手なしだな」

「畏《おそ》れながら広間役。呪いなど信じるのは、愚か者にござる」

本来なら口をきくのも憚《はばか》られる身分の上役に対し、失礼な物言いだろう。だが、お雇い町人ながら、振矩師《ふりがねし》なしでは金銀もろくに掘れず、奉行所はたちまち立ち往生する。替えが利かぬために、振矩師は侍に堂々と向き合える数少ない職だった。奉行もまた、勘兵衛を武士同然に重用した。

静野与右衛門は、佐渡が生んだ最高の振矩師、槌田勘兵衛の一番弟子なのだ。

「そう怖い顔をするな、与右衛門。お前は『今昔物語《こんじゃく》』を読んでねぇのか？　昔から呪いや祟りの類は掃いて捨てるほどある。皆、その手の話が大好きなんだよ」

馴れ馴れしく笑いかけてくる吉大夫を、与右衛門は真顔で睨《にら》み返してやった。

「好き嫌いの話ではございませぬ。嘘か真かの話でござる」

「お前は嘘だと思っても、皆が信じてるんなら、知らんぷりはできねぇよ。お鴇はどう思う？」

お鴇に対して、妙に親しげな口調だ。

「うちはとにかく怖いです。早く大癋見の正体を暴いて、捕まえてくらしゃまし」

「俺に任せろ。俺はそのために来たんだ」

またいい加減な安請け合いを。日がなグウタラしているだけではないか。

ずっと吉大夫と視線も合わせないまま春日神社まで戻ると、能舞台には一枚の能面が手を付けられぬまま転がっていた。小さな血だまりはほとんど乾いている。

「よう、お前が呪いの大癋見か。ひと筋縄じゃいかねぇ面《ツラ》をしてやがるぜ」

薄笑みを浮かべながら、吉大夫は血で汚れた能面を左手でひょいと拾い上げた。

野次馬たちがどよめく。与右衛門も意外に思った。呪いを信じているなら、能面に気安く触れはすまい。吉大夫はふざけて、大癋見を顔に着けている。

「思ったより小さい穴だな。面越《めんご》しだと、少ししか見えねぇ」

「この天井からお侍が磔にされていたんです」

お鴇が両手を広げて真似をしてみせた。

著名な能の演目『道成寺《どうじょうじ》』では、大きな鐘を天井から吊《つ》り下げるが、道成寺を演ずるためだけに、能舞台にはひとつの仕掛けが設けられる。この神社では竿縁《さおぶち》天井の一部に穴が開いていて、そこから鐘を出し入れするのでございますと、詳しい野次馬が吉大夫に説明していた。

「その骸の足にも、手が届かなかったのか？」

能面越しに、くぐもった声が尋ねてくる。

「怖くて舞台には上がりませんでしたし、うちは背が低いものですから。体が半分ほど天井から出ているような塩梅《あんばい》でした」

「裏楽屋から上がれそうだな。ちょいと、こいつを頼む」

鐘穴《かねあな》を見上げていた吉大夫が、さりげなく大癋見を手渡してきた。内心たじろぎながらも、与右衛門は何食わぬ顔で受け取る。呪いを信じなくても、気味が悪い。

「綱を天井裏の柱に括《くく》り付けりゃ、ぶら下げるのは雑作《ぞうさ》もねぇな。誰か、ねこ、ねこ編みの縄を持ってきてくれ」

吉大夫は、野次馬が近くの民家から持ってきた〈くつわ縄〉を腰や手首に巻き付けてゆく。相川に集住する人々向けに、村々では藁細工《わらざいく》が急速に発達した。中でも、丈夫で厚い矢羽根状《やばねじょう》に編み上げる〈ねこ編み〉の技は日本一だろう。

天井裏へ登った長身が「行くぜ」と、道成寺の鐘よろしく天井からぶら下がった。

「こんな感じだったか、お鴉？」

子供のように楽しんでいる。試したはいいが、どうやって降りるつもりだろう。

「もう少し上だったように思います」

「小柄な奴だったらしいな」笑顔でぶら下がったまま、吉大夫が続ける。

「他に何か気付いたことはねぇか？」

「何か生臭い匂いがしました。血とも違うような……」

「おらよ」と、吉大夫が舞台に着地した。

なるほど、両手に十分な長さをもたせた縄を畳んで握り込んでおき、それを離したわけか。吉大夫は脇差《わきざし》を抜いて手首の縄を切ると、今度は両手を突いて腹ばいになった。

乾きかけた血だまりに鼻をくっ付けんばかりにして、くんくん臭いを嗅いでいる。

「間瀬様、こたびも大癋見の仕業《しわざ》ですぞ！」

喚《わめ》きながら境内へ駆け込んできたのは平助だ。卑屈な作り笑いが顔に貼り付いている。

鳥越《とりごえ》の地獄谷《じごくだに》の底を覗《のぞ》き込むと、土がまるで血の池のようだったとの報告に、吉大夫は「真か！」と飛蝗《ばった》のように体を起こし、「仔細《しさい》を話せ」と平助の肩に手を回した。

もともと鳥越の辺りには珍しい種類の赤土があって、陶土《とうど》に使おうと試している陶工《とうこう》もいた。血などではない。

春を思わせる朝が清々しい風を境内へ届けてきた。

「与右衛門さん、そんな不吉な物、早くちしゃって（捨てて）」

怖がりのお鴇が、手の能面を指差す。

「呪いなんて嘘八百さ。あの留守居役も、いたって息災《そくさい》ではないか」

升田は以前、順徳上皇《じゅんとくじょうこう》も愛したと伝わる潟上《かたがみ》温泉で湯浴みの最中、ひょっこり現れた青大将に肝《きも》を潰《つぶ》し、素っ裸で逃げ出した失態があり、根性なしだと陰口を叩かれているのを、ひどく気にしていた。

汚名返上の機会を窺《うかが》っていた升田は、神事能で大癋見を着けて下手くそな能を舞った後、「こいつは殺された者が被《かぶ》っておった因縁の能面じゃ」と誇らしげに見せびらかした。

皆の驚きぶりに味をしめた升田はその後も、いわくつきの大癋見をことさら手元に置き、役所でも遊郭でも、事あるごとに着けた。にもかかわらず升田はすこぶる健在で、わが世の春を謳歌《おうか》している。

それでも与右衛門が手の能面を持て余していると、石鳥居の方から喧騒《けんそう》が聞こえてきた。

「広間役、一大事でござる！」

役人たちを引き連れ、物々しく境内へ入ってきたのは勘兵衛だ。

「道遊の割戸から、大癋見を着けた侍がぶら下がっておるとの報せが入り申した」

背筋が寒くなった。手にある大癋見と睨《にら》み合う。

本当に「能面の呪いなどない」と言い切れるのか。

「またお前の仕業《しわざ》か？　いよいよ呪いの術も堂に入ってきたな。おっかねぇ」

与右衛門から能面を受け取った吉大夫は、言葉とは裏腹に平気《へいき》の平左《へいざ》という顔つきだ。

「お前ら、行こうぜ」

先に立つ吉大夫に従《つ》いて、道遊の割戸へ向かう。野次馬たちも一緒だ。

百年ほど前、石見《いわみ》銀山から伝えられた坑道掘りでは、立合《たてあい》の巨大な板に直交する場所から左右へ水平に鏈《くさり》（鉱石）を削り取ってゆく。相川金銀山は硬い岩盤が多く、立合と尾根の走りが一致しているためにこのやり方が適していた。山から尾根の板だけを削り取った結果、道遊間歩に見事な割戸ができたわけだ。

山々の木々は、金銀山や町で使う材木や薪炭として少なからず伐《き》られているから、上寺町《かみてらまち》の奥、万行寺《まんぎょうじ》の門前に立てば、割戸まですっきりと見通せた。

山が天辺から裂けるように掘り進められた廃間歩は、ひと目見れば道遊とわかる。

勘兵衛が言った通り、山頂の切れ目に、大岩からぶら下がる人間の姿があった――。


半刻《はんとき》の後、骸《むくろ》は山頂へ引き上げられた。

皆が固唾《かたず》を呑んで見守る中、吉大夫が死者の顔から能面を取り外す。

与右衛門は覚えず目を背《そむ》けた。

まるで大癋見のごとく、飛び出さんばかりに目玉を剝《む》き出し、苦悶《くもん》の表情で死んでいたのは、ボンクラ留守居役の升田喜平だった。

第二章　果つることなき

1

素焼《すや》きの土器に浮かぶ油火《あぶらび》の炎が気紛《きまぐ》れにゆらめくたび、地底の岩壁《いわかべ》に映る人影も揺れた。

敷《しき》では、採掘されたばかりの鏈《くさり》を頭大工《かしらだいく》が検《あらた》めてから、かますに詰《つ》め替《か》えていた。与右衛門は袷《あわせ》襦袢《じゅばん》に縄帯を締め、てへんを被《かぶ》り、頭を守っている。

今日は勘兵衛に従い、相川金銀山最大の割間歩《わりまぶ》で〈間切改め《けんぎり》〉を行う。切羽《きりは》（坑内の採掘場の先端）に近づくにつれて風がなくなり、空気も淀《よど》み始める。下手をすれば気絶《けだ》えになり命に関わるが、この息苦しさにも慣れた。

「こいつも馳割《はせわり》じゃな。一年がせいぜいか」

すぐに鏈が途絶える立合《たてあい》だとの見立てだ。与右衛門は銀黒《ぎんぐろ》の入った層の幅を、間縄《けんなわ》で測ってみる。期待ほどではないが、立合自体が痩せ細っているのだから、致し方ない。

立合は黒岩の中に見える白い筋で、岩の板が地底から立ち上がるように、幾枚か走っている。白筋の中に浮かび上がる黒ずんだムカデの形が鏈だが、この白筋を尖端《せんたん》まで掘り尽くすと、もう金銀は取れない。慶長《けいちょう》元年（一五九六）の発見から約百年、鉱脈も尽きようとしていた。

「先生、このムカデから冠掘《かむりぼ》りを試してはいかがでしょうか」

下へ掘り進む〈台通掘り〉は水との厳しい戦いになるが、反《そ》り返《かえ》って上方《じょうほう》へ掘り進む〈冠掘り〉

はそれを免れられた。もっとも、失敗すれば崩落もありうる採掘法だから、縄引《なわびき》で坑道の位置や繋がりを正確に把握する振矩師《ふりがねし》の腕の見せ所だ。

「私も同じ思案じゃ。少し掘り進めてみて、段取りを組むといたそう」

勘兵衛が労《ねぎら》うように与右衛門の肩へ手を置く。師匠に褒められた時が一番嬉しい。一歩一歩、振矩師への道を着実に歩んでいるのだ。

引き続き、間切改めの作業に入った。

「見盤《けんばん》の目盛りは尾四分。狂いナシ」

与右衛門は愛用の七十二方位の〈見盤〉を確かめる。

中央に磁石をはめ込んだ一尺四方《いっしゃくしほう》、厚さ一寸《いっすん》の板で方位を測るが、師弟はさらに目盛りの半分を目算《もくさん》で使い、実に百四十四方位で高い精度の縄引を行ってきた。

その昔、日本に技を伝えたオランダよりも進んでいるのではないか。

与右衛門は坑《こう》の寸法、形、長さを図面と照らし合わせながら確かめてゆく。坑道掘りはすべて人力のため、勢い「やわらぎ」と呼ばれる岩盤の柔らかい部分へ作業が流れがちで、油断するとたちまち全方向にずれが生じる。

「高下《こうげ》（高低）も差障《さしさわ》りなさそうじゃが、念のために確かめてくれい」

背のかますを下ろして一尺四方の木箱を取り出す。勾配《こうばい》を測る〈四方矩《しほうく》〉だ。高さ三尺の位置から地面へ下ろす五尺の縄に四方矩を当て、分銅をぶら下げて使う。

昔は地表に現れた立合を掘る単純な〈露頭掘《ろとうぼ》り〉だったが、すでに掘り尽くされ、今は地下の立合を目指して掘り進む〈坑道掘り〉だ。地中深くなるにつれ、高度な縄引と周到な山留《やまどめ》に加え、排水が不可欠となった。水は低きに流れるため、勾配の縄引が間歩の死命を決する。ゆえに勘兵衛に徹底的にしごかれて、三十分の一までの勾配なら、目算でもまず間違えなくなった。

与右衛門は暗中で、四方矩下縁《かえん》の目盛りを見る。振矩師は鍛錬のおかげで、わずかな明かりでも字や図を読み取れた。

「四方矩は七寸五分。地直四尺なれば、図面通り一尺二寸五分の下り勾配。狂いナシ」

ホッとした様子の間切請人《けんぎりうけにん》に導かれ、新しく掘られた次の坑道へ向かう。

「最後のひとつは、あちらでございます」

勘兵衛は弟子たちに綿密な縄引をさせた上で、経験と勘により良質な立合を見事に掘り当てる。

与右衛門は、共に間歩を歩きながら銀黒の色合いやムカデの入り具合から、いかに判断すべきかを学んできた。

切羽《きりは》まで辿《たど》り着き、与右衛門が図面通りの出来を確かめ終えると、請人たちが誇らしげに胸を張った。職人たちの腕前は第一級でも、金銀が枯渇すれば、それを活かす場がなくなるのだ。

「ご苦労であった。こっちはムカデがちゃんと出始めておるわい」

勘兵衛ほどの振矩師でさえ外れはあるが、今回の間切は成功だ。

「上がる前に、水揚《みずあ》げ場を確かめておこう」

間切請人たちと別れ、先に立つ勘兵衛に続いて丸木梯子《まるきはしご》を上り、進み、また下ってゆく。

地底に蟻《あり》の巣《す》のごとく張《は》り巡《めぐ》らされた間歩の坑道を知り尽くさねば、一人前の振矩師とはいえぬ。

勘兵衛は振矩術だけでなく、道具の製作から保安のための支柱法や排気、小判の鋳造《ちゅうぞう》に至るまで、金銀山のあらゆる仕事に明るかった。

二人は「廊下」と呼ぶ水平な長い坑道へ出た。

不正に目を光らせる敷役人《しきやくにん》が鏈《くさり》を運ぶ荷揚穿子《にあげほりこ》たちの出入りを検めている。

廊下が尽きた先の敷《しき》に、金穿大工《かなほり》がいた。

筵《むしろ》に座って岩壁《いわかべ》へ向かい、上田箸《うえだばし》と呼ばれる鉄鋏《てつばさみ》で挟んだ槌《つち》で鏨《たがね》を打ち、採掘する。技が必要なため、払いのいい仕事だ。二人一組で順繰りに掘って、二刻《ふたとき》に一度は休みも取れた。

「小僧、そろそろ鏨が駄目になっちまいそうだ。わしのも余分に持ってきてくれんか」

大工が十歳ばかりの穿子に声をかけている。鏈を削り取るうち、鏨はどんどん摩《す》り減るから、二日に一度は替えが必要だ。

「おやじ、ムカデの塩梅《あんばい》はどうじゃな?」

どれだけ多忙でも、勘兵衛は頻繁に間歩へ下り、大工や穿子たちに親しく声をかける。佐渡で「大工」とは金穿大工の謂《い》いで、山師の下にある「金児《かなこ》」の指図に従う。大工以外の雑役夫が「穿《ほ》子《こ》」であり、山留、樋引《といひき》、水替《みずかえ》、手伝など多岐にわたる。

「やっぱりこの五年ほどは、ちっこいムカデしかおりゃせんなあ」

「腕前のほうは天下一じゃのにのう」

「全くでさ。おまけに水まで染み出してきやがった。割間歩《わりまぶ》も騙《だま》しだましやってきたけど、あと五年がいいところじゃねぇですかい?」

相川金銀山には、東西に走る二十一の大きな立合があるが、その中で〈割間歩〉は根本かつ最大と言われた。佐渡金銀山随一の宝庫で、余りに巨大であるために、別の場所から掘り始めた間歩が繋がり、一つの立合を掘っていたと後に判明するほどで、ゆえに割間歩は、間歩としての別名を幾つも持ってさえいた。

割間歩は大久保時代から乱掘されて一度閉じられたものの、勘兵衛が十年余り前に間切に成功して採掘が再開された。だが、およそ金銀の採掘は、途中から水との果てなき戦いに変わる。敷が地中深くなるにつれ、水が大量に湧き出して、排水し続けない限り採掘できないからだ。

割間歩も、水との戦いに明け暮れてきた。

敷がすでに海水面の下まで達している上、釜《かま》ノ口《くち》の多くが沢筋に位置するために湧水や流入水も多く、水に悩まされ続けている。

近くに谷や川筋があれば、勘兵衛はそこまでごく短い水抜きを掘り、あるいは間歩の内外を繋ぐ〈横合《よこあい》〉を掘るなど工夫を重ねて水を抜いてきたが、水との戦いは限界に達しつつあった。

濡れた打替木を慎重に降り、また梯子を登って進むと、勘兵衛が突然立ち止まった。しゃがみ込み、紙燭《しそく》で照らしながら、骨ばった手を丸太へ伸ばしている。

「与右衛門、この山留をどう見る?」

一見する限り異状はないが、丸太のぐらつきを確かめて、驚いた。這《は》いつくばってよく見ると、一番下の古い丸太が腐り始めている。岩から染み出てきた水のせいだ。

「早めに組み直しておこう。上がったら山留の手配を頼む」

「隣敷《となりじき》の柄山《がらやま》の廃石を使いましょう。留木《とめぎ》は楢《なら》の半割丸太で、手伝穿子に運ばせせます。諏訪間歩の二の舞はかないませぬゆえ」

強固な岩盤でも脆《もろ》い箇所はあり、放置すれば崩れて人の命さえ奪いかねない。そこで、木材と廃石を組み合わせて、弱い部分や広くなりすぎた天井を支え、壁を押さえる〈山留〉により岩盤を補強するわけだ。坑道掘りには欠かせぬ技術であり、奉行所の大事な役回りだった。

それだけに、あの大崩落は勘兵衛にとって痛恨事であったろう。

「先生と間歩を歩いておりますと、本当に振矩師としてやってゆけるのか、自信を失くしまする」

勘兵衛は一瞥《いちべつ》しただけで些細《ささい》な異変を感じ取り、ただちに適切な手を打つ。金銀の産量が下降の一途を辿《たど》る佐渡が生きながらえてきたのは、勘兵衛の的確な差配の下、優れた職人たちが間歩内外のそれぞれの持ち場で、日夜懸命に働いているからだ。

「間歩は人の体に似ておる。病にならぬよう、足繁《あししげ》く通って、皆の声に耳を傾けよ。お前に足りぬのは経験だけじゃ」

勘兵衛とていつまでも達者ではない。師の期待に応えて後を継ぎ、佐渡を再興させるのだ。

「水替《みずかえ》はしっかりやってくれとるはずじゃが」

さらに降りてゆくと、川が飛沫《しぶき》を立てながら地底を流れるような音が聞こえてきた。

敷で大工たちが鏨《たがね》を振るう下では、樋引《といひき》たちが両手で水上輪《すいしょうりん》を回している。

水上輪は十尺（約三メートル）ほどの長い筒の中に螺旋《らせん》状の板を取り付けてあり、取っ手を回せば、汲上《くみあ》げ口に置いた小さな請舟《うけぶね》まで水が汲み上がる巧妙な仕掛けだ。四十年ほど前に佐渡にもたらされた便利な道具で、割間歩全体で二百本余りが稼働していた。

勘兵衛は樋引一人ひとりに親しく声をかけ、励ましてゆく。

「水替たちに会《お》うてから、上がるといたそう」

この下では、父の与蔵が働いていている。

湧水を放置すれば金穿もできず、間歩が水没してしまう。採掘になくてはならぬ縁の下の力持ちだが、金銀山の中で最も過酷な仕事は、手繰水替《てぐりみずかえ》ではないか。

水上輪は勾配が百分の三十を超えると使えない。そこで、井車を坑道の天井に取り付け、釣瓶《つるべ》で汲み上げるのだ。水を汲み出すだけの単純な仕事で、根気と体力さえあれば誰でもでき、払いは日に二百八十文。悪くない実入りでも、なり手は少ない。

(明けても暮れても、水だらけか)

金穿大工は、形のある鏈《くさり》を採掘しながら坑道を掘り進む。山留は、人の身を守るために普請をする。手伝なら、色々な物を届けて雑事をこなす。ささやかではあれ、目に見える成果が多少はあり、たまには感謝もされて、自分が役に立っていると感じられるはずだ。

それに引き換え水替は、光も差さぬ地底の最深、全く同じ場所で、決して尽きぬ水を延々と汲み上げ続ける。水また水、果つることなき水汲みで、命を擦《す》り減らしながら働く。

「塩梅はいかがじゃな、与蔵?」

勘兵衛から声をかけられても、父は無愛想に軽く頭を下げただけだ。引き締まった体に褌《ふんどし》一丁、頭にはてへんの代わりに、四角い布を三角に折り被っている。

与蔵は、左右の岩に渡された打替木の上に立ち、鉄輪をはめた金桶を受け取って、請舟のそばにいる若人に渡してゆく。隔日交代でひたすら湧水を汲み出す作業だ。

稼いだ小金は、生活の糧や唯一の楽しみである酒代に消えてゆく。かつて剣豪と謳《うた》われた武士にとって、水替など屈辱のはずだが、愚痴ひとつ聞いた覚えがなかった。

(水揚げ場は、地獄とどこが違うんだ……)

心の中で、与右衛門はやり場のない怒りを持て余す。

十幾年も水汲みを続けるうち、与蔵は前かがみで猫背気味になった。瀬戸内は三備《さんび》の米津《よねづ》にいた頃は、背筋をピンと伸ばした精悍《せいかん》な侍が、何と情けない姿になったのか。与右衛門が振矩師を志したのは、変わり果ててゆく父の姿を見ながら育ち、悔しく思ったからだった。

「頼むぞ、皆の衆。お前たちが金銀山を、佐渡を支えてくれておるのじゃ」

勘兵衛の労《ねぎら》いの言葉は、水汲みの音に邪魔されながらも、与蔵たちに届いたろうか。

2

「あら、与右衛門さんが先だったのね。与蔵さんかと思った」

奉行所から下戸町《おりとまち》の長屋へ戻ると、明かりが灯っており、煮炊き物のいい匂いがした。

お鴇《とき》は下京町《しもきょうまち》の三階建てに住むが、神隠しに遭《あ》ったように父のトンチボが消えた後、独りでは寂しいからと一緒に夕餉《ゆうげ》を取る日もあった。

「今夜は生麩《なまふ》もあるのよ」

お鴇は料理が得意だ。中でも上方《かみがた》の旅商人から作り方を教わった麩料理は絶品で、吉祥屋でも腕を振るっていた。

「親父殿は朝で上がるはずだったのに、体を壊した水替が出たらしい」

水揚げ場で働く父を、与右衛門は気の毒というより愚かだと思っていた。若い頃に剣術で体を鍛《きた》えて頑丈《がんじょう》なぶん病とは無縁ながら、かえってそれが裏目に出ている気もした。

「与蔵さんって怖そうに見えるけど、本当はとても優しい人だもの」

何年か前、生魚の振り売りを頼まれたお鴇は、往来で転んで品を駄目にしてしまった。途方に暮れて泣いていると、与蔵が「わしにくれんか」と全部買ってくれた。その夜はトンチボとお鴇が来て、御礼に料理を作ってくれたのだが、あの時ほど美味《おい》しい魚を腹いっぱい食べた日はない。

遠からず与右衛門は一人前の振矩師となってお鴇と結ばれ、佐渡を蘇《よみがえ》らせたいと熱い志を抱いている。でも、間歩に潜《もぐ》ってばかりの与蔵は何のために生きているのだろう。なぜ苦行のように水替を続けるのか。

昔、佐渡へ渡った理由を尋ねたことがある。ぼそりと「故郷《ふるさと》を取り戻すためだ」と答えが返ってきた。佐渡へ移り住んだ時、与右衛門は六歳だったから、米津の思い出は少ししかない。瀬戸内の明るい海の青も、晴ればかりの空も、からりとした空気も、柔らかい潮の匂いも、佐渡とは正反対だった気がする。もう米津には縁者もおらず、先祖代々の墓も無縁仏《むえんぼとけ》になっているらしいが。

「ところで奉行所じゃ、ボンクラさんの件はどんげぇになっとるっちゃ?」

小気味《こきみ》よい音を立てて大根を刻みながら、お鴇が台所の流し台から尋ねてきた。こうやって座敷で着流し姿で寛《くつろ》いでいると、まるでもう夫婦《めおと》になったような心地がする。

「留守居役は、例の能面を弄《もてあそ》んで呪われたあげく、自死《じし》したって筋書きで、グウタラ侍は幕引きを図る肚《はら》みたいだ」

ボンクラ留守居役こと升田喜平の骸が発見されて約ひと月、勘兵衛のもとで金銀山は日々変わらず動いていたが、下手人《げしゅにん》はまだ挙がっていない。

升田はあの夜、何の用か知れぬが、間ノ山番所《あいのやまばんしょ》を通って道遊《どうゆう》の割戸《わりと》へ向かった。稼行《かこう》している間歩への出入りは必ず番所を通るが、その先の道遊へ向かう場合も同じだ。升田は御役宅《おやくたく》に戻らなかったが、朝帰りは日常茶飯だったから、誰も気に留めなかった。

だがその夜半、廃された道遊へ向かった者は升田だけだった。北佐渡の険しい山中を大回りしたとは思えぬし、下手に御用林《ごようりん》へ立ち入れば獄門《ごくもん》にされる。そもそもどうやって、升田を割戸まで呼び出すのだ？　つまり、殺しとは考えにくい。

結局、升田は自ら首を吊《つ》ったとされ、他方、能舞台で磔《はりつけ》にされたのは大癋見《おおべしみ》であり、ついに天罰が下ったものの、その死を悼《いた》んだ誰かが、どこぞへ骸を運んで密かに弔《とむら》ったのだと言われていた。

「平助さんが、佐渡の新しい名産として、呪いの大癋見を江戸で売り出すそうよ。藁人形《わらにんぎょう》に五寸釘《ごすんくぎ》よりは効きそうだし、絶対に儲《もう》かるんですって」

馬鹿げた話だ。ボンクラの死の真相はさしたる大事でもなかろうが、本当に大癋見は死んだのか。怪事件が続き、呪いの話を信じて離島する者まで出てきた。このままでは洪水や立合《たてあい》の枯渇、間歩の水没まで呪いのせいにされて、佐渡の衰退に追い討ちをかけかねない。

「グウタラ侍は、大癋見相手に手も足も出ないんだ」

情けないことに、新しい留守居役が任命されるまで、島では広間役が最上位の役人だ。

「でも、何か調べておいでの様子よ。町でも山でも湊でも、すぐに誰かと仲良くなって話し込んでいるもの。今じゃ、すっかり吉祥屋の常連だし」

女将《おかみ》のあてびが営む遊郭《ゆうかく》へ行けば、佐渡で有力な男たちと話せるが、吉大夫は遊んでいるだけとしか思えない。

「グウタラ侍が物見遊山《ものみゆさん》で何年油を売ったとて、だちかん（埒《らち》は明かない）」

「先生はどんげぇに仰っとるっちゃ？」

「ひと月待てとさ。いよいよ来月には荻原様がお越しになる。当代随一の切れ者よと名高き能吏だから、佐渡のため必ずやよきに計らわれるはずとお考えだ」

お鴇が車麩《くるまふ》の煮物を飯台《はんだい》の上に置いた。

季節によって合わせる具は違うが、大根や椎茸《しいたけ》と一緒に甘辛く煮込んである。本来は高値だが、お鴇は麩屋《ふや》の主《あるじ》に可愛がられていて、売れ残りや切れ端などをもらえた。

「女将さんが荻原さまの面白話《おもしろばなし》を仕入れたの」

吉祥屋は宿屋でもあり、越後《えちご》、江戸や上方の商人《あきんど》たちから、あてびが上手に話を聞き出す。佐渡を憂《うれ》う勘兵衛が遊郭に出入りする大きな理由でもあった。

「荻原さまの若い頃のあだ名の話よ」

十七年前、幕府は広く経理勘算《けいりかんざん》の途《みち》に明るい天下の俊秀を、江戸城勘定所に集めた。太閤検地《たいこうけんち》以来、約八十年にわたり手付かずの畿内《きない》で、総検地を断行するためだった。先行する関東の寛文《かんぶん》検地も難渋《なんじゅう》したが、長い歴史の積み重なった畿内では、境界や持分《もちぶん》も不明なまま土地が複雑怪奇に入り組み、途方もなく煩雑で面倒な検地となることが目に見えていた。幕府側の大幅な体制強化が急務とされたわけである。

「三十二人いた秀才たちの中で、荻原さまは抜群の切れ者でいらして、ついたあだ名《な》が〈焼き剃刀《かみそり》〉なの」

頭の良さはしばしば剃刀に喩《たと》えられるが、なぜ焼き剃刀なのだろう。

ともかく、優れた奉行の就任は、危殆《きたい》に瀕する佐渡にとって頼もしい話だ。

「勘定所にはもう一枚、物凄《ものすご》い剃刀があったんですって。切れ味は荻原さまと同じくらい鋭くて、〈凍《い》て剃刀〉と呼ばれていたそうよ」

二人の知力は同期で図抜けていたが、気性の激烈な荻原に対し、もう一人は沈着冷静な若者だったらしい。

「凍て剃刀は途中で勘定所を辞めたらしくて、その後の消息はわからないそうだけれど」

どれだけ才能があっても、運次第で世に出ず埋もれてしまう人間は珍しくない。例えば与蔵ほどの剣豪が水替をやっているように……。

「荻原様には自慢の焼き剃刀で、佐渡の不景気を断ち切ってもらいたいものだ」

「底なし沼みたいだって、女将さんも嘆いとった。新しいお奉行さまが佐渡を一から立て直してくださると信じましょう」

金銀の産出量は年々目に見えて減り続けていた。銭がなければ遊郭で遊べもしない。あてびも佐渡の衰亡を肌で感じているのだろう。そのどん底の佐渡へ、荻原重秀はやってくる。

「佐渡にもきっと、夜明けが来る」

戸口でゴソゴソと物音がした。与蔵だ。

「お帰りなさいまし」と、お鴇が流し台から通り土間《どま》を駆けてゆく。与右衛門はお鴇の後ろから挨拶し、父と共に座敷へ上がった。

「働きづめでお疲れのはず。後で江戸沢町《えどさわまち》の湯屋《ゆや》などいかがですか？」

相川に湯屋は二十軒近くあり、真夜中以外はたいてい開いている。

「いや、水なら、十分に浴びた」

勘兵衛や弟子たちと湯屋へよく行くが、与蔵とは最後にいつ行ったか覚えていない。

「されば、お鴇自慢の麩《ふ》料理を楽しまれませ」

父がうなずくと、会話はすぐに途絶えた。

与蔵との会話がなくなったのは、与右衛門が子供の遊びをやめた頃からだ。父が地底深くで水替を続け、子が振矩師を目指すうち、父子は別方向へ掘り進む坑道のように、次第に離れていった。このまま、もう交わることはないのかも知れない。

「与蔵さん、先生がくださった大評判の旅烏《たびがらす》ですよ。品薄でなかなか手に入らないんですから」

お鴇が注いでくれる赤土の酒器で、父子が乾杯した。

酒豪の与蔵はただ黙々と飲む。ふだんは一合十二文の安い濁り酒だからか、この日は「美味いな」と低い声でひと言、ぼそりとこぼした。

「さあ、焼き麩ができました。車麩《くるまふ》は贅沢《ぜいたく》な四回巻きですからね」

焦げ目の付いた車麩の匂いが香ばしい。

「甘辛い味が染みていて、絶妙だ。ほら、親父殿も」

お鴇を中心に、見かけの上は話が弾《はず》んだ。

本当はトンチボが戻らず不安だろうが、お鴇はそんな素振りを見せない。妻にして守りたいと強く思った。

話題が山方《やまかた》の苦労話になった。

勘兵衛と弟子たちは、割間歩《わりまぶ》を始め幾つもの間歩の間切《けんぎり》と水抜きに成功し、水上輪《すいしょうりん》を大々的に取り入れ、復活させてきた。のみならず、硬い岩盤を掘削する技を用い、岩山を切り崩して小倉《おぐら》や岩《いわ》首《くび》で千枚田《せんまいだ》を作り、但馬《たじま》の新田《しんでん》から江道へ掛樋《かけひ》で水路を通し、二見《ふたみ》や小木《おぎ》にため池を作った。佐渡奉行に進言して、樋引人足賃の島民負担を止めさせもした。

ずっと黙ったままの与蔵は、「山方役は立派なお人じゃ。お前も精進《しょうじん》せい」と言っただけだが、めったに人を評しない父に師が褒められて、与右衛門はわが事のように嬉しく思った。

かいがいしく働くお鴇の姿が愛おしい。食事が済んで旅烏も空になると、与右衛門はひとつの決心をして、与蔵に向かい畏《かしこ》まった。

「親父殿、先生から一人前の振矩師だと認められた暁《あかつき》には、お鴇と所帯を持ちたいと存じております」

与蔵の仏頂面《ぶっちょうづら》がわずかに綻《ほころ》びかけた時、お鴇が慌《あわ》てた様子で口を挟んできた。

「まあ、与右衛門さんたら。父《とと》も見つからないし、まだ先の話ですから」

お鴇の意外な言葉に、与右衛門は戸惑《とまど》った。否の答えは予期していなかった。やはりあてびと勘兵衛に相談してからにすべきだったと悔《く や》んだ。

「トンチボはよき人じゃ。早く戻るとよいな」

与蔵が締めくくって小宴もお開きとなり、後片付けが済むと、お鴇を下京町《しもきょうまち》まで送る。

牢坂《ろうさか》を登りながらさっきの話をしようかと迷ったが、確かに父親が行方《ゆくえ》知れずでは、縁組どころではなかろうと思い直した。

長屋へ戻ってくると、座敷に二つぶん床が並べて敷いてあった。

「わしは寝るぞ。明日も早いでな」

瓦灯《がとう》の明かりを消した暗がりの中で、与右衛門は勇気を出して尋ねてみた。

「親父殿はいつまで水汲《みずく》みを続けるのですか」

「人様の役に立つ間はな」

返す言葉も見つからぬうち、いびきが聞こえてきた。今日も、若くはない体を酷使し、疲れ果てたのだろう。与蔵がまるで自らを罰し続けているようにさえ、与右衛門には思えた。

佐渡を蘇《よみがえ》らせるために、振矩師がなすべきことは明らかだ。

十三の齢《とし》から見習い振矩師として師に付き従い、間歩で水と格闘し続けてきた与右衛門の目が大きく開かれたのは四年前、予期せぬ出水のために、大切《おおきり》間歩で慮外《りょがい》の死者が出た、あの日だった——。


「先生、またどこかで、かような変災が起こるのでしょうか」

やるせない絶望の言葉が口を突いて出た。

水揚げ場で山留が突然崩れ、水替が一人亡くなった。半月ほど前から湧水量が急増し、水替の数を増やしていた敷《しき》だった。水の力に山留が負けたのである。

「赦《ゆる》してくれい。この間歩はもう閉じるべきじゃった……」

死んだのは国仲《くになか》の貧農の若い三男だった。その骸《むくろ》を抱き締めながら、勘兵衛は涙していた。勘兵衛が大切間歩の閉山を訴えた時、升田は「いま少し様子を見るべし」と渋った。間歩を廃すれば、金銀の産量が減り、奉行の覚えも悪くなるからだ。

「急ぎ山留の手配をいたしまする」

「いや。大切でこれ以上の水汲みは無理じゃ。わしから留守居役に、改めて閉山を進言する」

荷揚穿子《にあげほりこ》たちが若い骸を戸板に載せ、水揚げ場から運び出してゆく。

「先生、佐渡はこのまま水に負けて、滅ぶのでございましょうか」

ぼそりとした問いは、地の底でこだまし、絶え間ない湧水音の中へ消えていった。

勘兵衛は膝下《ひざした》まで上昇してきた水面に片手をやり、澄んだ水をすくった。

「いや、水に勝つ方法はある」

勘兵衛が手中の水を荒々しく握った。音を立てて水飛沫《みずしぶき》が弾《はじ》け飛ぶ。

「海へ至る道を地底に貫き、割間歩《わりまぶ》の忌々《いまいま》しき水を一気に抜く。惣水貫《そうみずぬき》じゃ」

師の口から出た意外な言葉に耳を疑った。

「しかし、先生。惣水貫は禁じ手ではございませぬか」

約五十年前、奉行所は十二年の歳月をかけ、膨大な銭を投じて四百八十間《けん》の〈水金沢《みずかねさわ》惣水貫〉を鳴り物入りで完成させた。

手練《てだ》れの振矩師植木半三《うえきはんぞう》による普請《ふしん》は、既存の廃坑道を上手に繋《つな》いだものの、起点の位置が高かったために、期待したほど水は抜けず、請舟《うけぶね》二百六十艘のうち五十艘を節しえたのみだった。そのため、割間歩ではなお約六百人の樋引《といひき》を必要とした。とても成果に見合う銭と労力ではなく、むしろ開鑿《かいさく》前年に導入された水上輪のほうがはるかに有効だった。

ゆえに五十年もの間、もう誰も惣水貫を作ろうとは言い出さなかった。水は人力で汲み出すしかないのだ。

当時は大盛《おおざか》りだったから失敗も許されたが、同じ轍《てつ》を踏めば、佐渡は終焉《しゅうえん》を迎えよう。

「佐渡を救う道は、惣水貫をおいて、ない」

勘兵衛の迷いなき断言に、与右衛門は打ち震えた。

海へ通じる長大な坑道を岩盤中に貫き、水を一掃する。もしも佐渡金銀山最大の割間歩の底から水を抜ければ、死んだはずの間歩が次々と蘇《よみがえ》るであろう。

「われらの振矩術は、かつてない高みにある」

佐渡復活の奇跡を起こせる者は、振矩術を自在に駆使できる一流の振矩師だけだ。

あの時から、与右衛門の頭の中にはいつも惣水貫があった――。

3

翌朝、与右衛門は下戸町《おりとまち》の長屋を駆け出て、牢坂の石段を一段飛ばしで登った。ふだんは着流《きなが》し姿だが、奉行所へ出向く時はきちんと羽織を着る。

長い坂を登り切って、奉行所とは反対の方角へ足を向けた。閑古鳥《かんこどり》の鳴く道場を左手に見ながら少し歩くと、眺めのいい場所がある。

お気に入りの見晴らしからは、春を迎えようとする相川の下町《したまち》と海が見えた。大佐渡《おおさど》の山では、雪割草《ゆきわりそう》が青や紫の小さな花を付け始めている頃だろう。

「荻原様の下で心機一転、惣水貫をやるんだ」

あえて、決意を口に出してみた。

いよいよ今日、ずっと思案してきた腹案を師にぶつける。

およそ地下の坑道は、あらゆる方向へ掘られ、海より深くなった箇所を含めて複雑怪奇に入り組みながら、下部が水没している。

間歩同士の繋がり、大小の水抜き穴や廃坑道との連結に加え、岩盤の硬さや湧水量などで、普請《ふしん》の難度も変わる。

（どこからどこへ水を抜くのが、最善の策か）

与右衛門は背後の山々を振り返った。

なだらかな坂が続く京町《きょうまち》、大工町《だいくまち》の向こうにある金銀山から地底を貫き、海まで到達する長大な惣水貫である。

懐から振矩絵図《ふりがねえず》を取り出して、開く。

割間歩は庄次郎敷《しょうじろうじき》、吉之丞敷《きちのじょうじき》、飴屋敷《あめやじき》、河野敷《こうのじき》など大盛《おおざか》りを演じた無数の稼《かせ》ぎ場《ば》を持ち、六つもの釜ノ口がある。今も建場《たてば》が四十数軒あり、石撰女《いしえりめ》が二百五十余名もいて、荷置場《におきば》も設置されていた。もともと一つの大立合《おおたてあい》を別々の山師が掘り進めるうち地下で坑道が接続したため、割間歩は宗《そう》大夫《だゆう》、宗遊《そうゆう》、籠屋《かごや》、七枚棚《しちまいだな》、新切山《しんきりやま》、藤野《ふじの》、そして大崩落のあった諏訪《すわ》など多数の間歩群で構成されていた。

この巨大な間歩を復活させるのだ。

一番低い諏訪間歩を起点とすれば、その上にある他の間歩群の水も一挙に抜ける。だが、諏訪間歩は海底より相当深く掘り進んで水没した廃間歩だ。

掘り進める坑道が海面を下回れば、その先の勾配を得られず水が流れなくなり、逆流を起こして排水できない。普請は失敗だ。加えて、大久保時代に乱掘されたため、普請の安全を考えると、起点にできる場所も限られていた。

与右衛門が実際に歩いて選んだ起点は、海面からの高さが十間《けん》（約十八メートル）。終点は、掘削距離が最も短くて済む南沢《みなみざわ》の妙蓮寺《みょうれんじ》滝《たき》の下以外になく、約六百間（約一・一キロメートル）の坑道となる。

日の差さぬ地底で、海面すれすれに両端から迎え掘りし、約六十分の一の傾斜を守り続けて接合させる。はたして、できるのか。

名振矩師《めいふりがねし》と言われた植木半三の時代、すでに諏訪間歩は水没していた。記録を見ると、植木も同様の検討をしたものの、最終的に断念していた。不可能と見たからだ。

(諏訪を捨てて、ひとつ上の籠屋《かごや》なら……)

少し高い位置から始められるぶん失敗はしにくいが、排水できる量は減り、掘削距離も長くなる。確実に成功させるなら、さらに上の宗遊《そうゆう》間歩だが、諏訪も籠屋もその近くの間歩も救えず、水金沢の二番煎《にばんせん》じとなろう。

(この大普請《おおぶしん》は先生の下で成し遂げるんだ。独りでやるわけじゃない)

与右衛門は振矩絵図を丁寧に折り畳むと、見晴らしを出て奉行所へ向かった。

勘兵衛は、早く答えを欲しがる弟子たちに、自分の頭で思案するよう言い聞かせた。無理だと誰かが匙《さじ》を投げると、「振矩師はできぬ理由ではなく、いかにすればできるかを考え抜くのじゃ」と応じたものだ。

なじみの老番士に挨拶して大御門《おおごもん》をくぐった。広間役など身分の高い侍は玄関から御役所に入るが、通常は狭い中ノ口を使う。

うるさく鳴る鶯張《うぐいすば》りの廊下を進み、筋金所の隣の十畳間へ入ると、勘兵衛が膨大な書類の山に囲まれながら、胴長の中年男の話を聞いていた。「モグラ」というあだ名の油御買上役《あぶらおかいあげやく》だ。身分の低い端役《はやく》だったが、勘兵衛に取り立てられ、佐渡のために少しでも安く油を島に入れようと奔走していた。

「金銀山入用の油のほうは私が引き受ける。上方《かみがた》へ文も送っておこう」

明るい顔になったモグラを送り出した勘兵衛と朝の挨拶を交わす。苦労人の顔だ。

水戸《みと》の酒屋の奉公人だった勘兵衛は、三十年ほど前に店が潰れたのをきっかけに、人生をやり直すべく佐渡へ渡ったと聞く。

三十路も過ぎて水替から始め、金銀山のあらゆる仕事を嫌がらずに引き受けた。奉行所でも端役をこなすうち、当時の留守居役の目に留まった。算術の特技も幸いして番所の帳付を任せられるや頭角を現し、ついには山方役筆頭にまで取り立てられた。

「先生。例の惣水貫の件、某《それがし》の浅見《せんけん》を披露《ひろう》いたしたく存じまする」

向かい合って座ると、勘兵衛が微笑んだ。

「どこからどこへ通すのが最善か、それぞれの腹案を紙に書いてみんか？」

勘兵衛は硯《すずり》に墨《すみ》を磨《す》り足すと、自らさらさらと書いた後、別の紙と筆を渡してきた。

与右衛門は師に背を向け、紙上に筆を走らせる。紙を裏返して持ち、前へ向き直った。

「されば」と、手中の紙を表に返して示す。

二人は同時に声を立てて笑った。

筆跡こそ違え、いずれの紙にも「諏訪」と「南沢」の字があったのである。与右衛門が提案した間切《けんぎり》で、期待通りのムカデを見つけた時よりも嬉しかった。

綻《ほころ》んでいた師の痩せた頰が引き締まる。

「これにて、わが佐渡の進むべき道は定まった。南沢惣水貫《みなみざわそうみずぬき》じゃ」

その名は、乾き切っていた土に慈雨《じう》が染み込むように、与右衛門の心へ深く刻み込まれてゆく。

成功すれば、相川は再び山盛《やまざか》りを迎え、佐渡再興は成る。

「急ぎ目論見《もくろみ》を作るべし。江戸の新奉行に建白書《けんぱくしょ》をお送りしておきたい。前代未聞《ぜんだいみもん》の大普請ゆえ困難を極めようが、いかほどの時と銭が掛かるか、勘定してみてくれんか。普請のための振矩絵図も作り始めよ」

胸が躍《おど》った。一人ならとても無理だが、この師に従《つ》いて行けば必ず実現できる。

「お任せくださりませ」

六百間余にわたり、真っ暗な地底の岩盤を穿《うが》ちながら、ひたすら掘り進む。廃間歩と廃坑道を繋いだ水金沢でさえ、十二年十二万両を要した。すべて新しく掘る南沢は、はるかに難しい普請となるだろう。

明暦《めいれき》の大火で焼け落ちた江戸城天守は、完成まで三十七年を要したと聞くが、将軍の権威を高めこそすれ、城のおかげで国が栄えたわけではない。これに対し、南沢惣水貫は世のため人のために大きな意義があり、後世の遺産ともなろう。未曾有《みぞう》の大普請に何年何万両掛かるのか、まだ想像もつかぬが、荻原は勘定吟味役《かんじょうぎんみやく》として桁違いの銭を動かしてきた大物だ。不可欠とわかれば、何とかしてくれよう。

「この件は、慎重を期して進める。当面くれぐれも内密にな」

厳しい顔で固く口を結ぶ勘兵衛に、与右衛門はうなずき返す。

四年前に惣水貫の開鑿《かいさく》を決意した時、勘兵衛は根回しを試みたものの、ことごとく失敗に終わっていた。

ボンクラ留守居役の升田は「惣水貫」という言葉を出しただけで、ろくに話も聞かず一笑に付した。遊山《ゆさん》に訪れた佐渡奉行の鈴木三郎九郎《すずきさぶろうくろう》に直接説いても、「次の奉行に申せ」とけんもほろろだった。交代の時期を見据《みす》えれば、成功しても己《おのれ》の手柄にならぬし、失敗すれば目も当てられないからだ。

升田のもとで長年ぬるま湯に浸かり、受け身の仕事ばかりしてきた小役人たちも、大普請などすれば忙しくなる。今のままが一番楽でいい。勘兵衛を慕う者たちでさえ、この件ばかりは一様に敬遠した。

奉行所だけではない。いざ大普請が始まり人手が足りなくなれば、そのぶん賃金が上がり、山師たちは安く働かせていた自分山《じぶんやま》の人手を奪われかねなかった。失敗すれば、万両の大損を出した幕府は、もう新たな立合《たてあい》探しに思い切った銭を出せまい。

金銀山を緩やかに衰微させて閉じるか、それとも、乾坤一擲《けんこんいってき》の大勝負に出るか。危ない橋を渡るより、自分の代ではこれまで通り細々と採掘を続けたほうが賢いと算盤《そろばん》を弾《はじ》き、多くの山師たちは反対した。

「特に後藤様には気取られぬよう。惣水貫の件は諦めよと、何度も釘を刺されておるでな」

江戸は金座の御用改係《ごようあらためがかり》を務める後藤庄三郎《しょうざぶろう》は昔、金銀貨を吹かせるために手代《てだい》の庄兵衛《しょうべえ》を佐渡に遣わしたが、今や後藤庄兵衛家はその家格と財力ゆえに、佐渡で隠然たる力を持つに至っていた。奉行所を表とするなら、佐渡の裏の顔である。

金銀山が枯渇すれば後藤家も困るはずだが、立派だった先代と違い、当代の庄兵衛は袖の下次第でどうとでも動くし、定見を持たず、惣水貫は「多くの者が嫌がっている」という理由で猛反対していた。

つまり南沢惣水貫の開鑿は、佐渡の有力者たちの反対を押し切って進めねばならぬ。奉行も留守居役も、外から来た旅者《たびのもん》にすぎず、佐渡に生涯関わるわけではない。それなら、大勢の反対を押し切ってまで佐渡のために冒険などせず、任期のうちだけ無難にやり過ごしたほうが賢い。だから、勘兵衛がいかに説こうとも、保身に回る奉行が面倒を抱え込むはずもないのだが、前評判によれば、荻原重秀はこれまでの奉行と違うらしい。それに、賭ける。

「ところで、荻原様のお迎えの件で、少々困ったことになってのう」

勘兵衛が申し訳なさそうな顔をした。上役や配下の尻拭《しりぬぐ》いなどで雑用が生じ、与右衛門に手伝いを頼む時の表情だ。

「新奉行の渡海まで、あとひと月。従前の例に倣《なろ》うて、相応の歓待をせねばならんが、広間役にお尋ねしたところ、『出迎え歓迎、一切無用』と仰せでな」

「何と……」与右衛門は絶句した。

高位の役人がはるばる佐渡を訪れると、身分に応じた接待が行われる。当然の慣例だ。接待にとりわけ力を入れた升田は、必ず潟上《かたがみ》温泉へ案内し、三日三晩祝宴を続けた。留守居役不在の今、広間役がその任に当たるべきだが、放っておけば誰かがやると、吉大夫は高《たか》を括《くく》っているのだろう。

今の奉行所で、責任重大なこの役目をそつなくこなせる人間は、勘兵衛だけだった。本来の職分でなくとも、できる者がやるしかない。当然、与右衛門も手伝う羽目になる。

「何事も出だしが肝心《かんじん》よ。誠意を込めて荻原様をお迎えせねばなるまい。すまぬが、われらで骨を折るほかなさそうじゃ」

山が不景気で、奉行所は常に手元不如意《てもとふにょい》だが、多少無理をしても将来のためだ。胡麻すりは嫌いだが、荻原に取り入ってでも、惣水貫を実現せねばならぬ。

「そういえば、広間役が諏訪間歩を案内してほしいと仰せであった。崩落の場をご覧になりたいそうな」

吉大夫の野次馬根性に腹が立った。

ふだんの山方の仕事に加え、南沢惣水貫の開鑿建白書《かいさくけんぱくしょ》を起案するほか、新奉行歓迎の支度まで入ったのだ。

与右衛門は肩を怒らせながら応じた。

「今さら素人が見たとて、何もわかりますまい。きっとどこかの旗本か何かが、やる気も才覚もない部屋住みを、家柄だけで荻原様に捻《ね》じ込んできたのでございましょう」

「荻原様にさような横車《よこぐるま》は通用すまい。当人のお話では、若い頃に諸国を放浪した後、先日まで吉原《よしわら》の遊郭に雇われておったそうな」

さようなろくでなしが、なぜ天下の荻原重秀に認められて、広間役に抜擢《ばってき》されたのか。

勘兵衛の頼みだから引き受けるが、諏訪間歩を案内する件は、しばらく放っておこうと、与右衛門は決めた。

4

ようやく佐渡にも遅い春がやってきて、日も少し長くなった。

この季節になると、国仲《くになか》平野を見下ろす最高峰金北山《きんぽくさん》の南斜面に、猿が種をまくように見える

〈種まき猿〉の雪形《ゆきがた》が残るが、今年はすでに現れたと聞いた。

奉行所を出た与右衛門は、下戸町《おりとまち》の長屋へ帰らず、京町《きょうまち》の緩やかな坂を登ってゆく。気は進まないのに、いつもの癖で早足だ。

煙草屋《たばこや》の角を曲がり、客のいない呉服屋《ごふくや》の前を通り過ぎる。

左手の崖下に北沢を望みながら、山のほうへ歩を進めた。油屋《あぶらや》、湯屋《ゆや》、四十物屋《あいものや》、飴屋《あめや》、紙燭屋《しそくや》などが続く。このままずっと歩いて行けば、大工町を経て間ノ山番所があり、金銀山に至る。

（この忙しい時に、女将さんは何用だろう）

女将のあてびが営む〈吉祥屋〉は、宿屋を兼ねた料理屋と、奥の遊郭《ゆうかく》に棟が分かれており、勘兵衛の屋敷に隣接していた。子供の頃はトンチボに連れられ、お鴇と一緒に遊びに行ったが、遊郭の意味を知ってからは足が遠のいた。あてびと遊女たちがいかがわしく、不潔に思えて仕方がなかった。

「んね（お前）は、よその女郎屋《じょろうや》で女を泣かせてる口じゃないか。うちは女を大切にする上客しかとらねぇ。どれだけ銭積まれたって金輪際《こんりんざい》お断りさ。とっとと失せな」

投島田《なげしまだ》の髪の中年女は、天下の公道に仁王立ちし、ドスの利いた声で啖呵《たんか》を切っていた。あてびの友禅染《ゆうぜんぞめ》の小袖は、島の北辺に咲く萱草《かんぞう》の花の色に仕立てさせている。

対する赤ら顔の中年男は、素行の悪さで有名な山師の小川金左衛門《きんざえもん》で、いつかトンチボが喧嘩して殴りかかっていた相手だ。一代で財をなした父親の後を継いだものの、若い頃の放蕩癖《ほうとうへき》が直らず身代《しんだい》を食い潰《つぶ》すばかりで、平助の女郎屋の常連だった。吉祥屋は遊女たちの駆け込み寺だとの評もあるが、なじみの遊女が逃げ込んでしまい、身請《みう》けしたいと交渉に来た、といったところか。

人だかりも出来て決まりが悪くなったのか、小川が舌打ちしながら去ると、あてびが与右衛門に気付いた。パッと表情を変え、妖艶《ようえん》な笑みを浮かべる。

髪に付けている麝香《じゃこう》の甘い匂いが苦手だ。

「あら、ずいぶん久しぶりじゃないの、与右衛門さん。立派になったわね」

幼時から面倒を見てくれた女将には、今も頭は上がらないが、大人扱いされて「さん」づけで呼ばれると、どこか疎遠《そえん》に感じられて寂しく思った。以前は気にも留めなかったが、確かにドキリとするほど、大人の女の婀娜《あだ》っぽい魅力に溢《あふ》れている。

「某《それがし》に話があると言伝《ことづて》をいただきましたが」

お鴇の件だろうか。先月、与右衛門が所帯を持ちたいと言った時、お鴇は煮え切らない返事をしたが、あれ以来、仕事にかまけて会っていなかった。

「大事な話があるのよ。あんたも、すっかりお侍みたいになっちゃったねぇ」

振矩師は侍ではないが、与蔵も水替なのに侍らしさが抜けないし、幼少まで侍の子として躾《しつ》けられた事情もあって、奉行所で仕事をするうち、態度や口調が侍らしくなったらしい。

あてびは上から下まで面白そうにじろじろ見てから、与右衛門を中へ招き入れた。

吉祥屋は広い。酒肴《しゅこう》を出す料理屋の座敷では、酔っ払いが何人も出来上がっていた。

「近ごろのあんたは、呼ばなきゃ来てくれないからさ。うちはちょいと化粧を直してくるから、奥へ行って二階の十番に入っといて」

与右衛門はどきりとした。奥は遊郭だ。揚代《あげだい》は佐渡で最も高く、金三朱《しゅ》だと聞く。女たちを売って金儲けをするあてびに軽蔑を覚えるが、遊郭は女遊びだけでなく、密談の場としても使われ、あの品行方正な勘兵衛でさえよく出入りしていた。

十歳くらいの禿《かむろ》が現れ、奥へ案内してくれた。いずれはこの子もここで身を売るのかと思うと、不憫《ふびん》で気が重くなる。階段を登り、小部屋へ通された。

「よう、待ってたぜ、見習い振矩師」

低音だが明るい声に驚いた。広間役の屈託《くったく》ない笑顔を見て、事情が飲み込めた。

この間、与右衛門は吉大夫を避け続けてきた。奉行所で呼ばれても、予定を変えて間歩へ下りたり、たまに吉大夫が登庁してくると、書庫に籠《こも》って不在を装ったりした。

「ここの麩《ふ》料理は日本一だな。焼いた車麩《くるまふ》もいいが、甘く煮た生麩《なまふ》がまた美味《うめ》ぇんだ。お鴇の得意料理なんだってな。豆腐屋に蒟蒻屋《こんにゃくや》、味噌屋、まるで相川は小江戸《こえど》だよ」

吉大夫は一人で食い散らかしていた。

大きな手で促され、与右衛門はしぶしぶ向かい合って座る。徳利《とっくり》の腹の動きで勧められ、猪口《ちょこ》を手に持つや、酒を注いできた。扱いが粗雑で、少しこぼれた。

「この澄み酒は何にでも合う。絶品だぜ」

吉大夫は〈旅鳥〉がお気に入りだ。

勘兵衛が大坂《おおざか》の酒蔵《さかぐら》に特に頼んで作らせている清酒で、佐渡は旅者《たびのもん》が集《つど》う離れ島だからと名付けられた。勘兵衛は金穿《かなほり》大工に依頼して屋敷の下に酒庫《しゅこ》を作った。地下は年間を通じ温度が一定で、夏は涼しく冬は暖かい。おかげで、夏でも酒が冷んやりしていると評判だった。

吉祥屋と遊郭は勘兵衛が建て、あてびに任せているせいで、以前から二人はいい仲だというふざけた噂さえあったが、勘兵衛は方正謹厳《ほうせいきんげん》な上に、もう枯れている。

「広間役は、遊郭が相当お好きだとか」

「ああ。なじみ深い場所だからな」

吉大夫に悪びれる風はなかった。吉原《よしわら》では妓楼《ぎろう》の内済《ないさい》（示談）の交渉をしたり、登楼《とうろう》してきたお尋ね者を岡《おか》っ引《び》きに引き渡す仕事をしていたらしい。

「遊女は泥水稼業《どろみずかぎょう》だ。年端《としは》もいかねぇ禿《かむろ》たちを見ると、苦界《くがい》に身を沈める前に救ってやれねぇかと思って歯痒《はがゆ》いんだがね。夜鷹《よたか》はもちろん岡場所《おかばしょ》には、もっと哀れな女たちがいる。畢竟《ひっきょう》、世が貧しいからいけねぇんだ。ここはひとつ、佐渡も新奉行に賭けてみるんだな」

「荻原様は江戸城の勘定所におられた頃、焼き剃刀と恐れられたとか」

「相手は切られる上に火傷《やけど》までするってわけさ。お前らも、ボンクラ時代の十倍くらいは仕事をさせられるぜ」

吉大夫は勘定所の同期だった縁で、浪人から引き立てられたという。運のいい男だ。

「ちょいと相談に乗ってくれねぇか、与右衛門。俺なりに色々調べてみたんだが、わからんことが幾つもあってな」

吉大夫が干した酒器を箱膳《はこぜん》に置き、指先で弾くと、金属のような涼しい音がした。

相川では、加賀《かが》から来た鞴《ふいご》の羽口《はぐち》職人の子、伊藤甚兵衛《じんべえ》が作る素焼きの陶器が人気を博していた。あてびが沢根《さわね》の陶工《とうこう》に頼み、金銀山の「無名異《むみょうい》」と呼ばれる鉱物を陶土として使ってみたもので、焼くと三割も縮んで硬くなり、叩くと澄んだ音を発する。

「見習い振矩師がお役に立てますかどうか。広間役は何をお調べでございまするか？」

どのみち協力するなら、荻原の来島前にさっさと済ませたい。南沢の件が軌道に乗り出せば、ますます忙しくなる。グウタラ侍に付き合っている暇などなかった。

「まずは小木《おぎ》の蔵破《くらやぶ》り、千五百両の盗みさ」

さらりと返ってきた意外な答えに、与右衛門は耳を疑った。

三年前、幕府に納めるはずの千両箱が、小木の御金蔵《おかねぐら》から盗まれた事件である。小判鋳造の開始から約七十年、奉行所始まって以来の大不祥事《だいふしょうじ》だった。

海の穏やかな夏、奉行所を出た一行は、例年と同じ順路で平穏無事な道中を経て、江戸の金座に着いた。ところが、厳封《げんぷう》された千両箱の中身は、何と鉛《なまり》だったのである。箱は念入りに施錠した上、厳重に警固されるため、役人たちは開封するまですり替えに気付かなかった。

鉛は製錬《せいれん》に使うから、佐渡に山ほどある。いったいどこでやられたのかと、江戸から逆に道を辿《たど》り、小木の御金蔵を調べると、驚くべき事実が判明した。

外の椨《たぶ》の黒い森から、敷地内の枯れた古井戸まで、短い坑道が掘られていたのである。さらに調べると、御金蔵の窓の漆喰《しっくい》が新しく塗り固められ、一尺五寸の間隔で壁に打ち付けられた角材も付け直されていた。穴掘りの得意な金銀山の島ならではの盗みと言えた。

御金蔵の敷地の周りは二重に柵《さく》が設けられ、保管中は十名の番兵が寝ずの番をしており、地上の警固は万全だったが、地底までは手当てをしていなかった。

下手人《げしゅにん》を探しはしたが、穴が掘れる者など佐渡にはごまんといる。小木から羽茂《はもち》へ抜ける小道の脇に建つ雪隠《せっちん》の壺から、金銀貨の包み紙と切られた錠《じょう》を見つけたものの、その先はお手上げだった。

ご丁寧にも、件《くだん》の坑道に大癋見《おおべしみ》が置かれていたため、その仕業とされた。

「今さら、何をお調べになるのですか？」

下手人とて二度同じ手は使うまいが、奉行所は古井戸と坑道を埋め戻し、内外の樹木も伐採して、見晴らしを良くした。今では蔵の中が空っぽの時でも、番兵を付けている。

「小木の蔵破りが、三十六人の地下舞《じげまい》と繋《つな》がってるとしたら、どうだ？　もしかしたらトンチボの神隠しも、能舞台の磔《はりつけ》も、升田《ますだ》の首吊《くびつ》りもな。事件を一つひとつ丁寧に解きほぐしていかねぇと、下手すりゃ次の事件が起こっちまう」

吉大夫は大癋見の呪いで、すべての変事を片付ける肚《はら》ではなかったのか。

吉祥屋の部屋はしっかりした分厚い壁の作りで、声を落とせば他には聞こえない。

飲み食いが一段落して手持ち無沙汰《ぶさた》になったのか、吉大夫は袖から一分金《いちぶきん》を取り出すと、親指の爪で弾《はじ》き上げた。遊女たちを喜ばせる奇術はこれか。

「なあ、与右衛門。もしお前が千五百両、手に入れたら何に使う？」

大嫌いな類《たぐい》の問いだった。ありえない話に頭を使う意味など、どこにあるのだ？

「北前船《きたまえぶね》の商いで百倍に増やして、間歩の水を抜く惣水貫を掘りまする」

言ってから勘兵衛の口止めを思い出したが、相手がグウタラ侍なら、大事なかろう。

吉大夫は声を立てて愉快そうに笑った。

「そんなに肩肘《かたひじ》張《は》って鯱張《しゃちほこば》ってちゃ、商いには苦労しそうだがね」

馬鹿にされているようで不愉快だった。

艶《つや》のある声がし、襖《ふすま》がすっと開いた。喜んだ吉大夫があてびを隣に座らせる。

「楽しそうなお声が聞こえましたが、どんげぇなお話をされていたんですか」

「寿老人《じゅろうじん》自慢の一番弟子が佐渡を背負う逸材《いつざい》だとわかったもんでね。若き日の夢はいい。夢を見られなくなった時、人は老いて、くたばるんだろう。佐渡は夢を見るには、いい場所だ」

遊び回っていたくせに、佐渡の何を知っているのか。この無駄話の間も、金銀山は滅びへ向かって突き進んでいるのだ。

「この島に渡ってきて夢を摑《つか》める人間なんて、万人に一人か二人ですよ」

「俺じゃないことだけは、確かだな」

吉大夫は一分金を左掌に載《の》せ直し、握り込んで指で揉《も》む。大きな掌が開かれると、何もない。

なるほど、鮮やかな技だ。

「何度見てもわからないんですけれど、その奇術には本当に仕掛けがあるんですか？」

あてびの問いに、吉大夫が右掌を開くと、そこに一分金が移っていた。

「当たり前だ。金銀が作れりゃ、遊女たちにばらまいてるよ。大癋見《おおべしみ》みたいに、人の目を欺《あざむ》いてるだけさ」

吉原で元気のない遊女たちを間近に見て、少しは楽しませてやろうと色々考え、自ら編み出した芸だという。

「年季が明けたって、生まれた里に女たちの居場所はない。遊女は故郷を失った女なんだ。だから、つい同情しちまうんだろうな」

あてびが徳利を手に取り、科《しな》を作りながら吉大夫の猪口《ちょこ》に酒を注ぐ。こういう仕草を見るのが嫌でたまらない。与右衛門は置物のように座り、二人の聞き役に徹する。

酒を干した吉大夫は、越後《えちご》じゃ赤塚《あかつか》煙草が一番好きだなどと蘊蓄《うんちく》を並べ始めた。

「あてびは千五百両あったら、何をする？」

「まあ。それだけありゃ、憧れの江戸で一旗あげますよ」

「……なるほど、その手があったか」

吉大夫はまじめ腐《くさ》った顔つきで黙り込んだ。

長い指先でゆっくりと薄い口ひげをいじりながら、時々キセルをふかすが、こだわりの煙草を味わっているようにも見えない。遊郭の女将から夢物語の答えをもらって、いったい何の役に立つのだろう。

「こいつは、意外にでかい話かも知れねぇ」

長考を終えた吉大夫は、トキの刺繍をしたトキ色の布筒にキセルをしまう。

「ときに間瀬さま、今度のお奉行さまは酒も煙草もやらない、食べるのは出前の蕎麦《そば》ばっかり。女に指一本触れない堅物だって噂を聞きましてね。商売あがったりじゃ困るんですけれど」

「独りで全部抱え込んで忙しいだけさ。彦次郎《ひこじろう》が遊郭で燥《はしゃ》いだりしたら、俺だって腰を抜かすがね。あいつは女にもてねぇから」

「まあ、吉大夫さんったら、お口の悪いこと」

楽しそうに笑う二人に向かい、与右衛門は刺すように尋ねた。

「して、某《それがし》にはどんげぇな用向きであられましょうや？　この後、まだ仕事もございますれば」

建白書を仕上げたい。連日徹夜していた。

「まじめだねぇ。明日、諏訪間歩を案内してくれ。素人《しろうと》が潜《もぐ》り込んでも、廃間歩の真っ暗道なんか、迷って行き倒れちまうからな」

軽蔑はしても、上役だ。佐渡にとどまる気なら、不本意だが長い付き合いにもなる。

吉大夫がふらつきながら先に立ち上がった。

「若人よ。仕事もほどほどにして、今宵は旨い酒と肴《さかな》を楽しめ。気が向いたら女を抱いてもいいぞ。奉行所の払いだ」

よろめいた長身があてびの肩を借りて階段を降りてゆくが、与右衛門は会釈しただけだ。

女将は本当にあんな男に惚《ほ》れているのか。

あてびは三度求められて所帯を持ったが、いずれも先立たれたので「うちは疫病神《やくびょうがみ》ね」と自嘲《じちょう》していた。

最初の夫は後藤庄兵衛《しょうべえ》家の次男坊で、兄より人物に優れ、佐渡を背負うと期待されたが、惜しくも病で早死にした。二人目は腕利きの金穿大工《かなほりだいく》だったが、肺を病んで死んだ。三人目は勘兵衛の愛弟子で山方《やまかた》の穿鑿掛《せんさくがかり》だったが、間歩の洪水から人を救おうとして亡くなった。山稼ぎでは年に何人も死ぬ。珍しい話でもない。

「ああ見えて、頭はちゃんと回ってるね」

吉大夫を見送って戻ったあてびの顔からは、意外にも笑みが消えていた。

「そうだ、与右衛門さん。お鴇が寂しそうにしとったよ」

今は料理で忙しいが、後で台所に顔を出せという。

「可哀そうに。あの甲斐性《かいしょう》なしの親父が戻ってきたら、思い切りひっぱたいてやらないと」

若い頃からあてびにぞっこんだったトンチボは、妻との死別後に求愛したが、相手にされなかった。それでもついにあてびも根負けして「あんたが大きな山を当てたらね」と応じたところ、トンチボが俄然《がぜん》やる気を出し始めた矢先の失踪《しっそう》だった。もしかすると、あてびは責めの一端が自分にあると考えているのかも知れない。

「女将《おかみ》さん、近く荻原様の歓迎の宴を催《もよお》しますが、以前はどんげぇな塩梅《あんばい》でござったか?」

毎年、奉行が渡海してくるたび、島は上を下への騒ぎとなり、歓迎のために奉行所の仕事も、山の稼行《かこう》も滞《とどこお》るほどだった。そのぶん、遊郭や町は繁盛する。

「佐渡で一番お偉い方のいっとう最初の歓迎だもの、大掛かりにしなきゃ。曽根《そね》さまと鈴木さまの時は、そりゃもう、盆と正月が一緒に来たようなお祭り騒ぎだったね」

相川じゅうを提灯で照らし上げて、やわらぎの祭りをしたなどと聞くうち、与右衛門は心配になってきた。奉行所の古株から話を聞きつつ先例の段取りを調べてはいたが、相当気合を入れて取り組む必要がありそうだ。今からの支度で間に合うのか。

「今日は、これにて」いても立ってもいられず、与右衛門は腰を上げた。

「あら、もう帰るのかい?」

「広間役が先生と某に、歓迎の宴から何から一切合切《いっさいがっさい》押し付けるせいでござる。グウタラ侍はいったい何をしにこの島へ来たんだ」

「そうだねぇ。佐渡の敵か味方か、あの人は何者なんだろう。人に言えない過去を引きずってるみたいだけれど」

男たちを手玉に取る海千山千《うみせんやません》の女将でも、手に負えない相手なのか。

「吉大夫さんのお国は厩橋《まやばし》(前橋)なんだってね。佐渡じゃ、別に珍しくもない話だけれど、たぶんあの人は、失くしちまった故郷を探してるんだよ。女を故郷にする男もいるけれど……」

あてびの声は珍しくしんみりとしていた。

5

「遊郭の廃墟か。人間たちの欲望の跡ほど切ないものはないねぇ」

与右衛門は吉大夫と共に、うらぶれた町の外れ、廃寺と廃屋の間を足早に抜けてゆく。諏訪間歩は、上相川と濁川《にごりかわ》沿いに釜ノ口を持つが、事件が起こったのは上相川のほうだ。

「町は人が作る。人あっての町だ。ここに住んでた連中は、どこへ行ったんだ?」

感慨深げに一人で喋《しゃべ》り続ける吉大夫に、与右衛門はたまに応じる。

「相川に移ったか、故郷《ふるさと》へ帰ったのかと」

「戻る場所のある連中は羨《うらや》ましいな」

聞き流しながら進むうち、釜ノ口に着いた。

間歩の入口は崩れないように、丸太と石がしっかりと組まれている。元和《げんな》の年間、鎮目市左衛門《しずめいちざえもん》が奉行の時に廃されて以来、長らく眠っていた古い間歩だ。

「仮に崩れても、こいつを被《かぶ》ってりゃ、気休めにはなるのか?」

吉大夫が頭にてへんを付けながらあくび交じりに尋ねてきた。

「死ぬ時は死にますゆえ、運次第でござる」

「やっぱりねぇ。俺は別に構わねぇが、若者には気の毒だな」

「某のことなら心配ご無用。参りましょうぞ」

南沢惣水貫の起点として諏訪間歩を調べ直す必要があるから、今日の坑道歩きもあながち無駄ではなかった。万一死んでも佐渡のためだと、与右衛門は覚悟を決めていたが、吉大夫は異郷の地底で生き埋めになってもいいのだろうかと、ふと思った。

道が三方に分かれる三ツ合を、右へ降りた。

つりで行く手を照らしながら最初の廊下を抜け、急な斜面を打替木で下りてゆく。

「おっと、痛ぇな。たんこぶができちまう」

長身の吉大夫が頭をぶつけたらしく、暗がりで前頭をさすっている。

「おい、与右衛門。どうやったら、この暗闇をそんなにすいすい歩けるんだ？」

「振矩師は、暗がりでも見えるように眼を鍛えまする。某も先生にしごかれ申した」

もとは忍びの鍛錬を参照したらしいが、ぶら下げた銭の動きを目で追う吊銭目付《つりぜにめつけ》、蠟燭《ろうそく》の炎を長時間見つめる灯火目付《とうかめつけ》、暗所と明所の出入りを繰り返す暗目付《あんめつけ》など、嫌というほどやった。退屈な修行にはうんざりしたが、毎日鍛錬を重ねるうち、勘兵衛のように暗中でも難なく動けるまでになった。

「待ってくれよ、俺は山の素人だぜ」

泣き言が聞こえないふりをして先へ進む。

「広間役、その長梯子《ながばしご》は上から七段目の丸太が腐って――」

おおっと、後ろで悲鳴が聞こえた。

「早く言えよ！　弁慶の泣き所を思い切り打っちまったじゃねぇか」

古い山留《やまどめ》は一から作り直したほうが安全だろう。やはり金と人手が相当掛かりそうだ。

廊下が尽き、大きながらんどうへ出た。崩落が起こったせいで、奉行所の大広間ほどもある。幸か不幸かここに資材を積み上げれば、普請は捗《はかど》りそうだ。

「確かに趣《おもむき》があるな。これなら一献《いっこん》傾けたくなるぜ。古い岩肌と比べりゃ、崩れてきた岩がどれか、見分けがつきそうだ」

　吉大夫はつりでゴツゴツした岩肌を照らし出しながら、一つひとつ確かめている。

「寿老人《じゅろうじん》の話じゃ、煙穴から崩れたのは初めてらしいな。そろそろ崩れそうで危ねぇってのは、振矩師にはわかるのか？」

「変災を防ぐのも大事なお役目。ひびなどを早めに見付けて山留をいたしまする」

「つりを持っててくれ」

　吉大夫は両手で「よいしょ」と大岩をゴロリと転がした。つりをかざしてやる。

「理由はまだわからねぇが、出入禁止の洞敷《どうじき》に三十六人が集まった。ちょうどその時に崩れるってのも、面妖《めんよう》な話だと思わねぇか？」

　廃間歩だから、誰も予兆に気付かなかっただけだ。崩落は突然起こる。不可解でも、運命と言うほかない。

「地下舞《じげまい》なんざ、聞いたこともねぇしな」

　吉大夫は腹ばいになって、岩の下へ手を突っ込んでいる。

「佐渡ほど能の栄えた鉱山の町もありませぬゆえ。日本で初めての試みかと」

「ちょいと明かりをくれ」

　照らし出した吉大夫の掌は真っ黒だ。指先で煤《すす》を拭《ぬぐ》って確かめている。木の燃え残りだ。ここで薪能《たきぎのう》と同じ要領で舞ったわけか。

　吉大夫は崩れ落ちた岩々の間を半刻ばかり、童が石の下にいる虫でも探すように大岩を転がしたり、岩のすき間へ手を突っ込んだりしていた。

「広間役は何を探しておわしまするか?」

もしやトンチボの骸《むくろ》か。今でもお百度参りを続けるお鴇を可哀そうに思った。

「決まってるだろ、手がかりだよ。お、何だこいつは?」

むくりと起き上がった長身が瓦礫《がれき》の下から引っこ抜いたのは、煤で黒くなった分厚い板切れだ。吉大夫の小袖はもう汚れ放題だった。

「それは……塩磨《しおみが》きの板やも知れませぬ」

吉大夫は高い鼻を板にくっ付けて嗅《か》いでから、ぺろりと舐《な》めた。

「塩だな。後藤役所でも、台の上にこんな板を置いて、延ばした金を塩で洗っていた。このがらんどうに、なぜこんな物があるんだ?」

確かに場違いだが、金銀山で使う道具が回り回って色々な日用の道具に使われることは珍しくなかった。例えば、鏈《くさり》を磨《す》り潰すための石臼《いしうす》も、石垣や石積みに活かされている。

「地下舞は薪能を洞敷《どうじき》でやるようなもの。薪代わりに使った燃え残りかと。丈夫な板だし縁起もいいからって、女将さんも料理屋でまな板に使わせておりまする」

吉大夫は腑《ふ》に落ちぬ様子で腕を組んで考え込んでいる。鼻頭に泥が付いていた。

「死んだ者たちが皆、普通の帯をしていたのが変だと言う野次馬もいる」

間歩へ入る時は、役人でも帯を藁縄《わらなわ》にする。万が一、高落ちで坑内に閉じ込められても、縄を食べながら救助を待つためだ。

「能装束《のうしょうぞく》に藁縄は似合いますまい。えてして変災は大丈夫と慢心《まんしん》した時に起こるもの」

動転していて与右衛門は帯に気付かなかったが、たいした話でもない。

「何か、他に気付いたことはなかったか」

「面妖《めんよう》なれど、亡くなった人たちはどこか安らかな顔つきのように、某には見え申した」

瞠目《どうもく》した吉大夫は岩を腰掛けにして座り、板のように背筋をぴんと伸ばした姿勢で目を閉じ、薄い口髭《くちひげ》を指先で弄《いじ》り始めた。

吉大夫はなぜ不幸な変災をほじくり返すのだろう。もしや勘兵衛に大崩落の責めを負わせて奉行所から追い払う肚なのか。

与右衛門はもっと大事な南沢惣水貫について思案することにした。

このがらんどうを起点に南沢へ最短の坑道を掘れば、吉祥屋の遊郭の直下を通り、京町《きょうまち》の下を斜めに横切るだろうか……。

考えるうち四半刻近く経ち、声をかけようとした時、吉大夫がゆらりと立ち上がった。

「やっぱりここへ来て正解だったよ、与右衛門。少しずつ見えてきた。恩に着る。さてと、地上へ帰ろうぜ。もぐらごっこは終わりだ」

この暗がりで、何を「見た」のだろう。がらんどうに映る吉大夫の長い影が、大きくゆらりと揺れた。

第三章　その男、佐渡奉行

1

「実に見応《みごた》えのある里桜《さとざくら》じゃ。荻原様もさぞや愛《め》でられよう」

日も傾き始めたころ、与右衛門が今宵《こよい》の宴《うたげ》に出す清酒旅烏《たびがらす》の樽を海潮寺《かいちょうじ》の庫裡《くり》へ運ばせていると、勘兵衛が麻《あさ》の継裃《つぎかみしも》姿で現れた。

元禄四年（一六九一）四月十三日、荻原重秀がいよいよ来島する。相川湊は深い入江がなく御奉《おぶ》行船《ぎょうせん》が入れないため、小木《おぎ》湊で地回《じまわ》りの船に乗り換える。通常は陸路だが、荻原は船を好むのか、海路で手配せよとの指図があった。

「ですが、この荒れようでは、渡海を日延べされましょう」

十八里の滄波《そうは》を隔てる越後《えちご》・出雲崎《いずもざき》からの船旅は、当然に好天を選ぶ。四、五月は凪《なぎ》の時期だが、今日の強風では、難破はしないにせよ、不慣れなら酷い船酔いになる。

「明日までに散らねばよいが」

勘兵衛が咲き乱れる御所桜《ごしょざくら》を見上げた。

四百年以上も昔、承久《じょうきゅう》の変で没落して佐渡へ配流《はいる》された順徳上皇お手植えと伝わる二本の里桜は、本堂前の石道を挟んで向かい合う。雅《みやび》な匂い桜は、黄芽《きめ》から一重《ひとえ》と八重《やえ》の白花《しろばな》が入り交じって咲く。

奉行は毎年大いに佐渡を楽しむが、春なら小木にほど近い海潮寺の花見と相場が決まっていた。

境内の桜は満開、今まさに見頃だ。

与右衛門は花弁の縁《ふち》の微細な切れ目を、指先でそっと撫《な》でる。

「荻原様は、あの建白書をお読みくださったでしょうか」

金銀山の衰退と民の窮状から書き起こし、瀕死の佐渡を復活させるためには、かつてない規模の惣水貫《そうみずぬき》が不可欠だと訴えた。具体的で詳細な目論見《もくろみ》を二種の振矩《ふりがね》絵《え》図《ず》、すなわち天から見た〈平絵《ひらえ》図《ず》〉と地底の断面を描いた〈高下絵図《こうげえず》〉を使って説明した。試算では、無駄を省いた普請《ふしん》で切り詰めても、十五年と十五万両を要する。

意外にも勘兵衛は、与右衛門の苦心の建白書に別段意見しなかった。厳しい指摘を覚悟していただけに拍子抜《ひょうしぬ》けしたが、もしやもう一人前の振矩師として認められたのか。

「毀誉褒貶《きよほうへん》はあれ、天下万民のために意を尽くしてこられた方のようじゃ。日本《ひのもと》最大の金銀山を蘇らせれば、民と国が富む。必ずや理解くだされよう」

佐渡の存亡は、次の奉行の人物次第で定まる。南沢《みなみざわ》をやるか、やらぬか、二つに一つだ。稀代《きだい》の振矩師、槌田勘兵衛が佐渡に登場し、さらに天下の奇才《きさい》と名高い荻原重秀が奉行となったのは偶然ではあるまい。きっと天が遣《つか》わされたのだ。今の与右衛門では力不足だが、偉業を果たすための手足にはなれる。

「荻原様を信じましょう。精一杯のおもてなしで、必ずやご一行も満足なさるはず」

奉行所からは役付《やくづ》きが総出《そうで》で、小木湊に荻原を出迎える。過去、奉行の一行は人足《にんそく》抜きでも二十人を下らなかった。与右衛門は少し多めに見積もり、宴でも酒食が切れぬよう頭数を勘定していた。従前の例に倣い、そのまま寺の宿坊《しゅくぼう》で一泊し、明昼に廻船《かいせん》で相川へ入る段取りを組んだ。

「広間役からは重ねて『出迎え歓迎、一切無用』と言われたが、そうも行くまいて」

諏訪間歩を案内した後も、吉大夫は相変わらずで、どこかへ遊山《ゆさん》に出かけるか、相川にいれば昼間はほっつき歩き、夜は遊郭か長屋で飲み騒いで、今日の宴については見事に何もしなかった。代わりに、与右衛門が海潮寺の住職や酒屋、湊の漁師との折衝など、裏方で走り回る羽目になったのだ。卵のたっぷり詰まった子持ちヤリイカも用意してある。

「荻原様の信を得られし暁《あかつき》には、グウタラ侍が仕事をなさらぬと訴え出る所存にございます」

苦笑いしながら、勘兵衛が境内を見回した。

「広間役のお姿が見えぬな」

奉行所の者たちはすべて揃《そろ》っているが、あの目立つ長身はない。

「山方役《やまかたやく》、もう御奉行船が参りましたぞ！」

境内へ駆け込んできたのは、油御買上役《あぶらおかいあげやく》のモグラである。

荻原は荒れ海を渡ってきたのか。おまけにかなり早い到着だ。勘兵衛とうなずき合い、手筈通りの員数を寺に残して、奉行所の主《おも》だった面々と共に湊へ向かう。

道中、目を凝《こ》らすと、白波の立つ海上に櫓《ろ》四十挺《ちょうだ》立ての真紅《しんく》の船があった。白地に紺《こん》で葵紋《あおいもん》を描いた三十反《たん》の帆《ほ》を上げている。周りに幔幕《まんまく》を打ち張り、舳先《へさき》には浅黄《あさぎ》と朱の吹き流し、艫《とも》には「御用《よう》」の幟《のぼり》を立てた威容《いよう》だ。

「妙じゃな。伴船《ともぶね》はたったの一艘《そう》か」

勘兵衛が怪訝《けげん》そうに眼を凝らしている。

通常なら官船を二艘、雇船《やといぶね》を六艘ほど引き連れた賑《にぎ》やかな船列のはずだ。

「御奉行様には、ありのままの佐渡をご覧いただき、包み隠さず苦境をお伝えすべし。この国の行く末を共に悩んでくださるなら、私たちも先へ進める」

湊には大きな人だかりができていた。約五十名の役人たちのほか、出迎えを賑々しくしようと、地元の町人、漁師や百姓などにも触れ回っておいたから、数百の人出があった。

小木湊は慶長《けいちょう》十九年（一六一四）に奉行所の船が使う渡海場《とかいば》と定められ、さらに寛文《かんぶん》十二年（一六七二）には河村瑞賢《かわむらずいけん》による西廻《にしまわ》り航路の寄港地とされたため、佐渡国の玄関湊として「出船《でぶね》千艘、入船《いりぶね》千艘」と讃《たた》えられるほどに隆盛を誇ってきた。

「やはり、広間役の姿が見当たりませぬ」

与右衛門が耳打ちすると、勘兵衛が厳しい顔で小さく頭《かぶり》を振った。

春霞《はるがすみ》の中、沖から御奉行船が猛烈な勢いでやってくる。「大小早《おおこばや》」と呼ばれる軍船は帆走《はんそう》も櫓走《ろそう》もできるが、荻原は帆を張りながら櫓も全力で漕《こ》がせていた。速いはずだ。

すぐに船は湊に着いた。水主《かこ》たちが碇《いかり》を下ろし、帆の両方綱《りょうほうづな》を外し始めると、小太りの中年侍が一人、波止場《はとば》に降り立った。目つきの悪いカエルのような顔つきで、きょろきょろ辺りを見回している。

「佐渡奉行所の山方役、槌田勘兵衛にございまする」

不在の広間役に代わり、やむなく勘兵衛が代表して挨拶した。

「わしは、荻原様のもとで支配勘定《しはいかんじょう》を務める金沢雄三郎《かなざわゆうざぶろう》。あいにく海が酷《ひど》く荒れおってな。御奉行様のお加減がちと優れぬのじゃ」

金沢の裏返ったようなガラガラ声は、梅雨の田んぼで鳴くカエルを思わせた。

突如、小柄な侍が屋倉《やぐら》から姿を現した。船の端まで駆け寄るや両手で垣立《かきたつ》を摑《つか》み、オエーッと海に向かって嘔吐《おうと》を始めた。平べったい体の大柄の侍が付き添い、背をさすっている。

やがて大侍《おおざむらい》はふらふらの小兵《こひょう》を背におぶり、船を降りてきた。

「拙者《せっしゃ》は平《ひら》勘定の平岡四郎左衛門《ひらおかしろうざえもん》と申す者」

体こそ大きいが、逞《たくま》しいというより顔も体も平べったく、まるでヒラメが立って歩いているようだった。

「御奉行様のお加減が優れぬとお聞きいたしましたが――」

「わしは忙しい。これだけ吐けばひとまず気は済んだ。下ろせ平岡」

頭のてっぺんから飛び出すような、男にしては甲高《かんだか》い声は、恐ろしいほどの早口だ。

ヒラメの背から地へ降り立った侍は、汚れた口を袖で拭《ぬぐ》った。

侍の顔は依然として蒼白《そうはく》のままである。吐瀉物《としゃぶつ》で汚したせいか、奉行なのに羽織も着ておらず、粗末で地味な柿渋《かきしぶ》色の小袖姿だった。

(このお方が、荻原彦次郎重秀様……)

想像していた姿とはまるで違う。

小柄な痩身《そうしん》には不釣り合いなほど大きな頭を載せた姿は一見、路傍《ろぼう》の地蔵仏《じぞうぶつ》を思わせるが、どっこい険《けわ》しい顔には閻魔《えんま》大王のごとき巨眼をギラつかせている。

猫背気味《ねこぜぎみ》でも傲岸不遜《ごうがんふそん》の塊《かたまり》のごとく見えるのは、開けば赤い炎でも吐きそうな分厚《ぶあつ》い唇がへの字に固く閉じられているせいか。あえて鉱物に喩《たと》えるなら、闇にあっても自ら燦然《さんぜん》たる光を創り出して輝く、絢爛《けんらん》たる金だ。

荻原の後ろに金沢が影のように控え、胡散臭《うさんくさ》い物でも見るように嫌な目つきをしていた。その隣に同じくヒラメが立つが、こちらはすっとぼけたような顔つきである。

「さてと仕事始めじゃ」

荻原主従《しゅじゅう》三人の背後では、水主たちが御奉行船の白帆《しらほ》を片付け始めている。

与右衛門はわが眼を疑った。まさか江戸から来たのは、この三人だけなのか。大名行列とは言わぬが、奉行は二、三十人を引き連れてゾロゾロやってくる習わしだ。佐渡行きが半ば物見遊山《ものみゆさん》だからだが、幕府の勘定吟味役《かんじょうぎんみやく》ともあろう高位の役人に同行する供がたった二人なのか……。

予期せぬ出来事の連続に、奉行所の面々は呆然《ぼうぜん》としていたが、勘兵衛の合図で一斉に畏《かしこ》まって頭を下げた。

「新しき御奉行様のご来着、われら一同《いちどう》心待ちに――」

「あれが大癋見《おおべしみ》にまんまと破られたお粗末な御金蔵《おかねぐら》か」

挨拶途中の役人たちを尻目に、荻原は異様な関心を示して濠《ほり》の縁《ふち》まで歩み寄ると、巡らされた柵《さく》の隙間から蔵を眺めた。分厚い壁の土蔵造《どぞうづく》りで、赤みを帯びた石州瓦《せきしゅうがわら》を葺《ふ》いた蔵の前には、見張り番をひとり立たせてある。

「三年前の蔵破《くらやぶ》り以来、万全の警固を――」

「空っぽの蔵にまで人を張り付けるとは。小役人が羹《あつもの》に懲《こ》りて膾《なます》を吹いておるわ。そちが山方役《やまかたやく》の槌田勘兵衛か？」

「はっ。こちらにあるは町方役《まちかたやく》の――」

「話は相川へ向かう廻船《かいせん》の中でまとめて聞く。わしは一度聞けば忘れぬゆえ繰り返しは無用。佐渡を一番よく知る人間は知恵袋のそちじゃと聞いたが」

せっかちな閻魔地蔵は、皆まで聞かずに驚異の早口でまくしたてる。

「仕事のたび丹念に山を歩いて回るうち、詳しくなっただけでございます」

「物を考えぬ馬鹿が何十年歩いたところで何も見てはおるまいが」

荻原はじろりと奉行所の一行を睨《にら》みつけた。

「そちらは何用でかような場所に雁首《がんくび》を揃《そろ》えておる?」

「十年ぶりに就《つ》かれし新奉行の最初のご来島なれば、今宵は花見酒で――」

「無用。さような暇があったら仕事をせい」

荒々しく細い手を振りながら勘兵衛を遮《さえぎ》ると、荻原は瘦《や》せた胸を張り、居並《いなら》ぶ奉行所の役人たちに向かって、怒鳴りつけるように宣言した。

「案山子《かかし》よろしく奉行を待っておったとは聞いて呆《あき》れる。わしはこれまでの馬鹿奉行と違《ちご》うて仕事をするためにこの島へ来た。わしは馬鹿が大嫌いでな。馬鹿を直さねば即刻お払い箱ゆえ覚悟しておけ」

唾《つば》を飛ばして激しく舌打ちするや、「相川へ参るぞ」と荻原はくるりと背を向けた。

「御奉行様。畏《おそ》れながら、もしやこれから出航なさると?」

「当たり前ではないか。ここで他に何をすると申すのじゃ?」

勘兵衛に向かって不機嫌そうに問い返す荻原を見て、与右衛門は青くなった。

今夜の出航など全く予定していない。日が暮れても相川へ入れるが、そこまで急ぐ必要はないはずだ。旅の疲れもある。小木《おぎ》で一泊しない奉行など、記録では一人もいなかった。

「せっかく佐渡までお越しになった上は、島一番の里桜《さとざくら》を――」

「わしは忙しい。一日も早う佐渡の仕事を済ませて江戸へ戻らねばならん」

間近で咲く満開の桜を素通りして、来島したその日に江戸帰りの話をする奉行など、前代未聞だった。

「ん？　あれは何じゃ！」

突然の叫び声はカエルの金沢だ。か細い腕が小丘に建つ木崎《きさき》神社の方角へ伸びている。

与右衛門も覚えず、アッと声を上げた。

大癋見《おおべしみ》の能面を着けた侍が赤松の太い幹に座り、湊を見下ろしているではないか。

何と大胆不敵な真似を……。

「あやつをひっ捕らえよ！」

勘兵衛の指図で役人たちが慌《あわ》てて動き出すや、大癋見はくるりと宙返りして樹から降り、森の中へ消えていった。

長年にわたり佐渡を震撼《しんかん》させてきたならず者を未だ野放しにしているのは、奉行所の落ち度というほかない。だが、荻原はさも愉快そうに声を立てて笑い出した。

「さっそく能面侍が挨拶《あいさつ》に来おったわ。この荻原重秀に挑むとは面白い」

口は笑っていても、荻原の巨眼は据《す》わっている。

勘兵衛から耳元に指図を受け、与右衛門は急ぎ地回《じまわ》りの船を手配すべく、廻船問屋《かいせんどんや》へ走った。

湊を駆けずり回り、出船予定のなかった廻船をやっと借り上げた。

慌ただしく出航し揺れる船中では、奉行所側の主だった面々十三名が上座《かみざ》の荻原に正対していた。

大きな船ではない。櫓《ろ》を漕《こ》ぐ水主たちもいるため、皆、縦長の寺子屋《てらこや》で読み書きでも習うように肩を寄せ合いながら座った。

眼前で嘔吐《おうと》する荻原の声が船上に響き渡る。

「岸辺に近うてもひどい揺れじゃのう」

荻原は用意させた水汲《みずく》み桶《おけ》に向かい、またひとしきり吐いてから顔を上げた。さっきから黄色い胃液ばかり吐いている。潮風が救いだが、船中にはえも言われぬ臭いが漂《ただよ》う。

「わしは船がすこぶる苦手でな。が、海路なら仕事がしやすい」

水汲み桶の持ち手に両手を預ける荻原の顔面は、気の毒なほど青白かった。

「御奉行様、少しお休みになっては——」

「町方《まちかた》続けよ」——「はっ」

佐渡奉行所の仕事は多岐にわたる。

主な役回りだけでも、金銀山を取り仕切る山方《やまかた》のほか、相川の町を切り回す町方《まちかた》、島内の村々を扱う地方《じかた》があった。明朝に時間が許せば使うつもりで、引継ぎの書類を用意していたが、さっそく荻原は順に現状を掻《か》い摘《つま》んで説明するよう求めてきたのである。

金銀山を中心に回る天領佐渡は、特別な国だ。とりわけ金銀産出を巡る物と銭の流れ、組織と人の動きは特殊で、複雑極まりない。これまでの奉行には、来島のたび同じ内容を説明したが、本当に把握できているのか、心もとなかった。

「町方には町同心《まちどうしん》が二十名、辰巳口番所定番役《たつみぐちばんしょじょうばんやく》が二名、同じく坂本口《さかもとぐち》に二名、御普請所定役《ごふしんしょさだめやく》として二名——」

「書いてあることは見ればわかる。そちは明日までに遊郭の場所と楼主《ろうしゅ》を絵図に落とせ。遊女の数と揚代《あげだい》の相場もまとめて持ってこい。相川にはどうも女郎屋《じょろうや》の数が多すぎる」

「あ、明日までにでございますか？」

「二度も言わせる気か？　荻原重秀は日本一気が短い。覚えておいて損はないぞ」

同船させた地方、町方、船手役《ふねてやく》、地方掛頭取《じかたがかりとうどり》、公事方役《くじかたやく》など主だった役人たちが、荻原に求められるまま、入れ替わり立ち代わり御前へ出て、説明してゆく。

荻原は時おり水汲み桶に嘔吐しながら、途中で容赦なく「前置きは無用。中身に入れ」「話は短くまとめよ」などと頭ごなしに叱り飛ばした。役人が窮《きゅう》すると、勘兵衛が助け舟を出し、あるいは代わりに応じたが、似たやりとりを繰り返すうち、荻原は勘兵衛を通して物を言うようになった。

「さてと最後はいよいよ金銀山じゃ。山方役」

「はっ」と、勘兵衛がにじり出る。

佐渡全島とその歴史を鳥瞰《ちょうかん》する大きな話を短く終えた後、詳細な説明は与右衛門が行う。南沢惣《みなみざわそう》水貫《みずぬき》のためにも、師弟が荻原の信を得る大事な機会だと考え、しっかり準備してきた。

遮《さえぎ》られずに説明を終えると、与右衛門は額にじっとり滲《にじ》み出てきた汗を袖で拭いた。

「そちらの話を聞いてようわかった。歴代の佐渡奉行と留守居役《るすいやく》が揃《そろ》いも揃って馬鹿じゃったということがな。例えばなぜ勝場《せりば》を一つにまとめぬ？」

いつでも吐けるよう、荻原は両手を水汲み桶の持ち手に預けたまま、嘔吐のために涙ぐんで血走った閻魔の目をギロリと光らせる。

「最近潰《つぶ》れたものを差し引いても大床屋《おおとこや》小床屋《ことこや》分床屋《わけとこや》が五十一軒もある。好きなだけ金銀を盗んでくれと言わんばかりにな」

もっともな指摘だ。間歩《まぶ》近くの番所で荷売り、荷分けが済んだ鉱石は、かますの口を厳重に縫《ぬ》い閉じて符印《ふいん》を付け、警固《けいご》されながら山を下るが、行先は相川に散在する勝場だ。それぞれの勝場で砕かれ選鉱され、床屋で製錬されてから、最後に金銀貨の鋳造《ちゅうぞう》を独占する後藤役所で貨幣になるが、勝場と床屋は単一にしたほうが無駄がなく、不正を取り締まる人員も大幅に減らせるはずだった。

「これまで何度か話には出ましたが、色々なしがらみも――」

勘兵衛の説明を、荻原が鼻息で遮《さえぎ》った。

「一つに寄せれば食い扶持《ぶち》の減る連中が邪魔しておるわけか。よくある話じゃがこの件はちと手間取りそうじゃな」

酔っ払いのように据《す》わった目で大笑いしたかと思えば、閻魔地蔵はウップとまた桶に吐いた。それでも、口を開けば「馬鹿」と言うだけあって、荻原が見せつけた頭の切れは半端でなかった。与右衛門が圧倒されたのは、体調の不良にもかかわらず仕事を続ける強固な意志だけではない。荻原の矢継ぎ早《やつぎばや》の下問《かもん》の鋭さ、的確さだ。今日初めて現れたはずなのに、もう十年も佐渡奉行を務めているかのように思えてきた。

荻原の気迫は役人たちを完全に呑み込んでいた。皆が恐れているのは奉行の持つ権力ではない。その恐るべき知力だ。与右衛門の心は期待に躍《おど》っていた。

(このとんでもない奉行の登場で、奉行所も佐渡も、劇的に変わる)

相変わらずの荒波に船が揺れるうち、いつしか夜も白んでいた。

役人たちは新奉行の着任早々、花見や酒宴どころか、船中で徹夜仕事に付き合わされたわけだ。

乗船しなかった者たちも、めいめい夜のうちに陸路で奉行所へ急いでいる。

船が春日崎《かすがざき》を回ると、前方に異様な山容が姿を現した。凡庸《ぼんよう》なはずの山並みに作られた巨大な裂け目は、佐渡金銀山を代表する露頭掘《ろとうぼ》りの跡だ。

「あれが道遊《どうゆう》の割戸《わりと》。人間が命懸《いのちが》けで欲を掻《か》いた跡か。そう思えば見応えはある」

一気に鮮やかな色を帯び出した海原《うなばら》の向こうに、相川の小さな湊が見えてきた。

岸辺からは、白壁に漆黒の腰板《こしいた》が美しい茅葺《かやぶき》家屋の並ぶ町が広がり、小高い丘に奉行所が建つ。

「相川千軒は、日本一の鉱山町《こうざんまち》でございます」

「ふん。そいつは昔の話じゃろが」

勘兵衛を嗤《わら》うと、荻原が一同を睨《にら》みつけた。

「そちらの仕事ぶりは奉行所で書類の山を見ながら確かめる。自分の頭が悪いと思う者は勘兵衛を通してわしに申せ。互いに時間の無駄じゃからな」

勘兵衛はふだんと変わらぬ物腰で応対しているが、破天荒《はてんこう》な奉行の登場に、ぬるま湯に浸《つ》かってきた役人たちは縮み上がっている。

「わしは勘定所にいた頃から周りの人間が馬鹿に見えて仕方がなかった。少しばかり出世した今も同じじゃ。そんなわしでもいたく敬《うやま》っておる佐渡の人物が一人だけおる。誰かわかるか?」

皆、うつむいたまま答えないでいると、勘兵衛が応じた。

「大久保長安公にございましょうか」

金銀山と相川の礎を作った傑物《けつぶつ》が出なければ、今の佐渡はなかった。

「長安の手腕は多少認めてやろう。じゃが目の前に見えておる金銀をただ採るだけの露頭掘り時代の奉行なら馬鹿でもできる。死後の没落も読めぬとは哀れを誘うがな」

次の答えを促《うなが》すように、荻原が与右衛門を睨《にら》んできた。目を伏せていないのは、役人たちの中で勘兵衛の他に自分だけだった。

「されば、世阿弥三郎元清《ぜあみさぶろうもときよ》でございましょうか」

能の大成者《たいせいしゃ》、世阿弥は時の将軍足利義教《あしかがよしのり》に疎《うと》まれて流罪《るざい》となったが、日照り続きの夏、島民を救うために癋見面を着けて雨乞《あまご》いの舞を奉納し、奇跡の雨を呼んだと伝わる。能を愛する佐渡者《さどもん》の誇りでもあった。

「能はともかく世渡りを間違えて配流《はいる》された馬鹿なんぞをなぜわしが敬わねばならぬ？」

荻原は閻魔の目を悪戯《いたずら》っぽくギラつかせながら、片笑みを浮かべた。

「わしが佐渡で唯一認める切れ者は三年前に千五百両をくすねたコソ泥じゃ。大癋見《おおべしみ》はものの見事に奉行所を騙《だま》して派手にやってのけおった。しょせん世は騙し合いよ。騙された馬鹿が悪い」

誰かと思えば、盗賊とは……。

皆はすっかり面喰らった様子で、静かなざわめきが広がってゆく。

戯《ざ》れ言《ごと》と考えて笑い出した者もいたが、荻原の真剣な表情を見て、すぐに真顔に戻った。

「勘兵衛よ。未だ奉行所は能面侍の正体を摑《つか》めずにおるわけか」

「ふた月前に死んだとの噂もございます。昨日小木に現れた大癋見は、偽物やも知れませぬ」

荻原はまた鼻で嗤うと、早口で続けた。

「そちらでは大癋見に勝てぬと思うたゆえ切れ者を先に送り込んでおいた。天下の剃刀《かみそり》には焼き剃刀の他にもう一枚凍《い》て剃刀がある。間瀬吉大夫が能面侍の正体を暴くであろう。後にも先にもこのわしを殴って馬鹿呼ばわりしたのはあの男だけじゃからな」

場がどよめく。与右衛門も驚愕《きょうがく》した。

あのグウタラ侍が、荻原と並ぶ〈凍て剃刀〉だとは……。

「先だって悪徳の留守居役が天罰で派手にくたばったは佐渡にとって僥倖《ぎょうこう》。死んで馬鹿が治って本人も喜んでおろう。わしは升田《ますだ》殺しなんぞより蔵破《くらやぶ》りに関心がある。奉行所が二度と同じ失態を仕《し》出《で》かさぬためにもな」

いよいよ湊が近づくと、荻原はふらつきながら立ち上がった。

「わしに敵は多い。江戸を留守にしておる間に小賢《こざか》しい連中が何を仕掛けてくるか知れぬ。手強い奴もおる。ゆえに佐渡にいられるのはせいぜい三月《みつき》が限度。その間にわしにしかできぬ仕事をすべて終える。万事首尾《ばんじしゅび》よく参れば生涯二度と佐渡の地を踏むことはあるまい」

仰天する役人たちを前に、荻原彦次郎重秀は甲高《かんだか》い声で宣言してみせた。

「諸国人民は窮乏《きゅうぼう》し賤民艱困《せんみんかんこん》の聞こえあり。天下万民のためわしは佐渡を蘇らせる。馬鹿も馬鹿でない者も皆私心《ししん》を捨ててわが命に従え！」

与右衛門の心が震えた。これまでの奉行とまるで違う。荻原は南沢惣水貫《みなみざわそうみずぬき》についてまだ一言もしていないが、きっと佐渡再興のために天から遣わされたのだ。

にわかに手で口を押さえた荻原は、船べりの台に摑まり、海に向かってまた派手に胃液を吐いた。

嘔吐する声が響き渡る。

春の嵐とともに、型破りの佐渡奉行が海を渡り、金《こがね》の島へやってきた。

2

早朝、船は相川の湊へ着いた。「出迎え無用、宴や行事は中止、すべての段取りを一日早めるべし」と、勘兵衛が小木から早馬を走らせたが、間に合ったろうか。

荻原は脇目《わきめ》も振らず、徒歩《かち》で奉行所を目指し、その後を皆がぞろぞろ追いかける。勘兵衛の指図で、与右衛門は到着を知らせるべく急ぎ先行した。

牢坂《ろうさか》を登り切って濠端《ほりばた》を駆けると、大御門《おおごもん》の前に長身がゆらりと立ち、老番士と談笑していた。吉大夫の姿を見て度肝《どぎも》を抜かれた。広間役らしく継裃《つぎかみしも》だが――

「こいつか？　トキ色だ。似合うだろう？　せっかく佐渡に来たんだからな。京町《きょうまち》の呉服屋に仕立てを頼んでおいたのさ。郷に入っては郷に従えだ」

馬鹿にしているのか。トキがたくさんいるからと言って、佐渡者《さどもん》がトキ色の小袖を着るわけでもない。だが、色はともかく無精ひげを剃《そ》って身だしなみを整えると、悔しいほどの美男だ。

「いよいよ焼き剃刀《かみそり》のお出ましか。御役宅《おやくたく》のほうは、すぐ仕事が始められるように支度《したく》させておいた。これから当面、佐渡は嵐の真《ま》っ只中《ただなか》だろう。覚悟しとけよ」

これまでの奉行は京町にある屋敷を使い、駕籠《かご》で奉行所との間を行き来していたが、升田《ますだ》が死んで空いた御役宅がよかろうと吉大夫は言う。奉行所と繋《つな》がっているから、思う存分仕事ができるわけだ。

「おう吉大夫。仕事は捗《はかど》っておるか」

頭の大きな小兵《こひょう》が足早に現れると、吉大夫は笑顔で会釈した。

「ぼちぼちだな。おかげさまで佐渡のよき酒、よき女も楽しませてもらっている」

余裕綽々《よゆうしゃくしゃく》だが、本当にこのグウタラ侍が、かつて荻原と並び称された凍て剃刀なのか。

「佐渡にも馬鹿でない者は多少おったか？」

二人は相当親しいのか、並んで話しながら御役宅のほうへ消えていった。

今のうちにと、勘兵衛と与右衛門は仕事の引継ぎを最優先に、歓迎の段取りを変更すべく奉行所内を走り回ったが、半刻《はんとき》もせぬうち勘兵衛が呼ばれ、与右衛門も従った。

庭池の眺めを楽しめる十二畳《じょう》の御書院《ごしょいん》では、荻原がカエルの金沢と話し込んでいた。二百坪《つぼ》の庭園には築山《つきやま》と細長い池があり、緋鯉《ひごい》と鮒《ふな》が蓮《はす》の下で泳いでいると庭師から聞いた覚えがあるが、荻原は見向きもしていない。

四十絡《がら》みの腹心は薄気味悪い男だった。船中ではカエルの置物《おきもの》のように口もきかず、皆の一挙手《いっきょしゅ》一投足《いっとうそく》を一番後ろからただじっと眺めていた。荻原の吐瀉物《としゃぶつ》をかいがいしく処置するヒラメの平岡とは対照的だった。

不眠のせいか、嘔吐し続けたせいか、荻原の巨眼は真っ赤に充血《じゅうけつ》している。

「この奉行所ですぐに使えるのは結局この年寄りくらいか」

二人が通されるなり、いかにも使い込まれた飴色《あめいろ》の算盤《そろばん》の先で、荻原が勘兵衛を指した。与右衛門は師の後ろに控えて座る。

「勘兵衛よ。今日より佐渡の総検地《そうけんち》を始める」

寝耳に水の話に、与右衛門はたじろいだ。さすがの勘兵衛も驚きを隠せない様子だ。

「わしの見立てでは佐渡の真《まこと》の石高《こくだか》は今の倍に近い。この金沢雄三郎が万事を取り仕切るゆえ奉行所の連中を手足に付けよ」

全佐渡で検地を実施し、検地台帳を吟味《ぎんみ》の上、確実に徴税してゆくという。

「地方掛《じかたがかり》の十三名と各番所定番役の十二名にお申しつけを。ちょうど今、新奉行にご挨拶すべく、地方役所に顔を揃《そろ》えておりまする」

勘兵衛の落ち着いた即答に、荻原がうなずく。

「挨拶など腹の足しにもならぬがその者らでよい。されど金沢よ。ゆめゆめそやつらを信じるでないぞ。今しがた確かめただけでも各村落の人別帳《にんべつちょう》に欠けが二つあった。われらの目はごまかせぬと教えてやれ」

皮脂《ひし》で滑《ぬめ》りを帯びたカエル顔に、引き攣《つ》るような笑みが浮かぶ。

「お任せあれ。庄屋《しょうや》どもの横領はもちろん、猫の額の隠《かく》し田《だ》一つたりとも見過ごしはいたしませぬ」

不愉快なほど裏返る声が、耳障《みみざわ》りだった。

「向こう三日のうちに馬鹿奉行の下でぬるま湯に浸《つ》かっておった連中に荻原仕込みの検地のやり方を叩き込め。五月中にひとまず目途《めど》をつけよ。こちらの話が済み次第そちのもとへ勘兵衛をやる」

与右衛門は荻原の甲高《かんだか》い声に耳を覆《おお》いたくなった。たったひと月余りで何ができるというのだ。島と言っても、佐渡は広い。常軌《じょうき》を逸《いっ》している。

畏《かしこ》まった金沢が勇躍《ゆうやく》去ってゆくと、荻原は勘兵衛に向き直った。

「御直山自分山問《おじきやまじぶんやま》わず山の見通しを詳しく知りたい。手際よく頼む」

勘兵衛に促《うなが》され、与右衛門は緊張しながら前へ出ると、用意してきた絵図を荻原の前に広げた。

「佐渡の立合《たてあい》はおおよそ東西並行に走り、途中で何枚かに分かれるものもございます。多くは二百間《けん》（約三百六十メートル）ほどの長さなれど、割間歩《わりまぶ》なぞは半里（二キロメートル）にまで及びまする。まずは動いておる間歩でございますが、割のほか鳥越《とりごえ》、新《しん》、清次《せいじ》、日向《ひゅうが》、青盤《あおばん》、治助《じすけ》、甚五《じんご》の八つの間歩は、いずれも大盛《おおざか》りとは言えずとも――」

「大切《おおきり》の間歩は閉じたのじゃな？」

荻原は容赦なく問いを差し挟む。

「御意《ぎょい》。先だって山留《やまどめ》に崩れがあり、湧水のため稼行《かこう》できず――」

「大切はわかった。続けよ」

「はっ。八つのうち最大の割間歩も、すでに多くの坑道が水没しております」

間歩を一つひとつ、主に水没により産量が減る現状と理由を説明してゆく。ゆえに何としても惣《そう》水貫《みずぬき》が必要だと訴えたいところだが、与右衛門はぐっと呑み込んで続けた。

「中使《ちゅうじ》と弥兵衛《やへえ》それに坊主《ぼうず》という間歩はもう見込みがないのか」

与右衛門は舌を巻いた。海を渡る前から、この男の大きな頭の中には、まだ見ぬ佐渡のすべての間歩が、廃坑も含めて完璧に入っているのか。

「いずれも、慶安《けいあん》のころに掘り尽くし、水没しておりまする」

「馬鹿どもが後先考えずに乱掘しおって。大立《おおだて》間歩の二つからも取れぬのか？」

「水汲みに人手がかかりすぎて、いずれも水没で閉坑いたしました」

このままでは水との戦いに敗れ、割間歩をも閉じねばならぬ。荻原の嫌いな「馬鹿」でないなら、簡単にわかるはずだ。

「何でも水のせいにしたがる馬鹿がいるが金銀も無限にあるわけではない。そちらの見立てでは水の如何にかかわらず治助と新の二つは十年もたぬわけじゃな？」

江戸へ送った引継ぎの書類は膨大《ぼうだい》な量だが、それをすべて読み込み、覚えているらしい。怖いほどの博覧強記《はくらんきょうき》だ。

さらに二十余の下問《かもん》に答えた後、与右衛門が額の汗を拭うと、荻原も図面から顔を上げた。目が合ったのは初めてだ。

「そちも存外使えそうじゃ。見習い振矩師の静野与右衛門であったな」

「はっ」

天下の異才に覚えられ、心が湧き立った。

「気張れ。わしが奉行となった上は佐渡で地位や身分は関係ない。役に立つなら婆さんでも童でも狸でも取り立てる。佐渡のためよき思案あらばいつなりと申し出よ」

早口の高い声が耳にキンキン響くが、この抜群に頭の切れる奉行なら、南沢惣水貫の意義を必ず解するはずだ。与右衛門は意を決して、荻原のほうへ身を乗り出した。

「されば畏《おそ》れながら、過日、江戸へお送り申し上げたる建白書――」

「ふん。あの頓馬《とんま》な絵空事《えそらごと》か。馬鹿も休みやすみ申せ」

余りに意外で素っ気ない返事に、与右衛門は愕然《がくぜん》とした。明るい地上から、いきなり真っ暗な間歩の底へ突き落とされたような気がした。

「されど、このままでは佐渡が――」

「わずかな傾斜で六百間《けん》もの坑道を掘る普請《ふしん》なぞ人間には無茶な芸当よ。馬鹿奉行とボンクラ留守居役のもとで長年弛《たる》んでおった小役人どもに差配できるはずもない」

取り付く島もない早口の拒絶に打ちのめされて、勘兵衛を見た。

早まった。許しも得ず、有頂天《うちょうてん》になって先走ったと悔やんだ。いつもと変わらぬ微笑みだが、師の心中を思うとやるせなかった。

荻原は金銀山再生の策など一顧《いっこ》だにせず、ただ民に重税を課すだけなのか。荻原は馬鹿奉行と腐《くさ》すが、例えば名奉行と称えられた鎮目市左衛門《しずめいちざえもん》は二割安く米を払い下げるなど善政を敷き、今でも慕われている。もしや、最悪最低の奉行がやってきたのではないか。

「さような夢物語よりも例の大癋見《おおべしみ》よ。佐渡の者たちは呪いの話を信じておるのか？」

小馬鹿にしたような顔つきで、荻原が勘兵衛を見た。

「まことしやかな噂を広める者も後を絶たず、半数近くはもしやと思うておるかと」

「面倒な話は能面の呪いで収めよと吉大夫に命じておいたんじゃがな」

与右衛門はまた仰天させられた。荻原はろくに調べもせず、最初から呪いで幕引きするつもりだったのだ。吉大夫はその荻原の意を受けて動いていたわけか。

「大癋見が派手に死んで一件落着かと思うておったに。昨日奴が小木に現れたせいで雲行きが怪しゅうなった。じゃが大癋見風情《ふぜい》と知恵比べをするほどわしは暇人ではない。——広間役を呼べ！」

荻原が叫ぶと、まもなく吉大夫が通されてきた。

「お前ともあろう者が三月《みつき》くれてやっても賊《ぞく》の正体を突き止められぬ体たらくとはな」

「面目ない。相手もなかなかの知恵者でな。佐渡金銀山に巣食う謎は深く、間歩のごとく複雑に入り組んでおる様子。時をくれ」

「わしは六月末までには佐渡を離れる。それまでに全部何とかせい」

「承知した」

吉大夫は余裕綽々の口調と物腰だが、グウタラ侍が本当に大癌見の謎を解けるのか。

荻原はギラつく眼を与右衛門へ向けた。

「そちはこれより広間役に付きその指図で動け。惣水貫《そうみずぬき》なぞ金輪際《こんりんざい》忘れて大癌見探しに専心《せんしん》せよ」

与右衛門は色を失った。大癌見など捕まえても佐渡再興には繋《つな》がらぬ。大事なのは惣水貫だ。

全身に冷や汗を掻《か》きながら、与右衛門は必死で声を絞り出した。

「畏《おそ》れながら、山方役に属する見習い振矩師が大癌見探しを――」

「広間役の推挙じゃ。請《う》けよ」

何と迷惑な話だ。昔は凍て剃刀だったやも知れぬが、吉大夫のような怠《なま》け者が留守居役などになれば、もう佐渡に明日はない。

ひどい落胆と失望に突き動かされて、与右衛門は無我夢中で訴えた。

「僭越《せんえつ》ながら、間瀬《ませ》様は『グウタラ侍』とあだ名《な》されるお方にて、大癌見探しはおろか、広間役も務まるお方では――」

「控えぬか、与右衛門！」

慌《あわ》てた勘兵衛が即座にたしなめ、二人に鄭重《ていちょう》に詫《わ》びを入れた。上役に対しありうべからざる物言いだとわかってはいた。死罪とされても文句は言えまい。だが、佐渡のためだ。

与右衛門も神妙になって両手を突くと、花火が弾《はじ》けるような荻原の笑い声がした。

「グウタラ侍とは佐渡の連中も手厳しいな。面白き通り名を付けてもろうたもんじゃ」

荻原は怒るどころか、腹を抱えて子供のように笑い転げている。

「佐渡には順徳上皇から日蓮上人《にちれんしょうにん》、日野資朝《ひのすけとも》、世阿弥《ぜあみ》その他錚々《そうそう》たる面々が配流《はいる》されてきた。時には俺みたいな手余《てあま》し者《もの》も交じるさ」

徳川開幕以前、史書を紐解《ひもと》けば皇族、公家、武将、神官その他三十六人が流されたと記されているが、近ごろは賭博《とばく》、押し込みといった手合いの流人《るにん》も多く、佐渡者《さどもん》は難渋《なんじゅう》していた。

「さればグウタラ侍よ。大癋見を任せたぞ。何ならどこぞの馬鹿を能面侍に仕立て上げて幕を下ろすもよかろう」

一転して真顔で冷たく言い放たれた言葉に、与右衛門は背筋が寒くなった。

無辜《むこ》の人間に罪を負わせるとは、何と冷酷で恐ろしい男だ。佐渡はこれから、こんな喰わせ者の奉行に支配されるのか。

「勘兵衛よ。わしは三日のうちに山方役所にあるすべての書類に目を通す。その後山主たちから話を聞きつつ島を順に巡る。手配しておけ」

話は終わったと言わんばかりに、荻原は犬を追い払うごとく右手をひと振りするや、くるりと背を向けて文机《ふづくえ》へ向かった。

次ノ間に下がると、吉大夫が笑顔で与右衛門の背を叩いてきた。

「よろしく頼むぜ、相棒。皆が知りたがってる大癋見の正体を暴いてやろうや」

南沢の夢も潰《つい》え、グウタラ侍と一緒に得体《えたい》も知れぬならず者を探すのか。これまで何のために振矩師としての修練を積んできたのだ。悔しさと情けなさで、涙が出そうだった。

与右衛門はわざと吉大夫を無視して、勘兵衛に頭を下げた。

「先生、お詫《わ》びのしようもございませぬ。某《それがし》の勇み足で惣水貫が……」

「諦《あきら》めるな。まずは荻原様の信を得ることから始めようぞ」

勘兵衛は労《ねぎら》うように与右衛門の肩へ手をやってから、「弟子をお頼み申しまする」と吉大夫に一礼し、急ぎ足で地方役所《じかたやくしょ》へ向かった。カエルが待ち構えているはずだ。

「俺が呼ばれる前に何かあったのか？」

「広間役のお仕事とは、微塵も関わりない話でござる」

泣き出すのを懸命に堪《こら》えながら、ことさら不愛想に応じた。

「お前ら師弟はいつも一生懸命に頑張っている。あの師にしてこの弟子あり。噂通り寿老人は佐渡一の人物だな」

山の素人なんぞに勘兵衛の偉大さがわかってたまるものか。

促されるまま御役宅《おやくたく》を出て、渡り廊下を役所へ向かう。

「して、某は何から始めれば？」

上役にぶっきら棒に尋ねた。いつでも辞めさせてくれていい。

「まずは小木の蔵破りだ。何といっても、御奉行様の一番の関心事だからな」

まだそんなことを調べているのか。先が思いやられた。

「大癋見の仕業《しわざ》だというのは、ただの噂でござる。坑道に能面など誰でも置けますゆえ」

「百姓たちの田畑に豆板銀《まめいたぎん》が多く見つかり始めたのは蔵破りの後からだ。盗んだ奴とばらまいた奴は同じやも知れん。大癋見とは限らんがね」

佐渡では貧しい百姓が飢《う》えそうになると、畑に豆板銀が見つかる不思議があった。三十年ほど前に三千人余りが飢えで亡くなった後、飢饉はあっても餓死に至らないのは、そのおかげだ。大瘰見による隠れた善行だという噂もあり、奉行所の悪政に立ち向かう義賊だと喝采《かっさい》を送る者もいた。子供たちの間で、大癒見もどきの面を付けた遊びまで流行《はや》るほどだ。

「小判じゃ高値すぎて使い手が悪いし、足もつきやすい」

どこかで豆板銀に両替した上で埋めたのだろう、それも近隣だと身元が知れるから、江戸か大坂へ行ったに違いないと、吉大夫は続けた。だが、それがどうしたというのか。

広間役詰所の前で、吉大夫が立ち止まった。

「俺の見るところ、小木の蔵破りの手掛かりは相川にある。今日は好きにしろ。明日は朝一番でこの詰所に来てくれ。珍しく奉行所にいるからよ」

今から相川で何を調べれば、遠い湊町で起こった盗みの真相に辿《たど》り着けるというのだ。与右衛門にはさっぱり飲み込めなかった。

「間瀬様の仰せの通りにいたしまする」

「吉大夫でいい。ときに、顔が広くて色々調べてくれる賢い奴はいねぇか。銭は払う」

「思い当たる者はおりませぬ」

即答するや一礼して別れ、大広間の脇を通ると、裏返った声が聞こえてきた。カエルの金沢が地《じ》方掛《かたがかり》たちを締め上げる傍《かたわ》らで、勘兵衛が苦い顔をしていた。

大広間は、奉行自らによる申渡しなど特別な行事で使われる最も格式の高い部屋であり、長押《なげし》の釘隠しには六枚金葉が輝いている。金沢はわざわざ大広間を使うことで、自分が奉行に成り代わっていると権威を示したいわけだ。

もしかしたら、ボンクラ留守居役のもとで勘兵衛が取り仕切っていた頃のほうが、まだしもましだったのではないか。

暗鬱《あんうつ》たる気持ちで御勘定所へ顔を出し、奉行所で予定していた荻原の歓迎にかかる払いを確かめた。中止で割を喰う町人たちに対しては、行きがかり上、与右衛門が平身低頭《へいしんていとう》詫《わ》びに行くしかなかろう。相川での大歓迎は、金座の後藤庄兵衛に頼んで、すべて取り仕切ってもらっていた。偉そうで苦手な男から「話が違うじゃねぇか」とこっぴどく叱られそうだ。

上町《かみまち》から始めて下町《したまち》まで回り、頭を下げ終えた頃には日も暮れていた。

足取りも重く長屋へ帰ると、明かりが灯っている。与蔵は今夜も山に潜《もぐ》っているはずだ。お鴇《とき》か。

たちまち心が温かくなった。

「与右衛門さん、どんげぇしたの？」

開口一番《かいこういちばん》お鴇が尋ねてくると、答える代わりに座敷に大の字になった。

心身共に疲れ果てた。そういえば昨日から一睡もせず、緊張の連続だった。色々ありすぎたが、何よりも南沢の夢が潰《つい》えたことが無念で、悲しくてならなかった。

「佐渡はもう、終わりだ」

お鴇が筍《たけのこ》の和《あ》え物を飯台《はんだい》の上に置いた。

トンチボの大好物で、昔よく三人で山へ採りに行った。春といえば筍だが、アオリイカにヤリイカ、スルメイカは年中楽しめる。ブリに甘エビ、スケトウダラ、アンコウ、サザエにアワビなど、佐渡は美味に事欠かない。

「まあ、与右衛門さんらしくもない。何があったか言ってみいさ」

一から丹念に説明する気力も湧かず、昨日からの出来事を掻《か》い摘《つま》んで、台所のお鴇に伝えた。

「荻原様は恐ろしいお人だ。そばにいるだけで、骨の髄《ずい》まで疲れた」

あの巨眼は相手の肚《はら》の内をすべて見透《みす》かしているかのようだった。裏表のない与右衛門など、きっと「馬鹿」に見えているだろう。

お鴇が小さな釜を持ってきた。

蓋《ふた》を取ると、筍飯の柔らかい香りが鼻を擽《くすぐ》る。幼なじみの娘の優しさに、切なくなった。

「さようなお方が、佐渡のために働いてくだすったらいいのに」

その通りだ。小者なら、良くも悪くも役に立たないが、もしもあの恐るべき奉行を佐渡の味方に付けられれば、きっと再興を成し遂げられよう。だが――

「無理だ。一度でも会ってみれば、お前もわかる」

悔し涙が滲《にじ》み出てきた。与右衛門は何と無力なのか。

「小木の湊に大癋見が出たって、ずいぶん噂になってるけれど、本当かなぁ」

「この目で見たさ。少し離れた神社の赤松の上に現れて、森のほうへ消えていった。だけど能面さえ着ければ、誰でも大癋見の真似くらいできる。面白半分の悪戯《いたずら》だ」

新奉行が来島すると佐渡中で触れ回っていたから、その気になれば容易だが、もしも捕まれば、ただでは済まなかったはずだ。誰が何のためにそこまでの危険を犯したのだろう。

「もしかしたら、父《とと》が……」

途切れた言葉に、与右衛門は半身を起こした。

大癋見がトンチボなら、まだ生きていると考えたいのか。

「何の因果か、これから当面、広間役の下で働くことになった。大癋見を探すらしい。何かわかれば、お前にも知らせる」

　笥飯をよそう手を止めていたお鴇が、力なくうなずいた。

3

　沖合に帆を張る漁船を見やりながら、与右衛門は吉大夫と平助に続き、ゆっくり坂を下りてゆく。

　奉行所の御金蔵《おかねぐら》から江戸へ佐渡小判を運ぶ際、以前は青野《あおの》峠の険しい山道を越えていたが、今は勾配《こうばい》の緩やかな中山街道から国仲《くになか》へ出て、新町《しんまち》の山本半右衛門《はんえもん》宅で一泊し、小木まで相川往還《あいかわおうかん》を往《ゆ》く。多人数の厳重な警固《けいご》で馬も使うため、狭くて急な牢坂《ろうさか》を避け、北の海辺へぐるりと段丘を巻く緩やかな坂道を使う。

　この何の変哲《へんてつ》もない坂を、吉大夫と一緒にこの三日で繰り返し往復した。これが十度目だ。お役目ゆえ仕方ないが、苛立《いらだ》ちを超えた呆《あき》れと怒りが、与右衛門の腹の底に鬱積《うっせき》していた。

　牢の前を通り、下町《したまち》へ入ると、潮風の匂いが強くなった。

　三年前の夏、一行は小判七千両余を四箱に、正銀二百五十貫余を二十五箱に、灰吹銀百八十貫余を十四箱に詰め、馬二十二頭で奉行所を発し、将軍の御朱印《ごしゅいん》による「公儀御用荷物《こうぎごようにもつ》」として輸送したと記録にある。吉大夫はその行列が通った道のりを歩いていた。

　能舞台の磔《はりつけ》事件が起こった春日《かすが》神社の前を通り過ぎる。あの事件も五里霧中《ごりむちゅう》のままだ。

「お前は何でまた水金町《みずかねまち》に住んでるんだ？　町から遠くて不便だろう」

　相川から北沢《きたざわ》を挟んで北にある水金町は、町の外れで人家もまばらだった。

「人目が少ないから、訳ありのお客が来やすいんでさ」

奉行所を出てから、二人はひたすら無駄話しかしていない。

揉《も》み手《て》の平助が何やら耳打ちすると、吉大夫は楽しげに笑い出し、馴《な》れ馴れしく肩へ手を回す。誰とでも仲良くなるが、平助は一筋縄《ひとすじなわ》ではいかない曲者《くせもの》で、相手によってコロリと態度が変わる。こんな小悪党に信を置くとは、よほど人を見る目がないのだろう。

下町の中心を過ぎると、御番所橋《ごばんしょばし》と海士町《あままち》川沿《がわ》いに建ち並ぶ倉が見えてきた。

奥州《おうしゅう》の木材から庄内《しょうない》の米、京坂《けいはん》の衣料、石見《いわみ》の紙や瓦、九州の陶器まで島外の品々が入津すると、ここでいったん下ろされて、十分の一の運上金《うんじょうきん》が課される。そのぶん物価が上がるため、民には手痛い出費で、奉行所にとっても手間暇のかかる徴税だが、大久保時代から続いていた。

川沿いをずんずん上り、中山《なかやま》街道に入ってゆく。

昨日も歩いたが、吉大夫は何を見ているのだろう。

「大名行列よろしく警固《けいご》をたっぷりつけて、街道をぞろぞろ行く姿は、なかなかに壮観でしてね」

平助も昔は侍だったため、刀が一応使えるらしく、たまに奉行所の警固を手伝うのだが、吉大夫は三年前の蔵破《くらやぶ》りの道中も雇われていたと知り、同道を頼んだのである。

「国仲へ至る途中で、休みは入れるのか?」

「大した距離でもねぇのに、中山峠でしっかり休みやすよ。佐渡は奉行所だけじゃなくて、馬までたるみ切ってやすからね」

「彦次郎が来た以上、嫌でも変わるさ。歩いてるうちに、何か思い出したら教えてくれ」

緩やかな坂道の途中で、平助がパタリと立ち止まった。

「そういや、あの日は馬が一頭、蹄《ひづめ》が割れて動けなくなっちまって、峠に行く手前で一度止まりやした。小木まで行かせるのは無理だから、替え馬を用意するってすったもんだして、動ける連中は峠まで行って待っとったんでさ。下りる途中で、うっかり馬の糞《くそ》を踏んですっ転んじまったから、よく覚えてやす」

金銀山では重い物資を運ぶために牛馬が多用される。坂の多い相川ではとりわけ重宝された。

「冬なら乾燥して蹄が割れやすいが、夏は珍しいな。馬が止まったのはどこだ？」

「確か、もう少し登ったあの茂みの近くでさ」

山中に切り開かれた一本道は、せいぜい馬と人がすれ違えるくらいの幅しかないから、一行はこの先の峠で待っていたという。

「馬がへたり込んじまったのは、ここいらでしたかね」

平助がおどけて馬の真似をしながらしゃがみ込んだ。邪魔にならないよう千両箱を背負った馬をひとまず森の中へ退避させたという。

「この辺の草木の茂り具合は、その頃とさして変わらねぇか？」

道の脇には日差しを浴びたイヌビエが、腰近くまで勢いよく伸びていた。

「真夏でしたし、草はもっと茂ってやしたね」

藪《やぶ》漕《こ》ぎしながら森へ入ってゆく吉大夫と平助の後に、与右衛門も従う。

「街道からここまで引っ込めば、周りの草木が邪魔で、左右からはぜんぜん見えねぇな」

吉大夫はせり出した岩壁に手をやっていたかと思うと、茂みを掻《か》き分けてゆき、地面に這《は》いつくばった。よく腹ばいになる広間役だ。

「与右衛門、こいつは何だ？」

茂みから聞こえるくぐもった声に近づいてゆくと、長身が小さな横穴へ入ろうとしていた。

「こんな所にも狸穴《たぬきあな》があったとは」

人が這ってやっと出入りできる大きさの狸穴は、探鉱のために掘られる。

「その狸穴ってのは、相川に幾つぐらいあるんだ？」

起き上がった吉大夫は羽織袴《はおりはかま》を土で汚し、鼻の頭にまた泥を付けている。

「百年近く掘り続けておりますゆえ、相川だけでも数え切れぬほどございまする」

長年にわたり色々な山師が佐渡に殺到し、一攫千金《いっかくせんきん》を夢見て試し掘りをさせてきた。昔は技術が未熟だったせいもあり、手当たり次第に掘った跡があちこちにある。中山街道を切り開くときも、立合《たてあい》が見つかれば掘り出し物だと、試掘《しくつ》したに違いない。

「与右衛門、こいつは切山師《きりやまし》トンチボの仕業《しわざ》じゃねぇのか？」

平助が岩を叩きながら口を挟んできた。「草見立《くさみたて》」と呼ばれるように、新しい立合を発見するには草木の様子や山相なども見ながら試掘を行うが、トンチボはあちこちで「切山」をやっていた。本格的な試掘である「間切《けんぎり》」に対し、「切山」は間数《けんすう》・方向も関係なしに小さく掘削する。この段階でたいてい失敗するトンチボは「切山師」とも揶揄《やゆ》されていた。

吉大夫が懐から振矩絵図《ふりがねえず》を取り出した。

「この絵図には、狸穴も切山も記されてねぇな」

「必要がございませぬゆえ」

ムッとした。恩師が長年かけて作り上げた一番確かな振矩絵図だ。無用のものを記せば、かえってわかりにくくなる。もしや吉大夫は勘兵衛を陥《おとしい》れたいのか。

「間切はよく失敗するのか？」

「あくまで試《ため》し掘りゆえ、先生でも外されることはありまする」

振矩絵図を畳みながら、吉大夫はひとり得心したようにうなずいた。

「なるほど。相川金銀山だけで、小さな間歩に間切、切山、狸穴の数は千を下るまい。無駄掘りが当たり前なら、誰がどこを掘っても、佐渡じゃ怪しまれねぇわけだ」

御直山《おじきやま》は許可なく掘れないが、どこであれ立合が見つかれば佐渡のためになる。失敗を積み重ねる先に発見があるのだ。決して無駄掘りではない。反駁《はんばく》するのも馬鹿らしくなってきたが、相手はずぶの素人だ。

「平助、当日の当番表から割り出したんだがな。へたれ込んだ馬が背負ってた千両箱を警固《けいご》してた役人は、この連中じゃねぇか？」

懐から出された紙には、近松八郎左衛門《ちかまつはちろうざえもん》、富森惣兵衛《とみもりそうべえ》、早水孫太夫《はやみまごだゆう》の三人の名前が記されている。

「おいらに馬の手配を頼んだのは、確かにこのお役人たちだ。でも広間役、どうしてそいつがおわかりに……」

平助の声が途中で消え入った理由が、与右衛門にもわかった。

背筋に怖気《おぞけ》が走る。御金蔵定番役《おかねぐらじょうばんやく》の三人はいずれも、昨冬の大崩落で死んでいた。やはり小木の蔵破《くらやぶ》りと三十六人の地下舞《じげまい》は関わりがあるのか。

「世話をかけたな、平助。お前のおかげで、だいぶ見えてきたよ」

幽霊を見たような顔の男の肩を叩くと、吉大夫は満足した様子で「帰ろうぜ」と先に立った。

グウタラ侍には、何が見えているのだろう。

道中、平助は大癋見《おおべしみ》の呪いについて熱心に語り、吉大夫もふむふむと相槌《あいづち》を打っていたが、本心は違うだろう。あてびが言うように、確かに喰わせ者だ。

牢坂の下まで来た時、平助が猫撫《ねこな》で声で吉大夫にすり寄った。

「吉祥屋も悪くねぇが、ぜひ一度、水金町にも足をお運びくだせぇ。いい女がいやすぜ」

「女は大好きだ。大癋見を連れて行けば、俺も人気が出そうだな」

卑屈に笑う平助を労《ねぎら》って去らせると、吉大夫が今度は与右衛門の肩に笑顔で馴れ馴れしく手を回してきた。

「さてと相棒、次は地下舞だ。お鴇の茶屋で話そう。団子を馳走してやる」

使えそうな人間はいないかと吉大夫に尋ねられたあてびが、お鴇の名を出したらしい。

トンチボが三階建ての目立つ家を下京町《しもきょうまち》に建てたのに対し、勘兵衛は上京町《かみきょうまち》のはずれ、北沢《きたざわ》の崖越しに金銀山を望める地に屋敷を建てた。ちょうど奉行所と間歩の中間にあり、大工町《だいくまち》にも隣接して、どちらの仕事場にも通いやすい場所だ。その隣に吉祥屋があり、中京町《なかきょうまち》の茶屋の店番が終わった昼下がりから、お鴇が台所仕事を始めるはずだった。

牢坂を上って茶屋に入り、奥の座敷で三本目の団子を頰張《ほおば》った後、吉大夫は自分と与右衛門の間にお鴇を座らせた。

「例の三十六歌仙《さんじゅうろっかせん》を調べてくれ。奉行所にある書類をひっくり返したが、見えてこねぇんだ。連中にもそれぞれの人生があった。佐渡でどんな暮らしをして、誰と仲が良くて悪くて、何が好物で、何に笑って泣いてたか、一人ひとりについて聞き取りをしてほしいんだよ」

先だって吉大夫が、小佐渡《こさど》は松ヶ崎の松前《まつさき》神社に遊んだ際、大久保長安が奉納したとも伝わる『三十六歌仙絵扁額《えへんがく》』を見て感銘を受けたらしく、地下舞の三十六人をそう呼び始めた。人数も多く相当面倒な仕事のはずだが、お鴇はやる気満々の様子だ。

「お任せください。父《とと》の手がかりだって、見つかるかも知れませんし」

与右衛門は苦々しく思った。トンチボの神隠しと地下舞は無関係でもなさそうだが、お鴇はさんざん骨を折らされたあげく、悲しみに暮れるのが関の山ではないか。

「広間役、昨年の大崩落は不幸な変災でござる。あれこれ三十六人も調べ上げたところで、大癋見探しに役立つとは思えませぬ」

「あれは変災なんかじゃねぇよ」

まさか、三十六人もの人間を、何者かが殺めたとでもいうのか。

与右衛門が言葉を呑み込むと、お鴇がまじめな表情で尋ねた。

「吉大夫さん、父《とと》は今、どこにいるのでしょう？」

本人の希望通り多くの者が「吉大夫さん」と呼ぶ。吉大夫は誰でも気軽に話しかけ、肩に腕を回してすぐ友垣になる。外では「俺に任せろ」と安請け合いをするくせに、奉行所の仕事はしないから始末に負えないが、付き合ってみると憎めない性格で、偉ぶらないから親しみやすい。それでも与右衛門は、頑なに「広間役」とか「間瀬様」と呼んでいた。

「何かの事情で身を隠すとしようや。江戸ならともかく、相川の町で何ヶ月も見つからずに身を潜めるのは難しい。村でも目立つだろう。するてぇと、山か。振矩師はどう見る？」

「寒くて長い佐渡の冬を、山で越すのは難しゅうございまする」

「山の上ではな。だけど、佐渡は他の国とは違う。地面の下に幾らでも住める場所があるじゃねぇか。むろんトンチボが山にいるとは限らんがね」

確かに間歩なら寒さをしのげよう。誰も来ない廃間歩なら人目にもつかず、あらかじめ支度しておけば、地底に隠れて暮らせる。だが、トンチボには逃げ隠れする理由がなかった。

「お鴇、トンチボも能好きだったのか？」

「はい。下手くそですが、独特な舞が面白いとかで、人だかりができるほどなんです」

「トンチボは上方《かみがた》にも行っていたようだな」

吉祥屋の常連だけに、吉大夫は佐渡の人物について色々聞き出している様子だった。

「何年か前、よい清酒を仕入れたいと言って、先生と一緒に上方へ旅したこともあります。ふた月余りで帰ってきましたけれど」

「あの二人は仲がいいらしいが、その話を聞かせてくれ。何しろ寿老人《じゅろうじん》の奴、忙しくて相手にしてくれねぇもんでな」

「先生が佐渡へいらして以来の仲ですから、三十年ほどの付き合いのはずです。齢《とし》も違うし、人柄も仕事ぶりも正反対ですけれど、妙に気が合うらしくて――」

石見銀山奉行《いわみぎんざんぶぎょう》を兼ねていた大久保長安は、西国から延縄《はえなわ》漁師を移住させたが、石見国浜田《はまだ》からやってきたトンチボの祖父も、その一人だった。父子でスケトウダラを捕っていた若きトンチボは「佐渡に生まれた上は」と、山での一攫千金《いっかくせんきん》を夢見た。荷揚穿子《にあげほりこ》から始めて働き続けたものの、金銀山はいよいよ傾き、幕府が出方不振の鉱山の休止を命じるまでになり、約三百あると言われた間歩は三分の一が閉じられた。それまで制限されていた出国も許され、かつて五万を誇った相川の人口も半分以下になった。

それでもトンチボが山で働き、山師になろうと小金を貯めていた時、三十代の小柄な男が金銀山に現れた。槌田勘兵衛と名乗るその男は、山を何も知らなかったが、「んねは面倒見がいいから」と上から言われ、年下のトンチボが一から教えてやると、驚くほど飲み込みが早い。水替《みずかえ》から始めたものの、すぐに山方役《やまかたやく》の目に留まり、仕事を言い付けられるようになった。

トンチボもその頃、貯めた小金を元手に、正規の流通から弾かれた鏈《くさり》（鉱石）のみを扱う〈外吹《そとぶき》買石《けいし》〉を始めた。鉱山から洪水で定期的に流出してくる鏈を売りさばく生業だ。儲かりはしないが損もしなかった。勘兵衛と下町《したまち》の長屋で安い濁り酒を呷《あお》りながら、大立合《おおたてあい》を見つける夢を語り合った。人足を雇おうにも、二人には元手がない。銭を借りては山へ注ぎ込んだ。トンチボ自らも槌《つち》と鏨《たがね》を振るったが、立合は発見できなかった。

だが、転機が訪れる。勘兵衛は山方の仕事を担ううち振矩術《ふりがねじゅつ》を身につけ、さらに北前船で取り寄せた蘭語《らんご》の本を独学し、より精緻《せいち》な独特の振矩術を編み出した。その技を使って水没した立合を水抜きで復活させるほうが、新しく探すよりも早くて確実だと考えたのである。

二人は坑道が水没して採掘できなくなった小さな間歩を借金して安く買った。勘兵衛の周到な縄《なわ》引《びき》で坑外の岩場から水没間歩へ短い坑道を繋《つな》げ、見事水抜きに成功した。立合も見つけた。ごく小さな銀山で、一攫千金《いっかくせんきん》とまではいかなかったものの、二人は羽振《はぶ》りが良くなった。

トンチボは所帯を持ち、お鴇《とき》が生まれ、やがて三階建ての家も建てた。他方、勘兵衛は上京町に屋敷を買って建て直し、後に隣地も買い取り、なじみとなっていたあてびに料理屋と遊郭を経営させ、自らは酒の仕入れも手掛けるようになった。

だが、水抜きしやすい間歩は数が限られていた。勘兵衛も二代前の奉行曽根五郎兵衛《そねごろうべえ》により山方役に抜擢《ばってき》されて多忙を極め、トンチボは行き詰まった。大山を当ててやると小佐渡まで繰り出したが、掘っても儲《もう》けの出ない小さな立合を見つけるのがせいぜいで、口を開けば「新しい金銀山を見つけねぇと、佐渡はもう終わりだ」と言うが、鳴かず飛ばずのままで、よくできた女房にも先立たれた――。


お鴇と与右衛門が口々に知っていることを話す間、吉大夫は懐《ふところ》から取り出した一分金《いちぶきん》を弄《もてあそ》びながら、黙って聞いていた。

「トンチボを殺したがってる奴は？」

吉大夫の問いに、お鴇がびくりと体を震わせた。何と乱暴な尋ね方だ。

「そのん人はおりません。裏表がなくて憎めない人で、皆に好かれとりましたから。遠くへ出かけるなら、どんげぇして行き先を言うてくれんもんだか」

「大人には、色々難儀な事情があるもんさ」

お鴇はこの数ヶ月で、知人にも頼みながら、町や村をあらかた探し終えていた。

あてびが骨を折り、与右衛門も奉行所の助けを借りながら手伝った。トンチボの生家がある姫津《ひめつ》の湊はもちろん、出入りしていた遊女屋から、遠く足を延ばして岩谷口《いわやぐち》や水津《すいづ》、赤泊《あかどまり》まで探したが、消息は摑《つか》めなかった。広い佐渡で、まだ探していない場所は、山の中くらいか。

「俺に任せろ。難しい顔ばっかりしてると、可愛い顔が台無しだ」

優しげな声音に、張り詰めていたお鴇の顔が少し和らいだ。

残りの茶を飲み干してから、吉大夫は弄んでいた一分金をお鴇の小さな掌に置いた。

「そいじゃお鴇、頼んだぜ。与右衛門、俺たちはさっきの奉行所絡《がら》みの三人から始めようや。何か見えてくるはずだ」

与右衛門は力なく立ち上がった。大瘂見《おおべしみ》の正体を突き止めたとして、それが何になるのか。

茶屋を出ると、昼下がりの京町通りに人は疎《まば》らだった。京町でさえ、空家がちらほら出始めている。長くても十年のうちに、割間歩《わりまぶ》を含め、相川金銀山の少なからぬ間歩を閉じねばなるまい。いずれ必ず金銀の鉱脈も尽きるのだ。来るべき時が来たというだけの話か。

4

白と黒の斑牛《まだらうし》が、間《あい》ノ山番所《やまばんしょ》から勝場《せりば》へ荷を運んでいた。

大工町の往来では、昼間から清酒屋で独り酒をしていた金穿《かなほり》大工が片肌を脱ぎ、千鳥足《ちどりあし》で歩きながら、扇子で顔を扇《あお》いでいる。

見知りの大工に会釈しながら、与右衛門はお鴇と共に先を急いだ。

この十日余り、吉大夫の指図で三十六歌仙の人となりをずっと調べてきたが、ひとまず一段落したからと、今日は吉大夫に頼んで休みをもらったのである。トンチボを探しに山へゆく。

「よう、ご両人。祝言《しゅうげん》はいつ挙げるんだい？」

ふたりが歩いていると、ほろ酔い加減の大工たちが冷やかしてくる。

「われらの心配より、酒をほどほどにして、御身《おんみ》を厭《いと》われよ」

与右衛門が酔っ払いに返すと、ふてくされた声が後ろから返ってきた。

「へん。今さら己《おのれ》の体を気遣《きづか》うなんて、柄《がら》でもねぇや。大工は山さ入る時に、魂を半分売っちまうんだよ」

過酷な労働に加え、大工は日がな金銀の毒気に晒《さら》され、煤煙《ばいえん》と石粉を吸うせいで肺を病み、四十を超す者は少ないとさえ言われた。死なずとも、体を壊して「よろけ」と呼ばれる疲れ大工になれば、もう使い物にならない。生きているうちが華だと、給金をすぐに使い果たしてしまう大工も少なくなかった。

「女将さんの話じゃ、あの二人もじきに島を出て行くそうよ。割間歩はもうすぐ水に沈みそうだし、これ以上、寿命を縮めるほどの実入りはなさそうだからって……」

間歩の奥底で日々槌《つち》と鏨《たがね》でムカデを掘り出し続ける大工たちは気付いている。佐渡最大の金銀山に、閉山の時が迫っていることを……。

与右衛門は多忙を極める勘兵衛をやっと摑まえ、南沢の件を相談したものの、「まずは荻原様の信を得るのみじゃ」と、ろくに話も聞いてくれなかった。

前方に人だかりが見えた。巾着袋《きんちゃくぶくろ》を盗まれたらしい。佐渡へ来る者の中には悪人だっている。不景気のせいもあり、乱闘騒ぎも起こった。佐渡が、壊れてゆく。

「ずいぶん奉行所も変わったそうね。吉祥屋で酔っ払いの愚痴を聞いとったら、これまでのぬるま湯が熱湯になっちまったって」

大癒見探しの与右衛門はかえって気楽なものだが、役人たちは必死の形相で駆けずり回っていた。佐渡再興のためではなく、荻原が突然言い出した総検地《そうけんち》のためだ。仕事が十倍に増えたと泣き言を漏《も》らす者もおり、多くが悲鳴をあげている。

「お奉行さまは江戸から、カエルのような小太りのお侍と、ヒラメのように平べったいお侍を連れていらしたんですってね」

地方役所《じかたやくしょ》の大広間では、カエル顔の金沢雄三郎がいつもふんぞり返り、あれやこれやと裏返った声で指図ばかりしていた。平岡は白いのっぺりした顔つきとその薄い体つきに加え、荻原と吉大夫が「ヒラメ」と呼ぶため、奉行所の者たちも「ヒラメ殿」と呼ぶようになった。ちょこまか動く金沢と違い、平岡はゆったりと泳ぐように動くため「ボンヤリ侍」と陰口を叩く者もいた。

「つくづく佐渡は不運だ。ろくな侍がやってこない」

呟《つぶや》くように慨嘆《がいたん》しながら道を行くうち間ノ山番所に着き、与右衛門は二人分の鑑札《かんさつ》を渡した。

道遊間歩はとうの昔に廃されたが、その手前にある割間歩がまだ動いているから、出入りは厳密に管理される。奉行所の役人も、上役も身内も、鑑札を渡さなければ番所は通れない。戻ってきた時に鑑札を受け取って、奉行所へ返す決まりだ。

ふたりは割戸《わりと》へ向かう急な上り坂に入った。

この先にあるめぼしい廃間歩《はいまぶ》を順々に降りてゆき、トンチボの所在を確かめる。望み薄だと思うが、お鴇《とき》が気持ちを整理してゆくには必要な手順なのだろう。

与右衛門も、はずれ籤《くじ》ばかり引くあの愛すべき山師が大好きだった。生きていれば、南沢惣水貫のために力を貸してくれように――。

星のきれいな秋の夜、六歳の与右衛門は父の与蔵に連れられ、夜逃げするように三備《さんび》の米津《よねづ》を出て、この島へ渡ってきた。生まれて初めての雪を見ながら、まず「寒い」と感じた。

山で働く与蔵が不在の間、与右衛門は下戸町《おりとまち》の長屋でぼんやりと通りを眺めていた。非凡な剣の腕前を買われ、藩主を警固《けいご》する番方《ばんかた》に任ぜられていた父の落ちぶれた姿に驚き、困惑した。

話しかけられても、ろくすっぽ返事をしなかった。見慣れぬ童の生意気な態度が癪《しゃく》に障ったのだろう、近所の悪童たちに雪玉を投げつけられ、水替《みずかえ》の息子のくせにと囃《はや》し立てられた。

与右衛門は長屋の界隈《かいわい》を避け、海府《かいふ》の岸辺に「千畳敷《せんじょうじき》」と呼ばれる誰もいない場所を見つけた。何はなくとも暖かくて幸せだった瀬戸内を想い出しながら、波で白く泡立つ濃紺《のうこん》の海を眺めていた。

そこへふらりと現れたのがトンチボだった。幼いお鴇の手を引いていた。

「小僧、寒いじゃろう。風邪を引くぞ」と、自分が着ていた〈ゾンザ〉なる厚手の仕事着を体にかけてくれた。小太りの中年男は山師のトンチボだと名乗り、老父が近くで漁師をやっていて、時々手伝うのだと言った。

「面白い場所へ連れて行ってやろう」

小舟が着いた岩場には、大小百近くもの不思議な穴が開いていた。

「故郷を恋しがる連中は海を見おる。じゃが、ここがんねの新しい故郷じゃ」

ハッと気付いた。事情はどうあれ、与右衛門はこの島で生きねばならないのだ。

その夜は、囲炉裏《いろり》で無口な老漁師がとれたての鰤《ぶり》を焼いてくれ、イゴネリ（海藻を煮溶《にと》かして固めたもの）の料理を馳走《ちそう》してくれた。「今日は土鍋で作ったが、鉄鍋で作ると黒になる。こいつさえありゃ、元気に冬を越せるんじゃぞ」とトンチボが得意げに説明する隣で、幼いお鴇が口いっぱいに頬ばっていた。

トンチボは与右衛門が学問好きだと知ると、信じられないという顔をした。

「わしは佐渡で一番頭のいい男と大の仲良しでな。すごいじゃろう？」

団子鼻《だんごばな》の下を指で擦《こす》りながら自慢し、翌日には勘兵衛に弟子入りさせてくれた。

あの世話好きと出会わなければ、与右衛門も今ごろ与蔵のように水替をしていたかも知れない。

佐渡を好きになり、自分の故郷だと思えるようになったのは、トンチボのおかげだ――。


与右衛門とお鴇は、北佐渡の山中へ入ってゆく。

坊主《ぼうず》、弥兵衛《やへえ》の間歩を順に降り、大声でトンチボを呼んでも、二人の声が寂しくこだまするだけだった。さらに幾つかの廃間歩を確かめて上がってきた時、ぼそりとお鴇がこぼした。

「あの池は、本当にあったのかなぁ……」

「ここまで来たのなら、乙和池《おとわいけ》を探してみるか」

うなずくお鴇と一緒に、再び歩き出す――。


十年ほど前の晴れた夏の朝、トンチボが「新しい立合《たてあい》を見つけに行くぞ」と張り切って、二人を連れ出した日があった。結局空振りに終わったが、道遊《どうゆう》のずっと山奥に清新なブナ林があり、そこで三人は世にも美しい池を見つけたのだった。

澄んだ水があんまり気持ち良さそうで、トンチボが真っ先に池へ飛び込んだ。池には浮島《うきしま》もあって青ガエルがすいすい泳いでいた。競って潜ると山椒魚《さんしょううお》がいた。気味が悪いと、トンチボが慌《あわ》てて逃げ出す姿を見て、与右衛門は佐渡で初めて腹の底から笑った。生きていて楽しい、幸せだと思えたのだった。

相川へ戻り、佐渡を知り尽くした老猟師にトンチボが尋ねると、三人が遊んだのは「乙和池」と呼ばれる幻の池だったらしい。昔、乙和という名の美しい娘がいて、池の主である大蛇に見初《みそ》められてしまい、最後には入水《じゅすい》したと伝わるが、いつもその池に出会えるわけではない。

美しい乙女が一人で行くと池に引きずり込まれると聞いたトンチボは真っ青になり、「道遊の向こうへ行ってはならん」とお鴇を厳しく戒めた。そのくせ「幻の池なら、近くに誰も見つけとらん幻の立合もあるはずじゃ」と山へ通っていたが、ずっと乙和池に辿《たど》り着けないでいた――。

もしやトンチボは幻の立合を見つけたのだろうか。藁《わら》にもすがる気持ちで二人は歩いていた。

「寒くはないか、お鴇」

佐渡には南北に二つの山嶺《さんれい》があるが、南の小佐渡《こさど》と違い、北の大佐渡《おおさど》は高い峰を誇るため、山陰に入ると寒さを覚える。

「だいじょうぶ。たくさん歩いて、暑いくらいだから」

日が傾き始めるまで探したものの、乙和池も見つからず、ふたりは虚しく帰途に就いた。

もしやトンチボは、乙和池と幻の立合を探す途中で、崖から転落したのだろうか。

またずいぶん歩き、夕日を浴びる道遊の割戸にふたりで立った。

橙《だいだい》に染まる相川を一望する。

この地面の下には、日本一の金銀塊が埋蔵され、掘り出される日を待っていた。だが今、その多くは水に沈み、眠っている。それを生かすも殺すも、振矩師の腕次第だ。

山盛《やまざか》りの成否を握る振矩師は、地下を走る立合の位置を探り、見極めながら試掘し、崩落が起こらぬよう山留《やまどめ》をしつつ坑道を張り巡らし、水を抜き、無駄を排しながら採掘を続けてゆく。そのためには正確かつ慎重な縄引《なわびき》が不可欠だった。

「廃間歩って、誰もいなくて寂しいのね」

立合を削り尽くした間歩には、すべてをやり終えた清々しさを感じもするが、水に敗れて水没した間歩を見ると、振矩師として惨めな気持ちになる。

「会津町《あいづまち》の人たちがお国へ帰るんですってね。齢も取ったし、割間歩も閉じそうだからって」

吉祥屋で働くお鴇は、相川の最新の事情をよく知っている。

仕事を求めて全国から移り住んだ者たちは、しばしば故郷の名を冠《かん》する町を作り、集まって住むが、ついに見切りを付けた一族が出たのだろう。金銀の産量は減り続け、民の暮らしは日に日に苦しくなってゆく。この島に住まう誰もが、佐渡の衰えを肌で感じているのだ。

「父《とと》も心配していたけれど、佐渡はどうなるのかなぁ……」

お鴇を守れる人間はもう、与右衛門しかいない。

(佐渡のために何かできるとすれば、やっぱり南沢だけだ)

廃間歩を持つ山々の向こうには相川の町が広がり、眩しく煌めく佐渡の海まで見通せた。

夕空に二羽のトキが翼を広げて滑空している。

もしも、あの破天荒《はてんこう》な奉行さえ説き伏せられたなら、どれほど反対や困難があろうとも、大普請《おおぶしん》をやり抜けるのではないか。

「何とかしてみせる。やはり振矩師にしか、佐渡は救えない」

力強く言い切ると、お鴇も元気に応じた。

「明日から三十六歌仙ね。頑張らなきゃ」

お鴇はもう気を取り直した様子で、いつもの朗らかな声だ。

「いったい広間役はいつまで続ける気であろう」

「大癌見の尻尾《しっぽ》を摑《つか》むまでよ。そうそう、うちは吉大夫さんの昔の想い人に似てるんですって。お鷺《さぎ》さんっていう人。女将さんが根掘り葉掘り尋ねるものだから、吉祥屋じゃ昨夜はその話で持ちきりだったのよ」

得意げで嬉《うれ》しそうなお鴇の顔から、与右衛門は眼を逸《そ》らした。


以前はのどかだった佐渡奉行所も、荻原の着任以来うってかわって忙しくなった。いつも何やら騒々しく、怒号《どごう》さえ飛び交う。

与右衛門が根を詰めて文机に向かっていると、勘兵衛に呼び出された。早朝に面会を求めたが、窓の外の日はかなり傾いている。

山方役の部屋に入ると、勘兵衛が疲れた顔に穏やかな笑みを作った。

「すまんのう。私に用事があったそうじゃが」

今や勘兵衛は、荻原から全幅の信頼を置かれ、どこへ出向くにも必ず同行するほどだ。そのぶん膨大な仕事を抱えていた。

与右衛門は両手を突き、居住まいを正した。

「先生。この間《かん》、改めて思案して参りましたが、佐渡を蘇らせるためには、何としても南沢惣水貫が必要です。改めて、荻原様に建白《けんぱく》申し上げられませぬか」

お鴇とふたりでトンチボを探しに行った日の夜から、寝る間も惜しんで振矩絵図《ふりがねえず》を一から見返してみた。考えれば考えるほど、佐渡が進むべき道は他にないとの確信が強まるばかりだった。話さえ聞いてもらえれば、「馬鹿」でない荻原なら、必ず理解できるはずだ。

勘兵衛は軽く咳払いをしてからうなずいた。

「どんな間歩でも、諦《あきら》めぬ限り道は作れる。御奉行様には私から重ねて申し上げておこう」

そうだ。与右衛門は一人ではない。

佐渡が産んだ最高の振矩師、楯田勘兵衛と共に南沢の大普請に挑戦するのだ。

第四章　南沢惣水貫《みなみざわそうみずぬき》

1

佐渡奉行所の中がひどく蒸《む》し暑いのは、風がそよとも吹かぬせいではなく、むんむんする人いきれのせいだった。

荻原の赴任《ふにん》以来、奉行所から怠《なま》け癖《ぐせ》が一掃《いっそう》されつつあった。役所や相川《あいかわ》はもちろん、荻原は佐渡のあちこちに神出鬼没《しんしゅつきぼつ》するため、気の休まる暇もない。役人たちがつまらぬ過ちを仕出《しで》かすと、手こそ上げないものの、飴色《あめいろ》の算盤《そろばん》を振り回して物凄《ものすご》い剣幕《けんまく》で叱り飛ばすので、陰では「閻魔《えんま》大王」のあだ名《な》もつけられていた。

（また、太鼓《たいこ》か）

カエルの金沢は早朝から夕暮れまで、「脇目《わきめ》も振らず仕事に専心《せんしん》せよ」と言わんばかりに、やかましく太鼓を打ち鳴らさせる。さも愉《たの》しげに自ら打つ時もあった。

「先生、名主《なぬし》と組頭《くみがしら》の血判《けっぱん》起請文《きしょうもん》、すべて揃《そろ》った由《よし》」

与右衛門が言上《ごんじょう》すると、勘兵衛は渡り廊下手前の詰所《つめしょ》へ行き、平岡に伝えた。師は荻原にますます重用され、新たに〈広間役助《ひろまやくたすけ》〉なる役職の兼務を命ぜられたが、要するに「何でも屋」だ。

元禄四年五月四日、奉行所の大広間では約三百名の者たちが寿司詰《すしづ》めになり、神妙な面持ちでお成りを待っていた。与右衛門は上段ノ間に近い勘兵衛の後ろに控える。

吉大夫は相変わらず三十六歌仙を調べているが、己《おの》が眼で確かめてくると言い、ふらりと奉行所を出て帰らない日も少なくなかった。ここ数日も相川に姿がないが、そんな時の与右衛門は、猫の手も借りたい勘兵衛の言いつけで役所の仕事をこなした。

荻原はたまに与右衛門を呼び出し、金銀山につき予想だにせぬ奇問難問《きもんなんもん》をぶつけ、あるいは無茶な命令をしてくる。一昨日も「御直山《おじきやま》のうち間切《けんぎり》と切山《きりやま》をすべき場所を全部洗い出せ。明日までじゃ」と命じられた。百以上の箇所を厳密に調べ直す必要があった。山方《やまかた》にとっては肝心要《かんじんかなめ》の重要事であり、手分けしながら徹夜で何とか応じたのに、労《ねぎら》いの言葉ひとつなかった。

だが、荻原による質疑と指図の的確さには舌を巻いた。来島からひと月も経《た》たぬうちに、気鋭の官吏は山のような書類を読み込み、島じゅうを歩き、話を聞く中で、佐渡一国の政《まつりごと》と経済の勘所《かんどころ》を摑《つか》んだらしい。

奉行のお成りが告げられると、皆が一斉にかしずいた。

畳張《たたみば》りの廊下から漆塗《うるしぬ》りの柱の大広間へ、大頭小体《だいとうしょうたい》の男が足早に姿を現した。金沢と平岡が後に従う。江戸からやってきたこの三人のせいで、佐渡に激震が走っている。

「隣国越後《えちご》は高田城《たかだじょう》付きの代官に岡五郎兵衛《おかごろべえ》なる曲者《くせもの》がおった」

初対面の者も多いはずだが、上段ノ間に腰を下ろす前にはもう、挨拶《あいさつ》抜きで甲高《かんだか》い声がした。一切の前置きなしに本題へ入るのが荻原の流儀だが、高田城の岡某《なにがし》とは何者なのか。

「役徳《やくとく》と賄賂《わいろ》を貪《むさぼ》って恥とせず汚い銭に塗《まみ》れながら世襲の上にあぐらを搔《か》いておった小役人でな。ゆえに貞享《じょうきょう》四年（一六八七）十二月十四日わしが切腹させた。血も涙もない勘定吟味役じゃとわしのことを往生際《おうじょうぎわ》悪く罵《ののし》りながら腹を切りおったそうな」

かかかと荻原が笑っても、その巨眼はギラついたままだ。座が凍りついている。

「わしが今の地位にあるは天下万民のため公正不偏なる検地を断行したからじゃ。佐渡でもどこでも不正は赦《ゆる》さぬ」

この間、奉行所内に流れる武勇伝を、与右衛門も耳にした。若き荻原が辣腕《らつわん》を振るって頭角《とうかく》を現したのは、世に言う「延宝《えんぽう》検地」の功によってである。

畿内《きない》で約八十年ぶりの総検地にあたり、荻原は過去の例に学んで「検地条目《じょうもく》」を新たに定め、大掛かりなのにきめ細かな計画を周到に立てた。その上で、賄賂で私腹を肥やす在地の世襲代官たちを端《はな》から信用せず、大名たちを手足のごとく使い、大胆かつ厳正な検地をやり遂げた。他の追随を許さぬ図抜けた功績により、荻原は褒賞《ほうしょう》として時服《じふく》二領、羽織一領を特別に賜った。その後、二十六歳で勘定組頭となり、トントン拍子で出世した。

不正代官の摘発を任された荻原は、代官たちの贓罪《ぞうざい》（贈収賄）や滞納を次々と摘発して罷免《ひめん》や流《る》罪《ざい》に処し、悪質な場合は容赦なく切腹させた。さらには勘定所の上役にあたる勘定頭から同輩、後輩に至るまで、ことごとく不正を暴いて致仕《ちし》へ追い込む一方、自らは勘定吟味役に抜擢《ばってき》されて七百五十石取りとなり、布衣《ほい》の着用も許された。まさしく他人を蹴落《けお》として幕府の中枢へと駆け上がってきた男である。

「わしは二十年近く役人をやる中で確信した。人間は馬鹿で嘘吐《つ》きじゃとな。愚かゆえコロリと騙《だま》される。あるいは小金と引き換えに非違《ひい》を見過ごす。この佐渡にも馬鹿な小役人どもがのさばらせてきた大小の悪が山と転がっておる。じゃがわしはこれまでの馬鹿奉行とは違う」

ただの早口の自慢話ではない。

次に岡某《なにがし》や破滅没落した役人たちと同じ目に遭《あ》うのはお前たちだという、宣戦布告にも似た恐ろしさを、座の皆がひしと感じているだろう。咳《しわぶき》ひとつ聞こえなかった。

「わしは出雲崎《いずもざき》で一泊したおり佐渡の美味《うま》い米を食った。近年この国は山盛《やまざか》りを過ぎて人が減った。ゆえに余った米を島の外へ売っておる。万の人間を養える米を作っておる割には石高《こくだか》が少ない。金銀が取れぬのなら全国の百姓と同じく年貢《ねんぐ》をきちんと納めねば不公平じゃろう」

名主《なぬし》たちは固唾《かたず》を呑んで荻原の一挙手一投足《いっきょしゅいっとうそく》を見つめている。

相川の急激な人口増に対処してきた佐渡では、米不足だけは起こすまいと、代々の奉行はあえて検地を行わず、年貢の取立てに目こぼしをかけてきた。ところが荻原は、長年の馴れ合いをやめると宣言したのである。金銀山の衰えた佐渡を、ありふれた普通の国へ戻すわけだ。

与右衛門はぐっと唇を噛《か》む。

「このわしの眼を欺《あざむ》けると思うなら嘘偽りを書いても構わぬぞ」

佐渡じゅうから集めた二百六十カ村の名主たちに対し、荻原はすべての田畑につき、昨年の出来高と耕作人を正しく記すよう申し渡した。金沢に命じ、一人ひとりから血判起請文まで取ってある。むろん実測はまだ先だが、虚偽が判明すれば、次の岡某となりかねない。

荻原は勝ち誇った顔つきでジロリと座を睨《ね》め回した。

「知恵比べでわしに勝つ自信がある者は好きにいたせ。その代わり失敗すれば容赦はせぬ。命懸けでこのわしを騙《だま》してみるんじゃな」

甲高い嗤《わら》いが大広間に響いても、巨眼は醒《さ》め切っている。座の誰もが酷《ひど》い寒気を覚えたろう。

「五月十五日限り奉行所へ届け出よ。くれぐれも悔いなきようにな。公正なる勘定に情の入る余地は毫《ごう》もない」

喧嘩腰《けんかごし》の捨て台詞《ぜりふ》を残して荻原ら三人が去ると、名主たちが真っ青になって勘兵衛のもとへ集まってきた。泣きつかれても、別段できることはない。勘違いで大事に至っては困るから、真摯《しんし》に応ずるように諭《さと》し、いつでも相談に乗ると力づけながら皆を帰した後、勘兵衛が与右衛門を疲れ顔で見た。

「南沢の件、荻原様が話を聞くと仰せじゃ。呼び出しを待っておれ」

勘兵衛からの願い出ゆえ無下《むげ》にできなかったのだろう。総検地で奉行所が大荒れのなか、時が悪いようにも思えたが、佐渡にとっては検地よりも喫緊《きっきん》になすべき大事だった。

日が傾いてきた頃、勘兵衛に呼ばれた。役所から御役宅《おやくたく》へ入るだけで、ヒヤリとするほどの緊張が漲《みなぎ》っている。荻原は御書院を面会に使い、隣の次ノ間は書類の山が増えて書庫のようになりつつあるが、几帳面《きちょうめん》に整理整頓されていた。

与右衛門が勘兵衛に従《つ》いて部屋へ入るや、開口一番《かいこういちばん》、不機嫌そうな早口が飛んできた。

「今しがた気付いたが庭池に小憎《こにく》らしい大癋見《おおべしみ》の面が浮いておった。こいつをどう見る勘兵衛？」

出し抜けにひょいと投げられた能面を、勘兵衛が意外と上手に受け取った。

面の裏側へ指をやり、そっと撫《な》でている。

「御奉行様がご不在のおりに、泥で固めた能面を池へ投げ入れて沈めておき、泥が水に溶けて浮かんできたのでございましょう」

「それくらいの見当はつく。誰が何のためにかように面倒くさい真似をするのかと尋ねておる」

「私にも読めませぬが、広間役にお知らせしておきまする」

「よもや吉大夫までわしの期待を裏切りはすまいがな。さてとわしは忙しい。聞こう」

閻魔地蔵《えんまじぞう》の大きな眼が与右衛門を捉えている――。


「恨むぞ勘兵衛。そちがしつこく申すゆえ無理をして時を作ったものを」

振矩絵図《ふりがねえず》を示しながら目論見《もくろみ》を説明する途中で、荻原が遮《さえぎ》ってきた。

「畏れながら、御奉行様。いま少し――」

「聞かずともわかる。そちの話は建白書《けんぱくしょ》から一歩も進んでおらぬ。馬鹿も失敗すれば多少は賢くなるものを。成長せぬ奴を大馬鹿者という。多少は使えるかと思うたに。わしとしたことが珍しく人を見誤ったわ」

頭ごなしの叱責《しっせき》に与右衛門は身じろぎひとつできない。全身にぐっしょり冷や汗を掻《か》いていた。

振矩絵図を手に勇んで場に臨んだものの、半分も話をさせてもらえなかった。

「地底の真っ暗闇の岩盤を掘り進むのじゃ。ひと月かけてせいぜい一間《けん》(約一・八メートル)と少しが限度。方位と高下《こうげ》をわずかでも間違えれば是正のしようもあるまい。迎え掘りで接合できねば普請《ふしん》が全くの無駄になる。政《まつりごと》で一か八かの賭け事なぞできぬわ」

「狂いを一間のうちに収めえたなら、何とか是正もできますれば、水抜きに支障はございませぬ」

かつてない難普請《なんぶしん》だが、勘兵衛がいれば何とかなる。

「静野与右衛門よ。この普請は絶対にできるのか? 失敗すれば何とする? そちら師弟はもちろん山方役の全員が揃《そろ》って腹を切るのじゃな? 大久保のごとく一族郎党の死罪を受け入れると今すぐここで証文をわしに差し入れられるか?」

何と無茶苦茶な問いだ。即答できずにいると、荻原が片笑みで嗤《わら》った。

「やり通せる自信がないなら進言など控えよ」

救いを求めるように傍《かたわ》らへ視線を送ったが、勘兵衛は疲れ顔で眠ったように瞼《まぶた》を閉じたままだ。

「お言葉ながら、建白書の通り諏訪間歩から南沢へ惣水貫を通すほか——」

「これを描くのにそちは何枚墨引《すみび》きをした？」

荻原は苦心の作の振矩絵図を団扇《うちわ》にして、せわしなく顔を扇《あお》いでいる。

「五、六枚を下書きの上、清書いたしました」

「ふん。たったそれきりか」

ぐしゃりと、荻原の手が絵図を握りこんだ。憎しみを込めるように、両手で忌々《いまいま》しそうに何度もビリビリひき破ると、与右衛門に向かって投げつけた。

紙吹雪が舞う。余りのことに頭が真っ白になり、言葉を失った。

素人に振矩術の何がわかるのだ。金銀山の地下では、長年かけて掘られた無数に近い坑道が、あらゆる方向へ行き交う。それを平らな紙の上に表すのは容易でなく、試行錯誤の末ようやく一枚の絵図が出来上がる。勘兵衛の弟子である与右衛門だからこそ、この図面を作れたのだ。

「畏《おそ》れながら、これほど正確な絵図を描ける者は日本に——」

「わしとて振矩師になっておればそのくらい目を瞑ってもできるわ。佐渡金銀山が日本一なら振矩師が当代一となるは当然の話。こんな絵図なぞ玄人なら描けて当たり前よ。じゃが振矩術を伝えてきた海の向こうの連中はどうじゃ？　この振矩絵図は三千大千世界《さんぜんだいせん》一と胸を張れるのか？」

勘兵衛は澄まし顔で、他人事のように二人のやりとりを眺めているだけだ。

なぜ助け舟のひとつも出してくれぬのだ？　南沢惣水貫が夢幻《ゆめまぼろし》と消えてもよいのか。

「そもそもそちの目論見は真に最善の惣水貫なのか。もっと水を抜ける手立てはないのか。そちは脳味噌が煮え滾《たぎ》るほどに考え抜いたのか」

　ぶあっと、荻原が立ち上がった。

　荒い足音を立てながら書類の山の間を歩き、遠くの刀置きから刀をガチャリと乱暴に取る。

　慣れない手つきで抜き放ち、鞘《さや》を放り捨てるや、裸足で庭へ跳び降りた。

「よいか！　こいつが相川金銀山じゃ」

　夕日に煌《きら》めく刀の切っ先が、春日崎《かすがざき》産の粗い岩肌の庭石を指している。

　荻原は岩の前の土に刀をグサリと突き刺すと、そのまま土を切り裂きながら庭池の方へ歩き、岩から池端まで、土中に一本の直線を引いた。

「これがそちの夢見る南沢惣水貫か？」

　地ならしのされた庭に、荻原の作った一本の細い筋が刻まれている。

「いかにも、さようでございまする」

「否！　断じて違うぞ。世は甘《あも》うない。朋輩《ほうばい》を蹴落《けお》とす。上役を欺《あざむ》く。配下を見捨てる。友をも裏切る。それでようやく何がしかを掴《つか》み取れるのじゃ。たった一本のきれいな線ですらすら事が運ぶとでも思うてか！　わしがそちならこうやって通してやるわ！」

　痩《や》せた狼のような唸《うな》り声を上げながら、荻原は気でも狂《ふ》れたように刀で土を斬り始めた。

　岩から庭池に向かい、幾度も激しく土地を切り刻む。

　やがて荻原は、泥に塗れた切っ先を与右衛門に向かって突きつけた。

「失敗は決して許されぬ。なれど神ならぬ人間に失敗はつきもの。そちは何ひとつ失敗せずに大普《おおぶ》請《しん》を成功させる気か！　勘兵衛はともかくそちごとき若造が挑むなぞ百年早いわ。諦めよ」

完全に圧倒されて、荻原が作った荒々しい土の溝を見た。それは、何十本もの細い線によって作られた、太く深い溝だった。

本当に与右衛門はこれほどの努力をしたのか。いや……。

地下坑道の形状を示す振矩絵図は、切る断面ごとにすべて異なる。一枚の絵図でわかった気になっていたが、作るべき、思案すべき振矩絵図は無数にありえた。間歩を歩き続け、究極の絵図を創る試行錯誤の果てにこそ、真に優れた惣水貫の姿が見えてくるのではないか。

「御奉行様、某《それがし》が間違っておりました。出直して参ります。いま一度、機会を――」

荻原はシッと追い払うように汚れた刀を振り、泥だらけの足のまま縁側へ上がろうとしたが、「チッ」と舌打ちして自分の足を見た。親指の付け根から血が流れ出ている。激しく刀を振るうち、切っ先が当たったらしい。

「大事ありませぬか――」

駆け寄ろうとする与右衛門を素早く切っ先で制しながら、荻原は言い捨てた。

「もしも生涯で何か大仕事を成し遂げたいなら命なぞ捨ててかかれ。勘兵衛よ。総検地の件で話がある」

荻原が汚れた足のまま縁側へ上がってくると、板間に泥と血の足跡がついた。

2

昼下がりの広間役御長屋《ひろまやくおながや》の座敷では、吉大夫が肘枕《ひじまくら》で寝転がり、長い脚を縁側まで突き出していた。今や見慣れた姿だが、お気に入りのトキ色の小袖といい、とても上級武士だとは思えない。

「なるほど。お鴇《とき》が調べてくれた四人組も、やはり二年前に春日神社の神事能《しんじのう》で鞍馬天狗《くらまてんぐ》を奉納したわけだ。道成寺《どうじょうじ》でも安宅《あたか》でも土蜘蛛《つちぐも》でもなく、鞍馬天狗をな」

だから、どうしたというのだ。与右衛門は苛立《いらだ》っていた。

有名な『鞍馬天狗』は佐渡でも好まれる演目で、珍しくとも何ともない。吉大夫は諏訪間歩で死んだ三十六人が実際どれほど能好きだったのかを確かめたがっていた。どうでもいい話を、お鴇は懸命に調べている。

御役宅の庭先で荻原に叱責されて以来、与右衛門は心機一転、南沢惣水貫への再挑戦を決意していた。その夜から与蔵に断って奉行所に泊まり込み、山方役所の書庫でもある玄関裏の「し」ノ字型をした四畳の細長い部屋で、振矩絵図と取っ組み合ってきた。長屋に帰る時間も惜しいし、資料が手元にあって手間も省ける。荻原を唸《うな》らせる目論見をぶつけるのだ。大癋見探しに時間を取られるのが忌々《いまいま》しかった。

「濃淡はあれ、全員が何かしら鞍馬天狗に関わっていたことになりますね」

お鴇の言葉に、吉大夫が大きくうなずく。総検地のために佐渡中が上を下への大騒ぎでも、吉大夫はなお地下舞《じげまい》を調べていた。ここ数日はこれまで手分けして調べた結果を一から確かめ合った。今では全員の名前を空《そら》で言えるほどだが、与右衛門にはそのことが情けない。

吉大夫は大きな手で一分金《いちぶきん》を出したり消したり自在に弄《もてあそ》びながら、ひとり悦《えつ》に入《い》っている。常にいじっていないと、奇術の腕前が落ちるそうだ。

「やはり洞敷《どうじき》での地下舞は、春日神社に納める神事能の稽古をしていたのでしょうね」

「それももちろん、鞍馬天狗をな」

無用の念押しに、与右衛門は内心怒りさえ覚えた。

お鴇《とき》は賢い上に顔が広く、三十六人の過半と見知りで、その周りの人間とも付き合いがあり、様々な事情を聞き出すには適任だった。女の目の付け所は違うし、訊《き》かれる相手も安心するせいか、例えば三十六歌仙のうち、九州岡藩《おかはん》生まれの竹田番匠《ばんじょう》だと言っていた家大工《いえだいく》が実は元武士だったらしいとか、意外な話も飛び出してくる。だが、この面倒臭い調べの積み重ねが、はたして大癋見探しに役立つのか。

「やっぱり面妖《めんよう》だな。例の四人組は鞍馬天狗以外に、能との絡《から》みが全くない。別に能好きでもねぇのに、『能でござい』と取って付けたような気がするんだよ」

能の面白さを知って間がないだけだろう。程度の差こそあれ三十六人は能好きだから集まり、たまたまその時に崩落が起こった。珍しい偶然でも、それが事実であり、運命というものだ。

「神事能を除くと、観能していなかった人たちが三分の一ほどおります」

お鴇はしばしば吉大夫に味方し、賛同する。

「連中が神事能でやるのが、決まって鞍馬天狗。妙じゃねぇか？」

「佐渡を挙げて大癋見を持て囃《はや》しておるのです。大癋見を使う古典の名作を選んだとて、何も不思議はありますまい」

「鞍馬天狗には子供が出てくる。どうして大人ばかりの三十六人でわざわざやるんだ？」

確かに妙だが、もはや誰にもわからない話だ。推量を重ねて何の意味があるというのか。

「この件は腑《ふ》に落ちねぇ話が多すぎる。全員が独《ひと》り身《み》なんだぜ」

「それは話があべこべかと。気楽に動ける独り者ゆえ仲良くなり、その塊《かたまり》が幾つも合わさって三十六人になったのでしょう。お鴇の調べでは、ほとんどが酒好きの色好みだったとか。吉祥屋はもちろん、あちこちの遊郭になじみの遊女がおりました。気兼ねなく女遊びをしたいから、所帯を持たなかったのではありませぬか」

実際、佐渡で小金を貯めてから故郷へ帰り、所帯を持つ者もいる。三十六歌仙もそのつもりで働いていたのかも知れない。

「なるほどな。ときにお鴇。生前に連中と話をした時、訛《なま》りを感じたか？」

「佐渡言葉じゃありませんけれど、特に覚えておりませんね。この島じゃ、色々なお国の言葉が飛び交いますから」

吉大夫は寝転がったまま、お鴇の作った絵図を眺めている。三十六人の故郷がひと目でわかるように書き込んだものだ。

「三十六歌仙はきれいに全員、佐渡者《さどもん》じゃねぇ。旅者《たびのもん》で一番多いのは隣の越後《えちご》なのに、近場は一人もなしで、自分以外にゃ誰もいねぇような遠国《おんごく》ばかりだ。奥州陸前《おうしゅうりくぜん》、常陸《ひたち》、安房《あわ》。三河《みかわ》、近江《おうみ》に美《み》濃《の》、伊勢《いせ》、播磨《はりま》。備前《びぜん》、石見《いわみ》に安芸《あき》、土佐《とさ》、讃岐《さぬき》。絵に描いたように散らばってやがる」

佐渡には越後、越中《えっちゅう》、能登《のと》、加賀《かが》、越前《えちぜん》といった北陸沿岸からの移住が多いが、確かに一人もいない。

「それも、話があべこべではございませぬか。某《それがし》の生国《しょうごく》は三備《さんび》で、先生も水戸、広間役も厩橋《まやばし》。出自がばらばらの人間が集まって能を楽しむのも佐渡ならでは。珍しくはございませぬ」

この島には色々な事情で各地から人が移り住む。遠くから来ると同郷の者が少ないから、その者たちで集まるのはよくある話だ。

「本当の故郷はどこなのか、誰にもわからねぇってことさ。色々な事情で故郷を隠したい者もいるんだろうがね。待てよ、お前が言うように話が全部あべこべだとすりゃ……」

にわかに吉大夫が真顔になって、お鴇の絵図を凝視し始めた。そのまま微動だにしない。

お鴇と顔を見合わせると、にっこり微笑んできたが、与右衛門は視線を逸《そ》らした。

大癒見などより、与右衛門にはなすべき大事があるのだ。

ずいぶん経《た》ってから、吉大夫が独りうなずき、ようやく絵図を離した。

「二人のおかげで、地下舞の真相が少しずつ見えてきたぜ」

エッと反応するお鴇をよそに、与右衛門は覚悟を決め、居住《いず》まいを正して両手を突いた。

何が見えたのか知れぬが、これ以上、大癒見探しに付き合う暇はない。

「広間役。実は佐渡のため、折り入ってお願いの儀がございまする」

「何だい改まって。人から頼まれると、嫌とは言えないたちでね」

「当分の間、大癒見探しから、某《それがし》を外してくださりませ」

あわてて身を起こした吉大夫が拍子抜けというより、寂しそうな表情になった。

「おいおい、これから面白くなるって時によ。わけを聞こうじゃねぇか」

「滅びゆく佐渡を救いたいのでござる」

与右衛門は常時持ち歩いている振矩絵図《ふりがねえず》を懐から出して広げ、南沢惣水貫について語り出した。お鴇にも聞いてほしかった。

吉大夫は適度に合いの手や軽い問いを挟み、相槌《あいづち》を打ちながらふむふむと聞くから、乗せられるように話し続けた。

途中、与右衛門は不覚にも自分の不甲斐《ふがい》なさに悔し涙を流したが、誰かに心の裡《うち》を聞いてもらうだけで、救われたような気がした。

お気に入りの羅宇《らう》キセルをふかしながら黙って聞き終えた吉大夫は、鼻と口から煙を気持ち良さそうに吐き出している。珍しくまじめな顔をし、涼やかな眼差《まなざ》しで問うてきた。

「その普請は絶対にできるのか？」

荻原と同じ問いに、与右衛門は反発を覚えながら沈黙した。

「素人《しろうと》からすりゃ、そいつが一番怖いね。地面の下じゃ水がどう動くか、わからねぇんだろ？」

人間には失敗がつきものだ。荻原も極端な物言いをしていたが、「絶対」などありえない。江戸の町へ水を行き渡らせた神田上水《かんだじょうすい》は偉大な普請だが、暗闇の中で固い岩盤を掘り進めるぶん、南沢惣水貫のほうがはるかに難事業だった。

「先生は何とおっしゃっているの？」

傍《かたわ》らで熱心に聞いていたお鴇が口を挟んできた。絵図を破られて奮起し、再び挑んでいるものの、勘兵衛は何も助けてくれない。

「先生はご多忙だ。別の思案がおありなのか、なぜか手を貸してくださらぬ。先生はともかく、広間役は荻原様がいかなるご存念だと思われまするか？」

旧友の吉大夫なら、何か話を聞いているのではないか。

「俺もたまに彦次郎から呼ばれるが、奴の文机の右脇にある書きつけの山を見たか？」

心にゆとりがなくて気付かなかったが、相当読み込まれた立合引図《たてあいひきず》と振矩絵図が積んであったらしい。自ら作図した紙まで挟まっているのが見えたという。

「奴は奉行として、佐渡の行く末を考えてる。興奮の余り刀を振り回して、怪我《けが》しちまうほどにな。俺は自他共《じたとも》に甘々《あまあま》だが、彦次郎は自分にも厳しいぶん他人にも厳しい。それでも、不可能を他人に求めるような奴じゃねぇよ」

吉大夫は一分金《いちぶきん》を親指で弾《はじ》き上げ、華麗に宙を舞わせる。

「俺も彦次郎も、勘定所で帳面の山に埋もれて青春を過ごした。天下で動く銭のことばかり二六時《にろくじ》中《ちゅう》考えてるとな、町を歩いてても色々勘定しちまうんだ。彦次郎とはお互いの頭に浮かぶ数で遊んだものさ」

勘定所も幕府も、民の暮らしをつぶさに知るべきだ。長屋の前を歩けば店賃《たなちん》を推量し、空《あ》き店《だな》の数を確かめ、地主に入る地代と店賃を推測、暗算した結果を二人で照らし合わせる。地主の屋敷の大きさから町入用《まちにゅうよう》の負担を割り出して積み上げ、城戸番人《きどばんにん》や書役《かきやく》への払い、雪隠《せっちん》や芥溜《ごみた》めの様子を確かめて街がうまく回っているか、意見をぶつけ合わせたという。

そんなことをして楽しいのか。いや、与右衛門も、間歩《まぶ》を歩きながら間切《けんぎり》すべき場所を師弟で談ずる時は胸が躍《おど》った。仕事が好きなのだろう。

「俺が途中でいなくなった後も、奴は桁違《けたちが》いの銭勘定をしながら、毎日ずっと銭を追ってきた。今の彦次郎にしか見えないものがあるんだろうよ」

吉大夫が与右衛門の背をボンと少し乱暴に叩いた。

「佐渡のために気張れ。大癋見探しは時々手伝ってくれりゃいい。お鴇が頼りになるからな」

顔を上げると、薄い口ひげをまさぐる上役の微笑みがあった。もしも兄がいて、吉大夫のようだったらいいのにと、一瞬だけ思った。

3

「久しぶりだな、与右衛門。息災《そくさい》だったか」

書付《かきつけ》から顔を上げると、吉大夫の長身がふらりと現れていた。

かつてないほどごった返す奉行所の御勘定所でも、この男の周りだけは、なぜかゆったりとした空気が流れる。のんきな仕事に専念できる上役が羨《うらや》ましかった。

「皆、やけに忙しそうだが、お前は何をやらされてんだい？」

吉大夫は文机の前に座り込み、周りの仕事ぶりを感心しながら眺めている。

邪険《じゃけん》にも扱えぬし、根《こん》を詰めすぎたせいもあって、少しだけ休もうと与右衛門は算盤《そろばん》を置いた。

「佐渡の新しい石高《こくだか》を積算しておりまする」

名主《なぬし》たちは十日前の荻原の脅《おど》しに震え上がり、耕作地ごとに昨年の出来高と耕作人を記した書き上げが日限《にちげん》通りに島の隅々から集められた。これを受けて、奉行所に膨大な仕事が新たに生じ、与右衛門も算術の才を頼られ、御勘定所の山積み書類の中に配置されていた。師の頼みだから、断れない。

「また数字の写し間違いが見つかったそうで、一から勘定し直しますが、どうやら五百十五万束は下らぬ見込みでござる」

過去の検地帳では二百七十四万束しかなかった収量が、倍近く増えた勘定になる。

「ほう。奉行が代わっただけで、佐渡が六万九千三百五十四石から、十三万三百五十五石になるわけか。怖いねぇ」

さすが幕府勘定所の〈凍《い》て剃刀《かみそり》〉だけあって、吉大夫も勘定が速い。荻原並みか。

「年貢《ねんぐ》のほうも今の倍近くに跳ね上がりましょうが」

ため息が口をついて出た。

幕府は喜ぼうが、佐渡は甦《よみがえ》るどころか、疲弊する。荻原は徹底した検地で、民に重税を課すために海を渡ってきたのか。これまでの奉行よりたちが悪い。

「何しろ奴は日本一の検地名人だからな」

「御奉行様は、佐渡の事情を弁《わきま》えておられると信じておりました」

かねて金銀山と村々は、助け合ってきた。山の稼ぎが苦しくなると、農閑期には村から若者を水替《みずかえ》など助けに回したし、村が不作で苦しくなると、山の上がりを村へ回した。

「長い目で見りゃ、いつか誰かがやるべき嫌われ仕事だ。彦次郎も百姓から恨まれるだろうがね」

山盛《やまざか》りの時期ならまだしも反発は少なかったろうが、歴代奉行が漫然傍観《まんぜんぼうかん》したのは、軋轢《あつれき》が生じるだけで割に合わず、面倒臭いと考えて先送りしていたからだ。だが、ともかくこの検地は、佐渡の零落《れいらく》に追い討ちをかける。田畑が増えたのに佐渡が苦しむのは、水に負けて出鉱が減じたせいで、山に銭と人手を取られっ放しだからだ。瀕死《ひんし》の佐渡で年貢の引き上げなど、亡国の悪手《あくしゅ》というほかなかった。

「地下舞《じげまい》の次は割戸《わりと》の首吊《くびつ》りを調べてんだが、その様子じゃ、手を貸してくれそうにねぇな」

「お察しの通り。御奉行様の命《めい》で当面は無理でございまする」

「仕方ねぇ。一段落したら付き合ってくれや」

あっさり引き下がった吉大夫は、童《わらべ》でもあやすように与右衛門の頭を撫《な》でてから、御勘定所を出て行った。

辺りを見回すと、誰もが脇目《わきめ》も振らず一心不乱《いっしんふらん》に文机へ向かっている。近年、役人たちがかくも一丸となり、何かの仕事に邁進《まいしん》したことはない。もしも惣水貫《そうみずぬき》のためなら、与右衛門もやる気満々だが、民を疲弊《ひへい》させる検地のためだと思うとやるせなかった。

与右衛門は新しく調製する反別取箇帳《たんべつとりかちょう》、人別帳《にんべつちょう》と逐一《ちくいち》照らし合わせながら、算盤《そろばん》を弾《はじ》く。

(やはり勘定が合わない。もしや、また転記の間違いか……)

うんざりして書き上げの山を見やった。与右衛門は検算《けんざん》の役回りだが、すでに三度も誤りを指摘してやり直させていた。

奉行所はボンクラ留守居役《るすいやく》のもと、二十年もぬるま湯に浸《つ》かってきた。その緩みが、間違いだらけの勘定に現れている気がした。不出来な小役人たちの手際がすぐに改善するはずもない。

「静野。すまぬが、詰所《つめしょ》まで来てくれんか」

廊下から声をかけてきた平岡の後ろに従って詰所に入り、後ろ手に襖《ふすま》を閉めた。

「沢根《さわね》の定番役《じょうばんやく》からの願状《がんじょう》の件、やはりカエルを通してくれぬか。身どもから荻原様にじかに申し上げれば、よけいに話がこじれかねん」

平岡は江戸からやってきた三人組の中では一番親しみやすい人柄だけに、「ヒラメ殿にお取り次ぎを」との訴えが後を絶たない。

「沢根の件は先生にお頼みし、まとめて金沢様に談判《だんぱん》いただく所存」

今の奉行所で、金沢に対してまともに物が言えるのは、勘兵衛くらいだった。

「広間役助《ひろまやくたすけ》の仕事も増えて、相当お疲れのところ申し訳ないが、お任せするとしよう」

平岡は勘兵衛と仕事をするうち、その学識と才覚、人物に惚《ほ》れ込《こ》んだ様子だ。

「先ほど、御奉行様から勘定はまだかと催促された。遺漏《いろう》なきよう頼み入る」

荻原は仕事に誤りがないか、自らも膨大な書類を読み込み、抜き打ちで確かめるため、一つの間違いも許されぬと、異様なほどの緊張が役所の中に張りつめていた。かの延宝《えんぽう》検地での驚異の成果は、上も下もこの極度の緊張の中で仕事をやり抜いたからに違いない。

荻原はいつ眠っているのか、そもそも眠っていないのか、役人たちは不思議がっていた。平岡によれば大好物の蕎麦《そば》を食う間も仕事をするそうだが、この荻原の凄《すさ》まじいまでの執念は、どこから来るのだろう。

「荻原さまの下で働くと、役人たちもだんだん仕事ができるようになる」

平岡は上下から板挟みのはずだが、いつもの話だと苦笑いした。

鳴り物入りで大掛かりな総検地を開始し、取りはぐれた年貢の詳細を明らかにした後、検地の名手はどう出るのか。本当の波乱は実際に取立てを行い、また、届け出られた耕作地を実測して確かめてゆく今後だろう。与右衛門の職分とは直接関わりないが、先が思いやられた。

詰所を辞そうとすると、平岡が脇にあった風呂敷包みを手に、声を落とした。

「それはそうとな、静野。地方付土蔵《じかたつきどぞう》の戸に、奇妙な物が打ち付けてあったのじゃ」

今朝がた地方役人が蔵を確かめようとしたところ、妙な人形を見つけたという。

平岡が包みの結び目を解《ほど》くと、与右衛門はアッと声をあげた。

大ぶりな武士の人形が大癋見《おおべしみ》を被っている。最近流行《はや》りの説経《せっきょう》人形だ。太夫《たゆう》による三味線《しゃみせん》の弾き語りに合わせた芝居に使う人形だが、その顔に合う能面をわざわざ作ったわけか。誰が何のためにこんな手の込んだ真似をするのだ？　やはり大癋見はなお健在なのか。

「手数じゃが、お主から広間役にお伝えしてくれ。どこにおわすのか、勘定所以来の付き合いなれど、お若い頃から簡単には摑まらぬ御仁でな」

人形の顔から小さな大癋見を取り外すと、武士人形が深い懊悩《おうのう》を抱えたように難しい顔で、与右衛門を見上げていた。

4

皆で励《はげ》まし合いながら徹夜をし、勘定所の手助けが一段落した夕刻、与右衛門は吉大夫から「佐渡の経済を回すためだ。たまには付き合え」と言われ、半ばむりやり吉祥屋へ連れ出された。これから増税に苦しむ民を思うと、奉行所の払いで好き放題に飲み食いする上役が腹立たしい。

料理屋にまだ客はおらず、手持ち無沙汰《ぶさた》の遊女たちが声もひそめず四方山話《よもやまばなし》をしていた。吉原《よしわら》では張見世《はりみせ》にいる遊女たちを格子越《こうしご》しに品定《しなさだ》めするそうだが、あてびの方針で構造が違う。奥の遊郭へ入り、二階の十番の部屋へ通された。

「吉祥屋の遊女たちがいいのは、女将の力さ」

揚代《あげだい》が佐渡で一番高額なぶん躾《しつけ》も行き届いており、客層もあてびが選ぶから、揉《も》め事《ごと》はまずない。

苦手な話題に黙ったままの与右衛門に、吉大夫は続ける。

「こんな遊郭が江戸にもあればな」

吉原の遊女には年季《ねんき》があり、十年勤めるか二十七歳まで抜けられないが、吉祥屋ではいつでも遊女をやめられるし、実際あてびは今まで数十人の遊女を身請《みう》けさせたという。遊女たちの稼ぎのうち一朱を積み立てておき、どんな事情であれ吉祥屋を去ってゆく時にそっと渡すらしい。知らない話だったが、いかに取り繕《つくろ》おうとも、やっていることは結局、平助の女郎屋《じょろうや》と変わるまい。

酒が用意されると、あてびが現れた。与右衛門はまだ仕事があるからと断った。

「先生が後ほど広間役にご挨拶《あいさつ》なさりたいと」

一気に酒を干した吉大夫は、赤味《あかみ》がかった酒器を箱膳《はこぜん》に置き、指先でキーンと鳴らす。

「寿老人《じゅろうじん》もご苦労だな。総検地で彦次郎が鞭《むち》を振るったぶん、飴《あめ》で埋め合わせなきゃならんわけだ。俺が一人で頑張って銭を使っても、景気は悪くなる一方かい、あてび？」

荻原は酒も煙草《たばこ》も女もやらない。品行方正というより、時間がないらしい。役人たちも遊興《ゆうきょう》を禁じられてはいないが、仕事が激増して忙しすぎ、常連客の足も遊郭から遠ざかったという。

「和田さまと村上さまも、今度の検地で決心がついたとかで、佐渡を出る相談を始めたみたいですよ。大切《おおぎり》も駄目になったけど、間歩《まぶ》がひとつ閉じれば、遊郭も一、二軒潰れちまいます」

与右衛門はいきなり鏨《たがね》で頭をぶん殴られたような気持ちになった。

ついに、有能な山師が佐渡を見限り始めた。

和田十郎左衛門《じゅうろうざえもん》と村上源左衛門《げんざえもん》は、働き盛りの山師で人望もあった。

佐渡の行く末を憂える二人は、惣水貫《そうみずぬき》に関心を示したものの、具体的な目論見《もくろみ》を聞いて不可能だと言い、反対に回った。むしろ来島した荻原に対し、七ヵ所の切山《きりやま》と十の古間歩《ふるまぶ》を御直山《おじきやま》として取り立てるよう訴状を提出していた。必要な手立てだが、手堅くはあっても佐渡の再生には足りない。それでも南沢をやれるなら、いの一番に説得し、力を貸してほしい手練《てだ》れの山師たちだった。

「あの二人でもやっていけないなら、新しい山師も粗方《あらかた》だめね。佐渡も罪な島よ。昔と違って山師たちも失敗続きなのに、はずればかりの富籤《とみくじ》を買いに、借金までして故郷を捨ててやってくる。うちの生きてる間に金銀も採れなくなって、金《こがね》の島も昔の寒村へ戻ってゆくんでしょうね」

そうなれば、金座や両替屋はもちろん、京町《きょうまち》通りの店々が相川から消えるだろう。

このままでは破綻《はたん》すると皆知りながら、漫然《まんぜん》と過ごしている。いや、何をしていいかわからないだけだ。苦しくとも目指すべき道を佐渡奉行がはっきりと示せば、皆が立ち上がり、力を合わせられまいか……。

「そうそう。八幡《やはた》の畑でも、豆板銀《まめいたぎん》が見つかったんですってね」

相川の民が野菜を楽しめるのは、国仲《くになか》平野の西端、海沿いの八幡に松を植えて砂垣を築き、畑地としたからだ。

数日前、村の組頭の竜吾《りゅうご》が田の草取りをしていると、光る物が見えたという。これまでも民が貧窮にあえぐ時、佐渡のあちこちで豆板銀が見つかった。それは決まって信望ある村の名主や組頭の田畑であり、そのおかげで村人たちは急場をしのげた。以前、銀が見つかる前日の夜半に、能面侍の姿を田畑近くで見かけた者が何人かいたため、大癋見の仕業だとされている。

「あいにくだが、この世におとぎ話なんかねぇよ。佐渡の内情をよく知る誰かが埋めたのさ。その竜吾ってのは？」

「働き者の百姓で、佐渡奉行になってほしいくらいですよ。カエルのやり口があんまり酷いから、このままじゃ一揆《いっき》をやるしかないって話まで聞きましたけどね。先生があちこちの名主から相談されて、必死で抑えてるそうですけれど。だから今日もこの遊郭にいるんですよ」

金沢は新しい石高を元に改めて年貢を勘定し直させるや、不足分を容赦なく取り立て始めた。八幡では、見つかった豆板銀で要求に何とか応じたという。

「某《それがし》も聞きました。年貢を払えぬなら娘を売れと迫るそうです。あの御仁《ごじん》は赦《ゆる》しがたい」

与右衛門も金沢の仕打ちを吉大夫に訴え、悲憤慷慨《ひふんこうがい》しながら握り拳で何度も畳を叩いた。

「御奉行様とて、一揆を避けたいはず。金沢様の行きすぎを戒《いまし》めてはくださらぬものか」

吉大夫はお気に入りの酒器で酒を干してから、軽く頭《かぶり》を振った。

「彦次郎は奉行になって、まだ間がない。過去の誤った政《まつりごと》を正そうとして起こった一揆なら、結末次第さ。速やかに鎮《しず》めて公儀に入る年貢が増えるなら、咎《とが》められまい。あいつは犬公方《いぬくぼう》のお気に入りだからな」

吉大夫は将軍と徳川家に対して寸毫《すんごう》の敬意も払っていない様子だった。

「カエルはやる気満々みたいですけれど、もしあんな小悪党が留守居役《るすいやく》になったら、生き地獄の始まりでしょうね」

襖《ふすま》がわずかに開き、女将《おかみ》が呼ばれた。勘兵衛が少し顔を見せるという。

「すまねぇが、あてび。とっておきの生麩《なまふ》をお鴇《とき》に頼んであるんだ。寿老人にも出してくれねぇか?」

吉大夫は女将が去った後の畳に目を落とすと、残された温もりを確かめるように手を置く。

「みんなが貧しくなくて、家族で仲良く暮らせりゃ、それに勝る幸せはない。だが、色々な事情で女は遊女になる。女たちを安く使って搾《しぼ》り取る人でなしも多い」

過去を懐かしむように、吉大夫がまた赤い酒器で音楽を奏でる。

「濁世《じょくせ》で身を売る遊女たちも、懸命に生きている。あてびは一日も早く抜け出せるように、精一杯助けてやってるんだ。女たちと一緒に悩み、苦しみながらな」

吉祥屋に恩義がありながら甘言に乗せられて他に鞍替《くらがえ》したものの、約束を反故《ほご》にされ、苦しんだあげくに戻ってくる女たちもいるが、あてびは何も言わず、ただ抱き締めて迎え入れるという。

吉大夫が一分金《いちぶきん》を弄《もてあそ》びながら杯を重ね、しんみりと語るうち、勘兵衛がやってきた。

「これは広間役。奉行所では余りお目にかかれませぬでな」

「水戸《みと》っぽは怒りっぽい、理屈っぽい、骨っぽいの三拍子《さんびょうし》だって聞くが、あんたはついでに皮肉っぽいのかい？」

「今では佐渡がずいぶん長《なご》うなりました」

「この島は広い。あんたは訛《なま》りが出ねぇが、佐渡は行く先々で喋《しゃべ》り方が違うな」

きつめで速く高調子《たかちょうし》な武士風の相川、土臭いのにおおらかで雅《みやび》な貴族風の国仲《くになか》、長く尾を引くのに小刻みで耳触りはいい町人風の小木《おぎ》など、訛りは少しずつ異なるものの、佐渡言葉としては似通っている。

「佐渡では全国の訛りが交じりますゆえ、私の言葉はもう、どこのものとも知れませぬ」

特に相川では色々な国の訛りを聞けた。無骨な与蔵は三備《さんび》の訛りがすぐに出るが、寡黙《かもく》なのは訛りが恥ずかしいからかも知れない。

「俺の昔の想い人が水戸藩士の娘でね。その縁で水戸へも何度か行って詳しいんだ。商売繁盛と言えば、文句なしに龍海院《りゅうかいいん》さ。何しろ左甚五郎《ひだりじんごろう》の作った大黒様《だいこくさま》のご利益《りやく》は日本一だからな。年始ともなりゃ、商売人でごった返す。もちろんあんたも丁稚《でっち》の頃から初詣《はつもうで》へ行かされた口だろう?」

水戸時代の勘兵衛については、与右衛門もほとんど聞いた覚えがない。

「なにぶん、三十年も昔のことにて」

話題に気乗りしない様子で勘兵衛が応じた時、お鴇が小鉢を三つ載《の》せた盆を持ってきた。

「お指図通りに作ってみましたけれど……」

「ありがとよ。今宵は俺好みの生麩の煮炊《にた》きを頼んでおいたんだ」

吉大夫は手を打って喜び、お鴇を労《ねぎら》って帰すや、すぐさまかぶりつく。

強く勧められて勘兵衛が口にすると、吉大夫が面白そうな顔をして尋ねた。

「どうだい、先生? 俺はこういうあぐどいのも好きなんだがな」

耳慣れぬ言葉に、勘兵衛は怪訝《けげん》そうに吉大夫を見返している。

「広間役、何ゆえこの生麩があぐどいと?」

与右衛門の問いに、吉大夫は生麩を食べる勘兵衛をじっと見ながら応じた。

「ああ、すまねぇ。俺の故郷の訛りでな。甘すぎることをあぐどいって言うんだ」

佐渡では味が濃すぎると「むつごい」というが、場所によりずいぶん違うものだ。

与右衛門が箸《はし》を付けて口へ運んでみると、確かに甘い。あぐどい生麩を食べ終えると、忙しい勘兵衛が「変わったものを馳走《ちそう》になり申した」と礼を述べて去り、与右衛門は吉大夫と二人きりになった。

「広間役は今、割戸《わりと》の首吊りを調べておいでとか。やはり、自死ではないと？」

「縊《くび》り殺されたんだよ。骸《むくろ》を幾つも拝んでると見分けがつくんだが、首を吊るのと絞めるのとじゃ、首にできる痣《あざ》が違うんだ」

吉大夫がまた酒器を鳴らした時、襖《ふすま》が開いてお鴇が姿を見せた。

「先ほどの生麩は本当にお口に合いましたでしょうか。かなりむつごいと思いましたが」

「俺は好きだぜ。厩橋《まやばし》に甘辛い焼き饅頭があってな。あいつもずいぶん——」

吉大夫は薄い口ひげへ手をやり、沈思黙考の構えを見せ始めた。こうなると自分の世界に入り浸ってしまい、話しかけても、うんともすんとも言わなくなる。邪魔をしないのが正解だ。これ以上付き合う気もなかった。

ちょうどいい。おかげで意外に早く済んだ。奉行所へ戻って振矩絵図に取り組めそうだ。

5

廊下の物音とざわめきで、与右衛門は目を覚ました。

（皆が登庁する時分か）

連日徹夜したせいで、文机に突っ伏したままし ノ字部屋で寝込んでしまったらしい。ごろりと背を倒し、大きく伸びをする。

廊下越しに、窓から眩《まぶ》しい朝の光が差し込んでいた。

与右衛門は、実際に割間歩《わりまぶ》へ降りて、坑道、間切《けんぎり》の位置、形状や構造、繋がりを確かめ、どこからどこへ惣水貫《そうみずぬき》を通すべきか、新たに絵図を描きながら一から考え直した。以前は絵図一枚に半月かかっていたのに、今では一日に数枚作れるし、空で描ける。膨大な作業を通じ、割間歩のどこで切っても頭の中で地下の構造がわかるまでになった。

やはり諏訪間歩《すわまぶ》から掘り始めるべきだが、間歩のどこに起点を置くか。海面からの高さや方位、距離を確かめながら、繰り返し描き続けた。まだ納得できる答えに辿《たど》り着いてはいないが、考え抜いた結論をぶつければ、荻原も真剣に受け止めてくれるはずだ。

改めて思案するうち、御役所の中が騒然とし始めた。怒鳴り合う声まで聞こえてくる。

気になって、与右衛門はしノ字部屋を出た。

荻原は総検地を通じ、役人たちに仕事のやり方を根本から改めさせていた。検地を担い矢面《やおもて》に立つ地方《じかた》のみならず、町方《まちかた》、山方《やまかた》の役人たちも、荻原に次々と呼びつけられては絞られ、皆、一様に気が立っている。

山方役の部屋では、早朝から勘兵衛が役人たちに取り囲まれていた。嘆願《たんがん》に来た名主《なぬし》たちの訴えに困り果てているらしい。金沢による取立ては冷酷を極め、過去の目こぼしを贓罪《ぞうざい》で問うと脅《おど》しながら、乾いた雑巾《ぞうきん》を絞るように締め上げていた。

「荻原様にも佐渡の実情を重ねて言上《ごんじょう》したが、金沢様に任せてあるとの一点張りでな」

新奉行の下で、役割は明確に決められていた。金銀山は勘兵衛、検地は金沢、その他が平岡、ついでに大癋見は吉大夫だ。

「されば、私からいま一度、金沢様に談判《だんぱん》いたそう。与右衛門、ちょうどよい所へ参った。お前からも民の声を伝えてくれぬか」

承知して二人で地方役所へ出向くと、金沢は取立場《とりたてば》におり、満足そうな顔で銭勘定をしていた。

「何じゃな、山方役。またわしに用か？」

金沢は正式にはまだ無役《むやく》であり、奉行所での立場もほぼ対等なはずだが、町人の勘兵衛に対して横柄《おうへい》に接する。勘兵衛に留守居役の座を取られまいかと、警戒している節もあった。

「ちと、取立てを急ぎすぎではありませぬかな」

勘兵衛が切々と民の悲痛な声を伝え始めるや、金沢が細い腕を伸ばした。

「なぜ山方役が、地方の役回りに口を出す？」

検地の際、奉行所の役人総出で手伝ったことは、都合よく棚上げしている。

「金沢様が話を聞かれぬゆえ、私に訴えが参るのでござる」

「先の留守居役は、長年にわたり甘い汁を吸っておった。わしは他人が得をしおるのが赦《ゆる》せんたちでな。徹底的に調べ上げて、わずかでも関わった連中を一網打尽《いちもうだじん》にしてくれるわ」

升田《ますだ》とその太鼓持ちの役人に脅しすかされ、やむなく貢《みつ》いだ者たちもいたはずだ。裏返った声で高笑いするカエル顔が忌々《いまいま》しかった。

「金銀の産量が減って、佐渡は苦しんでござる。このままでは一揆ともなりかねませぬ」

勘兵衛が告げる後ろから、与右衛門も両手を突いて訴える。

「金沢様。某にも松ヶ崎、赤泊《あかどまり》、沢根《さわね》の番所の定番役《じょうばんやく》から、取立てが厳しすぎると切なる訴えがございました」

「御奉行様を脅《おど》すつもりか？　従わぬ者どもは容赦せぬ。升田はボンクラゆえ、裏で銭を袖に入れておったが、わしは違う。有無を言わせず、正面から堂々と毟《むし》り取ってやるわ」

金沢は与右衛門など歯牙《しが》にもかけず、あくまで勘兵衛に嘲笑を浴びせていた。もしもこんな男が留守居役となれば、佐渡の前途は真っ暗だ。

「そもそも奉行所は、佐渡の安寧《あんねい》と発展のためにあるはず。厳しい取立てにより民が――」

「今までが手ぬるすぎただけよ。熱い湯も、じきに慣れる。そもそもお主が口を挟む話ではないと、何度言ったらわかる？」

「私が佐渡へ来て間もなく、三千人余りも餓死する痛恨の出来事がござった。二度と――」

「荻原主従《しゅじゅう》を甘く見るでない！」

金沢は裏返ったガラガラ声で叫んでから、嘲《あざけ》るように嗤《わら》った。

「佐渡で余った米が海を渡って売り払われておるのじゃぞ。ご公儀《こうぎ》の目を盗んで留守居役が私腹《しふく》を肥やし、隠し田からの上がりを民が溜め込んでおることくらい、江戸出立前から御奉行様はお見通しであった」

金沢がカエル顔を突き出してきた。

「佐渡の知恵袋などとおだてあげられ、升田に助言しておったお主が、贓罪《ぞうざい》につき何も知らなんだとは思えぬな。覚悟しておけ」

勘兵衛は私財を擲《なげう》ってまで佐渡のために尽くしてきた。疚《やま》しい過去などないはずだが、前奉行の下で、升田の放漫と横暴は黙認されてきた。金座の後藤や役所の太鼓持ちを相手に、一山方役ができることなど限られてもいた。もしや金沢は、勘兵衛を罠《わな》に嵌《は》めて追い落とし、留守居役として君《くん》臨《りん》する肚《はら》か。この男なら、いわれなき罪のでっち上げさえ厭《いと》うまい。

「私の身がどうなろうと構いませぬ。されど、せめて過去の分については、しばしのご猶予をくださいませぬか？」

金沢は隠し田につき納めるべき年貢が未納であったとして、七年分まで遡《さかのぼ》ると宣言し、即座の取り立てを始めていた。

「ほう、すると何か。お主は天下の法を捻《ね》じ曲げて、手心を加えよとでも?」

金沢は横長の口で欠伸《あくび》を嚙《か》み殺してから、勘兵衛を小さな目でぎょろりと見た。

「こたび検地がされるまでは、納めるべき年貢も定かならず、民としても——」

「ご公儀を騙し、隠しておっただけの話ではないか。天下にはまじめに年貢を納める百姓がたくさんおるのじゃぞ。なぜ佐渡の人間だけ甘やかさねばならぬ? 何事も最初が肝心じゃからな。百姓は年貢を納めるのが仕事。次の留守居役もボンクラと思われては心外よ」

金沢には、民が米俵にしか見えていない様子だった。

「ボンクラは二十年もこの島で遊び暮らした。そちらとも長い付き合いになる。仲良うやろうぞ」

この悪徳な小役人は私利しか眼中にない。惣水貫など見向きもせず、金銀が枯渇《こかつ》してゆく一方の山で人々を酷使《こくし》し、重税を搾《しぼ》り取るだけの留守居役となろう。絶望と怒りがこみ上げてきた。

取り付く島もないとわかり、師弟は無言で取立場《とりたてば》を出た。勘兵衛の部屋へ戻る。

「風変わりな御仁なれど、広間役のお力を借りられぬものか」

「何をお考えか読めませぬが、付き合ってみると悪いお方でもありませぬ。が、しょせんは旅者《たびのもん》。頼りにはなりますまい。大癋見探しもどこまで進んでおるのか、心もとない限りでござる」

「さようか。もしも多くの者が大癋見の呪いで納得するのなら、私もそれでよいと思うておる。佐渡のためにやるべきことは他に山とあるでな」

意外だったが、言う通りかも知れない。トンチボの件を除けば、もう大癋見などどうでもいい。

突然、勘兵衛が苦しげに咳《せ》き込み始めた。右手で胸を押さえている。

「先生、いかがなさいましたか？　誰かある！　先生！」

与右衛門が体を支えながら叫ぶと、役人たちが部屋へ駆け込んできた――。


あてびが掻巻《かいまき》を直して、勘兵衛の首元までかけた。

「いい薬だよ。先生にも少しは休んでもらわないとね。まだまだ佐渡になくてはならないお人なんだからさ」

上京町《かみきょうまち》の吉祥屋の隣は、地下に酒庫を持つ勘兵衛の屋敷だ。久しぶりに訪れたが、奉行所の上役人を勤め、酒の仕入れまで手がける割には、いたって質素で地味な部屋だった。

勘兵衛が奉行所で倒れると、すぐにかかりつけの御番所橋《ごばんしょばし》の老薬師《ろうくすし》が呼ばれた。「いい齢《とし》をして働きすぎじゃ。少しは休ませい」との見立てに、与右衛門ら勘兵衛を慕う役人たちが、むりやり駕《か》籠《ご》に乗せて家へ運び入れたのである。

褥《しとね》で熟睡する勘兵衛の傍《かたわ》らには、あてびにお鴇、与右衛門が残り、いつのまにか現れた吉大夫もいた。

「先生が亡くなったら、佐渡は……」

皆から慕われ、金銀山を知り尽くし、佐渡に生涯を捧げてきた最高の振矩師を失った時、南沢惣水貫開鑿《かいさく》の夢は潰え、佐渡の滅びは定まるだろう。

「一番弟子の与右衛門さんが後を継ぐんでしょう？」

「某のごとき若造に、先生の代わりが務まるものか。誰もついて来ぬ」

お鴇に応じると、あてびが口を挟んできた。

「だけど、他に誰がいるってのさ？　充作《じゅうさく》さんたちが死んじまってからは、先生も当然そのつもりだよ」

充作はあてびの三人目の夫で、本来なら勘兵衛の後を継ぐべき振矩師だった。

与右衛門も可愛がってもらったが、十年ほど前の八月、割間歩で洪水が起こった時に、命を落とした。どれだけ山留《やまどめ》を工夫しても、人の力には限りがある。充作と朋輩《ほうばい》たちは一人でも多くの人間を助けようと間歩へ下りたが、生きては戻らなかった。充作たちの死後、勘兵衛は与右衛門を後継者にすると決めたらしく、指導も厳しくなった。

振矩師には特別な才能が要る。算術はもちろん、細かく辛気臭《しんきくさ》い地道な計算をやり続ける根気、器具や数値からは読み取れない位置を当てる勘まで必要だ。地下の暗闇に揺らめく油火の弱い光を頼りに、暗がりの地相と振矩絵図を照らし合わせつつ、微妙な感覚で方角や高低の些細な差を見極める。偉大な師の後を継げる弟子がいるとすれば、与右衛門だけだった。

勘兵衛の期待に応えたいが、掘れば掘るほど水との戦いは厳しさを増し、振矩師の仕事も難しくなる一方だ。

「もっと、もっと気張るしかない」

珍しく黙ってやりとりを聞いていた吉大夫が、大きな手をそっと与右衛門の肩へ置いた。

与右衛門は眠る勘兵衛の手を握り締める。

師の手は皺《しわ》だらけで骨ばっていて、熱かった。

第五章　大癋見見参《おおべしみ》

1

「広間役！　金沢様が切腹《せっぷく》された由《よし》！」

与右衛門が広間役御長屋《おながや》へ駆け込むと、長身は濠《ほり》に面した座敷で寝そべっていた。

「褒《ほ》められた奴じゃなかったが、可哀《かわい》そうにな」と応じながら、吉大夫はいつになく固い表情で半身を起こした。すでに平岡から知らされていたらしい。

明け方、与右衛門がしノ字部屋で仮眠をとっていると、勘兵衛に呼ばれた。

検地にあたり看過《かんか》しがたい不行状《ふぎょうじょう》があったとの理由で、金沢が荻原により詰《つ》め腹《ばら》を切らされたという。総源寺《そうげんじ》で茶毘《だび》に付す段取りまで決まっていた。今後は平岡が金沢に代わり、検地を進める。

「この件には裏がありそうだ。探りを入れてみるか。付き合ってくれ」

吉大夫は枕屏風《まくらびょうぶ》の裏から酒瓶《さかびん》を取ると、黙って与右衛門に渡し、揃《そろ》って御長屋を出た。

御役宅《おやくたく》へ向かうかと思えば、大御門《おおごもん》の番士《ばんし》に「よう」と挨拶しただけで通り過ぎる。

「荻原様とお会いになるのでは？」

奉行所の石壁沿いを歩きながら、吉大夫が小声で応じた。

「実は今、彦次郎と喧嘩中でな。会ってくれなんだ。どうせ尋ねても答えねぇだろうが」

民からの悲痛な訴えを方々で聞いた吉大夫は、荻原と金沢に対し過酷な検地について歯に衣着《きぬき》せず諫言《かんげん》したせいで、不興《ふきょう》を買ったらしい。

二人は帯刀坂《たいとうざか》を下り、北沢《きたざわ》を渡って林に入ってゆく。行く先はどこだろう。

「彦次郎も昔はあんな奴じゃなかったんだが、トカゲの尻尾切りにしては早すぎるな」

「え?! まさか荻原様は、最初から捨て駒に使うつもりだったと?」

留守居役になりたい一心から、金沢は必死で荻原の求めに応じようとし、過酷な検地を強行した。民の不満を金沢に集めた上で処断して、実利を摑《つか》もうとしたのか……。

本当なら、何と恐ろしい奉行だ。

「佐渡に来てから算盤《そろばん》を弾《はじ》いたのかも知れんがね。何しろ勘定にかけちゃ天下一だ。金沢程度の替えなら、江戸の勘定所にごまんといるからな。ときに、総源寺の住職はどんな坊主だ?」

「気難しくて、厳しい和尚《おしょう》様でございまする」

「ならば、生《き》まじめに参るか」

坂道を上ってゆくうち、立派な楼門《ろうもん》が見えてきた。

急な石段を登り、総源寺門前で青い頭の小坊主に取次ぎを頼むと、ほどなくいかつい顔つきの老住職が姿を見せた。

吉大夫が神妙な顔つきになると、与右衛門は手の酒瓶を心持ち体の後ろへ隠した。

「拙者は、佐渡奉行荻原重秀の命により広間役を仰せつかりし、間瀬吉大夫と申す者。わが朋輩《ほうばい》、金沢雄三郎殿とは、江戸城勘定所以来の付き合いにて、通夜《つや》の前にぜひとも、故人と別れのひとときを持ちたいのでござる」

人が変わったようにしんみりとした吉大夫の口調に、住職は厳《おごそ》かにうなずき、本堂へ通してくれた。小坊主に指図し、棺桶《かんおけ》の蓋《ふた》を開けさせる。

土気色《つちけいろ》の金沢の顔は瞼《まぶた》こそ閉じられているものの、恐怖か苦痛か、醜く歪《ゆが》んでいた。

「ごゆっくり別れを惜しみなされ」

吉大夫に倣《なら》って、与右衛門も無言で深く頭を下げた。こうして死んでしまうと、あれほど憎らしかった人間にさえ、同情を禁じ得ぬものだ。

住職たちが去るや、「カエル、すまねぇが、ちょいと確かめさせてくれ」と吉大夫は膝立《ひざだ》ちして、棺桶の中へ遠慮なく手を突っ込む。

「首は繋《つな》がってるな。何が元で死んだんだ」

正式な作法での切腹は大変な苦痛を伴うから、実際にはひと思いに死なせるために介錯人《かいしゃくにん》が首を打ち落とす場合が多いと聞く。

「昔、親父の介錯人をやったが、痩《や》せ我慢《がまん》で切腹なんざ、できねぇからな」

さりげなく触れられた話に衝撃を受けたが、与右衛門は何も言えなかった。気楽そうに見えても、やはり何か重い過去を引きずっているらしい。

吉大夫が金沢の死装束《しにしょうぞく》を胸元から開いた時、与右衛門はアッと声を上げた。

「これは、噂に聞く〈逆《さか》さくノ字斬り〉ではありませぬか」

金沢の右脇腹から始まった刀傷《かたなきず》は心ノ臓まで到達した後、そこで壁に跳《は》ね返るごとく右肩へ向かい、胸の途中まで斬ってから引き抜かれていた。あたかも心ノ臓を抉《えぐ》り取るように、確実に命を奪ったわけだ。素人《しろうと》の与右衛門でも、明らかに玄人《くろうと》の太刀筋《たちすじ》だとわかる。

「見事な腕前だな。さして苦しまずに死ねたろうが、ものの数瞬でご臨終《りんじゅう》だ」

「では、下手人は大癌見だ、と……？」

佐渡島にこれほどの技を使える剣豪《けんごう》が何人いるだろう。奉行所の斜め向かいにちっぽけな道場はあるが、腰痛《ようつう》持ちの老道場主は頼りなく、いつも閑古鳥《かんこどり》が鳴いていた。

（まさか、親父殿が……）

与右衛門の心臓が早鐘《はやがね》を打つ。

最近でも、夜中か早朝に人気のない浜辺で、棒切れを刀に見立てながら演舞する父の姿を見ることがあった。いや、今の与蔵はただの水替《みずかえ》で、きっと昨日も山にいたはずだ。

「成功に慣れた人間は、己《おのれ》の失敗を認めたがらねぇ。彦次郎の勘定にはなかった闇討ちを、切腹だと取り繕《つくろ》って、仔細《しさい》を隠したまま幕引きする胸算用《むなざんよう》か」

死者の襟元《えりもと》を元通りに直すと、吉大夫は瞼を閉じ、「なんまんだぶ」と骸《むくろ》に向かって大きな手を合わせた。

圧政に抗した民に腹心が暗殺されたとなれば、佐渡奉行の権威も落ちる。方針を転換するなら、配下に専断ありとして罪を被せ、自らの面目《めんぼく》を保つほうが得策だと考えたのか。

「あばよ、カエル。若い頃は色々面倒をかけちまって、済まなかったな」

勘定所で世話になったという話は、嘘でもなかったらしい。

吉大夫が立ち上がると、与右衛門は棺の蓋をそっと元に戻した。

住職に声をかけ、棺が運び込まれたのが今日の明け方だと確かめてから、総源寺の山門を出た。

左手には北沢の深い谷越しの台地に奉行所が建ち、正面から右手には海が広がる。

「次は水金町《みずかねまち》の女郎屋だ。大御門の爺さんによると、真夜中に平助が奉行所に出入りしていた。奴は何かを知っている」

吉大夫は手当たり次第に役人たちに気安く声をかけ、御長屋へ連れ込んでは酒を酌《く》み交《か》わしていたから、御門番所の番士たちともすこぶる仲が良い。しばらく吉大夫を見かけないと、与右衛門に居場所を尋ねてくる者さえいた。

大山祇《おおやまづみ》神社の前を通り過ぎて、北へ向かう。

平助の女郎屋は「百合屋《ゆりや》」なる屋号だが、客筋も悪く、女たちがよく逃げ出すと悪評しか聞かなかった。

安普請《やすぶしん》の家屋の前は水浸《みずびた》しで、小さな盛り塩が二つ置かれていた。

吉大夫はやにわにその場で腹ばいになり、濡《ぬ》れた土の匂いをくんくん嗅《か》ぎ始めた。よく地面に這《は》いつくばる上役だが、もう驚かない。

「血の臭いだ。金沢はここで殺されたな」

与右衛門はぎょっとして後ずさったが、吉大夫はすっくと立ち上がり「御免《ごめん》」と戸を開けた。中はガランとしていて、小座敷に平助が独りぼんやりと座っていた。

「今回は全く災難だったな、平助」

吉大夫は草鞋《わらじ》を脱ぎ、ずかずか上がり込む。

「だけど、彦次郎はまだお前を疑ってる。一番簡単な口止めを考えてるのかも知れねぇ」

平助はぶるりと体を震わせ、すがるように吉大夫を見た。

「御奉行様はおいらの話を信じるって……」

「奴の言葉をそのまま受け取るとは、存外お前も初心《うぶ》な男だな」

大きな手が、平助のひ弱な肩へ馴れ馴れしく置かれた。

「気付けに旅烏《たびがらす》を持ってきてやった。こんな時は飲んじまうに限る」

吉大夫が棚から勝手にごそごそと酒器を取り出した。差し出された手へ、与右衛門がずっと抱えていた酒瓶を渡すと、二人は朝っぱらから酒をやり始めた。

憂《う》さ晴《ば》らしなのか、不安でたまらないのか、強くもない平助が呷《あお》るように呑んでいる。

「なあ、平助。話は彦次郎から聞いたが、やっぱり下手人に心当たりはねぇのか？」

「それが、おいらにもさっぱり見当がつかねぇんで……」

どんな相手でも、吉大夫は上手に懐《ふところ》へ入ってゆく。優しげな口調、親身な物腰と逞《たくま》しい体につい頼りたくなるのかも知れない。

「斬った奴は相当の剣豪だぞ。己にかけられた疑いを晴らすには、下手人を見つけるのが一番手っ取り早い。俺にも、昨夜の出来事を一から話してくれねぇか」

事情を何も知らないくせに、吉大夫はさも荻原から話を聞いたかのような口ぶりだ。抜け目のない平助さえ騙《だま》されている。

「御奉行様にも包み隠さず話したんですがね」

曰《いわ》く、平助は次の留守居役に取り入らねばと、勘兵衛に頼んで金沢に会わせてもらい、自分の女郎屋へ招いた。

仕事一途《いちず》の荻原と、奮闘し始めた小役人たちの手前、女遊びは憚《はばか》られるから、金沢は真夜中に頃合いを見て、お忍びで水金町を訪ねてくる話になった。平助が女と待つうち、戸口のすぐ外で鈍い悲鳴が聞こえた。驚いて飛び出すと、金沢が目の前で息絶えており、骸《むくろ》のそばには血を浴びた大癌見が転がっていた。女と二人、腰を抜かしたらしい。

「カエルは提灯《ちょうちん》を持っていたか？」

「真っ二つに斬られて消えてやしたね。お忍びだし、店前の提灯も灯《つ》けてやせんでした」

空《から》になった平助の酒器へ、吉大夫が旅烏を注いでやる。

「昨夜は分厚い雲が出てたし、月明かりはほとんどなかったはずだな」

二十二日の月で、半分欠けていたが、何より雲が厚かった。気散《きさん》じに役所の外へ出た時、雨が降るかなと思ったくらいだから、与右衛門もよく覚えている。

「ほとんど暗闇の中で、見事な逆《さかさ》くノ字斬りをやってのけたわけだ」

震え上がった平助が奉行所に届け出たところ、徹夜中の勘兵衛が応対した。平助からじかに事情を聞いた荻原は、一切の口外を禁じた上で平助を帰した。その後、殺しの件は伏せられ、切腹したとされたわけだ。死因を隠すためにも、早く茶毘《だび》に付したいのだろう。

「よく話してくれた。残りの酒は好きにやってくれ」

「女にはちゃんと口止めしてやすが、おいらはどうすれば……」

「事は佐渡奉行の沽券《こけん》に関わる。この件は決して口外するな。お前の口は堅いゆえ消す必要はないと、俺からも彦次郎に言っておく」

吉大夫と共に女郎屋を出て、五月晴れの空を見上げた。

小木《おぎ》の蔵破《くらやぶ》り、三十六人の地下舞《じげまい》、トンチボの神隠し、能舞台の磔《はりつけ》、割戸《わりと》の首吊《くびつ》り、そして金沢の逆くノ字斬り——。

何がどうなっているのか、与右衛門には見当もつかなかった。

「今回の件も、大癋見が絡《から》むのでしょうか」

水金町から海沿いを下町《したまち》へ歩きながら、与右衛門は尋ねてみた。

「たぶんな。カエルが殺された理由を突き止めれば、全貌が見えてくるだろう」

吉大夫は何か得心《とくしん》したような顔つきで、薄い口ひげをまさぐっている。

「大癋見は本当にいると？　何者なのでございまするか？」

「種明かしができるほど、俺もまだわかっちゃいねぇさ。だけど、確かな手掛かりを手に入れた。ああ見えてカエルは多少、剣術の心得があったんだ。簡単にやられる玉じゃねぇ。あの太刀筋《たちすじ》は噂に聞く〈暗夜剣《あんやけん》〉という秘技だ。いかなる剣豪でも、闇の中では勝ち目がないと聞く」

吉大夫は遊郭に刀を置き忘れるほどで、剣の腕前について噂も聞かないが、遊郭に侍として雇われていたのだから、剣の扱いを一応は弁《わきま》えているのだろう。

「お前の親父は三備《さんび》の剣術使いだったな」

与右衛門はぎくりとした。やはり与蔵を疑っているのか。

「小藩《しょうはん》に仕える薄禄《はくろく》の下士《かし》でございました」

与蔵は詳しく語らないが、外様《とざま》の米津家は瀬戸内に十数万石を領していたものの、お家騒動を理由に本貫地《ほんがんち》の二万石弱に減封《げんぽう》されたあげく、末期養子《まつごようし》を認められずに無嗣改易《むしかいえき》された不運な大名家だった。

「一度、与蔵と酒を飲みてぇんだが、お前らの長屋へ行ってもいいかい？」

腹心を殺められた荻原は下手人を極刑に処すだろう。いや、切腹したと公にした手前、難しいだろうか。吉大夫の狙いは何だ？　無口で無愛想で、すれ違ってばかりでも、昔はよく面倒を見てくれた。その父を失うと思うと、疲れ果てた与蔵が掻《か》くしつこい鼾《いびき》さえ愛《いと》おしく思えてきた。

「畏まりました。父に伝えておきまする」

「お前は忙しそうだし、勘兵衛も本調子じゃねぇだろうから、大癋見のほうは、いま少し正体が見えてきてから手伝いを頼むとしよう。あばよ」

吉大夫は辻に与右衛門を残して、足早に相川の湊のほうへ去っていった。

2

海辺に近い下戸町《おりとまち》の長屋では、与蔵が瞼《まぶた》を閉じ、仏像のように端坐《たんざ》していた。

こんな時の父は水替《みずかえ》でなく、精悍《せいかん》な剣豪に見える。与蔵が極めた力信流《りきしんりゅう》は、瀬戸内最強の剣術だと聞いていた。

会話はない。時おり聞こえてくる潮騒《しおさい》のほかは、台所でお鴇《とき》が立てる包丁の音だけだ。与右衛門の大好物の水蕗《みずふき》である。金沢の死からひと月近く経ち、今夜はいよいよ吉大夫を与蔵に引き合わせるが、自分だけでは父を持て余すと考え、酒肴《しゅこう》を用意する口実でお鴇に同席してもらう。

平岡が金沢の仕事を引き継ぎ、勘兵衛がこれを助けるようになって、検地を巡る混乱も収束しつつあった。金沢ほどに厳しい取立ては行われず、淡々と事が運んでいる。山方の役人たちも応援を外れたが、勘兵衛は荻原の指図を受けて相変わらず多忙そうだった。

（あと少しで、新しい振矩絵図も完成だ）

努力の甲斐あって、与右衛門は今や確信をもって、完全な一本の線を頭の中に描ける。

この間、振矩絵図を片手に諏訪間歩を改めて丹念《たんねん》に調べるうち、一つの発見をした。

昨年の大崩落の後、がらんどう奥の「千松水坪《せんまつみずつぼ》」と呼ばれる水没坑道の水位が低下していたのである。勘兵衛の許しを得て、与蔵と仲間の水替たちに依頼し、水上輪《すいしょうりん》も使って水を抜き出した。初めて父と一緒に仕事ができたことを、心のどこかで喜ぶ自分がいた。

水抜き後、千松水坪の湧水の箇所・量、坑道の繋《つな》がり、向きと勾配《こうばい》などを確かめたところ、幸い湧水は微少で、当初の目論見《もくろみ》よりも相当低い位置から掘り始められると判断した。二十三間余（約四十二メートル）の高さから始めた水金沢惣水貫《みずかねさわそうみずぬき》に比べ、実に十六間余（約三十メートル）も低い位置から水を抜ける。新たな起点を前提に周囲を調べ直し、より高い位置にある水没間歩と諏訪間歩を繋ぐ水貫の目処《めど》も付けた。

もっとも、この目論見には大きな難点があった。千松水坪は海面からの高さが七間《けん》（約十三メートル）もない。起点をさらに低くしたぶん、六百間余の距離をたった百分の一ほどの傾斜で掘削し続けねばならないわけだ。はたして、そんな曲芸が可能なのか。

（いや、先生が仰るように、できるか否かではなく、やるか否かだ）

金沢の死後、荻原は勘兵衛をいっそう重用していた。片腕から改めて説けば、認めるはずだ。明日にも絵図を完成させると勘兵衛には伝えてある。三度目の提案であり、最後の機会だろう。

ちらりと見ると、父は彫像のように微動だにせず正座していた。

金沢の殺された日、与蔵はちょうど山稼《やまかせ》ぎが休みだった。さりげなく本人に訊《き》くと、いつも通り大工町で飲んだ後、夜は家で寝ていたそうだが、与右衛門も奉行所に泊まった日で、証する者は誰もいない。

張り詰めた空気に居たたまれなくなって、与右衛門は通り土間へ下りた。

「腹が減ったな。そういえば、今日も昼を取り損ねた」

「まあ、与右衛門さんたら。あまり根を詰めすぎないでね」

炊きたての飯のいい匂いがした。お鴇が竈《かまど》の火を確かめている。

「大好物の生麩《なまふ》も煮たし、支度はできたけれど……」

日暮れには行くとお鴇に伝言したそうだが、長身は一向に姿を見せなかった。

「広間役は近ごろ何をしておられる？」

奉行所にはたまに現れ、与右衛門にちょっかいを出してくるだけだ。

「大癋見みたいに神出鬼没ね。最近の口癖は、北前船はまだ来ねぇのか、って」

お鴇が声を低めて、いくぶん投げやりな吉大夫の口真似をしながら笑う。

実は三日前、平助が奉行所へ顔を出したついでにしノ字部屋へ立ち寄り、お鴇と吉大夫がやけに親しそうに話し込んでいるのを見たと、ご丁寧に教えてくれた。平助は何やら実入りのいい仕事が入ったらしく、がぜん生き生きとして、忙しそうにしていた。

「もしや大癋見が北前船でやってくるって噂を、真に受けておわすのか」

春に大坂《おおざか》の湊を出た北前船が瀬戸内からぐるりと回り、能登《のと》半島を過ぎ、そろそろ佐渡に寄港する時期だ。

「ああ見えて思慮の深い方だから、何かお考えがあるのでしょう」

「お前が広間役の何を知ってるんだ？」

「たくさんお話ししたもん。お勤めを辞めてから諸国を放浪なさって、何でもよくご存じなのよ。京で生臭坊主《なまぐさぼうず》と生麩《なまふ》を食べ比べした話とか、九州の岡藩《おかはん》で飲んだ赤酒の話とか、水戸の城下町で売ってるむつごいお饅頭の話だとか」

全部、飲み食いの話ではないか。

平助の邪推《じゃすい》では、お鴇は広間役の嫁になる気らしい。浪人上がりの吉大夫も満更《まんざら》ではなく、「このまんまじゃ、想《おも》い女《め》を奪われちまうぜ」と面白そうに語っていた。吉大夫の前ではたちまち揉《も》み手になるくせに、裏では陰口を好み、平気で掌《てのひら》を返す男だ。

「そろそろ広間役の手伝いを辞《や》めたらどうだ？　女のやる仕事ではあるまい」

「あら、うちだってお役に立っているのよ。三十六歌仙の他にも、お使いで真っ黒な墨を探して買ってきたり、湊へ行って船頭《せんどう》さんと急ぎの文のやりとりをしたり」

お鴇とは思い思われ、大人になれば夫婦《めおと》になるとばかり思い込んでいたのに、いつかの夜も煮え切らない返事をした。もしやあの頃から吉大夫に惚《ほ》れていたのか。お鴇は吉大夫の昔の想い人に似ているとも言っていた。与右衛門は強い焦《あせ》りを覚えた。

「じきに絵図も仕上がるから、広間役に言って御役御免《おやくごめん》にしてやるよ。本来は役所のお役目だ」

「一緒にやればいいじゃないの。奉行所から払いもらえるのに」

「とにかく、もう手伝いは辞めろ」

苛立《いらだ》った与右衛門が言い捨てて座敷へ戻ろうとした時、外でのんびりした低音がした。

「遅れてすまねぇ。宿根木《しゅくねぎ》に行ってたもんでな。あすこもいい町だ」

「吉大夫さん！」

お鴇が嬉々《きき》として、通り土間を駆けてゆく。

広間役ほどの上役が土産《みやげ》の酒瓶を片手に、むさ苦しく狭い長屋を訪ねるのは、奉行所始まって以来の珍事《ちんじ》だろう。吉大夫の姿形《なり》も口調も砕《くだ》けていて、奉行所のお偉方《えらがた》には見えないが。

「おう、あんたが噂の剣豪か。お疲れのところ済まねぇな」

吉大夫は笑顔だが、出だしから与蔵に鎌《かま》をかけているのか。

「倅《せがれ》が世話になっており申す」

両手を突く与蔵の態度は無愛想で無骨《ぶこつ》だが、元武士らしく、無礼ではない。

「あべこべさ。あんたの息子が世話を焼いてくれてんだよ。金銀山はもちろん、佐渡じゃ右も左もわからねぇし、礼を言うのは俺のほうさ」

吉大夫は旅烏《たびがらす》を手に座敷へ上がると、お鴇が差し出してきた猪口《ちょこ》で、与蔵と酒を酌《く》み交《か》わし始めた。与右衛門は酒に弱いし、振矩絵図の仕上げもあるから、遠慮がちに付き合う。

「あんたの故郷は、はるか瀬戸内の三備なんだってな。俺は厩橋《まやばし》の出だが、故郷を失くしちまった口でね。今宵は異郷の地で、傷口でも舐《な》め合おうと思ってよ」

吉大夫が明るく話しかけても、与蔵は笑みひとつ浮かべず、酒を啜《すす》った。

「昨日知ったんだが、もともと佐渡にはむじながいなかったのに、鞴《ふいご》に使う皮を取るために持ち込んだんだってな。この島には獣まで外からやってくるわけだ。今は江戸からもっと恐ろしい野郎が来てるがね」

きわどい冗談に吉大夫が独り笑い、お鴇が戸惑《とまど》い気味の笑みを浮かべる。

「彦次郎の奴があんまり寝てねぇのは本当だが、たまには気晴らしもしてるんだぜ。この前ふらりと寄ったら、出前の蕎麦《そば》を食いながら将棋盤に向かっていた」

荻原は大の将棋好きなのだが、余りに強すぎるため、駒落《こまお》ちしても相手をできる者がおらず、仕方なく詰め将棋を自分で考えているらしい。

「御奉行さまは、上等な蕎麦を注文されるそうですね」

荻原は役所の無駄遣いに口うるさく、山稼《やまかせ》ぎに掛かる経費資材と出鉱の厳格な管理はもちろん、無用な行事の廃止から墨や紙の節約など事細かな金の出入りまで、さかんに口を出すが、どうやら吝嗇《りんしょく》でもないとわかってきた。

「あいつは佐渡の経済を回すために、率先して自分の銭を使ってるんだよ」

最初こそ歓迎の宴をすべて取りやめて仕事に邁進《まいしん》してきたものの、金沢の死後、検地が一段落すると、荻原は「奉行の送迎など金輪際《こんりんざい》無用じゃが、祝い事や祭りは大いにやれ。金は天下の回りものじゃからな」と言い、宴も再開された。

荻原は多忙で自身は参加しないが、旅烏を宴に差し入れさえした。「仕事をせぬ馬鹿や公金で不正を働く役人は容赦せぬ。されど銭は溜《た》め込むのではなく使うためにある」と言い、奉行所の裏御門には、荻原の注文を受けて上等な蕎麦や車麩《くるまふ》を持ってくる商人たちがよく姿を見せた。

「裏御門と言や、戸の飾りがいい味を出してると思わねぇか?」

どんな飾りだったろう。与右衛門も使うが、思い浮かばず、首を傾げた。

「金銀山の豊饒《ほうじょう》を願って作ったんだろうが、ちょうど女の乳みたいに膨《ふく》らんでるんだ」

「広間役。また、さようなお話を」

「じゃあ、怖い話をしてやろう。お鴇は知ってるだろうが、吉祥屋に開かずの物置があるんだ」

遊郭一階の鬼門《きもん》に位置する物置は、何度直しても不具合が直らず、戸の開きが悪いため、めったに使わない物だけ入れて、年に数回開けるかどうからしい。ところが、その開かずの物置からたまに物音や人の声がするので、遊女たちが気味悪がっているという。

「猫か鼠か、何かの聞き間違いに決まっておりまする」

「話はそれだけじゃねぇ。開かずの物置のすぐ上は、同じく鬼門にある十一番の部屋なんだが、油《あぶら》御買上役《おかいあげやく》のモグラがそこで地下舞《じげまい》で死んだ者たちの幽霊を見たのさ。よくその部屋を使ってたらしい。実は寿老人まで幽霊を見ちまったもんだから、遊女たちも震え上がってな。こいつは大癋見の呪いだってんで、今じゃ怖くて勘兵衛くらいしか使わねぇ。彦次郎が来てから客も減って、無理に使う必要もなかったんでね」

与右衛門が恐れていた通り、場は吉大夫の独演会になっていた。

「吉大夫さん、開かずの物置のことは内緒《ないしょ》のはずです。吉祥屋から客足が遠のくようなお話は、やめてくらしゃまし」

お鴇にたしなめられ、吉大夫は「しまった」という顔をして、「むろん今の話は口外無用《こうがいむよう》だぜ」と付け足し、与蔵の酒器に旅烏を注ぐ。

「昔は俺もよく旅をしたもんだが、暖かくて雨の少ねぇ瀬戸内と、寒くて雪にまで見舞われる佐渡じゃ、ずいぶん違うだろう?」

「佐渡の海は、故郷よりも深い青をしており申す」

「へえ、海の色か。俺の故郷は山の中だったから、海は全部青だとしか思ってなかったよ」

「うちは佐渡しか知りませんけれど、故郷って何なのでしょうね」

話題を作るようにお鴇が口を挟むと、ややあって吉大夫が応じた。

「母親みたいなもんさ。誰しもが必ず持ってるが、人それぞれ違う。優しくて温かい故郷もありゃ、冷たくて放り出される故郷だってある」

吉大夫はなぜ故郷を失《な》くしたのだろう。

「素晴らしい継母《ままはは》もいるように、生まれ育った地でなくても、故郷はあるのではありませんか」

お鴇はほとんど母親代わりのあてびを思い浮かべているのだろう。

「そうだな。故郷を捨てて平気な奴もいりゃ、未練がましく想い続ける奴もいる。故郷を取り戻したって、あの世まで持って行けるわけでもねぇのにな」

しんみりと吉大夫が応じた。

そろそろ核心へ入るかと予想していたが、故郷談義の後も、他愛もない話に終始しながら勢いよく酒を空けてゆくだけで、次第にろれつが回らなくなってきた。いや、あてびが言うように、酩酊《めいてい》のふりなのか。

「おっと、すまねぇ」

酔っ払った吉大夫がうっかり手の甲で飯台《はんだい》から落とした徳利《とっくり》を、与蔵が素早く摑《つか》んだ。

「ああ、よかった」

お鴇が胸を撫《な》でおろす。酒にめっぽう強い与蔵は、吞んでもほとんど変わらない。

「侍って何なんだろうな。まあ俺は、銭勘定が仕事だったがね」

黙って酒を啜り続ける与蔵に、吉大夫が話題を振った。この場では、与蔵にしか答えられない問いだが、すぐに返事はなかった。

「ある日突然、忠義を尽くすべき主君が消えちまったら、どうすりゃいい?」

湿《しめ》った口調は、自問《じもん》のようにも聞こえた。

「……難しき問いでござる」

百数えるほどの沈黙が続いた後、ようやくぼそりと発せられた与蔵の返事には中身がなかった。だが、沈黙こそが答えであったろうか。

「それぞれの侍が自分なりの答えを探すしかねぇんだろうな。ところで、あんたは人を斬ったことがあるかい？」

煙草《たばこ》の煙でも吐くようにさらりと出た重い問いに、与右衛門はハッとして父を見た。

与蔵は皺《しわ》の目立ち始めた手で静かに猪口を置いただけで、黙したまま答えなかった。沈黙は肯定の意か。

「実はな。金沢雄三郎は逆《さかさ》くノ字斬りで殺されたんだ。あんた以外に、佐渡にいる剣の玄人に心当たりはねぇか」

無言の与蔵の表情からは、何も読み取れなかった。

金沢を斬ったのなら、それはなぜだ？　民を苦しめる悪徳役人だったからか。

「すまねぇ。せっかく盛り上がってたところを、湿っぽくさせちまった。お鴇、最後は車麩《くるまふ》の吸い物で〆てくれねぇか」

ささやかな宴も果て、吉大夫はふらつきながら立ち上がった。馴れ馴れしく与蔵の肩へ手を回し、

「何か思いついたら、教えてくれ」と言って別れを告げた。

「お鴇、広間役を御長屋までお送りするゆえ、後片付けを頼む」

がっしりとした長身を支えながら長屋を出、奉行所へ向かう坂道を登ってゆく。

「あの男はまだ、れっきとした武士だな」

内心で少し物怖《ものお》じしながら、反駁《はんばく》してみる。

「もう十五年も水替を続けておりまする。とても武士のやることではありませぬ」

「武士ってのは心さ。不器用な連中は一生、武士としてしか生きられねぇ。与蔵からは昔の話を聞いてるか？」

いつのまにか、吉大夫は酔いが醒めたようにしっかりした足取りだ。

「いいえ、ほとんど何も」

単に無口だからではない。与蔵は明らかに過去の話を避けていた。

「あの問いの答えに迷う侍は、いきがってる強がりか、斬っちまった奴か、二つに一つさ」

吉大夫の問いに、酒器を持つ与蔵の手が一瞬微かに震えるのが見えた。人を殺めた過去が人生に大きな影を落としているのか。

「何かの事情で死に切れねぇで、切腹する代わりに己《おのれ》を苛《さいな》み続ける侍もいる」

幼い与右衛門がいたから、与蔵は死ねずに自らを罰し続けているのか。

「広間役は父を疑っておわしまするか？」

思い切って尋ねると、大きな手がポンと与右衛門の肩を叩いた。

「悪いが、与蔵が下手人でも俺は驚かんね。あの男は必要なら人を斬れる。それが侍さ」

「もしも父が大癋見なら、罪を償《つぐな》うよう説きまする」

「本物の侍は、人に言われたくらいで己《おの》が生き方を変えやしない。俺はこれから小木へ行かねばならん。そろそろ北前船も入るそうだしな」

水替の与蔵が、一連の事件や大癋見とどう絡むというのだ。夜半に小木で何の用事か。与右衛門は五里霧中《ごりむちゅう》なのに、吉大夫は確信を持って動いているようにも見えた。

「広間役は、近ごろどこで何をなさっておわしまするか？」

「色々さ。女に頼まれると断れないたちでね。あばよ、お鴇を家まで送ってやれよ」

牢坂《ろうさか》の下まで来ると、吉大夫は片手を上げた。夜の湊へ向かう長身は、すぐに闇の中へ溶け込んでいった。

3

与右衛門は昨夜半に完成させた振矩絵図に改めて見入っている。やれることはすべてやった。正確で、抜けも狂いもないはずだ。

一日空いたが、荻原との面会はいよいよこの昼下がりだった。

（それにしても、先生はいかなるご料簡《りょうけん》なのか……）

南沢惣水貫の開鑿《かいさく》は師弟の悲願なのに、勘兵衛の熱意が感じられなかった。考え抜いた末の絵図と目論見に意見を求めても、一瞥《いちべつ》しただけで「お前の存念《ぞんねん》をぶつけてみよ」と答えるのみだ。

多忙は百も承知だが、近ごろの勘兵衛は明らかに様子が変だった。奉行所も不在がちで、他の弟子の話では小木へ頻繁に出向いているらしい。

約束の時刻より相当遅れて呼び出しが掛かり、勘兵衛に連れられて御役宅《おやくたく》へ向かう。

「どうか先生からも、お口添えをお願いいたしまする」

勘兵衛は曖昧《あいまい》にうなずきながら、疲れた顔でぼそりと応じた。

「あのお方は孤高のお人じゃ。結局は、何事もご自分でお決めになる」

庭池に面した御書院《ごしょいん》へ通されると、荻原は忙しそうに文机で書き物をしていた。

「そちの不出来《ふでき》な弟子の話をまた聞いてやらねばならんのか」

苦虫を嚙み潰《つぶ》したような顔は、のっけから喧嘩腰《けんかごし》だ。だいたい荻原には、機嫌のよい時がまずなかった。与右衛門は荻原が嫌う儀礼を省略し、ただちに本題に入る。

苦心の作の振矩絵図を目の前で開いた。

「この千松水坪から掘り始め、南沢妙蓮寺《みょうれんじ》の滝の下まで貫通させまする」

せっかちな荻原に何をどの順番でいかに簡潔に話すか、これまでの反省を踏まえながら予《あらかじ》めじっくりと考え、かつ何度も稽古《けいこ》してあった。

重複を避けながら、与右衛門はよどみなく語り続ける。

簡にして要を得た説明を、荻原は珍しく遮《さえぎ》らなかった。感触は悪くない。

「この絵図を作るために、下書きを入れれば一千枚余り墨引《すみび》きをいたしました」

庭先で荻原に叱責されてからのひと月余り、与右衛門は睡眠を削り、ひたすら南沢について考え抜いた。間歩を歩いた。この件については師よりもよく思案したとさえ思う。

荻原は顔を上げず、絵図を見つめている。

これまでにはなかった手応《てごた》えに、与右衛門の胸が高鳴った。認められれば、もう一人前の振矩師だ。所帯を持ってくれと、改めてお鴇に正面から言おうと決めていた。

「努力をすれば必ず報われるとほざく馬鹿もおるが大間違いじゃ。世に報われぬ努力なぞ山ほどある。大望であればあるほど徒労に終わるものよ。この南沢惣水貫もその一つじゃな」

荻原の口から出た意外な言葉に、与右衛門は耳を疑った。

「畏れながら、仰せの意味が――」

「七十二方位の見盤《けんばん》の目盛りが一つずれただけで五十間《けん》（約九十メートル）近くも食い違う勘定になる。さらに難しいのは高下よ。この惣水貫の長さは約六百間にも及ぶ。じゃが起点は海面からたったの七間。百分の一なぞという微々たる勾配《こうばい》をずっと守り続けねばならぬ。それも延々と迎え掘りをして接合させるのじゃぞ。これほどの難普請をやり遂げた者がどこぞにおるのか？」

無論そんな例は日本にない。異国にもないだろう。

「畢竟《ひっきょう》この普請は人間には無理じゃ」

荻原は容赦なく言い切った。負けるものか。

「必ず、必ずやり遂げてみせまする！」

与右衛門は独りではない。師弟が力を合わせれば、世界一の惣水貫を作れる。

「意気は買ってやる。わしは山の素人《しろうと》ゆえそち《ヽヽ》の出した結論が正しいか否かはわからぬ。やってみれば運良く成功するやも知れん。されどこの普請がどのみち無理じゃということくらいははっきりとわかる」

「この目論見はあくなき思案の果てに辿《たど》り着いたもの。最も優れた――」

「そいつはよかったのう。家宝としてそち《ヽヽ》の長屋にでも飾って自慢するんじゃな」

荻原の余りに冷淡な物言いに、与右衛門は救いを求めて師を見た。だが、勘兵衛はいつもの微かな笑みを口元に浮かべているだけだ。なぜ助け舟のひとつも出してくれぬのだ？　南沢惣水貫の、佐渡の命運がこの場で決まるというのに……。

「この振矩絵図で水を抜けぬなら、腹でも何でも切ってご覧に入れまする！」

決死の覚悟で言い切った。これ以上の目論見はこの世にない。そう言い切れる自信があった。

「つまらぬことで若い者が死ぬな。馬鹿にわからぬなら当代最高の振矩師に尋ねよう」

荻原は指先で絵図を摘《つま》み、ひらひらさせた。

「勘兵衛。この振矩絵図は使えるか？」

「使えませぬ」

即答する師を見て、与右衛門は絶望した。

何のつもりだ？　裏切りではないか。必死で歯を食い縛って、涙を堪《こら》える。

「小僧まだわからんか。十五年十五万両では時と金が掛かりすぎる。どうしてもこれでやりたくば先に打出《うちで》の小槌《こづち》を作るんじゃな」

そんな話は端《はな》から承知だ。見積もりは建白書《けんぱくしょ》で伝えたではないか。金を用意するのは奉行の仕事であって、振矩師の領分ではない。

「畏《おそ》れながら、この開鑿《かいさく》に成功すれば――」

「民から預かった銭を一文たりとも無駄にはできぬ。十五万両の大きさをそちは知らぬ」

「かつての水金沢《みずかねさわ》惣水貫では十二万両――」

「失敗した三流振矩師と己《おのれ》を比べて満足か？」と、荻原が甲高《かんだか》い声を張り上げる。

「勘兵衛と話がある。役立たずは失せよ」

放り投げられた絵図が、与右衛門の突く両手の上に落ちた。

ついにこぼれ落ちた涙の粒が、振矩絵図の朱線を滲《にじ》ませた。

4

打ちひしがれて御役宅を出た与右衛門は、声をかけてきた平岡に返事もせず、しノ字部屋へ振矩絵図を力任せに投げ入れると、そのまま奉行所を出た。

夏の日は高く、汗ばむ陽気に陽炎《かげろう》まで立っている。

ひとまず下戸町《おりとまち》の長屋へ戻るかと、足取り重く牢坂《ろうさか》を下り始めた。

一昨夜は吉大夫と別れた後、米津藩で何があったのかを尋ね、さらには金沢殺しの件を遠回しにでも与蔵に確かめようと決心して帰宅した。久しぶりに長屋の座敷で二人並んで横になったが、うまく言い出せずにいるうち、間もなく与蔵の寝息が聞こえてきた。夜半に起き出して身づくろいを始めた父に、もう何も問えなかった。

(長屋でふて寝して、何になるってんだ?)

与右衛門は石段の途中で踵《きびす》を返す。何もかもが馬鹿々々しくなった。

荻原は最初からやる気などなかったに違いない。勝手な期待を膨《ふく》らませた自分が愚かだった。在任中を無難に過ごせれば御の字で、佐渡の行く末など二の次なのだ。旅者《たびのもん》が異郷のために骨を折るはずがない。人間の善意と力を信じて夢を見ようとした与右衛門は、荻原の嫌う「馬鹿」そのものだ。

(佐渡がどうなろうと、知るものか)

以前、「佐渡のためだ」と言いながら失敗続きのトンチボを、平助はよく嗤《わら》っていた。

——独りで足掻《あが》いたとて、世は変わらん。誰かが何とかするわい。

ほとんどの人間が平助のように考え、行動しない。このままでは佐渡が滅ぶと憂《うれ》え、振矩師として努力を重ねてきたが、荻原が断言するように、報われる努力などほんのわずかなのだ。

（まったく、惨めな話だ）

佐渡が滅ぶと言っても、金銀山のない寒村へ戻るだけの話だ。他の小役人たちと同じように、与右衛門も分《ぶん》を弁《わきま》え、保身だけを考えていればよかったのだ。力こぶ作って、自分がやらなくたっていい。誰かが何とかする。いや、誰にも何もできやしない。

これまで通り、何も変えずにいれば一番楽だ。お鴇《とき》と所帯を持ち、いよいよ佐渡が立ち行かなくなったら、他の金銀山に職を求めればいい。それが無理なら、江戸にでも出て算術を教えて暮らそう。

無性《むしょう》に酒が飲みたくなって、大工町《だいくまち》へ行こうと決めた。

今時分なら、金穿《かなほり》大工たちが呑み始めている。生まれ変わった与右衛門の新しい人生の門出に、祝杯でも挙げてもらおうか。途中、籠に魚を入れた振り売り商人と行き違うと、暑さで傷《いた》んでいるのか、生臭い匂いが鼻を突いた。今の与右衛門は腐った魚以下だ。

大工町では、すでに出来上がった連中が何人もいた。

尋ねると、大工がひとり離島すると言い、仲間うちで送別の宴をしていた。誘われて場に加わるなり、与右衛門は勢いよく杯を干した。気のいい大工が酒を注いでくれる。

人の作る「町」は、仕事がなくなれば人が減り、廃《すた》れ、消えてゆく。露頭《ろとう》掘りや間歩の跡がよすがとして残るだけだ。

かつて銀山のおかげで「鶴子千軒《つるしせんげん》」と呼ばれ、隆盛を極めた鶴子も、大久保により陣屋《じんや》が相川へ移されて約九十年、小間歩《こまぶ》でほんのわずか稼ぎがあるほかは、崩れかけの石垣に苔《こけ》むした石段があるだけで、辻に立つ石地蔵には花も供えられていない。「滝沢千軒」と持て囃された新穂《にいぼ》銀山も同じだ。三十年ほど前から衰退し、今ではうら寂しい寒村に戻った。

もう誰にも佐渡の衰退を止められはしない。南沢の夢は完全に潰《つい》えた。沈没する前に船を下りるほうが賢いのだ。そもそも与右衛門の故郷は三備《さんび》だ。自分だって旅者《たびのもん》ではないか。

酒が弱いくせに立て続けに飲んだせいで、酔いが回ってきた。話をするのも面倒臭くなり、大工たちに別れを告げた。

長屋でふて寝しようと、ふらつく足で京町《きょうまち》を歩く。気持ちがくさくさして仕方がない。

下京町の三階建てまで来た時、平助《へいすけ》の思わせぶりな注進がまた引っかかった。確かにお鴇はやけに吉大夫の肩を持つ。まさか吉大夫が仕事を言いつけなかったのは、与右衛門をお鴇から引き離して奪うためだったのか……。

（いや、そんなはずはない）

平助のいつもの虚言《きょげん》だと自らに言い聞かせても、心は乱れるばかりだった。悶々《もんもん》と悩んでいても仕方がない。直接お鴇に確かめれば、すぐにわかる話だ。

与右衛門はおもむろに踵《きびす》を返した。

中京町の茶屋で尋ねると、お鴇は少し前に店を出たという。吉祥屋へ向かったのだろう。

上京町へ向かう途中、北沢へ至る蔵人坂《くろうどざか》を降りてゆく男女の後ろ姿が目に入った。長身の吉大夫と小柄なお鴇だとすぐにわかった。

与右衛門はそっと後を付けた。二人は坂の途中、アテビの大樹が立つ小道へ入ってゆく。その先は、北沢を見下ろしながら間《あい》ノ山《やま》を望める眺めのよい場所だ。

崖の中腹の開けた場所へ出た二人は、平たい岩に並んで座った。肩が触れ合う近さだ。何やら話し込んでいるが、声は届かない。

アテビの太い幹に身を寄せながら後ろ姿を窺《うかが》っていると、大きな手が娘の肩を抱き寄せた。お鴇は吉大夫の胸に顔を預けている。すぐに目を背《そむ》けた。

やはりお鴇は吉大夫に惚《ほ》れてしまったのだ。素性《すじょう》こそ定かでないが、広間役で男振りもいい武士だ。浪人上がりで身分にも頓着《とんちゃく》しない男だから、お鴇のように可愛らしい娘なら嫁にするだろう。

息ができないほど胸が苦しくなった。

打ちのめされ、激しい嫉妬に心を焦《こ》がしながら、蔵人坂へ戻る。

平助の話は珍しく本当だった。ずっと奉行所に詰めていた与右衛門が、まだ明るいうちにこの辺りをうろつくとは、二人とも露思っていなかったろう。

（畜生《ちくしょう》！　何もかもうまくいかねぇ）

与右衛門はお鴇が大好きだった。実は吉大夫も好きになりかけていた。なのに、その二人に同時に裏切られたのだ。涙が出てきた。

おかしな広間役が佐渡へやってきて以来、万事が裏目に出る。でも、与右衛門はまだ若い。佐渡を出て一からやり直せばいい。

正体をなくすくらい泥酔したくなった。いや、むしろ……。

平助の女郎屋へ行こうと思い立った。与右衛門が堅物《かたぶつ》なだけで、女を買う人間は役所にもいる。

これまで佐渡一まっとうに生きてきたつもりだが、もうやぶれかぶれだ。

蔵人坂をそのまま北沢へ下り、先月、吉大夫と向かった道を北へ行く。

おめでたい自分が何も知らなかっただけで、あの頃すでに二人は出来ていたわけか。

勇んで水金町《みずかねまち》まで来たものの、「百合屋《ゆりや》」と投げやりな字で書かれた、けばけばしい色の提灯《ちょうちん》を見て、土壇場《どたんば》で気後れした。お鴇が嬉《うれ》しそうに得意の料理について語りながら飯台《はんだい》へ小皿を置く時の笑顔が浮かんだ。

金沢が斬られた場所に自分が立っていると気付き、あっと声を上げてのけぞった時、ガラリと引き戸が開いた。

「何でぇ、んねか。何しに来やがった？」

平助は怪訝《けげん》そうな顔だ。百合屋では賭博をやっているとの噂もあった。警戒している様子だ。

「き、客として来た」

しどろもどろに答えると、平助が面白そうだという顔つきをした。

「ははーん、そういう話かい。すまんが先約があって、まだちょいとかかるんだ。まあ中で、飲みながら待ってくれや」

何をどこまで察したのか、平助はにわかに笑顔を作り、与右衛門の腕を引っ張った。

中は、なまめかしい女の匂いがした。胸が激しく鼓動を打つ。

小座敷へ通されると、平助が酒を持ってきた。

「誰から洩《も》れたのか、人の噂ってのは怖いもんさ。例の一件以来、客足が遠のいてな」

少し欠けた酒器に濁り酒が注がれると、ぷんと安酒の酸《す》い臭いがした。

「んねは山方《やまかた》を背負う身だ。百合屋のお得意になってくれりゃ、願ったり叶ったりだ」

与右衛門はグイッと濁り酒を干した。不味《まず》い。でも、とにかく酔っ払いたかった。

「何もかも、嫌になった」

客商売の平助は、自分は飲まずに安酒を注いでくる。

「痛いほどわかるぜ。こんなおいらでも、昔はまじめだったからよ。小普請組《こぶしんぐみ》のうだつのあがらねぇ旗本の家に生まれて、親父もケツの穴の小せぇ小心者《しょうしんもの》でな。こんなつまらん島に流されたあげく、閉じ込められたまま故郷《ふるさと》にも一生戻れねぇのさ」

平助の過去に関心はなかったが、この男なりに苦しんだらしい。

「どいつもこいつも幸せそうにしやがって。そんな連中を見るたびに引きずり下ろしたくなる。みんなで不幸になりゃいいのさ」

酔っ払っていても、平助の捨《す》て鉢《ばち》な恨み節に共感は覚えなかった。

斜陽の佐渡で懸命に働く人たちは、どれだけ苦しくとも、自分なりの幸せを摑《つか》もうともがいている。それを守り、支えてゆくのが、金銀山の玄人《くろうと》である振矩師の役回りだと思ってきた。いや、それは昨日までの静野与右衛門か。

「女将も佐渡最強の女なんて、でかい顔をしてやがるが、女の膏血《こうけつ》を搾《しぼ》り取る人非人《にんぴにん》よ。女を身売りさせてることに毫《ごう》も変わりはねぇ。綺麗事《きれいごと》を並べたって、人を売り買いする汚らわしい商売なんだよ。おいらはもう帰る場所がねぇし、佐渡に骨を埋めるつもりさ。なぁ与右衛門。おいらと組まねぇか？」

平助が痩《や》せた腕を肩へ回してきた時、吉大夫を思い出した。落ち込んでいると、こんな人間の気《き》遣《づか》いでもありがたく感じる。これほど大きな挫折《ざせつ》をしたのは、人生で初めてだ。

「奉行はじきに江戸へ帰る。寿老人だって、いつまでも生きてるわけじゃねぇ。奉行所の連中の弱みを掴《つか》んで、佐渡をおいらたちの思い通りに動かすんだよ。カエル野郎がおっ死《ち》んじまって目論見が狂ったがね」

与右衛門の耳に平助の息が掛かった。

「残るは広間役だ。グウタラ侍は簡単に落とせるかと思ったが、意外に銭も女も酒も通用しねぇ。それどころか、おいらに脅《おど》しまでかけてきやがる。お鴇を奪われて、んねも腹に据《す》えかねてるだろ。最近仕入れた面白い話を教えてやろうか？」

平助がニンマリ笑うと、黄色い歯が見えた。

「色男の広間役はな。下京町の三階建てに時々寝泊まりしてやがるんだぜ」

愕然《がくぜん》とした。少し呑んだだけなのに、悪酒のせいか頭がクラクラしてきた。

「旦那《だんな》」と襖《ふすま》越しに艶《つや》っぽい女の声がした。与右衛門の胸がドクンと打つ。

「終わったか。ちょいと支度《したく》するからよ」

平助は与右衛門に目配《めくば》せしてから、小座敷を出て行った。水差しから、茶碗に水を注ぐ。

金魚のように何杯も水を飲むうち、ふと割間歩の奥底で水汲みをする与蔵の厳しい表情が頭をよぎった。あの愚直な父親はこの今も、黙々と同じ作業を繰り返しているはずだ。

急に恥ずかしくなった。

(こんな所で、いったい何をやってるんだ……)

与右衛門は巾着袋から銭を出し、机の上に置いた。酒代《さかだい》だ。

慌てて戸口から出ると、夏の長い日もすっかり傾いていた。

逃げるように水金町を後にして、子供の頃よく行った千畳敷《せんじょうじき》へ向かう。

頭がズキズキして吐き気がする。

濡《ぬ》れた足場で滑《すべ》り、足がもつれて転んだ。

そのまま座り込んで海風に吹かれながら、落ちてゆく夕日を眺めた。

童の頃の自分がこの姿を見れば、どう思うだろう。落ち着いて考えてみれば、あのお鴇が、吉大夫が、本当に与右衛門を裏切るだろうか。平助などを信じるのか。もしかすると全部、独り相撲の勘違いなのではないか。

与右衛門はゆらりと立ち上がった。

北沢を渡り、帯刀坂《たいとうざか》を登って京町をずんずん歩いてゆく。

吉祥屋の明かりが見えてきた。料理屋の暖簾《のれん》をくぐると、台所ではお鴇が忙《せわ》しげに働いていた。

「あら与右衛門さん。酔っ払っとるっちゃ?」

何もなかったような顔つきで、お鴇は与右衛門を仲ノ間に通す。

「水をくれないか」

酒を飲むと、なぜこんなに喉《のど》が渇《かわ》くのだろう。

「今忙しいの。台所で飲んでくれえっちゃ」

すでに酔客《すいきゃく》もおり、お鴇は慌《あわ》ただしい様子で、店の中を駆《か》けずり回っていた。

水を飲んで戻ってからも、お鴇は与右衛門を無視して台所へ行ったり、他の客に応対している。

眺めているうち腹が立ってきた。安酒のせいで、もともと気分が優れない。

「どうぞ、こちらから」

ちょうど客の入れ替わりがあって、次ノ間から奥棟《おくむね》へ行く客と帰る客に分かれた。「遊郭」と呼ばせてお高く止まっても、やはり平助の女郎屋と同じだ。客を送ったお鴇がやっと来た。

「待たせて勘弁《かんべん》ね。何かご用？」

いつも愛《いと》おしい甲高い声が、この時は煩《わずら》わしく耳に響いた。えくぼのある笑顔と可愛らしい八重《やえ》歯《ば》さえ、とってつけたように見える。

「ずいぶん酔っ払ってるのね。どこで飲んできたの？」

邪険《じゃけん》にされた仕返しに、しばらく無視してやろうと考えた。

与右衛門がふてくされた顔で黙っていると、お鴇は立ち上がった。

「何だか知らないけど、うちも忙しいんだから。用があったら言ってくれえっちゃ」

台所へ向かう小さな背中へ、ぼそりと問いを投げた。

「お前はいつまで女郎屋で働くつもりだ？」

遊郭は不潔な場だ。お鴇が吉祥屋で働くのは嫌だった。

「何よ、その言い方。佐渡は山がずっと不景気で、女将さんも大変だから――」

「お前は広間役を好きみたいだな？」

「ええ、大好きよ。温かくて面白くて、とってもいい人だもの」

お鴇が八重歯を覗《のぞ》かせながら笑う。与右衛門が何も知らないと思っているのだ。

「広間役は吉原《よしわら》で働いていた。お前は弄《もてあそ》ばれているだけだ」

「何の話？　遊郭だって、みんな色々な事情があるのよ。奉行所と山だけが仕事場じゃないんだから」

お鴇が疲れた丸顔に苛立ちを浮かべていた。不景気のせいか、何かにつけ皆の機嫌が悪くなる。

「俺たちが何とか山を回してるから、佐渡者《さどもん》は生きていられるんだ」

「振矩師ってそんなに偉いの？　先生は素晴らしい方だけど、全然偉そうになさらない。大工に山留《やまどめ》、荷揚《にあげ》や水替がいるから、金銀が採《と》れるんでしょう？」

振矩師の誇りを傷つけられた気がした。

「そんな仕事は手足さえ満足なら誰でもできる。だいたい水替なんて、人間のやる仕事じゃない」

「それでも、みんな頑張って生きとるっちゃ。そういう与右衛門さん、大嫌いよ」

「俺も裏切られて、お前が嫌いになった」

「裏切るって、何ちゅうこと？」

「とぼけやがって。知らんとでも思ってるのか？」

――お鴇ぃ～！　酒はまだか？

酔客が別の部屋で叫んでいる。ろれつが回っていないあの濁声《だみごえ》は、素面《しらふ》だと穏やかなのに、酒が入ると人が変わる厄介な大工だ。

「だちかん（埒《らち》が明かない）。素面に戻ってから話さんか」

お鴇が呆《あき》れたように頭《かぶり》を振って去りかけた。

その態度にひどく腹が立って、とにかく傷つけてやりたいと思った。

「トンチボは死んだんだ。いい加減に認めろよ。広間役だって、探してなんかいない」

立ち止まった小さな背中に、悪酔いと苛立ちに任せて、心にもない言葉を投げつける。

「このまま女郎屋で働くんなら、いっそのこと遊女になっちまえ。頑張って生きてんだろう？」

肩越しに振り返ったお鴇の目に、大粒の涙が浮かんでいる。

お鴇が両手で顔を覆《おお》い、仲ノ間を駆け出た。

ハッとした。ひどいことを言った。

ふらつきながら立ち上がる。台所にお鴇の姿はなく、刻みかけの水蕗《みずふき》がまな板の上に載っかっていた。与右衛門の好物を作ってくれるつもりだったのか。

謝ろうと思って台所を出ようとした時、あてびが血相《けっそう》を変えて飛び込んできた。

「ちょいと待ちな、人でなし！　あんないい娘を泣《こ》かせるなんて、いったいどういう了見だい？」

女将の物凄い剣幕と頭ごなしの叱責《しっせき》に、強い反発を覚えた。

「放っといてくれ。あんたには関わりのない話だ」

お鴇には確かに言いすぎたが、心当たりがあるから申し開きもできずに逃げ出したのだろう。もう何もかも終わりだ。お先真っ暗の佐渡なぞ捨てて、江戸へ出よう。

「大いにあるね。あんたもあの子も、うちにとっちゃ、子供みたいなもんだから」

「母親気取りはよしてくれ。俺の母さんは、歴《れっき》とした武家の嫁だったんだ。遊郭の女将なんかじゃねぇ」

怒るというより寂しげなあてびの顔を見て、胸が痛くなった。踏んだり蹴ったりの一日だったのに、人を傷つける言葉だけは抜かりなく思いつく自分が腹立たしい。

「俺は今日、客としてきたんだ。どんな女でもいいから抱かせてくれよ。銭は払う」

「何を馬鹿なこと言ってるんだい」

「ここは女を銭で売り買いする店だろう？　どうして客扱いしてくれねぇんだ」

「いい加減におし！」

あてびに頬を張り抜かれた。が、悪酔いのせいで、ほとんど痛みを感じない。

「見っともない。酒に呑まれちまって」

「酔っ払いなんて、この店が毎晩ごまんと作ってるじゃねぇか。もっと呑ませてくれよ」

突然、背後の勝手口がガラリと開き、後ろからむんずと両肩を摑《つか》まれた。

「佐渡一生《き》まじめな若者が、やけに荒れてるじゃねぇか。何があった？　俺に話してみろよ」

「旅者《たびのもん》はすっ込んでろ。あんたには関係ねぇ」

「水臭《みずくせ》ぇな。佐渡の人気者、大癋見を一緒に探し歩いてきた仲だろうが」

「大癋見なんか見つけて何になるってんだ？　どのみち佐渡は早晩滅びるってのによ！」

肩を摑む手を振り払おうとしたが、仁王のような力で締め上げられ、身動きできない。何という握力だ。

それでも暴れて、何とか振りほどいた。

「若い頃は酒に溺《おぼ》れて管《くだ》を巻くのもご愛嬌《あいきょう》だ。その相手をしてやるのが、大人の役目さ」

(何を言ってやがる！　んねが俺の想《い》い女に手を出すから悪いんじゃねぇか！)

怒りの命ずるまま、与右衛門はまな板の上の包丁を取った。

「あんた、何を馬鹿な真似するんだい?!」

女将の金切り声に気が動転して、手の包丁を振り上げた。

騒ぎを聞いて駆けつけてきた遊女たちが悲鳴を上げる。

「こっちだ、若者」

吉大夫は腰の剣へ手もやらずに、両手を広げている。何のつもりだ？

迷いが生じた瞬間、吉大夫が踏み込んできた。手首を摑《つか》まれ、物凄い力で捻《ひね》り上げられた。包丁を落とす。痛みに呻《うめ》いた。

「金銀を探し出してくれる佐渡の大事な手だからな。手加減してやるよ」

いきなり鳩尾《みぞおち》に膝蹴《ひざげ》りを喰らった。目の前が真っ暗になった——。

5

与右衛門はひどい宿酔《ふつかよい》で目が覚めた。

昨夜の記憶は断片だけだ。南沢の夢が潰《つい》えた後、蔵人坂《くろうどざか》の近くでお鴇と吉大夫の逢瀬《おうせ》を目撃し、平助の女郎屋で泥酔《でいすい》してから吉祥屋へ行き、口論の末お鴇とあてびに心にもない悪態をついた。あげくは包丁を振り回そうとして、吉大夫に鳩尾を蹴り上げられて気を失った——。

その後一度だけ意識を取り戻して覚えている光景は、吉大夫の肩に担《かつ》がれ、長屋の座敷へ下ろされる際に、「倅《せがれ》が世話をお掛けし、面目《めんぼく》ございませぬ」と頭を下げる与蔵の姿だけだった。

流し台へ行き、水桶《みずおけ》から柄杓《ひしゃく》に水をすくって何杯も飲んだ。

座敷でまた大の字になる。昨日は人生で最悪の日だった。

落ち着いて考えれば、佐渡を出るのもすぐには無理だ。勘兵衛を始め世話になった人たちに、せめて仁義を切る必要があった。与蔵に何と言うべきか。

すでに日は高く昇っている。

安酒がまだ体に残っていて頭も重いが、奉行所に顔を出さねばなるまい。これまでは広間役付《ひろまやくつき》ながら、勘兵衛の応援という名目で、実際は南沢と取っ組み合っていた。今は何もやる気がしないし、吉大夫と顔を合わせたくなかった。ひとまずは山方の仕事に戻らせてもらえぬものか。

眩《まぶ》しい日差しを浴びながら、牢坂《ろうさか》を一段一段登ってゆく。ふだんはこの急な坂道を駆け上がっていたから、これほどゆっくり仕事場へ行くのは初めてだ。

大御門《おおごもん》の前に立つと、なじみの老番士が笑顔で挨拶してきた。秋には門前の欅《けやき》の葉が落ちるたび、一枚も残さず掃除をしてくれる。当たり前だと思っていたが、いつだったか老門番が大病で寝込み、辺りが落ち葉だらけになった時、ありがたみに気付いた。

与右衛門が中ノ口から上がり、しノ字部屋へ入ってぼんやりしていると、意外にもすぐ勘兵衛に呼び出された。

昨日は荻原にやり込められる弟子を見殺しにしたくせにと恨めしく思いながら、部屋へ向かった。役人と話し込んでいた勘兵衛が「しばし待っておってくれ」と立ち上がり、与右衛門に耳打ちしてきた。

「厄介《やっかい》な話になった。これから御役宅《おやくたく》へ参るぞ」

いつになく難しそうな顔つきの師の後ろに従うが、今は反発しか覚えなかった。南沢の夢が潰《つい》えたのは勘兵衛のせいだ。後は一人で好きにすればいい。

渡り廊下を過ぎて周りに人気《ひとけ》がなくなると、前を行く痩《や》せた体が立ち止まった。

「実は金沢殿を殺めたのは自分じゃと、与蔵が奉行所に名乗り出てきた」

絶句した。この前の夜、吉大夫に問われて、もう逃げられぬと観念したのか。昨夜会った時に何か話をしたのか。

「今後につき思案をせねばならん。広間役も呼ばれておる」

極刑《きょっけい》は免れまい。水替としてでなく、せめて元武士らしく切腹させてやってはくれまいか。江戸《えど》沢町《さわまち》の湯屋《ゆや》で一緒に湯に浸《つ》かりたかったと、今さら思った。

渡り廊下から慌《あわ》ただしく駆けてくる足音がした。振り返ると、長身がある。

吉大夫は軽くうなずいただけで何も言わず、与右衛門の肩に手を置いて、廊下の先へ促《うなが》した。

庭池に面した御書院《ごしょいん》では、林立する文書《もんじょ》の中に荻原が埋《うず》もれていた。三人が荻原に向かって両手を突くや、男にしては甲高い声がした。

「吉大夫。お前がぐずぐずしておるゆえ大癋見のほうから名乗り出て参ったぞ。腹心を殺められては捨て置けぬ。この際大癋見こと与蔵の首を刎《は》ね能面侍の騒動にけりをつけたい。よいな？」

与右衛門は啞然《あぜん》として荻原を見た。すべての罪を与蔵に被《かぶ》せるつもりだ。

「あと少しだけ時をくれれば、本物の大癋見を拝ませてやるんだがな」

与右衛門も勘兵衛も、驚いて吉大夫を見た。ついに大癋見の正体を突き止めたのか。

「ほう。お前らしく出来高《できだか》勘定か。あと幾日かかる？」

荻原は平然とした様子だ。

「明日から数えて五日欲しい」

「ならば三日だ。明々後日《しあさって》の日没までに真《まこと》の大癋見をわが前へ連れて参れ。間に合わねば与蔵は縛り首じゃ。確かお前は吉原でわしに約したな？　大癋見との知恵比べに敗れし時は腹を切って詫びると」

与右衛門は吉大夫の端整《たんせい》な横顔を見つめた。飄々《ひょうひょう》とした表情からは心中を読み取れない。

旧友二人はしばし睨《にら》み合っていたが、やがて吉大夫がうなずいた。

「物忘れがひどくなったのか、腹を切るとまで言った覚えはないが、承知した」

荻原はギロリとした目つきのまま、声だけで笑う。

「お前は徳川家を滅ぼしそびれた男。生きていられるだけ運が良いと思え」

さらりと出た恐るべき言葉に、背筋が凍《こお》り付《つ》いた。吉大夫の過去には何があるのだ。

「わしは忙しい。下がれ」

犬でも追い払うように、荻原が片手を軽く振った。

引き下がった三人は、渡り廊下へ向かう。

「広間役、何か某《それがし》にできることはございませぬか」

「今のうちに親父に会っておけ。子としてやるべきことさ。勘兵衛も相変わらず忙しかろうが、与蔵がどういう了見《りょうけん》なのか聞き出してみてくれねぇか」

「承知し申した。されど、あと三日で大癒見を捕まえよとは、難題じゃ」

力なく頭《かぶり》を振る勘兵衛に、吉大夫が明るく言い放った。

「いや、たぶんあと少しだ。今日も入れれば四日ある。真相に辿《たど》り着けるさ」

お鶴の件も含めて尋ねたいことは山ほどあったが、事は一刻を争う。与蔵を救うために、吉大夫は命懸けで、大癒見の正体を突き止めようとしているのだ。

「何とぞ宜しゅうお頼み申しまする」

与右衛門は四角くなって深々と頭を下げた。ともかく今はこの侍に頼るほかない。

「俺に任せろ。今晩、吉祥屋で知恵を出し合おうや」

吉大夫は与右衛門の肩をポンと叩き、足早に役所を後にした。

6

その日の夜半、与右衛門は暗澹《あんたん》たる気持ちで吉祥屋二階の一室にあった。

夕刻、あてびに事情を打ち明けてから十番の部屋に入ったが、まだ一人きりだ。

案じていた通り、牢中の与蔵は面会さえ拒んだ。与右衛門は粘り強く申し入れたが、無駄だった。

武士の誇りを捨て切れない頑固《がんこ》な父が、囚《とら》われの身で息子に何を語るだろう。仮に会えたとしても、沈黙を貫いたに違いない。仕方なく、事情を尋ねる文を認《したた》めて牢守《ろうもり》に手渡したが、読んでくれたかどうか。

勘兵衛は与蔵に会ったそうだが、別段の収穫はなかったらしく、油御買上役《あぶらおかいあげやく》のモグラに頼まれて小木へ同道し、昼下がりに入港した北前船の知工《ちく》（事務長）に会っていた。

金銀山入用の油も含めて新たに安く請け負ってもらうための交渉で、佐渡にとって大事な話だ。頼む側から出迎えねばと、平岡を伴って出向いていた。とんぼ返りして今しがた吉祥屋に現れ、与右衛門に励ましの声をかけてくれたが、今は幽霊が出るという十一番の部屋で商談をしていた。

お鴇に謝りたかったが、昨夜はあのまま帰ってしまい、今日も休んでいるという。

「与右衛門さん。ちょいと、いいかい？」

あてびが心配そうな顔つきで部屋に入ってきた。

「あんなにまじめな人が殺しなんてするもんかい。与蔵さんは何のつもりなんだろうね」

そう信じたいが、逆《さかさ》くノ字斬りができる剣豪が佐渡に与蔵だけなら、他に下手人は考えられなかった。

「親父殿を助けるには、本物の大癋見を見つけ出すしかない。でも、どこまで広間役を信じてよいのか……」

「あのお侍なら、とことん信じていいよ。目の前に困った人間がいたら、放っておけないたちだからね。つい安請け合いしちまってさ。吉大夫さんがお鴇のために骨を折ってくれる姿を見て、うちもわかったんだ」

「広間役が、何を？」

「やっぱりお鴇はあんたに何も言えんかったんだね。まあ無理もないよ。世の中であんたほどお固い男も珍しいからさ」

何の話だ。表情で尋ねると、あてびが小さくうなずいた。

「トンチボは失敗こいても、穿子《ほりこ》に手当を必ず払う山師だからね。方々《ほうぼう》から金を借り続けて首が回らなくなったんだ。あげくに伊藤屋《いとうや》っていう越後《えちご》の柄《がら》の悪い高利貸しから借りちまったのさ」

伊藤屋は何年かに分けて払う話に応じたはずが、トンチボが神隠しに遭《あ》ったと聞き、一転して厳しい取り立てに入った。

「カタに取られとった自慢の三階建ても、もうすぐ人手に渡る。少しでも返すからって、お鴇は頑張って働いとったんだよ。先生とうちも手伝ったんだけど、焼け石に水でね」

明るい声を張り上げながら、のど飴を大工たちに振り売りするお鴇の笑顔が思い浮かぶ。

「借金はいかほどでござる？」

「千両（二億円）があっという間に千五百両まで膨《ふく》れ上がって、利銀を返すだけで精一杯さ。親が借金漬けじゃ、嫁に行くどころじゃないだろう？　あんたが奉行所に泊まり込み始めた頃から、伊藤屋が乱暴な連中を使って脅しにきた。返せないなら娘が身売りしろって話になってね」

朗らかに振る舞ってはいても、お鴇はどれだけ悩み苦しんだろう。

「あんたとは夫婦《めおと》になろうかって仲だったろ？　あの子は何も言わずに佐渡から消えて、越後で遊女になろうって決めたんだよ。あんたに打ち明けたって何ができるでもなし、明日のある振矩師の足を引っ張るだけだからね。だから、あんたには絶対に言わないでくれって頼まれとったのさ」

お鴇が所帯を持つことに口を濁《にご》していたのは、そのせいだったのだ。自分を変わらず思ってくれるお鴇に、与右衛門は何とひどい言葉をぶつけたのか。

「大癋見探しを手伝ううちに、吉大夫さんなら信じていいと思って、お鴇が全部打ち明けたら、『俺に任せろ』って安請け合いしたのさ。高利貸しは脛《すね》に傷持つ身だろうって、脅しすかしで交渉してるみたいだね」

べらぼうな利息ぶんを元手に充当させて、後は分割で払うと、のらりくらり構えているらしい。

吉大夫はお鴇を励ましながら、身売りしなくて済むように動いてくれていたのだ。

「今日だって、小木で怖い取立て屋相手にやり合ってとったはずだよ。奉行所の払いだからって誰にでも気前よく奢《おご》ってるけど、本当は全部自腹だし、宵越《よいご》しの銭は持たない人だから、銭のほうは全然頼りないけれど」

吉大夫は奉行所の銭で飲み食いして遊んでいるのだとばかり思っていた。でも考えてみれば、荻原が許すまい。

大癋見の謎に加えて与蔵の処刑、さらにはトンチボの借金とお鴇の身売り。

何ひとつ解決しないまま難題は増え続ける一方だが、吉大夫がお鴇を救うために小木へ行ったのなら、大癋見探しはどうなるのだ。

階段を駆け上がり、乱暴に隣の部屋の襖《ふすま》を開く音がした。

「おっと間違えた。取り込み中に悪かったな」

遊郭での部屋の取り違えは重大な過ちのはずだが、さらりと謝っている。

やがて入ってきた吉大夫は刀を脇へ置き、どっかと座り込んだ。

「今日もめいっぱい仕事したぜ。こんな夜は女を抱く元気は残ってねぇが、せめていい女に酌《しゃく》してもらって、酔い潰れたいもんだ」

「広間役、女将さんから色々と事情を伺いました。本当にありがとう存じます」

両手を突いて頭を下げる与右衛門の肩を、吉大夫がまたポンと叩く。

「俺は一生懸命な奴が好きなんだよ。昔の俺を見ているみたいでな」

精悍《せいかん》な顔は疲れた表情だが、蕩《とろ》けるような笑みを浮かべている。

「先生のお話では、父の罪状をまとめるよう、荻原様から内密にお指図があったとか」

「彦次郎も変わらねぇな。あくせくしなくても、仕事は逃げていかねぇだろうに」

吉大夫が物欲しそうな目で見たが、あてびは怖い顔をして首を横に振った。

「今宵はお酒どころじゃないでしょう？　与蔵さんが大変なんですから」

「あの男は金沢を殺してなんかいねぇよ」

「あら、何かわかったんですか？」

「カエルが死んだ日の夜遅く、越後《えちご》伊藤屋のよからぬ若造たちがトンチボの三階建てに押しかけたが、待ち構えていた一人の男が現れて、瞬く間にのしちまったそうな。与蔵だよ」

「どうして、父が？」

「滅法強《めっぽう》いんだろ？　こっそり与蔵に頼んどけって、お鴇に言っておいたのさ。律儀《りちぎ》な元侍だけに、気に掛けていたんだろう。俺もトンチボの家に泊まって何度か用心棒をしてやったが、あの日は明け方まで大癋見探しで相川を離れてたもんでね」

心に安堵《あんど》が広がってゆく。やはり与蔵は人殺しではない。それどころか、お鴇のために骨を折ってくれたと聞いて、与右衛門は父を誇りに思った。

「では、なぜ偽りの自白を？　本当の下手人は誰なのでしょうか？」

「殺したのは本物の大癋見だろう。与蔵も一枚噛《か》んでるようだがね」

何の関わりもなく自ら罪を認めるはずがない。与蔵は大癋見が誰か知っており、何かを隠しているのだ。

「ともかく、与蔵さんは助かるんですね？」

身を乗り出すあてびに、吉大夫は首を傾げて応じた。

「世の中それほど簡単じゃねぇさ。派手な事件が続いたからな。彦次郎もどこかでわかりやすく幕を引きたいはずだ。与蔵を生贄《いけにえ》に差し出す肚やも知れん」

「大癋見の正体がわからないからって、無辜《むこ》の人間を縛《しば》り首《くび》にするって仰るんですか！」

責めるようなあてびの口調に、吉大夫が頭を掻《か》いた。

「あいつも昔とは違う。損得勘定じゃ、無口な水替を一人失っても懐は痛まねぇ」

階段を慌《あわ》ただしく駆け上がってくる足音がした。襖《ふすま》がわずかに開くと、「女将さん」という女の声がし、白い手が封書《ふうしょ》をそっと差し出してきた。

「うちに？　また恋文《こいぶみ》じゃないだろうね」

封を切って開くや、あてびは大声を上げた。

「吉大夫さん！　こんな文が小座敷のうちの文机《ふづくえ》の上にあったって……」

差し出された短冊《たんざく》を、与右衛門も覗《のぞ》き込む。

奇妙な癖字を見て、驚愕《きょうがく》した。

吉殿《きちどの》　時丑三《ときうしみつ》　春日《かすが》社能舞台　癋《べし》

「佐渡の人気者から恋文をもらえるなんて、願ってもねぇ話だ。何度か餌《えさ》を撒《ま》いたが、やっと食いついてくれたぜ。いよいよお出《で》ましさ」

大好物の生麩《なまふ》の煮物か、よく冷えた清酒にありついたかのように、吉大夫は嬉しそうな顔だ。

「広間役はこの話に乗られると？」

深夜に誰もいない能舞台で会うなら、話し合いでなく、果たし合いではないのか。

「俺たちは早いこと大癋見をしょっ引かなきゃならねぇ。奴は沈着冷静な策士だよ。これまで一度も失敗がない。尻尾《しっぽ》も見せねぇ。俺がちょっかいを仕掛けても、なかなか手出しをして来なかった。それが、向こうから会いに来てくれるんだぜ。虎穴《こけつ》に入らずんばって奴さ」

牢にいる与蔵は大癋見ではないはずだ。いったい誰なのか。

「応援を頼まねばなりますまい。先生に相談して奉行所の――」

「ひ弱な小役人たちが束《たば》になったって〈逆《さかさ》くノ字〉の剣豪に勝てやしねぇさ。それに、ゾロゾロ行列なんぞ作って行ったら、会ってくれねぇよ」

吉大夫は逞《たくま》しい体つきで力も強いが、剣術は別物だ。大癋見に勝てるのか。

「せめて、何人かでもお侍を」

必死で口を挟むあてびに、吉大夫が頭《かぶり》を振る。

「大癋見がまだとっ捕まらずにいるのは、奉行所の人間が密かに力を貸してきたからさ。誰が敵か味方かわからねぇ。今の彦次郎なら、平気でトカゲの尻尾を切りそうだからな」

まさか荻原の罠《わな》なのか。金沢の死を利用したやり口や与蔵を処刑するという裁断からは、荻原の冷酷非情さしか窺《うかが》えない。

「与右衛門、代わりにお前がついてきてくれ」

「承知。されど、斬り合いでは何のお役にも立ちませぬ」

牢坂上《ろうさかうえ》の稽古場《けいこば》で剣術を多少学びはしたが、ものにならなかった。こんな時こそ与蔵がいればと思うが、近々処刑される人間を牢から出してくれるはずもない。

「心配無用。俺の勘定に狂いがなければ、お前は心強い御守《おまもり》になる」

相変わらず意味は摑《つか》めないが、助けを呼びに行くぐらいの役には立つだろう。殺されるかも知れないが、与蔵のためだ。命を張ってくれる吉大夫に任せきりにはできない。

「お止めしても、無駄なんでしょうね」

あてびが諦《あきら》めの表情で吉大夫を見つめる。

「もし夜が明けても二人が戻らなかったら、俺が春日神社で大癋見との逢瀬《おうせ》を楽しみに行ったって、ヒラメに伝えてくれねぇか。あの男とは昔なじみでな。悪いようにはしねぇよ。この件は寿老人にも内緒《ないしょ》だ。彦次郎に伝わっちまうからな」

「わかりました」

「あと済まねぇが、あてび。くつわ縄を二本と、算盤《そろばん》をくれねぇか」

あてびは怪訝《けげん》そうな顔をしたが、手を叩いて禿《かむろ》を呼び、持って来させた縄と黒檀《こくたん》の算盤を吉大夫に手渡した。縄や算盤など、何に使うのだろう。

「実はここ何日か一睡もしてねぇんだ。悪いが、俺はちょっくら寝る。丑三《うしみ》ツ時に起こしてくれ。武蔵《むさし》を真似て、少し遅れて参る」

そのまま横になるや、吉大夫はたちまち寝息を立て始めた。

与右衛門はあてびと顔を見合わせたが、言われた通りにするしかない。

7

夜更《よふ》けの相川の町には人気《ひとけ》がなかった。天にずいぶん欠けた月があるだけで、辺りは闇に近い。女将が持たせてくれた弓張提灯《ゆみはりぢょうちん》で行く手を照らしながら、二人は足早に牢坂を降りて下町《したまち》に入った。

「心配するな、与右衛門。向こうから会いたがってるんだ。待っててくれるさ」

吉大夫が「あともう少しだけ寝かせてくれ」となかなか起きなかったせいで、約束の丑三ツ時をとうに過ぎていた。

「大癋見は、なぜ広間役を？」

「口封《くちふう》じさ。これ以上放っておいたら、正体を暴かれちまうからな。奴は必ず夜に現れる。金沢が斬られたのも暗夜だった。暗闇なら、天下無敵だと確信しているからさ」

「暗夜剣《あんやけん》でございまするな」

「いかなる流派の剣豪でも、闇の中で戦えば命はないそうな。怖いねぇ」

吉大夫に怖がっている風はないが、身の縮む思いがした。与右衛門は振矩師だから眼が利《き》くが、吉大夫は普通の視力しか持っていないはずだ。飛んで火に入る夏の虫ではないのか。

春日神社の石鳥居《いしとりい》をくぐって参道を歩く。能舞台に着いたが、人影はない。

「本舞台の目付柱《めつけばしら》とワキ柱に提灯を括《くく》りつけてくれ」

与右衛門は指図通りに能舞台へ上がり、提灯の折弓《おりゆみ》にくつわ縄を引っかけ、柱に結んでゆく。

なるほどこうすれば、舞台近くで戦う限り、暗闇ではない。だが、そもそも――。

「広間役は剣をいかほど使われまするか」

「若い頃は頑張ったんだが、近ごろ切ったものといや、お鴉が持たせてくれた生麩《なまふ》くらいだな。いま少し鍛錬しておくべきだったと悔やんでも、手遅れか。殺気がヒリヒリ伝わってくるぜ」

吉大夫の言葉が終わらぬうち、乾いた枯葉を踏む足音がし、黒い影が無言で近づいてきた。提灯の明かりは、影の立つ場所まで届かない。

「すまねぇ、待たせちまったな。いい女との別れを惜しんでたもんでね」

能舞台を背に、吉大夫はカチリと音を立てて鯉口《こいくち》を切った。

「俺を殺したいってことは、空回りに見えて、調べが存外うまく進んでるからだろう？」

大癋見はすでに剣を抜いていた。暗がりでは白刃《はくじん》も灰色に見える。

「その能面はただの不粋《ぶすい》な趣味か、それとも、俺たちに顔を見られたくないからか」

吉大夫の挑発に、頬かむりに大癋見を着けた侍は応じない。

「うんともすんとも言わねぇのは、声を出せば誰かわかっちまうからだろ？」

なるほど与右衛門を伴《ともな》ったのは、正体を見極めさせるためでもあるわけか。

吉大夫がゆらりと動き、左八相《ひだりはっそう》に構える。

両手で握り込まれた剣の柄《つか》がミシリと音を立てた途端、場の空気が一瞬で歴然《れきぜん》と変わった。

まるでほの暖かい春から厳寒の冬へ逆戻りしたかのように、ヒヤリとするほどの覇気《はき》を感じた。

肌でわかる。この侍は剣の素人ではない。

対する大癋見は左足を後ろへ下げた。刀を左脇に取り、剣先を下げている。すべて右側なら〈脇《わき》構《がま》え〉だが、反対だから〈逆《さかさ》脇構え〉とでも呼ぶべきか。刀を下げて後ろに持っているため、与右衛門の眼でも、刀の正確なありかがわからない。

ジリジリと間合いを詰める大癋見に対し、吉大夫は微動だにしなかった。

八歩ほど離れて、双方が睨《にら》み合う。

まるで光も出口もない間歩《まぶ》で生き埋めにされたように、息苦しいほどの緊張が続いた。

提灯の明かりが気まぐれに大きくゆらめき、治まりかけた時――。

電光石火《でんこうせっか》で、大癋見が踏み込んできた。

明かりの中に入った大癋見の金眼が輝く。意外と小兵《こひょう》に見えた。俊敏だ。

吉大夫が大きく跳びすさる。間一髪《かんいっぱつ》、大癋見の左下から右上への一閃《いっせん》が空を切った。

着地するや、今度は吉大夫が猛然と前へ出た。

丁々発止《ちょうちょうはっし》と切り結ぶ。

啞然《あぜん》とした。グウタラ侍どころか、まさしく剣豪だ。

見事な太刀《たち》さばきは優雅にさえ見えた。

大癋見は防戦一方で、耳を覆《おお》いたくなるような剣戟《けんげき》の音が連続する。

やがて、肉を切る鈍《にぶ》い音がし、大癋見は再び明かりの届かぬ外へ逃れた。吉大夫の剣で大腿《だいたい》を切られたようだが、呻《うめ》き声ひとつあげない。

「あんたも自分の弱点がわかってるだろう。そんな邪魔《じゃま》っけな能面を着けてりゃ、見えるものも見えん。俺には勝てねぇよ」

吉大夫はまたミシリと剣柄《けんぺい》の音を立てながら、再び左八相に構えた。

「あんたも俺の身元を調べたろうが、吉原《よしわら》以前についてはほとんど摑《つか》めなかったはずだ。何しろ俺は公儀《こうぎ》に故郷《ふるさと》ごと過去を消されちまった人間だからな。勘定所にも道場にも、俺は初めからいなかったことになってる。むろん堀内《ほりうち》道場の代稽古《だいげいこ》を務めた過去もな」

驚いた。堀内源左衛門正春《ほりうちげんざえもんまさはる》の道場といえば、泣く子も黙る江戸四大道場の一つだ。その代稽古を務めるとは相当の剣豪だが、幕府に抹消されたという過去には、何があるのだろう。

「大癋見は万事にすこぶる周到だぜ。さっきから、大銀杏《おおいちょう》の陰で殺気がちらついて、気になるんだがね」

境内裏手の大樹へ眼をやると、影がもう一つ出てきた。大癋見は二人組だったのか。

三人は、能舞台を背にする吉大夫を頂点に、一対二で対峙《たいじ》しながら、それぞれ八歩ぶんの間合いで三角形を作っている。吉大夫は正眼《せいがん》に構え直した。大癋見は二人とも逆脇《さかさ》構えだ。

「凄《すさ》まじい殺気だねぇ。よほど俺を生かしちゃおけねぇんだろうな。これまで無辜《むこ》の者たちを殺めてまで守り抜いた、佐渡金銀山のとんでもねぇ謎に近づいてるからだ」

一人語りを遮《さえぎ》るように、新手の大癋見が動いた。やはり小兵だ。

が、それよりも先、吉大夫は負傷した大癋見へ斬りかかっていた。一気に押し込み、その背後へ回り込む。新手への盾に使うわけか。戦い方も素人ではない。

「悪いが、あんたたちの剣は鈍《なま》ってるんだよ。俺のほうはここ十年ばかし腐ってはいても、師匠から頼まれて、小遣い稼ぎに時々道場で稽古を付けてやっていたからな」

喋《しゃべ》りながら吉大夫が踏み込む。落雷のごとき凄まじい斬撃《ざんげき》に、負傷して動きの鈍った大癋見が刀を弾き飛ばされた。

吉大夫はそのまま新手に猛攻を加えてゆく。圧倒的な強さだ。勝負が見えた時——

ガシャンと何かが割れ、バシャリという水音がし、ワキ柱の提灯《ちょうちん》が消えた。

光が一気に弱まる。

(何があった? 誰だ?)

与右衛門が慌《あわ》ててもう一つの提灯を見た時、また同じような音がして、辺りが暗くなった。

酒の匂いだ。何者かが酒瓶を提灯に投げつけたらしい。旅烏《たびがらす》だろうか、よい芳香だ。

あっという間に、春日神社の境内が暗夜に変わった。

漆黒の闇でこそないが、欠け月から明るさはほとんど得られない。

「やれやれ三人組だったとはな。いよいよ暗夜剣のお出ましかい? こいつはうまくねぇ」

まもなく与右衛門は目が慣れたが、吉大夫は視力を失ったに等しかろう。

普通の眼なら、三歩も離れれば人がいるかどうかさえ、わかるまい。斬り合いなどできる明るさではなかった。

形勢は一気に逆転した。この暗さでは手探りで動くのがせいぜいだ。逃げられもしない。

「おい、お前ら。俺はいきがかり上、致し方ねぇが、静野与右衛門は佐渡の宝だ。間違っても斬るんじゃねぇぞ」

相手を殺す気なら能面を外しても構わないはずだが、しないのは与右衛門まで殺すつもりがないからか。大癋見はおそらく、見知りの佐渡者《さどもん》だ。

「剣の道に入った以上、一度は暗夜剣を拝みたいと思っていたが、考えてみりゃ、この暗さじゃ何も見えねぇか」

相変わらず吉大夫は饒舌《じょうぜつ》だが、内心焦《あせ》っているはずだった。二人の大癋見は、すでに逆脇構《さかさわきがま》えに入っている。もう一人の姿はないが、そもそも吉大夫には何も見えていまい。

墨色が支配する弱光《じゃっこう》の世界で、大癋見の金眼が同時にほんの微かな煌《きら》めきを帯びた。

「左右十歩の位置。同時に来ます！」

「頼りになるねぇ」

左右から風を切る音が連続した。何なのだ、この不気味な音は……。

激しくぶつかる刀が甲高《かんだか》い軋《きし》み声を上げた後、刃が何かを切る鈍い音がし、吉大夫が斜め後ろへ跳躍《ちょうやく》した。本舞台へ着地するや、角木《すみぎ》を踏み台にして再び前方へ跳ぶ。

新手の後ろへ飛び込んだ。すぐに剣戟《けんげき》の音がし、火花が散った。

「斜め後ろに新手が！」

吉大夫が斜め前へ跳んで切り結ぶ。身を守るだけで精一杯だ。また風切り音がし始めた。

「左からも来ます！」

「幻の秘剣、とくと味わわせてもらったよ」

一方的に追い込まれながら、吉大夫は橋掛《はしがか》りへ跳びすさる。

空を切った新手の剣が、二ノ松を刎《は》ねた。負傷した大癋見のほうは動きが鈍い。

「暗夜剣は近づきながら素早く剣を旋回させる。刀が交わるや確かな位置を摑《つか》んで体を沈め、腹から心ノ臓めがけて斬り上げるって寸法だ。与右衛門が動きを教えてくれて、能舞台があったから助かったが、平場《ひらば》なら、俺でも逆《さかさ》くノ字でお陀仏だったよ」

風を切る音は、索敵《さくてき》のために剣を回す音だったのか。

吉大夫はシテ柱を盾代《たてが》わりにしながら、舞台下の新手に話しかけている。

「もう一人の大癋見は三ノ松の陰です！」

酒瓶で提灯を消した三人目の居場所はわからない。

「ありがとよ。大癋見たちは真っ暗闇でも見えるように目を鍛えてやがるな」

まるで振矩師のような侍だ。

「百年ほど前、瀬戸内は三備《さんび》に稀代《きだい》の剣豪、官部《かんべ》嵯峨《さが》入道《にゅうどう》家光《いえみつ》が現れた。戦うために生まれてきたような奴さ。得物《えもの》は剣だけじゃねぇ。小太刀《こだち》に縄、鉄扇《てっせん》に十手《じって》、ありとあらゆる武器を使う。その天才が編み出した力信流《りきしんりゅう》剣術、門外不出の秘技が〈暗夜剣〉だ」

与右衛門はドキリとした。

暗夜剣は力信流の剣技だったのか。だが牢中の与蔵は大癋見ではないはずだ。おまけに、あと二人もいる。

「その名の通り暗闇で使う剣技ゆえ、能面を着けていても、ろくに目が見えねぇ相手を案山子《かかし》のように斬れるって寸法さ」

吉大夫に勝ち目はない。どうすればいい？

与右衛門は闇に蠢《うごめ》く黒影《くろかげ》に向かって叫んだ。

「大癋見よ、狙いは何だ？　佐渡にはお前たちを義賊として慕う者さえいる。金沢雄三郎を斬ったのも、かの者が悪政を敷くを恐れたがためであろう。だが、この広間役は違う。佐渡のため力になってくださるお方だ。もしも佐渡を思うなら、剣を収めてくれぬか」

貧窮する百姓たちに豆板銀《まめいたぎん》を分け与えたのが本当に大癋見なら、佐渡の民を苦しめるような真似はしないはずだ。

吉大夫は音を立てて、刀をいったん鞘《さや》へ収めた。何のつもりだ？

「連中は口がきけねぇから、俺が代わりに答えてやるよ、与右衛門。大癋見は天下を揺るがす佐渡金銀山のどでかい秘密を隠してるんだ。これまでの夥《おびただ》しい数の死もすべて口封じさ」

黒と灰色の世界の中で、吉大夫の朗々《ろうろう》たる低音だけが響く。

「だけど、暗夜剣は見切った。それでも続きをやるかい？」

はったりではないのか。何度か剣を交えただけで、何がわかったというのだ？

風切り音の正体を知ったところで、暗さは変わらない。どうやって秘剣を破るのだ？

暗がりのなか、吉大夫は本舞台の中央まで歩いてゆく。

手で指図されて、与右衛門が舞台のワキ柱まで下がると、ジャラリと騒がしい音がした。

吉大夫が懐から小石のようなものを出して、舞台の上へぶちまけていた。算盤《そろばん》の珠《たま》か。さっき何かが切られた音は、懐に忍ばせていた算盤だったのだろう。

なるほどこれなら、目が役に立たずとも耳を使える。接近されても踏まれた珠が必ず音を立てるから、まだしも位置を摑《つか》みやすい。

吉大夫は吉祥屋を出る前から大癋見との戦い方を思案していたのだ。いつものトキ色でなく、闇に紛れる濃紺《のうこん》の羽織袴《はおりばかま》を着ているのも偶然とは思えなかった。

吸い込まれそうなほどの沈黙が、能舞台を覆《おお》っている。

音に集中するためか、吉大夫も完全に沈黙した。あるのは、まだ微かに漂《ただよ》う酒香《しゅこう》だけだ。

「二人が入って来ます！」

大癋見の影が二つ、音も立てずに橋掛《はしがか》りから本舞台へやってきた。

やがて三人は三角形を作り、さっきと同じ構えで対峙《たいじ》した。深夜の能舞台とその周りを、怖いほどの暗さと静寂が支配している。

吉大夫は微動だにせず、大癋見二人がじりじりと間合いを詰めてゆく。

「左右から同時です！」

算盤の珠が騒がしい音を立てる。

暗がりの中で、再び剣戟の音が響き始めた。火花が散り、白刃が灰色の煌《きら》めきを放つ。

二対一でも、互角だ。耳を塞《ふさ》ぎたくなるような鋭い音が続き、火花が散る。

数十合も切り結んだ後、また肉を斬られる音がした。

今度は、新手の大癋見が右前腕を負傷したらしい。

「勝負あったな。あんたたちじゃ、もう俺には勝てねぇよ。なぜ天下無敵の暗殺剣が通用しなくなったか、種明かしをしてやろう」

吉大夫は平然と構えているが、大癋見は肩で大きく息をしている。

「珠が作る音だけじゃねぇ。この微かな月明かりでも、わずかに光を放つものがある。火花に刀、大癋見の金塗りの目玉とかな」

そうか、吉大夫は珠の作る音と気配、剣戟で生ずる一瞬の火花で位置を見極め、相手の動きを瞬時に見抜きながら、攻防を繰り返していたのだ。

「俺は予め刀身に墨《すみ》を丁寧に塗《ぬ》っておいた。おまけに使ってるのは脇差《わきざし》だ。色もなきゃ長さも違う得物《えもの》が相手じゃ、あんたたちの暗夜剣も本調子じゃねえってわけさ」

吉大夫は脇差を天へかざして見せた。

確かに白刃なら見えるはずの灰色の淡い輝きさえない。短い脇差で戦う近さなら、暗夜剣を使えない吉大夫でも、気配を摑める。後は剣の伎倆《ぎりょう》で勝負が決まるわけか。

「あんたたちは山で体を使いすぎたんだ。そんなに痛んじまった体じゃ、俺は倒せねぇよ」

前後の大癋見は黙したままだが、荒い息は治まらない。少しずつ後ずさりを始めた。

「俺も昔、凍て刹刀といわれた男だ。味方も連れずにやってきたと思うかい？」

吉大夫は墨塗りの脇差で、わずかに明るみ始めた東の空を指した。

「見ろよ。あんたたちの嫌いな日の光がやってくる。お天道《てんと》さまの下じゃ、その姿を晒《さら》せねぇんだろ？」

吉大夫がわざと遅れたのは、不利な戦いとなった場合に備えて時間稼ぎをするためだったのだ。

夜が明ければ、暗夜剣も無効だ。

「早く！　大癋見はこっちですよ！」

ドスの利いた女の声はあてびだ。

朝まで待ちきれずに平岡を叩き起こし、奉行所の役人たちを連れて来たらしい。

大癋見たちは急ぎ能舞台を降り、神社裏手の大銀杏《おおいちょう》の陰へ消えてゆく。

「与右衛門、奴らを追え！」

普通の眼ではまだ走れない暗さだ。能舞台から飛び降り、必死で駆ける。

が、目を疑った。森のどこにも、姿はない。

馬鹿な。ふと、お鴇が見つけた磔《はりつけ》の骸《むくろ》がこの能舞台から消えたことを思い出した。

「ヒラメ！　大癋見はまだこの辺りにいる。手分けして探せ」

吉大夫の指図で松明《たいまつ》が境内に散らばった。

「おおっと、危ねぇな」

ほの明かりを頼りにやってきた吉大夫が、木の根っこにつまずいたらしい。

「この大銀杏の向こうで見失いました」

「悲しいかな人は死ぬが、消えやしねぇさ」

しばらく草むらを掻《か》き分けていた吉大夫が腹ばいになった。

「見ろよ、与右衛門。血だ。これを追え」

目を凝《こ》らしながら草むらの血痕を追ってゆくと、意外なものを見つけた。

「こんな所に古い狸穴《たぬきあな》があります！」

裏手の小山の大きな岩の陰に、人が通れるほどの穴が上手に隠されていた。

「やっぱりそうか。ここから逃げたんだよ」

与右衛門が四つん這《ば》いになって狸穴を進むうち、穴は次第に広くなり、中腰で歩けるようになった。行く手に淡い光が見える。昔の間切《けんぎり》と繋《つな》げてあるわけか。

後からやってきた吉大夫が、狭い穴の中で苦しそうに長身を折《お》り畳《たた》んでいた。

「佐渡には、似たような仕掛けが他に幾つもありそうだな」

再び狭くなった狸穴をくぐると、海士町《あままち》の裏手の山裾《やますそ》へ出た。この抜け道を使えば、裏の山側から春日神社の境内《けいだい》に出入りできる。

「広間役。暗夜剣は力信流の門外《もんがい》不出《ふしゅつ》の技と仰せでしたが」

「さっきの大癋見は三備《さんび》の人間だよ」

さらりとした返事に、与右衛門はゴクリと生唾を飲み込む。

「ですが父は今、牢におります」

「どうだろうな。与蔵に尋ねたとて何も答えまいが、足か腕を見ればわかるさ」

目印を付ける意味で、吉大夫は大癋見に怪我を負わせたわけだ。

「他に、酒瓶で提灯を消した者がいます」

敵は少なくとも三人いる。

「これで、種明かしに必要な役者は全部揃《そろ》ったろう。まずは力信流の剣豪二人だな」

「今から先生に相談して参りまする」

「なぜ寿老人が白だとわかる?」

「先生は水戸の町人の出で、刀など使えませぬ」

「立派な男でも、必要があれば嘘を吐《つ》くさ。先だって勘兵衛と話した時、俺が『あぐどい』って方言を出したのを覚えてるか?」

吉祥屋で、吉大夫がお鴇にひどく味の濃い生麩《なまふ》を作らせた時だ。

「俺は昔、水戸の下級藩士の娘と恋仲になった。食いしん坊で、桔梗屋《ききょうや》の浅草餅《あさくさもち》が大好物でな。自分でも作るもんだから、色々試しては『あぐどい』と言っていた。水戸出《みとで》の人間なら、意味がわかるはずなんだよ」

勘兵衛の出自を確かめるために鎌《かま》をかけたわけか。

「でも、それだけでは……」

「龍海院《りゅうかいいん》ってのも、俺の殿様が眠っておわす酒井家《さかいけ》の菩提寺《ぼだいじ》だ。水戸にそんな寺はねぇさ」

二の句が継げなかった。なぜ勘兵衛は出自を隠しているのだ。

「与蔵を牢から出せるのは誰だ？」

役人たちの多くは勘兵衛の言うことを聞く。

「でも、ありえません。先生はずっと佐渡のために尽くしてこられました」

「そいつは誰も否定しないさ。力信流の使い手だって証拠もねぇが、寿老人が一枚嚙んでるのは間違いねぇよ」

いきなり吉大夫が与右衛門にしがみついてきた。ふらつく大きな体を必死で支える。

「広間役、いかがなされましたか？」

顔面が蒼白《そうはく》だ。右の脇腹を手で押さえていた。

「へへ、初っ端《しょっぱな》の暗夜剣は避けられなかったもんでね」

まさか金沢の時と同じ太刀筋《たちすじ》か。算盤《そろばん》を斬られた時から、ずっと刀傷に耐えてきたらしい。

「御番所橋《ごばんしょばし》の袂《たもと》に、余湖《よご》先生という名医がお住まいです。すぐに手当してしてもらいましょう」

肩を組みながら海士町川まで出ると、橋を行き交う早朝の雑踏が見えた。

「お前は先に行って、与蔵が牢にいるか確かめろ。奉行所の連中もな。俺も後から行く」

8

「今日はやけに静かだねぇ」

奉行所は不気味なほど静まり返っていた。隣に端坐《たんざ》する吉大夫は薄い口ひげを弄《いじ》りながら、神妙な顔つきで部屋を見回している。

御役宅《おやくたく》の二之間には、これから荻原が吟味《ぎんみ》する文書《もんじょ》の山が所狭しと積み上げられていた。

「まるで御奉行様がいらっしゃる以前の朝のような静けさです」

近ごろはボンクラ留守居役《るすいやく》時代の怠《なま》け癖《ぐせ》が一掃《いっそう》されつつあり、役人たちは皆、何とか日没までには仕事を終えたいと、競い合って早朝から出仕《しゅっし》していた。

与蔵の在牢は確かめられなかった。「会わせられぬ」と牢守《ろうもり》から門前払いを喰らい、尋ねても様子を教えてくれない。牢守たちの落ち着きのない様子が気に懸かった。

奉行所には、勘兵衛も平岡も不在だった。吉大夫の名を出して荻原に面会を求めると、この日は御役宅で一番広い二之間に控えるよう命ぜられた。ほどなく吉大夫が来たので具合を尋ねると、「あの爺さんによりゃ、唾付けときゃ治るってさ」とケロリとした顔で笑ったが、本当だろうか。出血が酷《ひど》いようにも見えたが。

「いけねぇ。俺としたことが、どこかで勘定を間違えたな。先を越されたようだ」

吉大夫は与右衛門を手で制しながら立ち上がると、卓上の算盤《そろばん》を取り、襖《ふすま》の取っ手に手をかけた。

勢いよく開け放つや、後ろへ飛びすさる。

与右衛門は予期せぬ光景に息を呑んだ。

槍を手にした白鉢巻《しろはちまき》の役人たちが横一列に並んでいた。吉大夫は玄関に大小を預けたままだ。

「何の真似だい、お前ら？」

役人たちの背後に現れた平岡を見て、与右衛門は仰天した。

「間瀬吉大夫殿。貴殿には先の留守居役《るすいやく》、升田喜平《ますだきへい》殺しの疑いが掛けられてござる」

「おい、ヒラメ。俺にびしょびしょの濡れ衣《ぬれぎぬ》を着せる気か。あんたみたいな善良な小役人がいったい、どういう了見《りょうけん》だ？」

「御奉行様のお指図にござる。広間役の任を解き、升田殺しのかどで吟味《ぎんみ》せよ、と」

残り三方の襖《ふすま》が次々と開かれた。槍を構えた者たちは全部で二十人ほどだ。油御買上役《あぶらおかいあげやく》のモグラまで交じっていた。その背後から現れた姿を見て、呆然《ぼうぜん》とした。

「今しがた、御奉行様より留守居役に任ぜられし槌田勘兵衛でござる。手荒な真似はしとうござらん。大人しゅうお縄についてくださらんか」

勘兵衛はまるで別人のように冷たい表情をしていた。

「あいにくだが、ちと取り込み中でな。早いとこ大瘾見を捕まえなきゃならねぇんだ」

「止《や》むを得まい。逆らうなら死なせてもよいと、御奉行様は仰せじゃ」

何がどうなっているのだ？

「先生、お待ちください！　春日神社に大瘾見が現れました。あと少しで正体を突き止められます。仔細《しさい》は平岡様もご存知のはず」

「女将の報せで能舞台へ参ったが、影も形もなかった。仮に現れたのだとしても、それが真の大癋見だという証《あかし》はなかろう」

平岡まで敵に回ったのか。とにかく、手負いの吉大夫を死なせるわけにはいかない。

与右衛門が通せんぼするように槍衾《やりぶすま》に向かって両手を広げると、後ろからグイと肩を摑《つか》まれた。

「気持ちはありがてぇが、ちと邪魔だな。下がってろ」

吉大夫は腰を軽く落とし、右手の算盤《そろばん》をジャラつかせて構えた。

握り込まれた算盤がミシリと音を立てた時、場の空気がガラリと変わった。

隙《すき》のない全身から気迫が噴き出している。

「お前らが束《たば》になっても、俺には傷ひとつ付けられん。怪我して痛ぇのと、最近寝てねぇのと、いきなり御役御免《おやくごめん》にされちまったのとで、俺も気が立ってる。手を出せば痛《いて》ぇ思いをするぜ」

小役人たちはすっかり気圧《けお》されている。

それでも、胴長《どうなが》のモグラが前へ出た。へっぴり腰で槍を突き出す。

素早く投げられた算盤がモグラの顔に当たった。すぐさま吉大夫が踏み込む。素槍《すやり》の穂先《ほさき》のすぐ下を摑《つか》むや、力ずくで引っ張り、モグラの胴を足蹴《あしげ》にした。

ぶぶ、ぶうんと槍が作る風音に、遠巻きにする者たちが怯《ひる》んだ。

「俺を捕らえられずとも、罰せられやしねぇよ。彦次郎に伝えといてくれや。このまま俺の勘定を御破算《ごはさん》にすりゃ、算盤の弾き間違えだ。勘定をやり直さねぇと、大損こくぜってな」

くるりと踵《きびす》を返した吉大夫は、庭石の上の荻原の下駄を履《は》いて庭へ下りた。

堂々と歩き、槍を地面に突き刺すと、柄《え》の高さを使い、笠木塀《かさぎべい》を軽やかに乗り越えて行った。

「追え！　佐渡は島だ。どこへも逃げられはせん」

勘兵衛が命ずると、平岡を先頭に役人たちが慌ただしく御玄関と裏御門へ向かう。吉大夫と長屋で飲んでいた連中も交じっていた。

「先生、何のおつもりでござるか！」

「思案の末、荻原様は間瀬殿を切り捨てられた。すべては佐渡のためじゃ」

トカゲの尻尾《しっぽ》切りか。金沢が見捨てられたように、吉大夫も用済みとなったわけだ。

勘兵衛に足を痛めている素振《そぶ》りはない。怪我を確かめようと、呼び止めながらさりげなく勘兵衛の右前腕を摑《つか》んでみた。

羽織《はおり》の下には、肌でなく布の感触があった。小袖の下に白小袖を着込んでいるのか。夏でも今日は涼しいから、老人なら着ても変ではない。この好々爺《こうこうや》の師匠が力信流の使い手だとは想像できないが、勘兵衛が伝授してくれた〈明眼之法《めいがんのほう》〉は、もしや暗夜剣の修得術ではないのか。

「広間役御長屋《おながや》を調べたところ、大癋見の能面が何枚も見つかった。一連の事件をまもなく幕引きといたす。与蔵は私が救う」

勘兵衛が発したとは思えないほど冷淡《れいたん》な言葉に、与右衛門は寒気を覚えた。吉大夫を大癋見として処断するつもりだ。「俺に任せろ」と言い切る吉大夫の皓歯《こうし》が思い浮かんだ。

「先生、お待ちください。広間役は佐渡のために――」

「佐渡を救うのは、間瀬吉大夫にあらず。この槌田勘兵衛じゃ」

決然と言い切る勘兵衛の顔は、まるで侍のようだった。痩《や》せた小柄な体から、吉大夫が放っていた有無を言わせぬ覇気《はき》さえ、迸《ほとばし》り出ている。

与右衛門は二の句を継げなかった。これまで通り師を信じ、すべて委《ゆだ》ねてよいのか、初めて迷いを抱いた。勘兵衛か吉大夫か、いずれかが間違っている。

「広間役は凍て剃刀と恐れられたほどのお方。先生とて、一筋縄《ひとすじなわ》では参りますまい」

「知恵比べで、私は負けた覚えがない」

老師は怖気《おぞけ》がするほどの冷笑を浮かべていた。初めて見る顔つきだ。

権謀術数《けんぼうじゅっすう》に長けた策士のようで、勘兵衛が急に遠くなった気がした。

「あの御仁《ごじん》のことは忘れよ。それよりも割間歩《わりまぶ》でまた水が出た。急ぎ手当てを頼む」

「はっ」と畏《かしこ》まって応じると、勘兵衛は念を押すように与右衛門の肩に手を置いてから、奥へ消えていった。荻原との間で話が付いているのだ。

奉行所の裏御門から出た時、ふと思い出して扉の飾りを見た。吉大夫が言ったように、縦に並んだ二つの膨《ふく》らみは確かに乳房《ちぶさ》のようで、乳首《ちくび》らしき突起まで付いていた。

一刻余り後、割間歩から上がり、間《あい》ノ山番所《やまばんしょ》を通ると、吉大夫捜索の指揮をとる平岡が、戦でもするように床几《しょうぎ》に腰掛けていた。

首尾を尋ねると、平岡は何もない顔で頭《かぶり》を振った。

吉大夫は道遊《どうゆう》の割戸《わりと》のほうへ逃げたものの、討手《うって》の前で忽然《こつぜん》と姿を消し、見失ったという。平岡がわざと逃したのではないかと内心期待したが、捜索の手はいっそう厳しくなっている様子だった。

荻原は吉大夫を殺めて、大癒見ついに死せりとでも公言する肚か。たとえ与蔵が助かっても、そんな結末は許せない。

「広間役が留守居役を殺めたなど、ありえませせぬ」

吉大夫は平岡を信じていいと言った。味方に付けられぬものか。

「百も承知よ。すべては焼き剃刀の胸算用《むなざんよう》。わしらがとやかく口を挟む話ではない」

「ですが、あと少しで広間役は大癒見を――」

「幕府勘定所《ばくふかんじょうしょ》の剃刀は、凍て剃刀を以って最上と為す。畏友《いゆう》の力を誰よりも知っておわすは、御奉行様よ」

「何が、どうなっているのですか？」

平岡はヒラメ顔にうっすら笑みさえ浮かべながら、首を横に振った。

「拙者にもさっぱりわからん。じゃが、あの御仁が算盤を弾《ひ》き間違えたのはただ一度のみであった」

「広間役は昔、何をなさったのですか？」

「永遠に赦されざる天下の大罪じゃ。わしの口から、それ以上は言えぬ」

固くへの字に口を閉じた平岡に一礼し、与右衛門は鑑札《かんさつ》を示して間ノ山番所を通った。

(誰を信じればよいのだ……)

悩みながら大工町《だいくまち》を歩いていると、顔なじみの金穿《かなほり》大工が昼間から酒を呷《あお》っていた。吉大夫とよく飲んでいた連中だ。

「よう、与右衛門。今日は広間役がご一緒じゃねぇのかい？」

「吉大夫さんがいたら、面白いのによ」

酔っ払いに曖昧《あいまい》に応じながら通り過ぎるうち、やはり吉大夫を信じたいと思った。

だが刀疵《かたなきず》を負い、御役御免《おやくごめん》になり、奉行所から追われる身で、吉大夫はどうするのだろう。

与右衛門に今できることは、何か。

奉行所でもう一度勘兵衛に会おうとしたが、不在だった。荻原に面会を求めてみたが、見習い振《ふり》矩師《がねし》から直談判《じかだんぱん》を申し出て、許されるはずもなかった。勘兵衛の真意は不明だが、奉行所は荻原以下、吉大夫の敵に回ったと見ていい。平岡も傍観の構えだ。

剣豪といえども、身を隠すために頼るなら、あてびではないか。脇腹の傷の手当てのためにもいったん吉祥屋へ戻るとすれば、事情を知らせておいたほうがいい。

立て続けに起こる事件のせいで会いそびれているが、こんな時こそお鴇《とき》の顔を見たいと強く思った。

奉行所を出て上京町《かみきょうまち》へ駆け上がる。吉祥屋へ行くとあてびは不在で、姿の見当たらないお鴇を探しに下京町《しもきょうまち》へ行ったという。

油断していた。焦りを覚え、とって返した。

まさかお鴇は女衒《ぜげん》に連れて行かれたのか。吉大夫はいない。先だって守ってくれた与蔵も今、牢中か、大癋見ならどこかへ姿をくらましたはずだった。

三階建てに着くと、道であてびと平助《へいすけ》が激しくやり合っていた。人だかりができている。

「あんたって男は！　この人でなし！」

あてびは摑《つか》みかからんばかりの剣幕だ。

「借りた金は返すもんさ。返さねぇ奴が悪いんだよ」

平助は見慣れぬ男たちを引き連れていた。越後《えちご》伊藤屋の手の者か。ひどく人相が悪い。

「二人とも、何があったのでござる？」

「お鴇がいないんだよ。おまけに平助が伊藤屋の手先になって、トンチボの家を受け取りに来たって言うのさ」

「おいらはまっとうな依頼を引き受けただけさ」

平助が卑屈《ひくつ》な笑いを浮かべている。

「与右衛門、いい所へ来たな。伊藤屋の旦那《だんな》はこの家とお鴇の身《み》で手を打ってくださる」

「お鴇はいずこに？」

「夜逃げしやがったみたいでな。上玉《じょうだま》だから、遊女じゃなくて妾《めかけ》にしてやるって、ありがてぇ話なのによ」

昔は妹分だと可愛《かわい》がった頃もあったのに、この男は平気《へいき》の平左《へいざ》で人を裏切る。

「いい加減におし。お鴇に手を出したら、承知しないよ」

「へん、他人の心配をしてる場合か？　ひたすら落ち目の佐渡じゃ、誰もかも首が回らねぇ。寿老人《じゅろうじん》だってずいぶん借金が嵩《かさ》んでる。伊藤屋の旦那が片っ端から証文《しょうもん》を買い取ってるぜ。次の狙いは、あんたの吉祥屋だ」

平助が色黒の顔を突き出す。

「佐渡最強の女も年貢《ねんぐ》の納め時さ。吉祥屋は全部、伊藤屋が引き継ぐ。いい女たちがいるからな。全部おいらが預かって、こき使うのさ」

平助が与右衛門の肩に馴《な》れ馴《な》れしく手を回してきた。

「お鴇を銭で取り戻す手はあるぜ。証文に静野与右衛門って書きゃ、一千両で話をつけてやる」

「本当に一千両の証文で、お鴇には一切の手出しをせぬと？」

「ああ。今日一日やるから、ようく考えておけ。佐渡は島国だ。どこへ逃げるってんだ。じきに見つかるさ」

「やめときな、与右衛門さん。一生食い物にされちまうよ」

「他にお鴇を救う手はないぜ。んねらに一つ、面白いことを教えておいてやる」

平助が引き攣《ひつ》ったような笑いを浮かべると、酸い嫌な口臭がした。

「御奉行様には、裏で汚《きたね》ぇ仕事をする人間が必要なんだ。これまではカエルだったが、これからはおいらがやることになった。逆らったら、火傷《やけど》するぜ」

与右衛門は唇を噛《か》んだ。荻原が手先として使うなら、平助は奉行所に守られているわけだ。さも楽しそうに嗤《わら》う平助の眼が、嗜虐《しぎゃく》でランと光っていた。

「おいらは今まで、高みにいる連中にこき使われてきた。だけどこれからは違う。この島でのし上がって、江戸でおいらを虚仮《こけ》にした連中を見返してやるのさ」

捨て台詞《ぜりふ》を吐くと、平助は男たちを引き連れ、高笑いしながら去って行った。

「吉大夫さんはどこだい？」

「今朝、広間役を解かれて、行方知れずでござる。荻原様の命令でヒラメ殿が佐渡じゅうに討手《うって》を放っており申す」

「いったい何がどうなってるんだい？　こんな大事な時に！　先生は？」

「それが……先生まで、御奉行様の言いなりで、広間役を大癋見に仕立て上げるつもりでござる」

与右衛門が力なく応じて事情を話すと、珍しくあてびが啞然《あぜん》とした。

「何て、こと……」

三人の大癋見の正体は誰なのか。

トンチボの次は、お鴇まで行方知れずになった。平助が暗躍を始め、このままでは吉祥屋も乗っ取られかねない。頼みの吉大夫は、奉行所から追われる身だ。肝心の勘兵衛まで荻原の右腕となり、加担している。長年信頼してきた師の勘兵衛よりも、ちゃらんぽらんな吉大夫を信じているのは、信じたいと思うのは、なぜだろう。

与右衛門は途方《とほう》に暮《く》れて、佐渡の空を見上げた。

梅雨《つゆ》の晴れ間の天に、綿雲《わたぐも》がひとつポッカリと浮かび、ゆっくりと流れている。

ただ信じて待つしかないのか。何か打てる手はないか。

「安請け合いでも、吉大夫さんは女とした約束を必ず守る男だよ。これまで守れなかった約束は、ひとつしかないって……」

荻原と勘兵衛はすでに佐渡のすべての湊を押さえたろう。この島から出ることは不可能だ。人の少ない村々で匿《かくま》えば目立つから、いずれは捕縛される。どう考えても、吉大夫の負けだ。

「やっぱり凍て刹刀のあだ名は伊達《だて》じゃないね。吉大夫さんはこうなるって、ずっと前から見通しとったんだ」

いつのまにか、あてびがどこか楽しそうな笑いを浮かべていた。

「もし自分が奉行所を追われる身になったら、派手なお祭りをやってくれって頼まれとったのさ。きっと今がその時だね」

首を傾げる与右衛門に、あてびが毅然《きぜん》とした顔で告げた。

「佐渡を挙げて、島じゅうで命がけのお祭りをやるんだよ。うちも佐渡最強の女だ。一肌も二肌も脱ごうじゃないかい。行くよ！」

あてびが京町《きょうまち》の大通りを、力強く闊歩《かっぽ》し始めた。

第六章　裏金山《うらきんざん》

1

日はすでに沈み、道遊《どうゆう》の割戸《わりと》の影絵《かげえ》が残照厳《ざんしょうおごそ》かな天に向かい、雄々《おお》しく屹立《きつりつ》していた。

足早に奉行所を出た与右衛門は、明かりの灯《とも》り始めた京町《きょうまち》の緩やかな坂を上がってゆく。大御門《おおごもん》の老番士を通じ、吉大夫を匿《かくま》っていると、あてびから密かに知らされたのである。

（この状況から逆転できるのか。凍《い》て剃刀《かみそり》なら、何か思案があるはずだ……）

夏の夕暮れを迎える相川が、いや佐渡じゅうが上を下への大騒ぎになっていた。

吉大夫が逃亡した日の夕方から、小木《おぎ》、水津《すいづ》、赤泊《あかどまり》の湊、潟上《かたがみ》、住吉《すみよし》の温泉など、佐渡のあちこちで続々と大癋見《おおべしみ》が現れたのである。

噂によれば、侍はもちろん町人、山師に漁師、坊主、大工に遊女、童までいた。大癋見の過去の行状に照らし、奉行所としても捨ててはおけない。御役御免の吉大夫に代わり、新留守居役の勘兵衛と平岡が調べを始め、奉行所もてんやわんやになっていた。

大癋見たちの一斉出現は吉大夫の策であり、あてびも与右衛門も一枚噛《か》んでいた。

吉祥屋では、吉大夫の指図で大癋見の面をたくさん買い込んであり、土産《みやげ》として渡された客が喜んでこれを着けたのが、相川における最初だ。吉大夫を慕う遊女たちも面を着け、さらに「大癋見をどこそこで見た」と吹聴《ふいちょう》して回った。噂は巨大な尾鰭《おひれ》を付けながら、瞬く間に佐渡島を席巻《せっけん》していったわけである。

佐渡各地にいる吉大夫の友垣《ともがき》も、次々と同じ行動に出たらしい。今なら、実際に現れずとも、ただ「見た」と言うだけで十分だ。

与右衛門も広間役付《ひろまやくつき》の役職を生かし、丁寧に伝聞を拾い上げては誇張も交えつつ、わざとわかりにくく整理して、五月雨《さみだれ》に奉行所に知らせたから、役人たちの混乱は目も当てられなかった。

さらに与右衛門は、行方《ゆくえ》知れずになったお鴇を探したいと勘兵衛に願い出て、許された。大癋見探しと吉大夫捕縛の任には相応《ふさわ》しくないとの判断もあったろう。

だが、三階建てに何度行っても、やはりお鴇の姿はなかった。京町で大癋見騒ぎを喧伝《けんでん》していた平助を摑まえて尋ねると、伊藤屋の取立ては突然御役御免になったと言い、「すまんかったな」と悪びれもせずに詫《わ》びを入れてきたので、呆気に取られたものだ。平助の掌返《てのひらがえ》しはいつもの話だが、何がどうなっているのか。

人目を気にしながら吉祥屋の前まで来ると、路地塀《ろじべい》の陰に見張りの小役人たちがいた。吉大夫がなじみの女将を頼る成り行きは誰でも思いつく。もしや吉大夫は北沢の切り立った崖側から気付かれずに入ったのか。

与右衛門は何食わぬ顔を作りながら、料理屋の暖簾《のれん》をくぐった。お鴇の消息を尋ねるために実際、何度も出入りしているから、それほど不審ではない。

そのまま通り抜けて、奥の遊郭へ向かう。

土間に入ると、内所ではあてびが落ち着きのない様子でキセルをふかしていた。いつ奉行所から役人たちが来て、吉祥屋を検《あらた》めるか知れたものではない。

眼だけで挨拶《あいさつ》を交わす。「いつもの十番だよ」との低い声にうなずいて階段を上がり、襖《ふすま》を開けると、吉大夫が畳に大の字になっていた。

「広間役、ご無事で何よりにございまする」

吉大夫はもう役を解かれた身の上だが、今さら「さん付け」では呼びにくかった。

「綱渡りだがな。奉行所はどんな塩梅《あんばい》だ？　寿老人とヒラメは忙しそうか」

「それはもう。佐渡じゅうが大癋見だらけでございますから」

「いざとなりゃ頼れるのは友垣だけさ。大癋見を着けてはならぬという法もあるまい。一日二日なら、噂だけで人は踊ってくれる」

逃げる先々で友垣に頼みながら、大癋見を着けて戻ってきたという。

「お怪我《けが》のほうは？」

浅くない傷に思えたが、むくりと半身を起こした吉大夫は、平気な顔だ。

「さっき、いい女に心を込めて手当てしてもらったよ。それで、お鴇は？」

やはり吉大夫も知らないのだ。与右衛門は落胆しながら首を横に振る。

「もしや伊藤屋に連れて行かれたのではと……」

「平助は俺の子分にしたんだが、あいつにも事情はわからんそうだ」

初耳だったが、平助などよりお鴇だ。

「お鴇は無事なのでしょうか。もしや、もう越後で身売りを……」

吉大夫は指先で薄い口ひげをゆっくりと弄《まさぐ》っていたが、大きな手を与右衛門の肩に置いた。

「俺の胸算用《むねざんよう》じゃ、みんな幸せになれる。謎解きの最後の鍵が見えてきたんだ。俺に任せろ」

──うちの大事なお客さんに、勝手な手出しはさせませんよ！

階下でにわかに女の金切り声が聞こえた。あてびが急を知らせている。

大通りがざわめき始めた。与右衛門はわずかに障子《しょうじ》を開け、隙間《すきま》から覗《のぞ》く。

「物凄《ものすご》い数の役人です！」

無数の提灯が京町通りを埋め尽くしていた。捕吏《ほり》たちを指揮する平たい侍は平岡だ。

「早《はえ》ぇな。彦次郎が来てから、小役人たちも見違えるほど優秀になったねぇ。おかげで少し休めたし、例の十一番から逃げるとするか」

紙燭《しそく》を手に廊下へ出た吉大夫は、一番奥の広い部屋へ入ってゆく。与右衛門も続いた。地下舞《じげまい》の後、幽霊が出るというので余り使われていない部屋だ。

「三十六歌仙は生前この部屋を使っていた。相川に住む人間が宿屋を使うのは変だが、遊郭なら朝帰りでも怪しまれねぇ」

「そんなお話より、もうすぐ捕《と》り手《て》が！」

「俺の勘定に狂いがなければ、この部屋にはちょいとした仕掛けがあるんだ」

吉大夫は落ち着き払って応じながら、畳に這《は》いつくばった。紙燭で照らしながら、畳の擦《す》り減り具合を確かめている。窓から外を覗《のぞ》くと、役人たちが遊郭を取り囲んでいた。

「踏み込んできます！」

吉大夫は長持《ながもち》をどけた後、隅の板の隙間に爪を立て、慎重に持ち上げてゆく。

床板が外れた。下は鬼門《きもん》に位置する「開かずの物置」のはずだ。明かりで確かめると、くつわ縄が天井裏に畳《たた》み込《こ》んであった。何か仕掛けがあるらしい。

吉大夫が引き出すと、階下へ降りられるように縄梯子《なわばしご》がぶら下がった。

遊郭の中が騒がしくなった。役人たちの突入だ。

「お前の眼が頼りだよ」

与右衛門は紙燭を受け取り、先に縄梯子を降りる。

吉大夫が続き、裏から床板をはめ戻した。

一見何の変哲もない物置の中を見回す。

「この大壺《おおつぼ》が怪しいな。上にある物を全部どけてくれ」

重そうに見える行李《こうり》なども見掛け倒しで、軽々と持ち上げられた。

吉大夫が壺の蓋《ふた》を開け、与右衛門がその中を照らし出すと、地下へ繋《つな》がる階段が見えた。

「こ、こんな所に抜け穴が……」

天井の上から人声が聞こえてきた。

吉大夫に促されて大壺の中へ入り、石段を下りると、平坦な狭い坑道《こうどう》があった。

身を屈《かが》めながら進むうち、いい香りのする部屋へ出た。勘兵衛の屋敷の地下らしい。なぜ吉祥屋と酒庫《しゅこ》が繋がっているのだ？

後ろからやってきた吉大夫が、指先で酒樽の蓋をコツコツ鳴らしている。

「三十六歌仙は遊郭で遊ぶふりをして、本当はここにいたのさ。旅烏《たびがらす》の仕入れにかこつけて作られた酒庫にな。たいてい品薄だったのは、もともと仕入れている量が少なかったからだ」

あてびに躾《しつ》けられた吉祥屋の遊女たちは口が堅い。男たちが姿を消しても詮索《せんさく》しなかったろうと吉大夫は付け足した。

「これでほぼ見えたよ。手がかりはすべて、海の底だろうがな」

「某《それがし》には、何が何やら見当もつきませぬ」

「佐渡には秘密の裏金山があったのさ。明日、彦次郎の前で全部教えてやるよ。早くずらからねぇと捕まっちまうからな」

吉大夫は地下酒庫の奥にある短い石段を上り、天井を弄《まさぐ》り始めた。

「御奉行様がお会いになりましょうか?」

「こいつをヒラメに渡してくれ。佐渡奉行宛ての恋文《こいぶみ》も入れてある。必ず会うさ」

吉大夫が懐《ふところ》から封書を出した。平岡なら握《にぎ》り潰《つぶ》しはすまいが。

「某はこれから、どうすれば?」

「お前は俺に逃げられたと言えばいい。後はヒラメに手を貸してやれ」

坑道の向こうが騒がしくなった。役人たちも十一番から、開かずの物置へ降りてきたのだ。

「俺は皆のことを考えた。お前が振矩師として輝けて、お鴇が幸せになれて、トンチボが帰ってきて、あてびがいい女のままでいられて、勘兵衛が悔いなき人生を送れて、彦次郎が大手を振って江戸へ戻れるように」

どれもが絶望的に思えたが、勝算はあるのか。それに――

「御奉行様は広間役を殺めようとしているではありませぬか」

吉大夫は寂しげに、薄く笑った。

「彦次郎には大きな借りがあるんだ。殺されかけたからって、チャラにはできねぇくらいのな」

二人の間には昔、何があったのだろう。奇妙な友情だ。

「俺を殺し損ねた大癋見が次に狙うのは、彦次郎だ。あいつは口こそ達者だが、剣のほうはからっきしでな。おまけに自分の命を守ろうともせん。いざという時、奉行所の連中はどう出るか知れぬ。信じられるのはヒラメだけだ」

だが今、その平岡が踏み込んできたではないか。

「平岡様を信じても大丈夫なのですか？」

「ああ。奴は俺と彦次郎の知恵比べを楽しんでるだけさ。勝負させたいんだよ」

誰を信じていいかわからないなら、吉大夫の言う通りにしようと思った。

ガチャリと留め金の外れる音がした。長身が天井を押し上げてゆく。

「これから、広間役はいずこへ？」

「奉行所の連中には見つけられない所さ。最後の膳立《ぜんだ》てに参る。うまく頼むぜ、相棒」

肩へ置かれた吉大夫の大きな手を、この時ほど頼もしく思ったことはない。

いよいよ坑道《こうどう》が騒がしくなってきた。

「何度も済まねぇな」

吉大夫はニコリと笑いながら、やにわに握り拳で与右衛門の鳩尾《みぞおち》を突き上げた。二度目か。

不意打ちを喰らって吹き飛ばされ、地下蔵に大の字になって倒れた。

捕まえようとして失敗した、という筋書きか。

起き上がれずに呻《うめ》いていると、やがて周りに小役人たちが集まってきた。

ふと思い返すと、さっき幸せにしたいと挙げられた人間の中に、吉大夫自身は入っていなかった。

2

(やっと上がったみたいだな)

夜通し降り続いた雨もパタリと止《や》んで、朝まだきの佐渡の夏空には、明るみさえ感じられた。

間瀬吉大夫は、あてびが腹に巻いてくれた包帯を強めに縛り直す。

奉行所から追われている人間を匿《かくま》うのは命懸けだ。役人たちに向かって叫ぶ必死の金切《かなき》り声が、吉大夫の耳に蘇《よみがえ》る。

(俺としたことが、女に深入りしちまったか)

かつて最愛の女を自ら捨てた時、吉大夫は恋を諦《あきら》めた。だが、あてびは本気だ。口には出さずとも目と行動でわかる。あの女と一緒なら、もう一度人生をやり直せまいか。佐渡なら、もうひとつの故郷にできまいか。

相川からは勾配《こうばい》の緩やかな中山《なかやま》街道を使うのが普通だが、捕り手が張り込んでいようから、昔使われていた青野峠《あおのとうげ》を越える険しい山道を選び、遠回りして沢根《さわね》へ出た。なじみの漁師に頼み込み、宿根木《しゅくねぎ》まで船で運んでもらった。

小木《おぎ》は島の玄関口として厳重に警固《けいご》されている。堂々と入るのは危ないから、手前の宿根木から陸路をゆく。山道を歩くうち雨が激しくなり、大きな岩窟《がんくつ》で雨宿りしていた。

今日の日暮れまでに、大癋見を捕まえる約束だ。急いだほうがいい。

吉大夫は右の脇腹を押さえながら、ゆらりと立ち上がる。とんだ勘定違いだった。

(彦次郎の奴、何を考えてやがる)

何事も計算ずくで進める男だが、土壇場《どたんば》での吉大夫の排除は何を意味するのか。

落とし所を見極めた上で動かねば、結果として誰も守れず、悔いだけが残りかねなかった。

疲れ切った足を引きずりながら歩く途中、暗がりで木の根に気付かず、派手に転んだ。そのまま寝転がって夜空を見上げる。

ぽつりと、頬へ冷たい雫《しずく》が木葉《このは》から落ちてきた。

――好いてくれるお人に身請《みう》けしてもらえたら、幸せになれるのかしら……。

――あと、幾ら足りねぇんだ？

――三百両、あれば……。

花扇《はなおうぎ》は窓の外の星空を見上げながら、膝枕で寝転がる吉大夫に、ぽそりと呟いたものだった。

あの時、頬に落ちてきた涙のしずくの温《あたた》かさを、吉大夫は今でも覚えている――。


半年前のことだ。冬にしては暖かい日差しが心地よかった。

客も疎《まば》らな昼見世《ひるみせ》の前、吉大夫が吉原《よしわら》に背を向けて日本堤《にほんづつみ》の法地《のりち》に座り、ぼんやり川を見ながらキセルをふかす習慣ができたのは、その方角に故郷の厩橋《まやばし》があるせいだと、自分でもわかっていた。

別れた女を未練がましく思い続けるのにも似ているか。

独り自嘲《じちょう》していると、後ろからほどよい湿《しめ》りのある女の声がした。

「吉大夫さん、おかしなお客が来たそうよ」

大見世扇屋《おおみせおうぎや》の花扇は、今の吉原で最上と言われる傾城《けいせい》だ。女は許可なく吉原を出られないが、花扇くらいになると、切手《きって》は簡単に手に入る。花扇が部屋持《へやもち》になった頃に妙な客との揉《も》め事《ごと》を解決してやって以来、浅からぬ仲になったが、これ以上の深入りはいけないと、互いに微妙な距離を保ってきた。

「俺が出なきゃいけねぇほどの奴なのか」

面倒臭そうに問い返すと、花扇がうなずいた。

「吉原一万人の中で、一番頭の切れる人間に会いたいんですって」

「そいつは確かに妙ちきりんな客だ」

「ひどく気難しそうなお侍だし、最初から吉大夫さんに応対してもらおうって話になったそうよ」

吉原遊郭の楼主《ろうしゅ》たちは、ややこしそうな客や面倒な話を、すべて吉大夫に任せてくる。いつも丸投げだ。

「まあ、そいつが俺の仕事だからな」

仕事柄、多少の恨みを買いはしても、最後は上手にまとめているし、命を狙われる覚えはない。もっとも、十年ほど前に没落して以来、さして惜しい命でもなかった。死ぬのも面倒臭くて、当てもなく生きてきただけだ。

「吉原は初めてで、自分は女を買わないけれど、相手のために幾ら掛かるのかって尋ねてきたの。うちの忘八《ぼうはち》さんがおおよその線を示したら、その内訳を教えろって」

風貌《ふうぼう》も口調も態度も吉原に似つかわしくない、風変わりな三十代の男だという。

「結局、あたしがおつとめをすることになったんだけれど、お酒に料理にお祝儀も、あっという間に勘定して、ぴったり前勘定してくれたのよ」

花扇はさりげなく話すが、頬を赤らめているのは、流れとはいえ、吉大夫を客としてとる話になったからだろう。

「悪寒《おかん》がしてきたな。ひょっとすると、忘れたい昔の腐《くさ》れ縁《えん》かも知れねぇ」

「どうしても嫌だったら、あたしがうまく話をつけてみるけれど」

「いや、もしもあいつなら、悪い男じゃねぇんだ。天下一、誤解されやすい野郎だがな」

花扇と共に衣紋坂《えもんざか》を経て、大門をくぐった。

江戸町一丁目の扇屋の二階、花扇の個室へ入ると、頭の異様に大きな小男が端坐《たんざ》していた。

「ちょうど十年と一ヶ月ぶりじゃな吉大夫」

荻原彦次郎重秀はギラつく眼も、驚くほどの早口も、昔と変わっていなかった。

かつての朋輩《ほうばい》がトントン拍子に出世してゆく噂なら、江戸に住んでいれば嫌でも耳に入る。確か今は、歴代最年少で勘定吟味役を務めているはずだった。

「すっかり忘れ去られるには、十分な年月《としつき》だと思っていたがね」

火鉢《ひばち》を挟《はさ》み、向かい合って座る。

「安心せよ。勘定所の血も入れ替わった。わし以外にお前を覚えておる者なぞ数えるほどじゃ。相変わらず血の巡《めぐ》りの悪い馬鹿だらけでな。馬鹿と言えばお前もじゃ。あり余る才を持ちながらかような場所で誰でもできる仕事をしておるとは」

禿《かむろ》たちを連れて部屋へ入ってきた花扇に、吉大夫は軽く手で合図を送った。

「やはり昔のなじみだ。済まねぇが、呼ぶまで昼寝でもしておいてくれ」

事情を察したように、花扇が静かに一礼して襖《ふすま》を閉める。

「世の中わからんものじゃな。勘定所で最上は間瀬吉大夫。次いで荻原彦次郎と言われて悔しゅう思うたもんじゃが。今ではお前なぞ最初からおらなんだことになっておる」

若き吉大夫は、四代将軍家綱《いえつな》の死後を睨《にら》んだ後継を巡る政争で、主君酒井《さかい》忠清《ただきよ》の命《めい》により宮《みや》将軍を擁立しようと画策して敗れ、完全に没落した。勘定所の過去の名簿からも、「間瀬吉大夫」の名はすべて抹消された。吉大夫は若き日に未来を奪われた人間だった。生きながらえたのが不思議なくらいだ。

「金に五月蠅《うるさ》いあんたが銭まで払って会いに来たのは、俺をいびるためか」

「わしはさような暇人《ひまじん》ではない。お前はあれからずっと腐っておったようじゃがな」

「何も背負わず気楽に生きているぶん、昔のように肩は凝《こ》らなかったよ」

「肩は大事なくとも首のほうは回らんようじゃが」

なるほど、吉大夫の身辺は調べ済みか。そういえば最近、カエル顔の男が嗅《か》ぎ回《まわ》っていると、楼主も言っていた。可哀そうな遊女に同情して身請《みう》け金を工面《くめん》してやったり、借金の請人《うけにん》になったせいで、銭にはいつも苦労している。

「悪いのは俺じゃねぇ。あんたたちがいい政《まつりごと》をしていないからだ」

「負け惜しみも大概にせよ。お前は負けたのじゃ」

「馬鹿公方《ばかくぼう》の横暴を抑えて万人を富ませるのが、幕閣《ばっかく》の仕事だろう。俺の殿様はそれをなすった。あんたたちは何をやってるんだ？」

「勘定吟味役ごときではまだ力が足りぬ。さればこたび佐渡奉行を拝命することとなった」

「その若さでか。そいつは慶賀《けいが》の至《いた》りだ」

「そうでもない。佐渡はもう滅びかけておるゆえな」

吉大夫は佐渡に縁もゆかりもなく、金銀山にも関心がなかった。彦次郎の話を聞いて初めて、金銀の深刻な枯渇《こかつ》と佐渡の民の窮境をつぶさに知った。

「ご苦労様な話だねぇ。して、俺に何用だ？」

「お前の借金を全部チャラにして吉原から足を洗わせてやる。望むなら相応の地位も与えよう」

「頼んだ覚えもねぇのに、気味が悪いな。なぜあんたが俺を助ける？」

「同情や憐憫《れんびん》にあらず。仕事じゃ。わしは出世の道をひた歩んできたが知恵比べでわしに敵《かな》う者はおらなんだ。それどころか足を引っ張る馬鹿だらけでな。金沢と平岡を手足に使うておるが所詮は二流。もう一人わしがおればもっと大きな仕事もできように と常々思うていた」

懐かしい名だ。勘定所で二人の面倒を見てくれた先輩の役人だが、今は部下にしているらしい。

「俺とあんたじゃ全然違う。代わりにはなるまい」

「頭の出来は変わらぬ。わしに手を貸せ」

彦次郎の押しが強いのは、昔からだ。

「引き受けた場合、俺は佐渡で何をすりゃいいんだ？」

「佐渡奉行所の役人から匿名《とくめい》の密告があった。留守居役《るすいやく》升田喜平《ますだきへい》に贓罪《ぞうざい》の不正ありとな。真偽のほどは定かでないが民の評判もすこぶる悪い。ついてはお前に佐渡の掃除を頼みたい」

「俺は人を斬らねぇ主義だ。ギリギリ地獄に落ちなくて済めばありがたいと、未練がましく思ってるもんでね」

「殺すのが手っ取り早いなら金沢に刀を汚させる。ともかく木っ端役人の安否を気遣う暇なぞわしにはない。馬鹿奉行が治めた百年近くの間に佐渡は肥溜《こえだ》めのようになった。ここ十年余りは素性《すじょう》の知れぬ能面侍《のうめんざむらい》に引っ掻《か》き回《まわ》されておる始末よ」

この時初めて、吉大夫は大癋見《おおべしみ》の話を聞いた。

「金銀の輝きは人の心を狂わせるらしい。邪魔者がおれば大癋見ともども始末して構わぬ」

面倒くさそうな話だと思い、吉大夫が断る理由を考えていると、彦次郎が付け足した。

「佐渡は特別な国でな。人生で敗れた者たちがあちこちから来る。お前もいま一度かの地でやり直してみんか？」

故郷《ふるさと》を失《な》くした者たちの集まる島だと聞き、吉大夫は初めて佐渡に強い関心を抱いた。

袖口から一分金《いちぶきん》を取り出すと、親指で弾《はじ》き上げた。

くるくる回転する金貨を右手の甲で受け止めながら、左掌で押さえた。

手をのけると、「裏」だ。やってみるか。

「条件がある。借金帳消しはありがたい話だが、もう少し弾《はず》んでくれ」

「たかだか銭にこだわるとはお前も落ちたものじゃな。幾ら要《い》る？」

「三百両だ。俺がここを出る前に、さっきの花魁《おいらん》に届けてやってくれ」

この部屋の主《あるじ》を苦界《くがい》から解き放ってやるくらいしか、吉大夫にはできない。

「お前も相変わらずじゃな。それで〈凍て剃刀〉を使えるなら安い買い物よ」

無駄話を嫌う彦次郎は「金は明日中に届けさせる。三日のうちに佐渡へ発《た》て」と言い捨てて立ち上がった。

旧友の小さな背に、吉大夫は問うてみた。

「お鷺《さぎ》は、息災《そくさい》か？」

「七年前に流行《はや》り病《やまい》で死んだ。子はない」

「……なぜ、守れなんだ？」

「さだめだ。致し方あるまい」

背を向けたまま振り返らず、彦次郎は部屋を出て行った。

その日の夜、花扇は吉大夫に縋《すが》りついて、泣き崩れた。礼ひとつ言わず、一礼だけして女が部屋を去った後、花扇が本気で惚《ほ》れていたのはあんただったんだと、訳知《わけし》り顔で言う楼主《ろうしゅ》の頬を思い切り一発殴りつけてから、吉大夫は慣れ親しんだ吉原を出た——。


吉大夫は宿根木近くの山道でゆらりと立ち上がった。

北前船が碇泊《ていはく》する小木まで、あと半里ほどか。

すっかり泥塗《どろまみ》れで情けない格好だが、吉大夫の勘定に狂いがなければ、あの男はそんなことに頓着《とんちゃく》しないはずだ。

朝の光を浴びる雨に濡れた山道を、吉大夫は再び歩き始めた。

3

荻原彦次郎は手の中にある短い文を、じっと睨《にら》みつけた。

彦殿　佐渡ニ天下ノ大罪アリ
　昼七ツ吉祥屋ニテ　　吉

誰も真似できない稀《まれ》に見る達筆は、紛《まぎ》れもなく間瀬吉大夫の筆跡である。与右衛門を経て、平岡から渡されたものだ。

天下の大罪といえば、徳川家への謀叛《むほん》か、キリシタンの禁制破りか、あるいは……。

人は呆《あき》れ返るほど弱い生き物だ。誘惑に負け、あるいは追い詰められて、大小の不正を犯す。多少は小悪を見過ごすのも上に立つ者の仕事だと、彦次郎も今では弁《わきま》えているが、どうやら吉大夫は看過しがたい大罪を突き止めたらしい。

彦次郎は文を畳の上へ放り投げた。

（あやつめ。どうやって収めるつもりじゃ）

二人が初めて出会ったのは十七年前、延宝《えんぽう》二年（一六七四）十月二十六日の小春日和《こはるびより》、江戸城本丸で月番老中《つきばんろうじゅう》から「勘定」に任ぜられた時だ。同期三十二人のうち、彦次郎が十七歳、吉大夫が十六歳で最も若かった。出世を諦《あきら》めたらしいカエルとヒラメのような顔の先輩が新人の世話に当たっていた。

その日の昼下がり、幕府勘定所に全国から集められた俊秀たちの初顔合わせは、意外な趣向で始まった。

世話係の金沢と平岡に案内され、各々《おのおの》の文机《ふづくえ》の上に算盤《そろばん》と半紙が置かれた部屋で待っていると、江戸で名高い算術指南役《しなんやく》が現れ、いきなり算術の問題を解くよう命じたのである。吉田光由《よしだみつよし》が著した『新編塵劫記《じんこうき》』巻末の難問に捻《ひね》りを加えた八問が出されたが、彦次郎は難なく解いた。一番早く提出して隣室で待っていると、少し遅れてやってきたのが吉大夫だった。算盤に触れもしなかった二人だけが全問正解で、大半の者は日暮れまで掛かって半分も正答できなかった。

夕餉《ゆうげ》を挟み、指南役が講釈に代えて、彦次郎と吉大夫に答えを説明させた後、皆にまた一つの問いを課した。半刻《はんとき》で解けという。

恐るべき難問に、彦次郎は内心たじろいだが、隣の吉大夫を見ると、何やら美人画を描いているではないか。後で尋ねると、浅草寺界隈《せんそうじかいわい》の菓子屋で会った娘でお鷺《さぎ》と言い、饅頭《まんじゅう》を一緒に食べたのだという。かろうじて解に辿《たど》り着いて提出できたのは彦次郎だけだった。指南役はその難問について彦次郎に説明させた後、これはこの中にいる者が作ったのだと明かした。

何と吉大夫は、八問をいち早く解いた後、自ら作った問いを紙の裏に書き、指南役にぶつけたらしい。その問いを自ら解けなかったと正直に明かした指南役は、彦次郎と吉大夫はもう算術を学ぶ必要はないと讃えた。

同期でも図抜けていた二人は、教わればたちどころに解し、居並《いなら》ぶ指南役たちの舌を巻かせた。彦次郎は勘定所で一目置かれていたものの、群れずに孤高《ここう》を貫き、せいぜい吉大夫を通じて皆と話をするくらいだった。二人は与えられた仕事をたちまち終えてしまう。空いた時間で二人はよく話した。彦次郎は学問に勤《いそ》しみ、吉大夫は想い人のお鷺に会うか、道場へ通っていたものだった。

勘定所では、周りの皆が馬鹿に見えて仕方なかった。彦次郎は話をするのも時が無駄だと感じたが、吉大夫に対してだけは違った。ただひとり己《おのれ》に伍《ご》する好敵手であり、畏友《いゆう》だと思ってきた。常に先を行くあの若者がいなければ、己《おの》が才覚に慢心《まんしん》し、今の高みに登れはしなかったろう。

あの頃の彦次郎は野心を抱き、出世を睨《にら》みながら、勘定所の仕事に邁進《まいしん》していたが、吉大夫は天下国家を憂《うれ》えつつ、恋もし、剣術を極め、さらには政《まつりごと》の道に足を踏み入れようとしていた。眉目秀麗《びもくしゅうれい》、容姿に優れ、美しい娘と相思相愛で、朋輩《ほうばい》や上役からも好かれる吉大夫を、彦次郎は妬《ねた》みもした――。

文机《ふづくえ》に視線を戻し、積み上げた大量の帳面を順々に繰ってゆく。

また一つ、小さな不正を見つけた。

毎日大量の銭を見ている人間は、銭の持つ呪力に取り憑《つ》かれやすい。無数の手口を暴いてきた彦次郎は、些細《ささい》なごまかしでも、すぐに見抜く。佐渡でも自らの目で不正を幾つも暴いた。大広間に呼び出し、皆の前で叱責《しっせき》して震え上がらせたから、小役人たちも当面は不正を働くまい。

役所が清廉《せいれん》になれば、悪しき慣行も改まり、民も自ずとわが身を省《かえり》みるものだ。正直者が馬鹿を見る世を、彦次郎は赦《ゆる》せない。せめて自分が支配する地では、正義を勝たせる。

彦次郎は文机の脇に置いてある飴色《あめいろ》の算盤《そろばん》を手に取り、強く握り締めた。

(佐兵衛《さひょうえ》よ。大癋見の一件そちならいかに始末する?)

数十桁の暗算さえ雑作《ぞうさ》もない彦次郎にとって、せいぜい検算の道具にすぎぬ算盤を仕事場に置くのは、この上等でもない柘植《つげ》の算盤が、殺された後輩の形見だからだ。

かつて彦次郎は、幕府勘定所に巣食う不正に気付き、これを暴くために自分を慕う後輩の佐兵衛を片腕として動いた。だがある日、佐兵衛は殺された。彦次郎はその骸を抱きしめながら復讐を誓った。死んだ佐兵衛のためにも不正を糾すのだ。彦次郎の知力に誰が勝てるものか。

念入りに計画を立てて陥《おとしい》れ、ついに三人の勘定頭を追い詰めて閉門、逼塞《ひっそく》させた。勘定所始まって以来の不祥事の後、彦次郎が勘定頭となるや、六名の勘定を降格し、同期の二人を流罪《るざい》、改易《かいえき》に処した。

佐渡に大なる不正があるのなら、糾さねばならぬ。

彦次郎は頰まで垂れてきた額の汗を掌《てのひら》で拭いながら、あの時を思い出した。生涯で彦次郎が「馬鹿」呼ばわりされ、殴られたのは一度きりだ――。

勘定所で若き二人が競い合っていた頃、同期の勘定に「ドジョウ」という渾名《あだな》の少し年上の若者がいた。

同期で深川《ふかがわ》へ遊んだ際、小川に泳ぐ小魚を見つけ、嬉《うれ》しそうに「ドジョウじゃ」と指差しながら年甲斐《としがい》もなく燥《はしゃ》いだため、そう呼ばれた。浅黒い顔で、目と口がどこかしらドジョウに似ているという理由は後付けだったろう。朗らかで面倒見のよい若者で、誰かれとなく世話を焼き、祭りも宴《うたげ》もドジョウが裏方《うらかた》を取り仕切ったものだ。

ある日、彦次郎はドジョウに強く誘われて珍しく同期の宴に出たところ、朋輩《ほうばい》から集める小金をドジョウがくすねているのに気付いた。吉大夫に告げると、すでに知っており、見て見ぬふりをしてきたという。端金《はしたがね》とはいえ不正義は赦《ゆる》せぬ。彦次郎は事の次第を、上役の勘定頭に詳《つまび》らかに告げた。

結果、ドジョウは実家に事が知られる前に、果てた。吉大夫の奔走《ほんそう》により赦しは得られたものの、武士として不名誉を恥じたらしい。勘定所にある小さな庭池で血塗《ちまみ》れの骸《むくろ》を見つけたのは吉大夫だった。ドジョウの実家が借金漬けで、毎月の給金のほとんどを故郷へ送り、朋輩からくすねた金で爪に火を灯す暮らしをしていた話を、彦次郎は後で知った。

吉大夫は「己《おのれ》の馬鹿さ加減が、己でも憎かろう」と言いながら、彦次郎の頰を殴った。武士ゆえに金を恵んでも受け取らぬ。だから、皆知りながら黙っていたのがなぜわからんかと怒った。だが、不正を見過ごすのは間違っていると、彦次郎は納得しなかった。

それでも友情は壊れず、吉大夫は彦次郎にとって眩《まぶ》しく輝く畏友であり続けた。

天下万民と経済のために勘定所は何をすべきか。

両国橋《りょうごくばし》近くの彦次郎の実家で、あるいは吉大夫の厩橋《まやばし》藩邸で、夜を徹して語り合った。今では記録から「間瀬吉大夫」の名が抹消されているが、至難を極めた延宝検地《えんぽうけんち》も、吉大夫の知恵と胆力《たんりょく》がなければ、とうてい断行できなかった。

同期には吉原へ女遊びに行く連中も多かったが、二人は行かなかった。彦次郎は女っ気がなかっただけだが、吉大夫には想い人のお鷺《さぎ》がいたからだ。一度会ったが、気立てのいい美貌の娘で、彦次郎も好意を抱いた。仲の良い二人がなぜ夫婦《めおと》になれぬのかと思いつつ、妬《や》いたものだ。

恋の行方を邪魔していたのは、吉大夫の出自だった。

身分こそ高くはないものの、大老酒井忠清の腹心を父に持ち、主君からも大いに気に入られていた吉大夫は、ゆくゆくは主君ゆかりの姫を娶《めと》って立身出世すると周りの者は見ていたし、孝行息子の吉大夫にとっても逃れられない宿命だった。

お鷺の父である青柳勘右衛門《あおやぎかんえもん》は、水戸《みと》のしがない下級藩士にすぎなかった。水戸藩主は江戸在府《ざいふ》を義務付けられているため、江戸には水戸藩士がやたらと多い。

彦次郎にとって、吉大夫は目の上のたん瘤《こぶ》だった。この男さえいなければ、彦次郎は文句なしに一番になれた。畏友の人物と才覚の前に、何度そう思い知らされたことか。

二人は、大手門《おおてもん》前の堀を渡ってすぐ右手の下勘定所にしばしば泊まり込み、時に競い、時に扶《たす》け合いながら仕事をした。吉大夫が別用で密かに夜半外出していることに、彦次郎は気付いていた。お鷺に会いに行くためだろうと考え、評判がいい吉大夫の本当の姿を知らせておこうと、彦次郎は愚痴《ぐち》交じりにこれを勘定頭に漏《も》らした。

それから数日後、大きな政変が起こった。

大老酒井忠清の失脚である。結局、綱吉《つなよし》が新将軍となり、忠清が病を理由に職を辞した後、腹心であった間瀬九郎左衛門《くろうざえもん》が自裁《じさい》し、嫡男の吉大夫も勘定所を去った。

将軍の跡目《あとめ》争いという巨大な謀略に畏友が関わっていたことを、彦次郎は後で知った。吉大夫は延宝検地をやっていた頃から、大手門前の酒井家上屋敷《かみやしき》に出入りしていたらしい。彦次郎の他愛もない告げ口により、忠清による宮《みや》将軍擁立のための隠密行動が露見《ろけん》したのだろうと、柄にもなく彦次郎は悔いた。

吉大夫が突然いなくなると、茫然自失《ぼうぜんじしつ》した。彦次郎の人生は吉大夫と張り合い、競うことで成り立っていた。これからも二人が勘定所を引っ張り、ゆくゆくは吏僚《りりょう》として共に幕閣《ばっかく》を支えてゆくのだと信じていた。

何日かして、吉大夫が彦次郎の屋敷に別れの挨拶《あいさつ》に来て、「折り入って頼みがある」と神妙な顔で両手を突いた。

「俺はいつ消されても文句を言えぬ身の上だ。わが殿のご配意で命を拾いはしたが、勘定所でも最初から俺という人間がいなかった話になるらしい。故郷《ふるさと》も失《な》くした根無《ねな》し草《ぐさ》で、己《おの》が身さえ危うい人間が、人を幸せにはできまい」

かくて吉大夫は、お鷺を彦次郎に託して、消えた。

彦次郎がお鷺を妻としたのは、吉大夫を没落させた責めがあると考えたためだ。心から愛したつもりだが、お鷺は幸せそうでなかった。いつも心の中に吉大夫がいたからだ。

本来なら幕府を背負って立つべき畏友を没落させてしまったのなら、その分まで自分が天下万民のために役割を果たさねばならぬ。ゆえに寝食を忘れて仕事に打ち込んだ。次々と結果を出し、周りに認めさせた。

彦次郎の扱う仕事が大きくなるにつれ、使える駒《こま》が欲しくなった。周りは馬鹿ばかりで、時には朋輩と配下の失態で危うく足をすくわれそうになった。そんな時に痛切に思い出すのがかつての畏友だった。

吉大夫は幕府の公式の記録から抹消されている。それが、吉大夫が生存を許される条件であり、実際ほとんどの人間から忘れ去られてもいた。吉大夫も旧友たちを巻き込むまいと考え、とりわけお鶯を妻とした彦次郎には特別の気遣いもあってか、一切の連絡を途絶していた。

あれから十年、犬公方《いぬくぼう》の治世が完全に固まった今、敗れ去って死んだ政敵の生き残りを登用したとて、大きな問題にはなるまいと踏んだ。もしもあの男を手足のごとく使えるなら、彦次郎は天下さえも自在に動かせよう。

時間をかけて金沢に調べさせると、吉大夫は意外なことに吉原にいた。

彦次郎は遊郭が大嫌いだった。もとより遊ぶ暇などないが、女にもてないからでも、吝嗇《けち》だからでもない。貧しい女が売られて苦界《くがい》に落ちる惨めな姿は見るに堪《た》えぬ。岡場所《おかばしょ》は遊郭よりもひどい。夜鷹《よたか》に至っては蕎麦《そば》一杯ぶんの金で身を売るというが、この世の不正と不合理がまかり通る場に身を置きたくないからだ。

女たちを貧しく不幸にしているのは、天下を動かす者たちだ。女色に耽《ふけ》る暇があるなら、民を豊かにすべきだ。貧しい世を自分が変えてみせる。遊女を無くせはせずとも、数は減らせよう。

十年ぶりに吉原で再会した時、彦次郎は旧友の変わり果てた姿に同情と憐憫《れんびん》さえ覚えたが、今では違う。確かに間瀬吉大夫は落ちぶれた浪人で、昔のような清廉《せいれん》で折り目正しい若侍ではない。ちゃらんぽらんな三十男になったが、周りの人間は皆、その人物に惹《ひ》かれ、信じ、自分を託そうとしていた。

しつこく彦次郎に面談を求めてくる静野与右衛門という若者もそうだ。吉大夫と出会ってまだ半年、「グウタラ侍」と馬鹿にしていたはずが、今では心酔し、必死で救おうとしていた。平岡によれば、遊郭の女将も命懸けで吉大夫を匿《かくま》ったという。佐渡の村や湊や金銀山では、吉大夫を慕う多くの者たちが、〈大癋見祭り〉で佐渡を混乱に陥れている。

（吉大夫の暴いた秘密が天下の大罪なら、下手人はわしも殺しに来るか……）

彦次郎は鯉口《こいくち》を切る音で、われに返った。

目をやると、いつのまにか頬かむりに大癋見を着けた侍が、庭先に立っていた。

「わしが佐渡金銀山の秘密を知る前に消しに来たか」

これまで仕事に私心を交えたことは一度もないが、佐渡でもどこでも、彦次郎の容赦ない仕置きは恨みを買った。荻原重秀を殺したい人間を数え上げれば、千人を下るまい。

隣室に刀があったはずだが、扱いは苦手だ。そもそも命など端《はな》から捨ててかかっている。さもなくば大事など成せぬ。

大癋見は剣の柄に手を置いたまま、静かに腰を落としていた。吉大夫も同じだが、手つき腰つきを見て、一流の剣豪と知れた。抗《あらが》ったとて、勝ち目はあるまい。

相手が動き出す寸前、彦次郎は刺すように言葉を投げつけた。

「人間死ぬ時は死ぬ。天がわしを見捨てるなら致し方ない。じゃがわし以外の誰にも滅びゆく佐渡は救えぬぞ」

大癋見が一瞬わずかに迷いを見せた時、襖《ふすま》が次々と開かれた。

「御奉行様、大事ございませぬか！」

与右衛門と平岡に続き、槍を持った役人たちが一斉に飛び込んできた。

「曲者《くせもの》をひっ捕らえよ！」

平岡が叫ぶと、大癋見は庭の裏手へ逃れた。

追いかけようとする役人たちの前に突然、抜刀した男が現れた。〈羽団扇紋《はうちわもん》〉の小袖を着た無骨で無愛想な顔には、見覚えがあった。牢にいるはずの与右衛門の父、与蔵だ。庭木の陰に気配を殺して潜んでいたらしい。

怪我をしているのか、与蔵は右足を少し引きずっていた。いかにして牢を出たのか。

与蔵は突き出された槍先をかわしながら、役人たちの手首や腕を峰打《みねう》ちし、あるいは投げ飛ばして、次々と打ち沈めてゆく。

圧倒的な強さで、十も数えぬうちに、庭はうずくまる役人たちのみっともない姿で溢《あふ》れた。

大癋見が去った後、配下の者たちをのされて呆然と立ち尽くす平岡の前で、与蔵は静かに刀を収めると、その場で無言のまま深々と平伏した。

「水替《みずかえ》が江戸で道場の一つでも開ける腕前じゃとはの。佐渡も変わった国よ」

「親父殿、何ゆえ……」

与右衛門が苦悩に塗れた表情で、庭先の父親の姿を見つめている。

気を取り直した平岡が、よろめきながら立ち上がる配下の者たちに命じた。

「何も語るまいが、静野与蔵を吟味所《ぎんみしょ》へ連れて行け」

与蔵は大人しく縄目《なわめ》につき、庭から連れ去られてゆく。

「そちらはなぜ折よく現れた？」

「静野与右衛門を通じ、凍て剃刀のお指図で、御奉行様の警固《けいご》を怠るなと。事の次第は、小木の留守居役にも伝えまする」

勘兵衛は吉大夫が小木に現れると踏み、昨日から役人たちを連れて乗り込んでいた。

「あの二人の知恵比べとは見物じゃな」

与右衛門が恭《うやうや》しく両手を突いた。

「畏《おそ》れながら、間瀬様から伝言でございます。本日申《さる》の刻、後藤庄兵衛《ごとうしょうべえ》様と共に上京町《かみきょうまち》の吉祥屋まで足をお運び賜《たまわ》らば、すべての謎を解き明かしてご覧に入れると」

「佐渡奉行を遊郭に呼びつけるとはあやつらしいわ」

今の佐渡は遊女が多すぎる。揚代《あげだい》の相場の安さは遊女たちをさらに不幸にする。彦次郎の治める地で、それは許せぬ。

「ヒラメ。吉大夫は何を考えておる？」

「あの御仁《ごじん》の胸算用《むなざんよう》は、並の人間には読めませぬ。されど、間瀬吉大夫殿が勘定を間違えたのは、生涯一度きりでございましょう」

「いや二度ある。そちが知らぬだけよ」

宮将軍の擁立《ようりつ》失敗だけではない。お鷺《さぎ》を彦次郎に託したのは間違いだった。いかなる境涯であろうと、吉大夫のそばにいるべきだったのだ……。

彦次郎はずっと手にしていた飴色の算盤を文机の上へそっと戻した。

4

「間瀬《ませ》さまは、ちょうど今しがたお着きになり、二階の一室でお待ちでございます」

佐渡奉行の一行が吉祥屋へ着くと、あてびが緊張した面持《おもも》ちで迎えに出た。

半刻前に与右衛門が確かめに来た時は、まだ姿を見せておらず、気丈なあてびでさえ気が気でない様子だった。ぎりぎり間に合ったらしい。

内心安堵《あんど》しながら与右衛門が先に立ち、荻原と平岡、後藤を中へ案内する。

間歩《まぶ》の行き止まりへ入ってゆくように、心中に不安が渦巻《うずま》いた。

吉大夫はどこで何をしていたのか。大癋見の正体は誰なのか。

むろん下打ち合わせもなしだ。

与蔵は再び牢にあり、黙秘を貫いていた。庭先で捕縛された与蔵は、右足を引きずりながら吟味所へ向かった。やはりあの夜の大癋見の一人は与蔵だったのだ。奉行所の御役宅《おやくたく》で抜刀し、大癋見の逃走を手助けした以上、死罪を免《まぬが》れまい。

勘兵衛は小木へ行ったまま、音沙汰がない。お鴇《とき》のことも心配でならぬが、吉大夫は「俺に任せろ」と言った。今は信じるしかない。

階段を上がり、吉祥屋では一番大きな七番の部屋へ向かう。

禿《かむろ》により襖が開かれると、

「よう、佐渡奉行。待ってたぜ」

開口一番《かいこういちばん》、吉大夫が朗らかに笑いながら軽く手を上げる。何とその脇で、勘兵衛が荻原に向かい恭しく両手を突いた。吉大夫に言われ、あてびは部屋の入口近くに控える。

「種明かしに必要な役者はこの遊郭に揃《そろ》えてある。俺の勘定に誤りがないか、佐渡の知恵袋に検算《けんざん》してもらおうと思ってな」

二人に向かい合って荻原が座り、与右衛門、平岡、後藤がやや後ろに控える。評判の悪い手代《てだい》のでっぷりと肥えた体は、後藤がおやつ代わりに小判を食っているせいだと陰口を叩かれていた。

「手回しは悪くないようじゃな。すぐに始めよ。わしは忙しい」

こんな時でも、吉大夫は生麩《なまふ》を噛《か》むようにあくびを殺している。

「すまん。昨日も眠ってねぇもんでな。さてと、勘定合わせを始めようぜ」

佐渡奉行を遊郭へ呼びつけた上、あくびから始めた男は最初で最後だろう。おまけに少し酒臭い。まだ酒が残っているのか。

「まずは庄兵衛。できたてほやほやの佐渡小判を持ってきてくれたろうな？」

ひょいと差し出された大きな手を見て、後藤は憮然《ぶぜん》とした顔つきだが、与右衛門が膝行《しっこう》して小判を受け取り、吉大夫に手渡した。

平岡への文に記された指図通り、後藤に予め頼んでおいたが、何に使うのかはわからない。幕府勘定所にいたなら珍しくもないはずだが、吉大夫は「罪深い輝きだねぇ」と、ためつすがめつ佐渡小判を眺めている。

「こいつのために、人生を棒に振る奴もいる。人を殺す悪党までいる。この世にかくも厄介《やっかい》な代物《しろもの》がなきゃ、揉《も》め事《ごと》の半分はなくなるだろうにな」

吉大夫は小判を見せびらかすように示してから、親指で高く弾《はじ》き上げた。急回転した小判が落ちてくる途中、もう片方の手が横からパシリと取った。

「あれ、変だな。どっかに行っちまった」

広げられた掌の上から小判が消えている。慣れた手つきだが、後藤は不機嫌な表情だ。

「昔のお前は無駄に前置きの長い男ではなかったはずじゃがの」

荻原が苛立《いらだ》たしげに口を挟む。

「話ってのは、齢《とし》を喰ったぶんだけ長くなるもんさ。だけど、あの真っ暗な間歩からムカデを削り出して、小判が出来上がるほど長い話にゃならねぇよ。さてと、百聞《ひゃくぶん》は一見《いっけん》に如《し》かずだ。その道の玄人《くろうと》に見てもらうのが一番早い」

吉大夫は袖口から取り出した佐渡小判を二本の指に挟んで捻《ひね》りながら、器用に放り上げた。きれいにクルクル回転した小判が、後藤のたるんだ頬に当たって落ちる。

後藤が怒りを抑えるように、むっちりした手で拾い上げた。

「庄兵衛。その小判を見て、何か気付くこたぁねぇか?」

水を向けられ、手中の小判を確かめる後藤のぶすっとした顔が、みるみる青くなった。

「こ、これは……贋金《にせがね》でござる!」

「何じゃと!」

荻原が素《す》っ頓狂《とんきょう》な声を上げて手を伸ばし、小判を後藤からひったくる。

与右衛門も、息をするのを忘れるほどに驚いた。

「どこが違う？　㊧の印形《いんぎょう》もあるではないか」

「見ただけじゃ、ほとんど違いはわからねぇよ。普通の人間なら、佐渡小判と見分けがつかねぇだろう」

荻原の手中の小判を、後藤が間近で睨《にら》む。

「上手にごまかしておりますが、本物よりわずかに分厚うございまする。銀を多めに使っておる様子。金は錆《さ》びませぬが、使っておるうちに違いが出て参りましょう」

吉大夫は袖の袂《たもと》から金色に輝く佐渡小判を取り出して見せた。

確かによく見比べれば、荻原の持つ贋金《にせがね》のほうが、放つ光がわずかに鈍《にぶ》い気もする。

「こいつはどういう話じゃ？」

荻原が贋小判《にせこばん》を吉大夫に突きつける。

「四十年ほど前、三備《さんび》のある島の洞窟で、天下の大罪をやってのけた一味《いちみ》がいた。銀貨の差銅の割合を変えて丁銀《ちょうぎん》を作ったんだ。銀を減らした出目《でめ》（差分）の分は丸儲《まるもう》けさ。生野《いくの》銀山に関わった者が首魁《しゅかい》だったそうな。三備では有名な話らしい」

「その件ならわしも聞いた覚えがある」

「慶長小判《けいちょうこばん》は八割四分の金を使う決まりだが、そいつは薄めてある。庄兵衛、あんたの見立てじゃ、金をどのくらいに落としてある？」

「五割六、七分といった塩梅《あんばい》でござろうか」

「差引勘定《さしひきかんじょう》で三割近くの金が儲《もう》かるって寸法さ」

吉大夫は弄《もてあそ》んでいた佐渡小判をピタリと止め、指に挟んで荻原を差した。

「小木《おぎ》の蔵破《くらやぶ》りに三十六人の地下舞《じげまい》、能舞台の磔《はりつけ》から割戸《わりと》の首吊り、金沢の逆《さかさ》くノ字斬りに至るまで、一連の凶事《まがごと》の根っこにあるのはすべて同じ。佐渡金銀山に隠された大癋見の秘密は、古今未曽有《ここんみぞう》の大掛かりな贋金作《にせがねづく》りだったのさ」

さしもの荻原さえ驚きを隠せぬ様子だった。

静まり返った遊郭の一室に聞こえるのは、吉大夫が煌《きら》めく小判で遊ぶ乾いた音だけだ。

贋金はキリシタン禁制破りと並ぶ天下の大罪であり、「似せ金銀拵《こしら》え候《そうろう》もの」は市中引き回しの上、磔とされ、一族にまで累《るい》が及ぶ定めだ。尋常な話ではない。

荻原が短く鼻を鳴らし、顎《あご》で続きを促《うなが》した。

「大判小判は値打ちが高すぎるから、両替が必要だ。それも足がつかねぇように、人も客も多い江戸、大坂でな。俺は勘定所の内藤《ないとう》へ文を出して、若い連中を動かした。勘定吟味役の密命だって書いたら皆、出世したさに競って調べてくれたよ。その贋金は三井《みつい》の両替商で一両一分で買った。むろんあんたの付けだ。江戸へ戻ったら払っておいてくれ」

「勝手な真似を」

「一番多く作った贋金は一分金《いちぶきん》だろう。むろん丁銀、豆板銀《まめいたぎん》も作った。八割使うはずの銀を、例えば八掛けにして六割四分まで下げるのさ。金銀貨の値打ちは変わらねぇから、出目《でめ》がそのまま儲けになる。重さは同じでも色や厚さも微妙に違うし、目利きが吟味すりゃ贋金と知れるが、市中に大量に出回るでもない。だから気付かれなかったんだよ」

荻原は改めて手中の贋金を穴の開くほど見つめている。

「まさかこの佐渡で天下の大罪を堂々とやってのけるとは。詳しく話せ」

「ちょいと長い話になる。やらせてもらうぜ」

吉大夫がお気に入りの羅宇《らう》キセルを筒から取り出し、雁首《がんくび》で火入れを叩くと、コツンといい音がした。桶《おけ》の形をした朱漆塗りの煙草盆《たばこぼん》は、あてびに用意させたのだろう。

「好きにせい。お前は天下の素浪人《すろうにん》じゃ」

「越後の赤塚《あかつか》煙草は、甘さ辛さとほろ苦さがほどいい感じで、俺の好みなんだ」

吉大夫は宝物でも扱うように、刻み煙草を指先で丸めて火皿に詰める。

「佐渡へ来た俺はまず、あんたの指図通りボンクラ留守居役の不正を暴くべく、ここ二十年ばかりの帳簿を全部見返した。升田《ますだ》が長年支配した奉行所には、奴の息のかかった小役人が多くてな。隠密の命《めい》ゆえ、真夜中にこっそり持ち出して遊郭で読んだものさ」

遊郭から朝帰りで、いつも眠そうにしていた吉大夫の姿が思い浮かぶ。

「帳簿をどれだけ周到に細工しても、裏帳簿がなきゃ辻褄《つじつま》を合わせられなくなる。奉行所の中に少しずつ味方を作って、今度来る荻原彦次郎は半端《はんぱ》じゃねぇぜって、升田の手先の小役人たちを脅しすかして、ようやく裏帳簿を手に入れたよ。それから言い逃れできねぇように、裏取りを始めた。山に町、村、湊の連中と仲良くなって、いかに升田が汚ねえ悪代官だったか、念入りに聞き込みをした。ところが、せっかく升田を贓罪《ぞうざい》に問おうかって段になったところで、派手に殺されちまったんだ。いよいよ能面侍《のうめんざむらい》のお出ましさ。大久保の呪いが人口に膾炙《かいしゃ》して、佐渡じゃ大癋見は一番の人気者だからな」

升田は佐渡の衰退や民の苦渋をよそに、些細《ささい》な齟齬《そご》にしか見えないわずかな銭を、長年にわたりくすねていたらしい。

「ボンクラは割戸で首を吊《つ》った。下手人《げしゅにん》の大癋見も能舞台で磔《はりつけ》にされたあげく、地獄谷《じごくだに》へ消えた。あんたからは〈大久保の呪い〉で収めよと指図されていたが、俺はどうもその手の話が信じられなくてな。升田は確かにつまらねぇ野郎だったが、俺の目の前で人間が死んでるんだ」

「それでお前は小木でわざわざ大癋見を派手に演じて見せたわけか」

与右衛門は瞠目《どうもく》して、二人を交互に見た。

「ああ。あんたに幕引きをさせねぇためにな」

一連の事件がすべて能面の呪いであり、元凶たる大癋見は春日神社で死んだとして事を収めるはずが、佐渡へ来るなり大癋見が現れたため、筋書きを狂わされたわけだ。

「御役宅《おやくたく》の庭池に小賢《こざか》しい大癋見の泥能面《どろのうめん》を沈めたのもお前だな」

「贈り物だよ。さて、まずはボンクラ殺しだが、奴には自分で首を吊る度胸はねぇ」

「じゃが奴が死んだ夜に割戸《わりと》へ向かった人間は升田某《なにがし》の他におらなんだはずじゃが」

博覧強記《はくらんきょうき》の荻原の頭には、どの案件もちゃんと入っている。

「佐渡はあちこちに秘密の坑道を作る土地柄でな。あの辺にもあるんだよ。一昨日ヒラメたちに追われて逃げた時も、俺はそこの隠し道を使ったのさ。古い狸道《たぬきみち》を廃《はい》間《ま》歩《ぶ》の間切《けんぎり》にくっつけて通した坑道でね。昔、金銀を盗むのに使われたのかもな。ともかく、そいつを抜けりゃ、番所を通らずに道遊の割戸のほうへ抜けられるんだ。たぶん大癋見は、贓罪をばらすとでも脅してボンクラを呼び出して、首を絞《し》めた後でぶら下げたんだろう。その後また抜け道を通って、何気ない顔で夜の相川へ戻ったのさ」

吉大夫は火入れからキセルに火を移すと、心地よさそうに鼻から煙を吐き出した。

「だが、俺には殺しの理由がわからなかった。ボンクラはちまちま私腹を肥やしてただけの小粒な野郎だし、わざわざ殺すほどの値打ちもねぇんだ。とすりゃ、升田が焼き剃刀に裁かれたら、何かもっと大きな秘密が暴かれちまうと恐れたんじゃねぇかと踏んだのさ」

「三十六人の地下舞《じげまい》も口封じか。偶然にしては出来すぎじゃからな」

荻原の問いに、吉大夫は何食わぬ顔でうなずくが、与右衛門は背筋が寒くなった。やはり大癋見は三十六人もの人間を殺したのか。

「あれは世にも変わった口封じだった。天下の大罪を、間歩の闇へ永遠に葬るためのな」

思わせぶりな吉大夫の言い回しに、荻原がチラリと勘兵衛を見た。

「やはり大癋見の仕業《しわざ》じゃと申すか」

「然《しか》り。だけど、大癋見は一人じゃねぇんだ。大柄、小柄、痩せぎす、小太り。見かけた連中が色々言っているが、全部本当さ。大癋見党と呼んでもいい。剣豪の数までは知らねぇが、大癋見は入れ替わり立ち代わり演じられてきたんだからな」

吉大夫はキセルを煙草盆に置くと、再び掌に佐渡小判を出現させた。

「俺の勘定では、大癋見党は三十七人いた。例の高落ちで死んだ三十六人と、まだ生きている首魁《しゅかい》が一人だ」

続きを促すように、荻原が手中の贋金で、自分の掌をパシリと軽く打つ。

「俺が来た時に流布《るふ》していた話じゃ、三十六歌仙は能好き、酒好き、女好きの独り身で、皆遠く離れた各地からやってきた。ある夜突然、廃間歩のがらんどうに集《つど》って地下で能を舞い、その時たまたま大崩落に遭《あ》って一斉に死んだ。余りの不幸に、呪いだと嘆きたくもなるが、話はあべこべだったのさ」

吉大夫は指先で摘《つま》んだ佐渡小判を、クルリと器用にひっくり返してみせる。

「何かをやるために人は集まる。だけど、まっとうな理由もなしに何度も集まりゃ目立つし、不審がられる。三十六歌仙は、能をやりたいから集まったんじゃねぇ。集まりたいから能をやっていたのさ。連中はある事情で定期的に集まる必要があった。酒も女も、会うための方便だったんだ」

ちょうど今時分《いまじぶん》で考えれば、どれだけ忙しい中でも、七月二十日に大山祇《おおやまづみ》神社、九月十九日に善知鳥《うとう》神社の祭礼での奉納に向け、佐渡の各地で能稽古《のうげいこ》が始まっている。そのために人が集まっても、確かに怪しまれはしない。

「後でわかった話だが、去年の夏、大癒見党はついにある目的を達した。三十六人の地下舞《じげまい》は変災でもなきゃ、殺しでもなかった。連中は死ぬために諏訪間歩へ降りたんだ」

与右衛門はゴクリと生唾を飲んだ。地下舞は集団自決だったというのか。なぜ三十六人は死ぬ必要があったのだ。

「大崩落のせいで不分明《ふぶんめい》だったが、がらんどうにはやたら煤《すす》の付いた岩が幾つもあった。岩の隙間に腕を突っ込むと、真っ黒になるぐらいにな。薪能《たきぎのう》も実際やったんだろうが、あれほど木を燃やしたのは、烟酔《えんすい》で死ぬためさ」

一流の振矩師《ふりがねし》なら、煙道の通りも風の動きも知悉《ちしつ》している。煙貫《けむりぬき》は廃石なりで蓋《ふた》をして、事が終わってから取っ払えばいいわけだ。

与右衛門はちらりと勘兵衛を見た。師は瞼《まぶた》を閉じたまま微動だにしない。

「与右衛門が不思議に思ったんだが、死んだ連中の表情が穏やかだったのは、気絶《けだ》えで死んだからだ。生き残って後始末をする役回りの大癋見党の親玉が、皆が死んだのを見計らって、変災を装うために崩落を起こしたんだよ。こいつも順序があべこべだったのさ」

死んだ後に大崩落を起こしたから、一人も生き残りがいなかったのだ。

「その者たちが贋金を作っておったわけか」

贋金を握り締めながら、荻原が忌々《いまいま》しげに問う。

「いかにも。俺が贋金作りを最初に疑ったのは、諏訪間歩のがらんどうで、焼け残った塩磨《しおみが》きの板を見つけた時だった。岩をひっくり返して焼けた木を調べながら、贋金作りに使った道具のうち、薪代《たきぎ》わりにできる物はあそこで燃やして、証拠を消したんじゃねぇかって睨《にら》んだわけさ」

吉大夫は再び吸い始めたキセルの先で、灰落としをカツンと叩く。

「三十六歌仙は表向き廻船問屋《かいせんどんや》から山師、石切りに桶屋、金穿《かなほり》大工まで多士済々《たしせいせい》ひと通り揃《そろ》ってる。いねぇのは女衒《ぜげん》に飴売り、絵師《えし》くらいだ。与右衛門とお鴇の助けを借りながら調べて、連中の役回りを思案しているうちに、俺にはだんだん見えてきたんだよ。せっせと贋金作りに精を出してる姿がな」

正確には按摩《あんま》も刺し子も、左官も薬師もいないが、山絡《がら》みの職種はかなり揃っていた。金銀山を採掘し、貨幣にするまでの仕事は、大きく〈採鉱、選鉱、製錬、鋳貨《ちゅうか》〉の四つに分かれるが、三十六歌仙の仕事は勝場《せりば》以降、製錬と鋳貨の仕事が多い。二十年以上も佐渡金銀山で働いてきた手練《てだ》ればかりだ。

「贋金の元になる金銀は馬鹿奉行どもが野放しにしてきたあちこちの勝場《せりば》から盗んだわけじゃな」

荻原が顔をしかめながら舌打ちする。

「そうだ。小木の蔵破りを調べるうち、俺は大癒見に力を貸す者が奉行所の中にもいたと確信した。三十六歌仙は力を合わせて、贋金を作るための金銀を色々な工程から手に入れた。三備《さんび》の贋銀づくりじゃ、材料の丁銀を確保する段で足が付いたらしいが、大癒見は周到だったよ」

相川に分散する勝場の全工程にいるすべての人間に二六時中目を光らせ続けることは不可能だ。出口の改場《あらためば》では鑑札《かんさつ》を受け渡し、素裸にされて検《あらた》められるから盗みは無理だが、懈怠や盗みを取り締まる〈出入り改め〉自身は裸にならない。監督する役人と示し合わせて隙《すき》を窺《うかが》えば、盗みは確かに可能だ。

「だが、大癒見たちには半端《はんぱ》でない銭が必要だった。そこで連中は、まとまった金銀を一度で手に入れようと考えた」

「それが小木の蔵破りか」

「然り。あれ以降は相当捗《はかど》ったろう。ちびちびくすねる必要もなくなったからな」

「贋金を両替して本物の金銀貨を手に入れる。そいつを贋金にしてまた両替する。これを繰り返せば無限に金銀を作り出せるわけじゃ」

荻原が手中の贋金と吉大夫の佐渡小判を見比べながら、むしろ楽しそうにうなずいている。

「蔵破りのからくりは解いたのか？　記録によれば土蔵造りの御金蔵《おかねぐら》の厚壁には内側からも角材が一尺五寸の間隔で打ち付けられておった。入口も窓の戸もすべて漆喰《しっくい》で塗ってあったのじゃぞ」

加えて千両箱の保管中は、昼夜を問わず二人以上の役人が常に蔵の前を警固《けいご》し、二人組の役人が二六時中、敷地内を巡回していた。いったい、どうやって盗み出したのだ。

「単純な話さ。あの蔵を破るのはどう考えても無理だ。俺の推量はそこから出発した」

「何じゃと?」

「こいつも、順番があべこべだったんだ。小木の御金蔵は破られなかったのさ。正しく言えば、盗んだ後に破ったんだ。例の大げさな坑道も目くらましだよ」

指先のキセルがくるりと回転する。

「あれだけ派手に掘っておけば、あの御金蔵から盗み出したと思いたくなるのが人情ってもんさ。確かめてみりゃ、後で調べに当たってる役人が三十六歌仙の一人でな。御船が出航した後、江戸で仰天《ぎょうてん》して調べが始まるまでの間に、蔵破りをしたように抉《こ》じ開けた痕《あと》を後から付けたのさ。江戸に着くまで二十日余り。たっぷり時間はあったからな」

あの当時、中身が空っぽの御金蔵は警固も完全に解かれたから、楽に出入りができる。細工を施すのは容易だ。

「小木の御金蔵へ入れる前から、一つの千両箱の中身は鉛だった。中山街道の途中ですり替えられたんだよ。この盗みは役所も含めて、あちこちに仲間がいなければ、成功しない」

中山峠の手前にある狸穴《たぬきあな》に、鉛を詰めた千両箱を予《あらかじ》め隠しておく。途中で馬の蹄《ひづめ》を傷つけ、道中で倒れ込ませる。騒ぎに乗じ、別の馬が来るまでの間に本物とすり替えたのだ。

「相川を出発した日、千両箱の警固を担当していた役人たちの中に、三十六人の地下舞で死んだ者たちが三人いた」

大癋見党には馬丁《ばてい》に板《いた》職人、鍛冶師《かじし》もいた。蹄の小細工に千両箱造り、鉛の調達もできたわけだ。あの時、奉行所では蔵破りに目を奪われ、小木周辺こそ徹底的に調べたものの、相川と中山街道はおざなりだった。奉行所にいた大癋見の一党も、調べの誤導《ごどう》に加担《かたん》したに違いない。

「大癋見党はどこで贋金作りをやったのじゃ？」

「金銀を溶かしてから貨幣に鋳直《いなお》すにも、それなりの手間暇がかかる。手に職を持った三十六歌仙が贋金作りを担うなら、目立たずに出入りできて、中で何をやっているか詮索《せんさく》されない場所がいい。あんたなら、どこにする？」

「なるほど。ゆえにわしをここへ呼んだわけか」

ハッとした顔のあてびに視線が集まる。

「女将は知らねぇよ。秘密を守るためにも、大癋見は三十六歌仙以外の人間を巻き込まなかった。客に野暮《やぼ》は聞かねぇのが一流の遊郭だ。贋金作りが行われたのは、この遊郭と地下の坑道で繋《つな》がる隣の酒庫《しゅこ》さ」

今度は視線が勘兵衛に集まるが、本人は瞑想《めいそう》するように瞼《まぶた》を閉じたままだ。

「坑道掘りは連中のお家芸だからな。今は跡形もねぇが、ここ上京町《かみきょうまち》に佐渡の裏金山《うらきんざん》があったわけさ」

浅く柔らかい土中の短い坑道掘りなど、間歩での固い岩盤掘削を考えれば児戯《じぎ》に等しい。遊郭から入って地下の酒庫で贋金を作った後、再び遊郭から出れば怪しまれない。酒庫へ必要な資材を運び込むのも、旅烏の仕入れにかこつければ容易だ。北前船で酒を取引していたのも、贋金を酒樽で運び、大坂で両替するためだ。

「大癋見党が作った贋金は、ざっと一万両ってところだろうな」

「それほどの大金を何に使ったのじゃ？」

小金をくすねて遊興に耽《ふけ》っていた升田などと違い、三十六歌仙はたまに羽目を外しはしても、遊郭を使う以外、ごく普通につましい暮らしをしていた。なのに、桁外れの大金だ。

「俺も最初は見えなかったよ。贋金作りをしている割には、誰ひとり羽振りが良くなかったからな。行き詰まった俺は、友垣《ともがき》になった人形職人に頼んで、大癋見を被った説経《せっきょう》人形を作らせて、地方付の土蔵にぶら下げた。役所を騒がせて、大癋見を炙《あぶ》り出そうと思ってな。そんな時、次は金沢が殺された」

あの悪戯《いたずら》も、吉大夫の仕業《しわざ》だったわけか。

「俺にとって大きな手掛かりは、金沢の骸《むくろ》に刻まれた〈逆《さか》さくノ字〉だった。剣の道を極めようとした侍の端《はし》くれとして、俺も力信流の暗夜剣は聞いている。瀬戸内は三備《さんび》に伝わる門外不出の剣術となれば、静野与蔵を疑うのは当然だろう。すぐに俺は、与蔵が仕えていた米津《よねづ》家について調べるよう、ヒラメを通じて勘定所の内藤に頼んだ。そうしたら、思いもかけねぇ物語がそこにあったってわけさ。今回の悲劇は、三十年前に蒔《ま》かれた種が芽吹いたものなんだ。ヒラメ、ちょいと掻《か》い摘《つま》んで話してくれねぇか」

5

吉大夫を受けて、平岡は同情するように平べったい色白の顔を曇らせながら語り始めた。

「米津家は、不運続きの気の毒な外様《とざま》大名にございました」

もともと三備の国侍《くにざむらい》だった米津氏は、関ヶ原《せきがはら》で功があり、外様ながら十六万七千五百石を得た。だが太平の世では運に恵まれず、本貫地《ほんがんち》の一万八千七百石に減封《げんぽう》された後、ついには改易《かいえき》された。

与右衛門も話には聞いている。

「米津家はお家騒動で大きく力を落としたはずじゃな」

「御意《ぎょい》。それが三十年前の話でございまする」

当時の米津家藩主は類《たぐい》まれな名君として評判だったが、問題は世継ぎだった。嫡男の長治《ながはる》は粗暴な性格で、些細《ささい》な不手際を理由に小姓《こしょう》を手打ちにするなど、目に余る乱暴狼藉《らんぼうろうぜき》で知られ、藩主など務まるまいと不安に思う家臣も少なくなかった。他方、身分の低い側室《そくしつ》の子で、一歳年下の弟長広《ながひろ》は聡明かつ温厚、まさしく藩主にふさわしいと期待されていた。

廃嫡《はいちゃく》が取《と》り沙汰《ざた》される一方、子が二人とも十代であり、壮健な主君はまだ四十代、当面は様子を見るべきだと、皆考えていた。ところが英邁《えいまい》な主君が江戸で急死したため、米津藩に激震が走ったのである。

米津藩の危機に際し、本国三備にあった禄高《ろくだか》八千石の筆頭家老各務主膳《ひっとうがろうかがみしゅぜん》は、廃嫡の手続を踏んでいない以上、幕府に付け入る口実を与えぬために、ひとまず兄の長治を藩主にしようとした。これに対し、江戸家老を含め過半の家老たちは、この機に各務家を没落させんと図り、藩を憂《うれ》う若手藩士たちを唆《そそのか》して、弟の長広を担《かつ》ぎ上げさせた。

長広派は主膳の暗殺をも謀ろうとしたが、主膳が力信流の達人であったために返り討ちに遭《あ》った。家中は真っ二つに割れ、水面下のお家騒動が勃発《ぼっぱつ》したのである。

米津家は結局、兄長治の変死により弟長広が継いだ。ところが、長治は殺されたとの噂が立ち、幕府から騒動の責めを問われた。

「犬公方《いぬくぼう》以下、外様を滅ぼす幕閣《ばっかく》の汚ねぇやり口なら、あんたのほうがよく承知しているはずさ」

荻原も天和《てんな》元年（一六八一）に、上野沼田《こうずけぬまた》城主真田信利《さなだのぶとし》の改易《かいえき》に際し、城収公《しろしゅうこう》の役目を果たしたという。

真田家三万石《ごく》は、水害のために流出した両国橋再建のため材木の切り出しを命ぜられたものの、手間取って工事を遅延させたという咎《とが》だけで改易された。荻原の指図の下、沼田城五層の天守閣が破却され、旧藩領は天領に組み入れられたのである。

「太平の世でも謀略はある。付け入る隙を与えるほうが悪いのじゃ」

米津家は大幅減封《げんぽう》の上、本貫地である米津の小領へ押し込められ、家臣たちの大半が召《め》し放《はな》ちされた。各務主膳は不手際の責めを負い、己《おの》が屋敷に火を放って身内ともども自裁《じさい》したという。

「小藩ながら、長広公は米津藩で善政を敷かれました。されど十五年前、これまた三十代の若さで急死なさり、無嗣《むし》断絶により米津家は改易されたのでございます」

そのため静野与蔵も、与右衛門を連れて佐渡へ渡ったわけだが、減封、改易はさして珍しい話ではない。

平岡の淡々とした語りでしんみりとなった場を、吉大夫がいつもの調子で引き取った。

「だが、話はそれで終わりじゃない。去年の夏、瞠目《どうもく》すべき出来事があった。米津家が三千石の旗《はた》本《もと》として復活したんだ」

長広には妹がおり、他家に嫁《とつ》いでいたが、その次男が米津家の当主として認められたという。

「三十年前に没落して、十五年前に踏み潰された外様大名を再興してやるほど、犬公方は物好きでも、お人好《ひとよ》しでもねぇ。だけど、幕閣《ばっかく》のお歴々《れきれき》に相応の金を積めば、話は別だ」

吉大夫が怒りを込めるように佐渡小判を握り込んでから、掌をパッと開くと、輝きはまたどこかへ消え失せている。

「俺は、お鴇《とき》がまとめてくれた三十六人の素性《すじょう》をしげしげと眺めながら、ふと思ったんだ。もしかしたら、こいつらの故郷は一つなんじゃねぇかってな。連中はいずれも三十年前の米津家の大幅減封後に三々五々、全国あちこちから渡ってきた。故郷を偽っても、同郷の人間が佐渡にいりゃ、方言も話せねぇし嘘だとばれちまうから、わざと遠くへ故郷を散らしたわけだ。だけど、三十六歌仙の真の故郷は皆同じ、米津だ。大癋見党は米津藩の浪士《ろうし》たちだったのさ。名前もすべて偽名だよ。大癋見党の頭目《とうもく》は、同志たちの本名を空で言えるだろうがね」

「確かに一万両の金銀があれば旗本《はたもと》取り立てもありうるのう」

「贋金作りは米津家再興のために行われた。これから先は、俺が今朝、小木で初めて会った男から聞き出した裏の話だ」

　どこかから取り出された佐渡小判が、またくるりと鮮やかに舞う。

「三十年前、没落した米津家で多くの家臣たちが禄《ろく》を失い、路頭に迷った時、藩士たち百名余は密かに血判状《けっぱんじょう》を作って、召し上げられた旧領の奪回を誓い合った。全国へ散らばり、途中で志を失った浪士たちもいるが、佐渡でひと山当てようと考えた者がいた。筆頭家老、各務主膳だ。隠密で動くために、死を装っていたのさ」

　吉大夫はまた新しい刻み煙草を、指先でそっと丸めている。

「奴は相当の切れ者でね。算術や蘭学《らんがく》にも通暁していた。もとは大藩で八千石の家老だった男が佐渡へ渡り、水替から始めたんだ。だが佐渡は、すでに廃亡への道を歩みつつあった。掘り尽くされ、あるいは次々と水没してゆく間歩の前で、山師たちは右往左往していた。何しろ三千人以上が飢え死にするほどの惨状だ。佐渡奉行と留守居役の顔合わせを見る限り、当面佐渡の復活はない。そう踏んだ主膳は、途中で山師の仕事に見切りをつけ、別の道を切り開くために、振矩師となった」

与右衛門はちらりと師を見たが、仏像のように穏やかな表情で瞑目《めいもく》したままだ。

「奉行に目をかけられ、力をつけてきた主膳は、血判状に記された浪士《ろうし》たちに声をかけ始めた。その中で信ずるに足る者のみが佐渡へ渡り、主膳の手足となった。ボンクラ留守居役の下、佐渡をある程度自在に動かせるようになっていた主膳は、いずれやる贋金作りを睨《にら》んで、浪士たちを色々な所へ配置したわけだ」

吉大夫はどこか寂しげな顔で煙をゆったりとくゆらせている。小判で遊んだり、煙草を吸ったりと忙しい侍だ。

「主膳は当初から周到な手を打っていた。浪士たちに出自を隠させて、町に山、村と湊で別々の役割を与え、能でも違う役回りを演じさせた。だから佐渡者《さどもん》には、故郷も違う赤の他人の旅者《たびのもん》が、たまたま親しくなったように見えたろう。いつの日か主家の旧領回復を成し遂げたとしても、贋金作りが裏にあるとわかれば、また改易《かいえき》の口実とされかねん。天下の大罪を犯す上は、己《おの》が死後も氏素性を含めて隠し通さねばならぬ。ゆえに主膳は、真に信ずるに足る人間かどうかを見極めた上で、一人ずつ贋金作りへ誘ったはずだ。それがあの忠烈無比の三十六人さ」

佐渡では金銀の着服だけでも極刑《きょっけい》だが、贋金作りの罪は偸盗《ちゅうとう》の比ではない。一族にまで累《るい》が及ぶ。だから浪士たちは独り身を通したわけか。

「米津三十七士は遊廓《ゆうかく》で、湯屋《ゆや》で、料理屋で、間歩で会い、それぞれ励まし合って、主家《しゅけ》再興を夢見ながら佐渡を生きた。だが――」

旧領回復どころか、米津家にはさらなる不運が待っていた。無嗣断絶による改易だ。

「十五年前、静野与蔵は幼子を連れてこの島へ渡ってきた。あの侍は黙して語らぬゆえ俺の当て推量だが、もちろん偶然じゃねぇ。主膳に呼ばれたのさ。与蔵は長広《ながひろ》派として減封《げんぽう》後も藩に残った人間だ。下級藩士とはいえ、かつて対立した敵でも、主家再興では一致できる。剣の腕も立つし、信ずるに足る侍だと見込んでいたんだろうな」

「なぜ与蔵には米津藩士の素性を隠させなかったのだ？」

「一度飲みゃわかるが、あの男は恐ろしく無骨な剣豪で、訛《なま》りも隠せねぇほど不器用だ。おまけに子供は嘘を吐《つ》けねぇからな。すでに完成していた和を乱さぬためにも、三十六士に加えなかったんだろう」

吉大夫は吸った煙草の量を確かめるように、灰落としの中を覗《のぞ》き込んだ。

「与蔵は意味も知らぬまま、主膳の指図通りに動いてきただけだと、俺は見ている。たぶん与蔵には、最後に別の役回りが期待されていたのさ。米津三十七士が死んだ後も生き延び、事情を知る者として、再興された米津家にのみ、いずれ真実を伝えることだ」

それであの夜も、主膳の指図で大癋見として吉大夫を襲ったわけか。

「運上金上納のために、主膳は年に一、二度江戸へ行く。その時に主家再興のために動いた。酒を仕入れる名目で、大坂へも出向いた。江戸と上方《かみがた》なら容易《たやす》く金銀貨の換金もできるからな。公儀には主家が無情に減封《げんぽう》され、改易《かいえき》された。奉行所に入るはずの金銀を横取りしながら天下の大罪を犯しても、胸は痛まなかったろうよ。大癋見党はむしろ仕返しだと痛快に思っていたかもな。かく言う俺だって、公儀には含む所のある身の上さ。気持ちはわかるがね」

旗本とはいえ、浪士たちは見事に主家再興を果たした。それが昨年の夏だ。三千石でも立派なものだろう。

「三十年を経て宿願を果たした忠義の浪士たちには、最後になすべき大事があった。主家を没落させた咎《とが》につき、死して亡き主君に詫《わ》びることだ」

三千石の旗本が旧藩士たちを改めて召し抱えられるはずもない。忠義が最も美しく輝く死に方は、宿願を果たした後、揃《そろ》って先君に殉《じゅん》じることだと浪士たちは考えたわけか。

主家再興の裏には、贋金作りと幕閣《ばっかく》への贓罪《ぞうざい》がある。その手掛かりを消し去るためにも、三十六人の地下舞が必要だったのだ。主膳はすべてを見届けた後で、自らも後を追うつもりだったに違いない。

「最後に大癋見たちは、諏訪間歩のがらんどうで『鞍馬天狗』を舞った」

「なるほど。米津の家紋は羽団扇《はうちわ》じゃからな」

吉大夫は演目の『鞍馬天狗』からも、米津浪士の仕業《しわざ》ではないかと疑ったらしい。

「地下舞が行われたあの日は、亡き主君の命日でな。他の日はありえなかった。三十年越しの殉死《じゅんし》さ。三十六士は薪能よろしく天下の大罪を犯した証拠を燃やしながら、殉じた。すでに荻原彦次郎が佐渡奉行に任じられていた。噂の焼き剃刀が島へ来る前に、自分たちを含めた口封じと、後始末をしたんだ」

殉死は幕府により禁じられている。切腹《せっぷく》は武士らしくて華々《はなばな》しいが、素性《すじょう》を知られかねない。三十六人もの人間が一時に死ねば不審がられる。別々の場所で次々と死んでも同じだろう。ゆえに気《け》絶《だ》えを選び、大崩落を起こしたのだ。

「ところが、己《おのれ》以外の証拠を消し去った後、各務主膳が最後の段取りに入ったところへ、あんたの指図で俺が佐渡へやってきたわけさ」

「ボンクラ殺しの真相は？」

「主膳はあの夜、遊郭にいたボンクラを道遊の割戸の上へ誘い出した。升田《ますだ》は、新奉行の下で己の悪事が露見《ろけん》すまいかと怯《おび》えていた。『グウタラ侍』と馬鹿にされる俺を、升田と主膳だけは怪しんでいたが、留守居役の悪事を暴きに来た俺が、割戸で升田と取引したがっているとでも、遊女に伝えさせたんだろう。だが、ボンクラを待っていたのは俺じゃなくて、大癋見だった。首を絞めた後、暗夜のうちに割戸からぶら下げておいたのさ」

荻原は一片の同情も示さず、むしろ嘲笑を浮かべている。

「馬鹿な小役人の哀れな末路《まつろ》か。では春日神社の能舞台で磔にされた天井の骸《むくろ》は？」

「あれは死んでなかったんだ。逆《さかさ》くノ字斬りにされて呻き声を上げたってのも変な話だが、春の明け方まだ薄暗い時分に見れば、普通は死んだと思うさ。お鴇が能舞台に上がった時に生臭いと感じたそうだが、魚の血でも使ったんだろう。顔が広くてお喋《しゃべ》りな正直者にわざと見せつけて、大騒ぎにしたわけだ」

お鴇がトンチボのためにお百度参りを続けていたことも、主膳は知っていたのだ。

「派手に死んでみせた大癋見は、二度と現れないはずだった。悪しき留守居役を殺して自らも死に、地獄谷《じごくだに》に消えたのだと窪田平助あたりが噂して、仕事好きの新しい奉行に手仕舞《てじま》いさせるつもりだったんだろう」

大癋見を使ったのは顔を隠すだけでなく、〈大久保の呪い〉で幕を閉じさせるためだ。

「お前さえおらねば目論見《もくろみ》通り幕引《まくひ》きができたろうにな。金沢殺しは？」

「俺は最初、銭好きの金沢を通じて贋金の入手を頼んだんだ。ところが、贋金を手に入れた金沢は、俺に知らせずに、密かに下手人探しを始めた。あんたにも隠していたんなら、留守居役になった後、甘い汁を吸おうと考えたんだろうよ。大癋見を脅してゆするつもりが、逆に殺されちまった。主膳は平助と金沢をまんまと嵌《は》めたのさ」

吉大夫の掌上《しょうじょう》で華麗《かれい》に舞っていた佐渡小判が突然、隣の勘兵衛の顔めがけて、忍びの手裏剣のように放たれた。

老いた右手が素早く小判を受け止める。

「若い頃に鍛え抜いた武芸は、体に染《し》みついているもんさ。静野与蔵と同じ力信流の腕前は、先だって味わわせてもらったがね」

やにわに伸びた大きな手が、小判を持つ右前腕を荒々しく摑《つか》む。勘兵衛がわずかに呻《うめ》いて歯を食い縛ると、吉大夫は手を離した。

「深めに肉を切ったゆえ、まだ痛いだろうな。さてと、これまで述べたことで、俺の思い違いはござるかな、槌田勘兵衛殿？　いや、各務主膳殿と呼んだほうがよろしいか」

皆が勘兵衛を見た。やはりあの夜に現れたもう一人の大癋見は、勘兵衛だったのだ。

「贋金作りを彦次郎に明かすべきか否か、俺も相当悩んだ。だけど、あんたも命を狙ったように、焼き剃刀を欺《あざむ》き通すのは無理だ。ならば正面から巻き込んで突き進むべし。贋金作りと贓罪をことさら暴き立てて、せっかく再興した米津家をぶっ潰《つぶ》しても、誰も得をしない。今の佐渡奉行は幸い、馬鹿じゃねぇよ」

言葉遣いこそ乱暴だが、吉大夫の口ぶりには限りない優しさが込められている。

これまで固く口を閉ざしていた勘兵衛は寂しげな笑みを浮かべながら、ついに観念したように居住まいを正した。

「すべて、間瀬吉大夫殿の推量の通り。あえて付け加えるなら、われら米津義士《ぎし》の死には、主家再興の道を与えてくれた第二の故郷、佐渡の礎《いしずえ》たらんとの願いもござった。升田殿、金沢殿のお命を頂戴したは、同時に佐渡の災いを除かんがため」

勘兵衛は手中の佐渡小判を畳の上でそっと滑《すべ》らせ、吉大夫へ返しながら問うた。

「いつから、わしを疑っておられた？」

「一緒にあぐどい麩《ふ》料理を食べて、あんたが故郷を偽っているとわかった時さ。俺の想い女が水戸藩士の娘だったのは本当でも、水戸へ行ったのはずっと後の話なんだがね」

そんな些細なことで、すべてが明るみに出たわけか。

6

「さてとこれにて、大癋見事件は一件落着。だけど全部終わった話さ。あんたはむしろ、この先の金目《かねめ》の話に関心があるだろう？」

吉大夫は、畳の佐渡小判を人差し指と中指で挟んで拾い上げると、指先でヒラヒラさせながら、荻原に示している。

「大癋見の正体が暴かれ贋金作りの大罪も明らかとなった。忠義厚き浪士の美談よと称《たた》える者もいようがお涙頂戴でわしは動かせぬ」

「涙じゃねぇよ。こいつは徹頭徹尾《てっとうてつび》、銭の話だ。それも特大のな」

吉大夫が荻原に向かって小判を突き出す。

が、それはパチンという音とともに、手から一瞬で消えた。鮮やかな奇術だ。

「馬鹿奉行なら、保身のために事を荒立《あらだ》てて、佐渡ごと全部ぶっ壊しちまうだろう。だけど、あんたは損得勘定が天下一得意なはずだ」

「江戸にはわしを陥《おとしい》れんとする敵どもが行列をなしておる。今のわしの力では面従腹背するしかない大敵もおるのじゃ」

「あんたのために算盤《そろばん》をちゃんと弾《はじ》いたさ。天下の大罪と米津家再興を巡る幕閣《ばっかく》の贓罪《ぞうざい》を裁くべしと、力こぶ作って後ろ向きの仕事を抱え込んでも、面倒臭いだけで一文も天下のためにならねぇ。幕閣の連中と戦うのに、五年十年はかかるぜ。あんたが勝てるとも限らねぇ。贋金が天下でまっとうに通用してるんなら、捨てておいても害はないはずだ」

吉大夫は喋《しゃべ》りながら、小判をクルクル宙で回して遊んでいる。

「贋金作りは例外なく極刑と決まっておる。人も殺されたのじゃ」

「幸いここは奉行所じゃねぇ。あんたは腐《くさ》れ縁《えん》の浪人と与太話《よたばなし》をしただけさ。証拠も吟味《ぎんみ》してねぇし、書き物にも一切残らん」

だから吉大夫は奉行所を避け、その対極にある遊郭をあえて選んだわけか。

「俺は故郷に限らず、物をよく失《な》くしちまう人間でな。塩磨《しおみが》きの板も、どこに置いたか覚えてねぇ。三十六人の地下舞《じげまい》だの嘘みたいな話を誰が信じるってんだ？」

吉大夫は優雅なしぐさで着座し直すと、堂々と荻原に対した。背筋をピンと伸ばした姿勢は惚《ほ》れぼれするほどの偉丈夫《いじょうふ》だ。

「彦次郎、しばし罪のほうは別勘定《べつかんじょう》としようや。地下舞の後もなお大癋見が生きながらえたのは、佐渡再生の道筋をつけるためだ。あんたも手は一つしかないとわかってるだろう。天下の勘定吟味役らしく、次の勘定立てに入ったらどうだ？」

吉大夫が荻原に向かって身を乗り出す。

「妙《たえ》なる金《こがね》の島、一国天領の佐渡次第で日本の経済が変わる。たまには玉石混交、一切合切どんぶり勘定で考えてみろ。俺たちは昔、青史《せいし》に名をとどめんと語り合った仲じゃねぇか。俺はもう無理だが、あんたならできる。こいつは百年先を見据《みす》えた大勘定《だいかんじょう》だ」

荻原の表情が一瞬変わった。それは、分厚い曇天《どんてん》から一瞬の陽光が差し、すぐに掻《か》き消《き》えたくらいの変化にすぎなかったが、雲の上には、確かに日輪があった。

「……南沢惣水貫は本当にできるのか？」

佐渡奉行の口から出た意外な言葉に、「わかってるじゃねぇか」と吉大夫が手を叩いた。

与右衛門の心ノ臓がドクドクと早鐘《はやがね》を打つ。

荻原はどこか楽しそうに、ふんと鼻を鳴らしてから、勘兵衛をじろりと見た。

「天下に名高い荻原様なら、必ずやわれらの建白書をお認めくださると思うておりました。尋常ならざるお仕事ぶりを拝見するうち、私の期待は確信へと変わりました。このお方なら、必ずや佐渡を蘇らせてくださると」

やはり勘兵衛は南沢を諦《あきら》めていなかった。だがそれならなぜ、あんなに冷淡だったのだ。

「彦次郎は素人の分際でケチをつけたらしいが、ちゃんと通せるんだろう、寿老人？」

吉大夫が長い腕を伸ばし、勘兵衛の痩せ肩に優しく手を置いた。

「でき申す」

「ほら見ろ。骨の髄《ずい》まで怠《なま》け癖《ぐせ》の染み付いてた小役人たちも、あんたのせいでみるみる変わった。荻原彦次郎が命ずりゃ、率先して仕事をするさ」

「じゃが山稼ぎの多くの者が反対しておる。役所が旗を振っても足を引っ張る者が出よう」

荻原が横目で後藤を見やりながら応じた。

「だから裏の大立て者を呼んだのさ。なあ、庄兵衛《しょうべえ》。ボンクラを調べてるうちに、俺は気付いちまったんだよ。佐渡奉行には内緒の話だから、小さい声で言うがな」

吉大夫は膝行《しっこう》し、後藤の肩へ手を回した。

「潟上《かたがみ》の温泉じゃ、ボンクラといい目を見てたようじゃねぇか。能無しが留守居役の座を守るのはただじゃ無理だ。升田は奉行にせっせと裏金を貢《みつ》ぐ必要があった。手っ取り早く銭をくすねるのに一番いい場所は、何と言っても貨幣が出来上がってる後藤役所だ」

先ほどの言葉とは裏腹に、吉大夫は声も落とさず語るが、後藤は真っ青になって脂汗《あぶらあせ》を掻《か》いている。

「勘定の素人にはわかるまいが、二十年分の金銀のあがりと大判小判の仕上がりの量を逐一《ちくいち》照らし合わせてゆくとな。ほんの少しずつ食い違うんだよ。泣きてぇくらい面倒臭かったが、馬鹿でもわかるように、俺の勘定立てを紙にまとめてある」

吉大夫はそんなことまでやっていたのか。それともハッタリか。

「なあ、庄兵衛。俺とお前の仲だ。南沢の件、佐渡の行く末のために、お前のやんごとなき力を貸しちゃあくれねぇか？」

まるで竹馬《ちくば》の友か何かのように親しげだが、吉大夫と後藤は初対面に等しいはずだ。

「も、もちろんでござる。こ、このまま金銀が枯渇《こかつ》すれば、後藤役所の仕事もなくなりますゆえ」

「評判と違って、欲塗《まみ》れの男でもないようだぜ、彦次郎。もし反対する野郎がいたら、俺の無二の友垣《ともがき》、金座の後藤庄兵衛がただじゃおかねぇ。加えて――」

吉大夫は入口に控えるあてびを見やった。

「山稼ぎの男たちは例外なくこの女に惚《ほ》れる。佐渡最強の女が山師に買石《けいし》に、金穿《かなほり》大工から荷揚穿《にあげほり》子《こ》まで、ひと言頼むって言えば、断りゃせんさ。なあ、あてび？」

「間瀬吉大夫さんのお指図なら、ひと肌脱ぐしかありませんね」

匂い立つような女将の色気《いろけ》に戸惑《とまど》いを覚えたのか、荻原はあてびからすぐに視線を逸《そ》らした。

「されどかつてない大普請ゆえ数々の困難があろう。穿子に大工頭の差配からつりの油の手配まで仕事は膨大じゃ。全身全霊で佐渡のために尽くす本物の山師がおらねば事は成るまい」

「佐渡にも人物はいるさ。山ほど失敗を重ねても夢を追い続ける不屈の男がね。俺の無二の友垣でな。そいつに任せりゃいい」

そんな山師がいたろうか。いつのまに親しくなったのだ。

「わしも佐渡を回ったが滅びを座視するだけの小粒しかおらなんだぞ」

「長らく野暮用で不在にしてたんだ。数日前に戻ってきたばかりだから、あんたもまだ会ってねぇよ。俺も今朝がた初めて話をした。危殆《きたい》に瀕《ひん》する佐渡をいかにすべきか、酒を酌《く》み交わしながら腹を割って語り合ったら、もちろん引き受けたさ。あてび、あいつら、もう着いたろうな？」

「あいよ」と元気よく応じたあてびが「お鴇、お願い」と隣室に声をかけた。

与右衛門は驚愕《きょうがく》しながら、ゆっくり開かれてゆく隣室を見た。

襖を開けてその脇に控えた萌黄《もえぎ》色の小袖は、お鴇だ。与右衛門の姿を探し、視線を合わせてきたお鴇がにっこり笑うと、胸が歓喜と安堵で一杯になった。

隣室で平伏していた男が身を起こすと、与右衛門はさらに驚きの声を上げた。

ずんぐりした体格ながら、派手な黄金《こがね》色《いろ》の上等そうな小袖のせいか、堂々とした山師の姿には、まるで大商人のごとき貫禄《かんろく》があった。

「御奉行様、お初にお目にかかる石見団三郎《いわみだんざぶろう》にごぜぇやす。郷に入っては郷に従え。ここはひとつ、トンチボとお呼びくだせぇ」

開いた口の塞《ふさ》がらない与右衛門を見て、トンチボがむじな顔で笑った。

「へへへ、与右衛門。わしが簡単にくたばるもんかさ」

佐渡奉行何するものぞと言わんばかりの態度は、吉大夫に通じるものがある。確かに二人は馬が合いそうだった。

「そちの話はそこかしこで聞いておった。夢を見ておるだけの法螺《ほらふ》吹き山師じゃとな」

荻原の言う通りだ。いかに好人物でも、失敗続きのしがない山師に大普請を任せられるのか。誰もついては来るまい。

「幻の立合《たてあい》を見つけるその日まで、山師は誰しも法螺吹きですわい。今の佐渡じゃ、昔誰かが見つけた立合を掘り続けるしみったれ山師ばかり。じゃが、そんなもんなら馬鹿でもできやすぜ」

馬鹿という言葉に反応したのか、珍しく荻原が楽しそうに笑う。

「申すわ。ならばそちは何処《いずこ》かに立合を見つけたのか？」

「手前が二十年以上かけて探しても見つからんのじゃから、佐渡にはもう新しい大立合《おおたてあい》はありゃあせん。山になけりゃ、海で探せばいいと気付いたんでさ」

トンチボの笑顔は凄《すご》みを帯びている。

「金銀山は心意気に溢《あふ》れた人間たちを全国から集めて、わが佐渡を偉大な職人の国にいたしやした。金銀以外に幾らでも値打ちものがありやすぜ。米だけじゃあねぇ、ぶりだって美味《うま》いし、イゴネリにゃ滋養がある。短冊深香《たんざくしんこう》、味噌に花蓙《はなござ》、蠟燭篠竹《ろうそくしのたけ》。糸縞袈裟《いとしまげさ》から掛物着物、梅干砥石《といし》、物指簞笥《ものさしたんす》に寒天干鰯《かんてんほしか》、何でもござれ。ねこ編みなんぞは天下一でさあ」

吉大夫が新しい友垣の肥えた肩を叩きながら口を挟む。

「頑張りゃ叶《かな》う、でかい夢もある。この男、ひと回り大きくなって故郷に錦《にしき》を飾るべく戻ってきた。もう、ただの山師じゃねぇ。長い話は省くが、今じゃ大坂は淀屋《よどや》の番頭《ばんとう》だ」

さすがの荻原も声を上げ、座の皆が仰《の》け反《ぞ》った。

淀屋といえば、文句なしに天下一の大富豪だ。トンチボは本店《ほんだな》の前で大癋見を着け、佐渡の裂織《さっこり》を纏《まと》い、独りで能を舞い謡ったという。下手くそだが必死な姿が滑稽《こっけい》で、ちょっとした評判になり、四代目淀屋に呼ばれた。

金銀山の様子を尋ねられると、トンチボは「新しい立合はもう佐渡にありゃせん。手前が半生かけて探しても見つからんのですから」と即答した。「代わりに、百年の金銀山の歴史が作った職人の技がありやす」と国自慢をしながら、片っ端から売り込んだ。

四代目はその口上を聞いて笑い転げ、こいつは使えると感じたらしく、その場でトンチボごと買って、商いをやると決めたという。新米で最下位とはいえ、淀屋の番頭ともなれば、佐渡の山師も買石《けいし》も町人たちも、目の色を変える。

「間瀬の旦那《だんな》は、お会いしてすぐに本物の男だとわかりやしてね。手前とて、約束した以上とことんやり抜きまさ。間瀬吉大夫が見込んだ男、この石見団三郎を信じてくだせぇ」

得意顔のトンチボが両手を突くと、吉大夫が畳《たた》みかける。

「彦次郎、あんたがどれだけ切れ者でも、人間が一人でやれることなんざ屁《へ》みたいなものさ。この金貨一枚出来上がるまでに、何百人がどれほど手間暇を掛けた？　天下の大事を成すには、人を信じなきゃいけねぇ。手始めに、故郷を心底憂う連中の志を信じちゃくれねぇか」

吉大夫は掌に出現させた佐渡小判を、沈黙したままの荻原に突きつけている。

「この件、俺に預けてくれ。一番収まりのいい勘定にしてやる。あんたが江戸へ発《た》つ日までに、皆を説き伏せておこう」

「じゃが振矩師はどうする？　いかに周りが支えようとも普請の先頭に立つ肝心の振矩師が使い物にならねば夢の浮橋《うきはし》を作るだけよ。わしの最大の懸念はそこにあった」

荻原が勘兵衛を巨眼で睨むと、吉大夫がまた老いて痩せた肩に手を置いた。

「おい、先生。あんたの命はあとどれくらいもつんだ？」

重すぎる問いを軽々しく発する男だ。

「余湖《よご》先生からは、せいぜいこの春までじゃと言われながら、生きさらばえておりますが、近ごろは熱が下がらぬようになり申した」

与右衛門は愕然《がくぜん》として勘兵衛を見た。やはり相当進んだ珪肺《けいはい》だったのだ。

「彦次郎、あんただって途中から大癋見の正体には薄々感づいていたろう。だが、勘兵衛ほど使える人間はいねぇし、佐渡に奇跡を起こす腹案を持っている。ゆえに見て見ぬ振りをし続けた。金沢殺しを自決として闇に葬ったのも、俺を追放したのも、そのためさ」

閻魔地蔵の大きな目が、与右衛門に視線を送ってから、ジロリと勘兵衛を見た。

「そちは弟子の不出来な献策を取り次ぐのみであったな。なぜわしにずっと一言もせなんだ?」

この数ヶ月、勘兵衛は荻原の最側近だった。だが自らは南沢について沈黙し続けた。

「御奉行様は絵空事を嫌われますゆえ。私は余命いくばくもなく、おまけに大癋見たる自らを始末せねばならぬ身。されば、私が関わる限り、奇跡の惣水貫《そうみずぬき》など絵に描いた餅にすぎませぬ」

勘兵衛が正面から与右衛門を見た。

「この未曽有《みぞう》の大普請《おおぶしん》は、静野与右衛門が独りで考え抜き、己の力でやり遂げねばなりませぬ」

雷で打たれたように、全身が痺《しび》れた。

死期を悟った師は心を鬼にし、弟子を苦悩呻吟《くのうしんぎん》させて一人前に育てようとしていたのだ。

勘兵衛が荻原に向かって両手を突くと、与右衛門も急ぎ膝行《しっこう》し、勘兵衛の斜め後ろで平伏した。

「わが一番弟子は、あと一歩で本物の振矩師となりましょう。南沢を成功させた暁には、私をも超え、必ずや三千大千世界《さんぜんだいせん》一に」

身の引き締まる思いだが、できるのだろうか。最後の一歩をどうやれば歩めるのか。

吉大夫の大きな手が、与右衛門の背にぽんと置かれた。

「彦次郎はあえて江戸のお偉方の頭でものを考えてるんだ。連中を説き伏せられなきゃ、大金を引き出せねぇからな。十五年十五万両の目論見《もくろみ》じゃ無理なんだよ」

与右衛門が見ると、吉大夫は微笑んでから、荻原を真っ直ぐに見た。

「この若者は必ずやってのける。できなきゃ、俺が腹を切ろう。最後の機会を与えてやってくれ」

心が震えた。何と軽々しく命を賭ける男か。何としても期待に応えねばならぬ。

荻原は大きな目で吉大夫と勘兵衛を順に見た後、与右衛門を睨んだ。

「わしの出立二日前までに最後の振矩絵図と目論見を持参せよ」

「はっ」と応じた。どうやるかは、後で考える。

「世にも稀《まれ》なこの大普請は佐渡のみならず天下の経済さえ決める。じゃが別勘定にしておいた罪のほうも簡単ではない。贋金作りは天下の大罪ぞ。何と大きな勘定立てか」

「確かにでかいが、馬鹿でなきゃわかる単純な損得勘定さ」

吉大夫のあからさまな挑発に、荻原は巨眼を見開いた。南沢を成功させる代わりに、贋金作り等の罪を不問に付せという取引だ。

「なあ、彦次郎。ドジョウの死を無駄にせんでくれ」

荻原は明らかに顔色を変えたが、黙したままだ。二人だけの思い出なのだろう。

「罪は裁かれ贖《あがな》われねばならぬ。いかなる事情があれ帳消《ちょうけ》しにはできぬ」

「帳消しなんて誰も言ってねぇさ。自信を持て、彦次郎。あんたの考えている策で正しいんだよ。だから俺は贋金作りの秘密を明かしたんだ。ヒラメから聞いたぞ。荻原重秀はたまたま佐渡奉行に任じられたんじゃねぇ。佐渡を救えるのは自分だけだと願い出て、許されたんだろうが」

吉大夫と荻原は正面から睨《にら》み合ったまま、微動だにしない。まるで、かねて決着をつけたがっていた龍と虎が、相手に飛びかかる間合いを計っているかのようだ。

同等の才を持ちながら、人物は風と火のように全く対照的だ。故郷も身分も未来も失って世から抹殺《まっさつ》された男が、出世街道を驀進《ばくしん》する男と対峙していた。風は、火を消しもすれば、煽《あお》ってさらに大きな炎に変えもする。

荻原は手中の贋金を掌上で投げ上げ、パシリと摑《つか》んだ。

「贋金作りは重大事ゆえ詮議《せんぎ》は相応の時を掛けて慎重かつ念入りに行う。されば下手人《げしゅにん》とおぼしき者の病状に鑑《かんが》み平岡に身柄を預けることとし恢復《かいふく》まで暫時《ざんじ》の休みをとる」

なるほど、お白州《しらす》へ引き出す前に下手人が死んでしまえば、裁きようがない。天下の大罪だからこそじっくりと時間を掛けるという名目で、詮議をせぬまま終えるわけか。

「さすがは焼き剃刀、名奉行による名裁断だ」

やんやと吉大夫が誉《ほ》めそやすと、荻原は満更《まんざら》でもない笑みを見せたが、すぐ真顔に戻った。

「元禄の世の佐渡奉行所に広間役はいなかった。最初からさような役職もなかった。お前はそれで構わんのじゃな?」

「ああ。かつて天下の大罪を犯した男を使えば、足をすくわれかねん。だからトカゲの尻尾切りがしやすいように、あんたは広間役なる新しい御役《おやく》を作った。万一の時は最初からいなかったことにするためにな」

「わしの勘定が正しかったわけだ」

大癋見の謎を解き、贋金作りを炙《あぶ》り出し、人知れず佐渡の再興を裏から支える立役者《たてやくしゃ》なのに、役職ごと消してしまうのが一番手っ取り早いわけか。

間瀬吉大夫の名はどこにも記されず、ただ人々の記憶に残るだけだ。

腰を浮かせる荻原を、吉大夫が指先に挟んだ佐渡小判で制した。

「待てよ、佐渡奉行。最後になったが、大事な話だ。静野与蔵は贋金作りにも、金沢殺しにも関わっておらん。他にも何かやったみたいだが、気に懸《か》けるほどの話じゃあるめぇ。他方で剣の腕前は折り紙付きだ。万人の知る通り、奉行所の役人たちは恐ろしく弱い。されば、与蔵に道場でも開かせたらどうだ？　間歩《まぶ》に埋もれていては、佐渡にとって惜しいと思うがな。どうだ、ヒラメ？」

「よき思案かと。昨日も御役宅の庭先で指南を受けましたが、ここの役人たちはへたれが多うございます。お命じあらば、直ちに道場開きの手配をいたしましょう」

平岡が言上《ごんじょう》すると、荻原は与右衛門を見た。

「すべては南沢次第じゃ。さてと江戸へ帰る支度をせねばならぬ」

荻原が足早に部屋を出、後藤も従うと、あてびが見送りに立った。

「先生、参りますかな」

平岡の促しにうなずいてから、勘兵衛は吉大夫に向かい恭しく両手を突いた。

「貴殿のご差配、米津家と佐渡にとって、ありがたきことこの上なし。心より御礼申し上げまする」

「俺はあんたたちが一生懸命だったから、手伝っただけさ」

吉大夫は蕩《とろ》けるような笑みを浮かべている。

勘兵衛がゆらりと立ち上がった。与右衛門は恩師に向かい手を突く。

「先生、某《それがし》には自信がございませぬ」

期待されるのは光栄だが、正解に辿《たど》り着けぬうちに、勘兵衛が死を迎えたらどうするのだ。

「しかと覚えておけ、与右衛門。お前は一人きりではない。振矩師は周りの皆に助けられて、初めて大事を成せるのじゃ」

お鴇《とき》が言ったように、山師から穿子《ほりこ》まで皆の力で山は稼行《かこう》できる。だが振矩術に関する限り、どうやって力を借りるのだ？　師に頼らず、独力で道を切り開かねばならぬ。

これが、一人前になるための最後の試練か。

平岡が勘兵衛を連れて去ると、与右衛門は吉大夫を見た。

「広間役はどうやって、先生をここへ？」

「勘兵衛が小木にいるって話は出任せだと、俺は踏んでいた。彦次郎を斬るために相川に潜むとすれば、一番目立たず、寿老人がいるとは誰も思わない場所がいい。となりゃ、水金町《みずかねまち》の女郎屋《じょろうや》さ。お鴇の身売りを止めたいと考えてもいただろう。今じゃ平助は俺の言いなりだから、お鴇の件で伊藤屋が遊郭で交渉に応じるって言わせたのさ。寿老人はお鴇を助けたい一心でやってきたが、待っていたのは俺だった、ってわけだ」

お鴇はどこにいて、どうやって助かったのだ？　なぜ平助が吉大夫の子分になったのだ？　まだわからないことだらけだ。

階段がバタバタと慌ただしくなり、誰かが駆け戻ってきた。後藤とあてびだ。

「間瀬殿。その小判をお返しくだされ」

「駄目だな。あんたの仕事が済むまで、人質として預かっておく」

半泣きの後藤の眼前で掌《てのひら》から佐渡小判を消すと、吉大夫は万歳しながら大あくびをした。

「俺の仕事も、やっとひと区切りか」

ぐらりと、大きな体が後ろへ倒れ込む。トンチボが慌てて支えた。

「どうなすったい、旦那？」

「何、この血！」あてびが悲鳴を上げる。

「御番所橋《ごばんしょばし》の藪医者《やぶいしゃ》には、あんまり動き回らずに大人しく寝てろって言われたんだがな……」

慌ててあてびが帯を緩め、小袖の内側を開くと、右脇腹が真っ赤に染まっている。

「こいつはいかんぞ！　誰か、すぐに余湖《よご》先生を呼んでこい！」

トンチボが叫ぶや、お鴇が部屋を駆け出た。与右衛門も続く。

第七章　金《こがね》の花、栄《さ》きたる所

1

「てめぇさえよけりゃ、いいのかい？　まったく情けない男だね」

屋敷の中にいてもあてびの声は外へ筒抜けで、昼下がりの京町《きょうまち》通りに人だかりができるほどだった。

「うちにゃ血の繫《つな》がった子はいないけれど、んねにはいるだろ！　その情けない赤ら顔で、子や孫たちに顔向けできるのかい？　んねが佐渡を滅ぼしちまうって、今から触れ回ってやろうか」

あてびの剣幕に縮み上がる山師の小川金左衛門《きんざえもん》に、今度はトンチボが腕まくりをして凄《すご》む。淀屋《よどや》の番頭として故郷へ錦《にしき》を飾った話は、あっという間に佐渡中に知れ渡っていた。

「自分だけ儲《もう》かりゃいいって時代は、もう終わったんだっちゃ。今の佐渡は、皆が生き残れるかどうかって瀬戸際《せとぎわ》よ」

与右衛門が二人をなだめながら、取りなすように脇から割って入る。

「小川殿、水抜きの日まで皆で辛抱《しんぼう》すれば、廃間歩《はいまぶ》が次々と大盛《おおざか》りを迎えて、今よりずっといい山稼ぎを期待できます」

最初にあの荻原肝煎《きもい》りの大普請だと伝えた後、差配する山師の総元締めとして、噂のトンチボが自慢がてら夢を語る。与右衛門が惣水貫の普請の段取りと意義を説《と》き、あてびが相手に合わせながら説得すると、しぶしぶの者もいたが、最後は同意した。後藤は江戸の本家に泣きつこうとしたものの、荻原に先手を打たれた。頭痛だの下痢だの仮病で寝込もうとしたものの、吉大夫にむりやり引きずり出され、脅しすかしの末、付き合わされる羽目になった。その後藤は真ん中にデンと腹を突き出して座っているだけだが、佐渡の表と裏の実力者が進めると言うなら、反対は難しい。

「もちろん和田と村上もやる気満々じゃぞ。何しろ、ここにおわす後藤様が佐渡始まって以来の大普請の旗振り役じゃからな」

村上は石橋を叩いて渡る性分で、本当はまだ渋っているが、今晩こそ説き伏せてやると、トンチボは宣言していた。

結局、小川は後藤の顔色を窺《うかが》いながら、協力を惜しまないと約束した。

小川の屋敷を出るなり、後藤が音《ね》を上げた。

「トンチボ、少しは休ませてくれい」

南沢の大普請を佐渡一丸となって進めるべく、四人は山師、買石《けいし》はもちろん相川の町年寄《まちどしより》から金児《かなこ》、大工、建木屋、油屋、紙燭《しそく》屋、羽口《はぐち》屋に至るまで各所を訪ねて了解させていた。連日早朝から夜まで相川を歩き回るから、若い与右衛門でさえ疲れを覚えた。

「そいじゃ、中京町《なかきょうまち》の飴屋《あめや》へ行った後に、堅物爺《かたぶつ》さんの茶屋で休みを入れますかい？」

「なに、ひ弱なことを言ってんのさ、トンチボ。お奉行さまが相川を発《た》たれるまで、あと四日しかないっちゅうのに。さ、次は煙草屋ですよ」

あてびに腕を引っ張られて、後藤が悲鳴混じりに訴えた。

「飴屋も煙草屋も、惣水貫と関わりあるまい」

「あら、後藤さま。普請をする男たちは飴も煙草も一切やらないっちゅうの？　佐渡の皆が望めば山も動くって、吉大夫さんのお指図でしょう？」

後藤は主《おも》だった者たちを金座にまとめて呼びつけようとしたが、頼みごとをする時は一軒一軒頭を下げて訪ね歩くものだと吉大夫が主張した。本人は脇腹の傷のため後藤役所で養生《ようじょう》しているが、肥満の後藤は歩きづめでフラフラだ。

「わしはもう歩けん。お前たちで回ってくれんか？」

「裏世界の主《ぬし》がいなきゃ話になりませんわい。さあ行きやすぜ、後藤様」

トンチボが泣き出しそうな後藤を引っ立てて、飴屋へ向かう。

あの地下舞の夜、トンチボは上方《かみがた》で一旗揚げようと漁船で相川の千畳敷《せんじょうじき》を出たものの、越後《えちご》を目指す途中で船が難破した。命からがら出雲崎《いずもざき》まで辿《たど》り着くと、そのままめげずに大坂へ向かった。番頭《ばんとう》に取り立てられて上方《かみがた》を出る際、借金について話すと、淀屋《よどや》が金を用立ててくれた。小木に入ったトンチボは、伊藤屋の取り立てを聞くや、お鴇《とき》を密かに北前船に匿《かくま》ってから、交渉に入った。すでに吉大夫が伊藤屋を脅《おど》しすかして値切らせていたおかげで、簡単に片が付いたらしい。

だが、話には腑《ふ》に落ちない点があった。

がらんどうで見つかった大癋見は何だったのか。地下舞の嵐の夜に無理をして出航した理由は何か。親しい勘兵衛と何も示し合わせていなかったのか……。

「ところで、肝心《かんじん》の振矩絵図のほうは大丈夫なんだろうね？」

あてびに問われても、与右衛門は色よい返事ができなかった。

やれることはすべてやったつもりだが、南沢惣水貫をこれ以上短く、しかも安く上げるのは不可能だ。この間、胃が痛くなるほど考えたが、名案は浮かばず、焦《あせ》るばかりだった。

「与右衛門、説明はわしが覚えたから、んねは南沢に専心《せんしん》せんかさ。今さらできねぇなんて、泣き言漏《も》らすんじゃねぇぞ」

「トンチボの言う通りだよ。お見舞いがてら、凍て剃刀に相談してみたらどうだい？」

智謀に優れた立派な侍でも、振矩術の素人だ。期待薄だが、励ましてはくれるだろう。四ツ辻で別れ、羨《うらや》ましそうに見る後藤を残し、与右衛門は後藤役所へ向かった。

北沢を望む役所の一室に入ると、吉大夫の世話を買って出たお鴇が、シーッと赤い唇に人差し指を立てた。午睡しているらしい。

「強がっても傷は軽くないし、疲れがかなり溜《た》まっとったみたいだから。そちらのほうは？」

「後藤様はひどくお疲れだが、概《おおむ》ね順調だ」

「がぜん父《とと》が張り切っとるけど、女将さん、この後どんげぇするのかなぁ……」

あてびも吉大夫も口にこそ出さないが、互いに好き合っているのは明らかだ。そこへ、昔からあてびに首ったけで、夫婦《めおと》になる約束を一応取り付けていたトンチボが生還した。そのトンチボと吉大夫は、まるで十年来の親友のように仲が良い。

「大人の恋の行方《ゆくえ》だ。若い者が心配する話でもあるまい」

「次の留守居役は、吉大夫さんなんでしょう？」

いつしか吉大夫は佐渡になくてはならぬ人物になっていた。だが、この件については、なぜか安《やす》請《う》け合《あ》いをしない。

「おい、お鴇。酒はまだか？」

奥からあくび混じりの声が聞こえてきた。

「あと数日は我慢《がまん》するように、余湖《よご》先生が仰ったじゃありませんか」

「あの爺さんは本当に名医なのか？　酒は百薬の長という金言《きんげん》を軽んじてやがる」

右脇腹《みぎわきばら》の傷は浅くなく、本来安静にすべきなのに佐渡を駆け回っていたせいで、悪化していた。止血に薬効のある無名異《むみょうい》で手当てをしたものの、「今度こそ療養せい」と厳しく戒《いまし》められていた。

「ちょっと飲むだけなら、爺さんにわかりゃしねぇよ。な？」

哀願するような声に、「そういうお話ではありません」とお鴇がピシャリと言い返す。

「ちっ、旦那《だんな》にそんなに冷てぇと、与右衛門に嫌われるぞ」

ふてくされた返事に、ふたりは顔を見合わせて笑う。

与右衛門が部屋へ入ると、吉大夫は縁側で煙草の煙を燻《くゆ》らせていた。

「よく来た、相棒。連中はどんな塩梅《あんばい》だ？」

「佐渡一丸の件は申《もう》し分《ぶん》ありません。後藤様もその気になって来られたご様子」

「南沢は佐渡奉行の下、一番反対していた後藤庄兵衛が率先垂範《そっせんすいはん》で進めるんだ。相川の女大将《おんなたいしょう》あてびが啖呵《たんか》を切って、後藤の顔を見せつけながら説得すりゃ、もう誰も後へは引けまいよ。トンチボは行けそうか？」

「ますます元気一杯でござる。疲れを知らぬ御仁ですから」

「苦労した奴は強い。淀屋さえ認めた人物だ。お前と二人三脚で最後までやり抜けるだろう。あの男は信じていい」

「がらんどうに落ちていた大癋見の能面は結局、何だったのでしょうか」

トンチボに尋ねようと思ったが、藪蛇《やぶ》になるまいかと恐れていた。

「世の中には、知らぬが仏の話も結構ある」

初対面《はったいめん》の時、吉大夫は小木近くの青い海の見える洞窟で、トンチボと酒を酌み交わしたらしい。

「俺もあえて訊《き》いちゃいねぇが、あれはトンチボの能面だよ。いつかの夜、春日神社の大立ち回りで提灯を消した三人目の大癋見はあいつさ」

吉大夫は人質の佐渡小判を袖口から取り出すと、手慰《てなぐさ》みの奇術を始めた。

「贋金作りはあくまで裏の仕事だ。鋳造に延金《のべがね》、荒切《あらぎり》なんぞをやるための道具や資材を手に入れるには、表の顔も要《い》る。勘兵衛は奉行所の人間だし、堂々と動ける男が別に必要だった。商いの中へ紛《まぎ》れ込ませれば、見えにくくて都合がいいからな」

やはりトンチボも一枚噛《か》んでいたのだ。何でも屋の落ちぶれ山師なら、何を仕入れてもまず怪しまれまい。

「彦次郎の前では伏せたが、トンチボは裏金銀山《うらきんぎんざん》の大山師《おおやまし》だったのさ。時々見つけてた小さな間歩ってのも、怪しいもんだ。乙和池《おとわいけ》と幻の立合《たてあい》探しも、半分は贋金作りを手伝うための方便だったんだろう。天下の大罪に手を貸せば自らも極刑になると承知の上で、義侠心《ぎきょうしん》に駆られて手を貸してたのさ」

トンチボは勘兵衛を助けたかったのだ。世には、何の見返りもなしに命懸けで人助けをする人間がいる。吉大夫もそうだ。

「昨夏、ついに米津家再興の大事は成った。もはや大罪を犯し続ける必要はない。贋金作りの秘密を闇へ葬るために、トンチボはひと肌脱いだ。地下舞の夜、延金槌《のべがねづち》から鋳型《いがた》まで道具を一切合切《いっさいがっさい》海へ放り込むべく、奴は独り、隠しておいた舟で密かに湊を出た。悪天でも無理をしたのは、延期が許されなかったからさ。まさか舟ごと沈むとは思わなかったろうが、見上げた男だよ」

それでわざわざ嵐の夜に出航したわけか。

「彦次郎も疑念は抱いたろうが、佐渡奉行がすべてを知る必要はない。贋金作りは全部、米津浪士《ろうし》たちのやったことだ。それでいい」

咎人《とがびと》がなお生きてあれば、天下の大罪に目を瞑《つむ》るわけにもいくまい。だから吉大夫もトンチボが果たした役割については伏せ、荻原もあえて尋ねなかった。旧友二人の阿吽《あうん》の呼吸だった。

「あとはお前だけだ。世界一の振矩師になれそうか？」

「今のところお手上げです。これ以上何をどうすべきか、見当もつきませぬ」

クルクル回転させながら放り上げた佐渡小判が、パシリと小気味よい音を立て、手に収まる。

「今作ってる振矩絵図を見せてくれねぇか」

懐《ふところ》から絵図を出して開くと、吉大夫は水没した坑道を大きな指で差した。

「見せ方にも工夫が要《い》る。この水が溜まってるグニャグニャの坑道をけばけばしい赤で塗り潰してみろ。その真っ赤な部分がきれいさっぱり無くなるんだって言えば、素人でもピンと来るさ」

いい考えだが、問題はそこではない。

「地下は相当歩いたろうが、惣水貫が通る地面の上はどれだけ歩いた？」

「幾度か。掘るのは地面のずっと下ですから」

縄引《なわびき》した後、はるか地上は、地の底と余り関係がない。

「少ねぇな。読書百遍意自ずから通ずさ。もっと歩いてみろ。何か見えてくるかも知れねぇぜ」

残された日数をそんなことに費やしていいのか。もしも何もできなければ、最後に勘兵衛が助け舟を出してくれまいか、という甘い考えが頭の片隅をよぎった。

「仮に寿老人の助けで正解に辿《たど》り着いても、彦次郎は南沢をやらせねぇよ」

吉大夫の掌上《しょうじょう》で、佐渡小判が華麗に舞う。

「南沢の成否は天のみぞ知るさ。やるか否かは結局、お前の力が信ずるに足るか否か、ただそれだけの話さ。師の力を借りずに彦次郎の首を縦に振らせなきゃな」

そうだ。南沢惣水貫は、振矩師静野与右衛門がやらねばならないのだ。

吉大夫が肩へ手を回してきた。この侍が留守居役なら、南沢もきっと最後までやり抜ける。

「ところで、勘兵衛と彦次郎を送る趣向をお鴇と考えてるんだが、いい知恵が浮かばねぇんだ。寿老人は何をしたら一番喜ぶと思う？」

勘兵衛の命はいつ尽きるかわからないし、荻原が乗り気でなくとも、佐渡奉行の送別は本来、極めて重要な行事だ。

「荻原様は仕事ひと筋のようですが、先生は能好きですから、やはり能でしょうか」

「まさか都合よく大癋見《おおべしみ》を使う演目で、爺さんと閻魔《えんま》大王が出てくる奴なんてねぇだろうな？」

「確か『鵜飼《うかい》』は前シテが老翁で、後《のち》シテが閻魔大王でしたが、使うのは小癋見《こべしみ》だったかも知れません」

「そいつで行くぞ！　佐渡流じゃ、大癋見でやるんだよ」

吉大夫が上機嫌で佐渡小判を掌《てのひら》から消した時、「失礼いたします」と背後からお鴇の声がした。

徳利《とっくり》と酒器を載《の》せたお盆を手に持っている。

「旅烏《たびがらす》を拝借してきました。ほんの少しだけですよ」

「やっぱりお鴇は気が利くねぇ。惚《ほ》れちまいそうだ」

吉大夫は破顔一笑すると、小さい子でもあやすように、大きな手でお鴇の頭を撫《な》でた。

「与右衛門、お前が羨《うらや》ましいよ。こんなにいい嫁さんがもらえるたぁな」

笑顔の吉大夫が、赤味《あかみ》がかった酒器を手に取った。

2

与右衛門は全身汗だくになってよろめいた。長い石段の最後でつまずき、そのまま地に突っ伏した。疲労困憊《こんぱい》して起き上がれず、ゴロリと仰向《あおむ》けになった。

下寺町《しもてらまち》へ至る長い石段を登り切ると、南沢も京町も間《あい》ノ山番所《やまばんしょ》もよく見える。相川を眺めるには絶好の穴場だった。

澄み渡る夏空には、細長い龍のような雲がゆったりと浮かんでいる。

この三日、地上を歩きながら地底のことばかり考えてきたから、空など見ていなかった。

龍雲《りゅううん》は瑞兆《ずいちょう》らしいが、怪しいものだ。無限の蒼穹《そうきゅう》にのんきそうに浮かんでいるが、南沢惣水貫の長さほどもあるだろうか。

今日の日暮れ前には、荻原に新しい目論見《もくろみ》を開陳《かいちん》する約束だ。あと二刻《ふたとき》もないが、結局、何も思い付かなかった。

吉大夫を見舞いに行った日の夜、振矩絵図を睨みながら思案するうち、うっかり眠り込んだ。飛び起きて目をこすりながら絵図と向き合ったものの、進展はない。ふと吉大夫の助言を思い出し、後はひたすら歩こうと決めた。でもやはり歩いたところで、小手先《こてさき》の改善ひとつ思いつかなかった。すでに考え尽くしてある。同じ頭でどれだけ考えても、堂々巡りを繰り返すだけだった。

(やはり南沢は、無理なのか……)

与右衛門ができなければ、吉大夫は腹を切ると言ったが、荻原は旧友だ。まさかこんなことで本当に切らせはすまいと自分に言い聞かせる。でも、あの二人なら本気かも知れない。

南沢惣水貫は地底の固い岩盤を、方位と高下をわずかずつ調整しながらひたすら掘り進む。どこかでほんの少しずれただけで、ずれは次第に大きくなってゆく。掘っている最中はそれに気付きさえしない。膨大な人と金を注ぎ込み、十五年もやり続けたあげく、まったく無駄な大普請ともなりかねなかった。考えてみれば、何と恐ろしい賭けだろう。

(先生には、何か知恵があるのか……)

あの師にさえできぬなら、弟子には、いや世の誰にも無理だろう。だが、勘兵衛はできると言い切った。何か方法はあるはずだ。

この間、諏訪間歩のある間ノ山近くから、南沢の妙蓮寺《みょうれんじ》滝までを二十回も往復した。途中には谷と沢、森や坂や建物があるため迂回《うかい》の連続だが、地下を貫く坑道を思い描きながら歩いた。

完成まで十二年と十二万両を要した水金沢よりもはるかに深く長い上に、既存の坑道も使わない。許される傾斜もずっと小さいため、格段に難しい普請だ。十五年十五万両の見積もり自体、すでに無理をしていた。

それでも、現在の振矩術を駆使して無駄をなくし、ほとんど失敗なしに進められる前提で弾き出した目論見だった。起点を千松水坪《せんまつみずつぼ》まで下げたぶん、難度はさらに上がった。

高く分厚い壁が、与右衛門の眼前に厳然と聳《そび》えている。

（不甲斐《ふがい》ない、な……）

泣き出しそうになった時、石段の下のほうで人の気配がした。

「奉行所で大事な合議があるそうね。あんたの姿が見えないって心配する連中が多くてさ」

あてびの声に、半身を起こした。

御役宅《おやくたく》の御書院で正面から詫《わ》びるしかないだろう。本当は逃げ出したい気持ちだった。

萱草《かんぞう》色の小袖がすぐそばに座ると、大人の女の匂いがした。もう嫌ではない。むしろ懐かしい気がした。

「お見逸《みそ》れしていたけど、佐渡には、とてつもないお奉行さまが来てくれたんだね」

あてびによると、荻原の意を受けた平岡の指図で、無法の女郎屋《じょろうや》が升田《ますだ》の贓罪《ぞうざい》に絡《から》んで軒並《のきな》み摘発《てきはつ》され、廃業に追い込まれたらしい。平助の百合屋《ゆりや》も店じまいした。

不当な安値での競争に吉祥屋も苦しんできたが、密かに集めていた贓罪の証拠を吉大夫が平岡に渡したという。これで、遊女たちの境涯も多少はよくなると、あてびは喜んでいた。

「佐渡が、いえ、日本じゅうが栄えて貧しい者がいなくなりゃ、うちの商売なんて、なくて済むだろうにね」

遊女はいないほうがいい。だが、まだどうしてもなくせないなら、遊女に寄り添う遊郭《ゆうかく》があってもいい。それでも「女将さんは立派だと思います」というひと言が言えなかった。佐渡が蘇れば、いつか口にできる気がした。

「ともかく、嶋川《しまかわ》のやくざ者も、味方《みかた》の爺さんも、赤塚《あかつか》の飲んだくれも、みんな承知したよ。さっき知ったんだけど、ひと月ほど前から吉大夫さんに口説かれとったらしいね」

与右衛門が南沢について相談した頃だ。「俺に任せろ」と何でも安請け合いする侍の蕩《とろ》けるような笑顔を思い出した。骨折りに応《こた》えられない自分が情けない。

「トンチボと後藤様は？」

「いつの間にかすっかり仲良くなっちまってね。南沢開鑿《かいさく》の前祝だって、うちで騒いでるよ。これから山あり谷ありだろうってんのにさ」

いや、始められないかも知れない。他の役者は揃《そろ》ったのに、与右衛門の力が足りないからだ。

夏の青空を、トキの一群が行き過ぎる。

涙がこみ上げてきた。浮かんできた涙のせいで視界が歪《ゆが》む。

必死で堪《こら》えようとして、歯を食い縛っていると、柔らかい体がそっと抱き寄せてくれた。

「あんたは偉いよ。小さい頃から母親もいないのに、ろくに面倒を見ない父親のもとで、こんなに立派に育ったんだから」

昔、あてびが母親だったらいいのにと、お鴇と言い合っていたのを思い出した。

「あんたが来て間もない頃、この子が算術の難問を解いたって、先生が自慢してね。佐渡に天才が現れたって、トンチボも言いふらしてさ。あんたは佐渡の自慢なんだ。静野与右衛門ができないんなら、仕方ないよ。金銀山なしの佐渡を生きていけばいいんねかさ。後始末はトンチボとうちでしてやるから」

南沢をやると言って強引にまとめたのに、「やっぱりやめる」と頭を下げて回るわけか。信じてくれた皆に申し訳なかった。

ゆったりと背を撫《な》でてくれるあてびの、しっとりして落ち着いた言葉が心へ染《し》み込む。

心が潤《うるお》って、涙に変わってゆく気がした。

泣き出すと止まらなくなった。声を上げて泣いた。

不甲斐なさゆえではない、むしろ救われたような気持ちだった。

「うちも、辛《つら》い時はよくこの石段を登るんだ。本典寺《ほんてんじ》にご先祖さまのお墓があるもんだから」

「おーい、あてび！」トンチボの声だ。長い坂の下にいる。

「何だい？　今、取り込み中なんだよ」

ふたりのやりとりはもう夫婦《めおと》のようで微笑ましいが、同時に吉大夫の顔が思い浮かぶ。

「トンチボは昔から変わらない。うちもいい齢《とし》だし、自分よりも、みんなの住む佐渡のことを考えなきゃならんしね」

どういう意味なのだろう。あてびは寂しそうに微笑んでから、すっと立ち上がった。

「与右衛門さん、そこにおるの？」

お鴇の声だ。あの父娘は昔から、いつも与右衛門を気にかけてくれた。

「ここだよ！　だからこの子は心配ないって言ったろ？」

怒鳴り返してから、あてびは悪戯《いたずら》っぽく笑う。

「心配で堪《たま》らないいんだよ。あれくらいの世話焼きが、あんたにはちょうどいいね」

あてびが坂を降り始めると、トンチボを追い越して石段を駆け上がってくるお鴇の姿が見えた。

与右衛門はさりげなく袖で涙を拭《ぬぐ》う。

「吉大夫さんは大丈夫って仰るけれど、女将さんがひどく心配して……」

石段を上りきったお鴇は、ほっとした表情だ。幼なじみの娘が愛《いと》おしかった。

皆、与右衛門が見当たらないからと心配してくれる。ここ佐渡は、与右衛門の大切な故郷だ。

視界が戻ると、青空にはさっきの龍雲が三つに千切《ちぎ》れて浮かんでいた。

(縁起が悪いな。龍が斬られて死んじまった。……いや、待てよ)

与右衛門の胸が激しく鼓動を打ち始める。

なぜ今まで、こんな単純な方法に気付かなかったのだ。

急いで懐の絵図を取り出し、乱暴に開いた。

(……間違いない。これが正解だ)

今さら師の深慮遠謀に気付き、背筋が寒くなった。勘兵衛は十年以上も前から、南沢惣水貫を構想し、そのための手を打っておいたのだ。ゆえにこそ、必ず開鑿できると確信してもいた。

この間、相川金銀山を嫌と言うほど歩き、振矩術を磨《みが》き上げた今の与右衛門なら、半刻もあれば、佐渡を蘇らせる振矩絵図を、全く新しい思案で描き直せる。

「広間役の勘定は恐いほど当たってるよ。間歩《まぶ》の地下にいても、奉行所で絵図と睨《にら》めっこしていても、決して思い浮かばなかった秘策だ!」

与右衛門は飛び上がった。狂喜しながら、拳を天へ雄々しく突き上げる。

相川の町に向かって雄叫びを上げた。やまびこが金銀山にこだましてゆく。

「何かすごいことを思いついたのね?」

お鴇が八重歯《やえば》を見せて笑っている。

「ああ。この地面の下、佐渡最大の間歩を埋め尽くす水を一気に抜いてやる。今日から、佐渡復活の狼煙《のろし》を上げるんだ！」

与右衛門は二段飛ばしで、勢いよく長い石段を降り始めた。

途中の踊り場で、トンチボが膝小僧《ひざこぞう》に両手を突いて息を整えていた。

その丸い背中をぽんと叩いてから、与右衛門はあっという間に坂を駆け降りた。

3

与右衛門は完成した振矩絵図をひっ摑《つか》むや、しノ字部屋を飛び出した。

板間の廊下を駆け抜け、畳敷きの渡り廊下の手前で平岡の部屋を覗《のぞ》くと、ヒラメ顔が心配そうな面持《おもも》ちで待っていた。

その前では、トキ色の小袖姿の吉大夫が腕枕で寝転がっている。

「いよいよシテの登場か。今日の彦次郎はしょせんワキだからな」

以前なら、吉大夫のだらしなさに反発を覚えたろうが、今では緊張をほぐそうとしてくれているのだとわかる。

「お待たせして面目ございませぬ」

「いささか気を揉《も》んだ。ささ、皆、待ちかねておるぞ」

平岡が御役宅《おやくたく》とは逆方向へ促《うなが》す。与右衛門は戸惑《とまど》った。

「人が集まっておるのに気付かなんだか？　佐渡の行く末を決める大事なれば、御奉行様は、大広間でお主の話をお聞きになる。今日は江戸出立前の最後の言渡しを行うゆえ、めぼしい者たちを全員集められた」

ゴクリと生唾《なまつば》を呑んだ。もしも大広間で否定されたなら、振矩師として失格の烙印《らくいん》を押されたに等しい。いや今度こそ、荻原をうなずかせる自信があった。

「彦次郎はお前を信じたんだよ。行こうぜ」

吉大夫と共に大広間へ入ると、山方《やまかた》はもちろん地方《じかた》、町方《まちかた》の主だった役人たち、大物の山師や買石《けいし》、町年寄《まちどしより》、名主《なぬし》、組頭《くみがしら》たちが寿司詰めになって勢揃《せいぞろ》いしていた。トンチボのむじな顔や小川の赤ら顔もあり、八幡《やはた》の竜吾《りゅうご》もいる。あてびこそいないが、佐渡で大事を行うなら必要な面々が皆、呼ばれたらしい。上段ノ間のすぐ手前、目立つ場所しか空いていなかった。

「よう、庄兵衛。いい塩梅《あんばい》で贅肉《ぜいにく》が取れてきたじゃねぇか」

吉大夫が後藤の肩を叩きながら笑い、与右衛門を自分の隣に座らせた。

すぐに平岡が勘兵衛を連れて現れ、向かい合って座る。

やがて廊下から、にわか雨でも降り出したような慌《あわ》ただしい足音が近づいてきた。

奉行のお成りに、皆が一斉に平伏する。

こんな時の吉大夫の所作は、見惚《みと》れるほどに優雅だ。

「佐渡を去るにあたり五点を申し渡す」

一切の前置きなしに、荻原が甲高い声を張り上げる。今日は何で機嫌を損ねたのか、死者にまんまと黄泉《よみ》から逃げられて虫の居所が悪い閻魔《えんま》大王のような顔つきだった。

「ひとつ。槌田勘兵衛並びに七名の山師たちからの進言を容れる。すなわちこの後は間歩《まぶ》の切延《きりの》べ及び水敷普請《みずじきぶしん》にも合力《ごうりき》大工を正式に出す」

荻原の宣言に大広間がざわめいた。

これまで山師たちは、自分山《じぶんやま》の稼ぎから奉行所に運上しながらも、自腹で水抜きをした上で上納分から赦免《しゃめん》を受けるのがせいぜいだった。だがこれからは公金を投入し、合力大工を雇う。山盛《やまざか》りのために、奉行所も相応の負担を決意したわけだ。

「ひとつ。日向《ひゅうが》・清次《せいじ》・青盤《あおばん》・甚五《じんご》の間歩を御直山《おじきやま》とする。合わせて十九の御直山・自分山で三十六の間切《けんぎり》を設け四十三の切山《きりやま》による大がかりな探坑を行う。詳しくは紙に記しておいたゆえ後ほど確かめよ」

凄まじいまでの攻めの金銀山経営に感嘆の声が上がるが、驚きはなかった。あれほど山を調べ尽くした荻原なら、それくらいやっておかしくはない。この三ヶ月で鍛え上げた役人たちなら、やり遂げられる。そう見たから、荻原も命じたのだ。

「ひとつ。御番所橋《ごばんしょばし》の十分の一色役《しきえき》を廃する。これよりは好きに往来させよ」

一旦静まり返った後、大広間が喜色《きしょく》に沸き返った。取るほうも取られるほうも難儀していた大久保長安以来の税が、ついに英断で取り払われたのだ。

「ひとつ。これより年貢《ねんぐ》はすべて御蔵米《おくらまい》の半値で勘定せよ」

耳を疑った。総検地の結果、石高《こくだか》は倍近くに増えたが、相場の半値でよいなら租税は半分で済む。従前より下がるくらいだ。合力大工への公金投入で山から民に流れる金が増え、十分の一色役を廃すれば物価が下がる。その上、減税だ。

これで民が、富む。みるみる佐渡の甦ってゆく姿が、瞼《まぶた》の裏に浮かんだ。

閻魔大王の表情はいつもと同じはずなのに、この日の荻原は地蔵仏《じぞうぼとけ》に見えた。

「じゃがこれだけで佐渡は甦らぬ。荒療治が要る」

荻原は座を睨《ね》め回してから、じろりと吉大夫を見た。

「南沢惣水貫は佐渡奉行肝煎《きもい》りの大普請じゃと言い立てる馬鹿がおるそうな。じゃがわしはまだやると決めたわけではない」

「鶏と卵さ。佐渡の民が熱く望まば、奉行も無視できまいが」

吉大夫は既成事実を作るべく、連日トンチボたちを相川の街へ繰り出させ、今さら後へは引けぬように事をどんどん大きくした。今では何も知らぬ童さえ「南沢」を口にするほどだ。

「口を挟むな素浪人《すろうにん》。民の望みがいつも正しいわけではない」

そういえば、広間役の任を解かれた吉大夫がこの場にいるのは妙な話だが、座っていて当然と思えるのも不思議だった。

不機嫌そうに叱咤《しった》した荻原が巨眼を剝き、正面から与右衛門を見た。いよいよだ。

皆の視線を一身に感じる。

勘兵衛は静かに端坐《たんざ》し、いつもの穏やかな微笑を浮かべたままだ。

与右衛門は深呼吸してから御前へ出ると、持参してきた振矩絵図を荻原の前で開いた。

「全く新たな存念で、絵図を一から描き直しました」

閻魔大王は絵図を一顧《いっこ》だにせず、手に取ろうともしない。じっと与右衛門を睨みつけている。

予期せぬ反応に内心たじろいだが、それでも、負けじと見つめ返した。

まじろぎもせずに対峙《たいじ》する二人が醸《かも》し出す異様な緊張のせいか、後藤がしきりに汗を拭《ぬぐ》っている。

他方、吉大夫の掌上《しょうじょう》では、佐渡小判が軽やかに踊り始めた。

「あんたも蕎麦《そば》の食いすぎで腹に糞《くそ》が溜《た》まって、辛い思いをした経験があるだろう？　その毒々しい赤に塗ってあるのが、糞詰《ふんづ》まりの箇所だ。そいつらを一挙に外へ出せたら、さぞや気持ちいいだろうな」

場違いに朗らかな吉大夫の声は、息が詰まるほど堅苦しい場をほぐす意図とわかるが、荻原は一《いち》瞥《べつ》も与えなかった。

「続けよ、与右衛門」

横から落ち着いた声で口を挟んできたのは、勘兵衛だ。

師の促しに勇気をもらい、与右衛門は堂々と胸を張る。

「従前は十五年十五万両を要する勘定立て。されどここに記したるは、六年十二万両でやり遂げる秘策でございます。南沢と諏訪間歩《すわまぶ》の間に、横合いから二カ所の切り込みを入れ、そこから両側へ同時に掘り進めまする。名付けて〈六所《ろくしょ》迎え掘り〉にござる」

荻原が唸《うな》り、途端《とたん》に場の空気が変わった。

与右衛門が最後に思いついたのは、惣水貫の途中で二カ所に斜坑《しゃこう》を入れ、三つに割った上で、そのいずれも迎え掘りをする方法だ。

「佐渡金銀山再生の秘策、南沢惣水貫の開鑿《かいさく》は、かく行いまする」

与右衛門は正面から荻原を見た。

三つの普請場《ふしんば》の両端、六カ所から同時に掘り進めれば、単純に考えて三倍の速さで普請が進む。距離が短いぶん、ずれも大きくはならず、まだしも手直しがやりやすい。

もともと相当切り詰めた目論見であった上に、斜坑部分の普請が増えるから、期間を六年とした。振矩師の仕事は三倍に増えるものの、大工や工具その他普請にかかる手配をまとめて三分の一に圧縮でき、早く普請が終わるぶん、掛かる銭も大幅に節減できる。多少の余裕を見て十二万両と弾き出した。

荻原は繰り返しと長話を嫌うから、与右衛門はもの足りないくらい簡にして要を得た説明を終えた。誰も息さえしていないかのように、息詰まる緊張が大広間に充満している。

焼き剃刀は紙に火が点き、炎でも燃え上がらせそうなほどに、新しい振矩絵図を睨みつけていた。

「一つ目の斜坑は間ノ山番所《あいやまばんしょ》近く。いま一つが……」

事情を悟ったのであろう、荻原は勘兵衛と目を合わせて片笑みを浮かべた。

「いかにも。上京町《かみきょうまち》にある槌田《つちだ》屋敷の地下から、斜めに回り込むように掘り進めまする。地下の酒庫が広めに作られておりますゆえ、普請も大いに捗《はかど》りましょう」

勘兵衛は自分の屋敷を作った頃から、将来の惣水貫開鑿を見込み、斜坑を入れて普請場を分ける多数カ所の迎え掘りを想定していたのだ。師弟の間でやる最後の答え合わせだった。諏訪間歩のがらんどうを崩落で大きくしたのも偶然ではない。起点の普請をやりやすくするためだ。

「迎え掘りをする六カ所からすべてを狂いなく接合させねばならぬ。身震いするような賭けじゃな。縄引《なわびき》が一カ所ずれただけで御破算《ごはさん》か」

普請場を分けても、難度が下がるわけではない。六カ所それぞれで精度を高めねばならず、考え方によっては、失敗する恐れが高まるとさえ言えた。

「御意《ぎょい》。佐渡には日本一、いや三千大千世界《さんぜんだいせん》一の腕前の大工がおります。すべては振矩師の力量次第。このまま何も手を打たねば、佐渡は滅びまする。事は畢竟《ひっきょう》やれるか否かではなく、やるか否かでございます」

なお荻原は不機嫌そうな閻魔顔《えんまがお》で、穴が開くほど振矩絵図を凝視している。逃げ出したくなるほどの沈黙が支配した。

「いかん。足が痺《しび》れてきちまった」

間延《まの》びした低音が響くと、笑いが起こり、場がほぐれた。

吉大夫のおどけなど意に介さず、荻原がまっすぐに与右衛門を見た。

「最後に問う。絶対にできるのじゃな？」

仮に百に一つしか成功しないとき、己《おの》が失敗を危ぶむ者ではなく、己が成功を信じて疑わぬ者こそが勝利を摑《つか》み取るのだ。米津家再興など、誰もできると思っていなかったろう。天下の大罪人ではあれ、勘兵衛は長年月をかけてやり遂げた。振矩術の粋《すい》を尽くして斜陽の佐渡を支え続けた師の人生が、進むべき道を教えてくれた。

与右衛門は背筋をピンと伸ばし、胸を張って答える。

「絶対に成功させてみせまする。失敗した時は、この命いかようにもなされませ」

「よう言うた」

与右衛門に向かい、荻原が初めて笑った。

何と清々《すがすが》しい笑みだろう。子供がはにかむように邪気のない、無私《むし》の笑みだ。もしも本物の閻魔大王がにっこり微笑んだなら、こんな顔をするに違いない。真っ暗な坑道を苦心惨憺《くしんさんたん》掘り抜いた先に、初めて見えた外光のように思えた。

「南沢惣水貫開鑿の大普請、振矩師静野与右衛門にすべて任せる。危機に瀕《ひん》した佐渡がそちを得たのは天の配剤であろう。励め」

与右衛門は畏《かしこ》まろうとしたが、心が打ち震えて、できなかった。

荻原にすがりつきたかった。この破天荒《はてんこう》の奉行でなければ、若輩《じゃくはい》の振矩師に大役を与えはしなかったろう。荻原重秀こそ、危殆《きたい》に瀕《ひん》する佐渡が是非とも必要とした奉行だった。

佐渡奉行が上段ノ間を降りてきた。

片膝を突き、与右衛門の肩に手を置く。荻原の場合、異例中の異例と言っていい。

「この大普請は割前《わりまえ》勘定じゃ。お前が失敗すればわしも腹を切る」

今ごろハッと気付いた。

江戸の幕閣《ばっかく》を相手に大風呂敷《おおぶろしき》を広げ、大金を注ぎ込ませて大普請に失敗した場合、最後の責めは佐渡奉行が負う。武士なら、腹を切るしかないのだ。与右衛門に己《おの》が命を託するに足るか否かを、荻原は見極めようとしていた。だからこそ吉大夫は、先に己《おのれ》の命を賭けてみせたのだ。荻原の背を押したのは、誰よりも信頼する旧友の行動であったに違いない。

与右衛門の目から感涙が溢《あふ》れ出てきた。

荻原と吉大夫がいなければ、鑿《のみ》一つ岩盤に入れることもなく、この天下の大普請は絵図に描かれたまま、終わったはずだ。

荻原がゆらりと立ち上がった。

小男のはずなのに、なぜこれほどに大きく見えるのだろう。

「自らは汗も掻《か》かず銭だけよこせと言って話が通るはずがない。自らも必死の思いで歯を食い縛ってこそ人を動かせる」

そうか。荻原による総検地は、南沢惣水貫を見越して、佐渡自らが苦しみもがきながら救いを求める姿を幕閣に見せつけるためでもあったのだ。その上で、多数の間切《けんぎり》の指図や税の減免を平気でやってのけた。何と大胆な金の使い方をする、気宇壮大《きうそうだい》な男か。

「幕閣は馬鹿で頭の固い連中が多い。さればわかりやすく〈五年十万両〉で話をつける。いま少しだけ工夫せい」

内心たじろいだ。これ以上さらに短く、安く仕上げよと言うのか。

勘兵衛が与右衛門に向かい、ゆっくりとうなずく。

勇気をもらった。ええい、なるようになれ。

「やってみせまする。新しい目論見《もくろみ》をご出立までにご用意いたしましょう」

安請け合いした。吉大夫みたいだ。

やるしか、ない。

佐渡奉行荻原彦次郎重秀は、居並ぶ者たちを睨《ね》め回してから、告げた。

「これより南沢惣水貫の開鑿を進める。佐渡者《さどもん》の手で、見事絢爛《けんらん》たる佐渡を蘇らせよ。わしは江戸にあり、奉行としてそちらを最後まで助け、叱る」

勘兵衛は感極まった様子で天を仰ぐと、涙を浮かべながら、荻原に向かい恭しく手を突いた。後藤もトンチボも平伏する。

胸が一杯になって言葉を失《な》くした与右衛門も、遅れて倣《なら》った。

「良き弟子を育てたな。勘兵衛」

去り際に、荻原は勘兵衛の肩にそっと手を置いた。めくるめくほどの仕事に明け暮れた数ヶ月を共に過ごす中で、荻原は勘兵衛を心底認めた。ゆえに、天下の大罪を闇に葬ると決めたのだ。

「いいねぇ。時代が佐渡に名奉行を与えた。めでたしめでたしだ」

「その言葉を吐くのは佐渡者が奇跡を起こしてからじゃ」

荻原は照れを隠すように咳払《せきばら》いして去ろうとしたが、肩越しに旧友を振り返った。

「間瀬吉大夫。天下のために礼を言う」

大癋見退治のために海を渡ってきた天下の素浪人は、あちこちで安請け合いをしたが、そのすべての約束を果たした。

「礼の言葉なんかもらったって、一文にもならねぇ。代わりに、酒と能に付き合ってくれねぇか。あんたと勘兵衛の送別の宴だ。大山祇《おおやまづみ》神社あたりで野弁当《のべんとう》と洒落《しゃれ》こもうぜ」

「わしは忙しい」と素《そ》っ気《け》なく応じた後、荻原ははにかみながら付け足した。

「じゃが半日だけくれてやろう」

大広間がたちまち歓喜の渦に包まれた。

荻原は珍しく面喰らった顔つきをし、まるで悪いことを仕出かした童のように、そそくさと出て行った。

4

対面の後、与右衛門は勘兵衛と吉大夫たちに礼を述べ、さっそく荻原が付け足してきた「いま少し」の工夫を思案せねばと、しノ字部屋へ向かおうとしたところ、吉大夫がこれから祝いの宴を催すと言い出し、否も応もなく広間役御長屋へ連れ込まれて車座《くるまざ》になった。

平岡にも声をかけたのは、師弟を引き合わせる吉大夫の心遣《こころづか》いだ。お鴇が自慢の麩《ふ》料理の腕を振るうという。神出鬼没のトンチボは姿を消したが、また駆けつけるらしい。

「ようやったな、与右衛門」

間近に座った勘兵衛が労《ねぎら》ってくれた。顔色もよく、取り立てて息遣いにおかしなところもない。このまま養生を続ければ、あと一年、せめて半年でも生きられるのではないか。

「すべて、先生のご指南のおかげでございます。ですが、本当に私の振矩術で、最後までやり通せるのでしょうか」

燃え盛る志はあっても、正直に言うと、やってみねばわからない。不安だらけだ。

勘兵衛がそっと与右衛門の手を取る。乾いた手の帯びる熱が悲しかった。

「お前には生まれつき振矩の才がある。たゆまぬ努力によって、それを存分に伸ばしてきた。足りぬのは経験だけじゃが、困った時はいつでもわしが手を貸そう。ヒラメ殿、すまぬが」

与右衛門は訝《いぶか》しく思った。やはり師弟二人でやれるのか。

平岡は大きくうなずき、後ろに置いていた風呂敷包みを勘兵衛に恭しく手渡した。平岡は勘兵衛の人物に心酔しており、咎人《とがにん》に対する態度ではない。

「後世のためになればと願い、少しずつ書き溜めておいた」

二百枚ほどの紙束には、振矩術の様々な手順が絵入りで克明に書き記されている。立合引図《たてあいひきず》には、与右衛門も知らない敷《しき》が幾つもあった。精錬手順を事細《ことこま》かに示した金銀の採製図《さいせいず》まである。

「これ以外に、十巻ほど女将に預けてある。わしが長年歩き、知るすべてを記した。お前に託したい」

全身に冷水を浴びたように身が引き締まった。これを書くために、勘兵衛はどれだけの労力と月日を費やしたのだろう。

「わしの見立てでは、鳥越《とりごえ》はもちろん青盤《あおばん》の間歩《まぶ》も水抜き次第でまだ掘れる。南沢が通せるほどの振矩師の腕前なら、甚五《じんご》、中尾《なかお》、雲子《くもこ》も甦《よみがえ》るじゃろう」

「いかに一間《けん》の狂いに収めるか、全身全霊で取り組みたいと存じます」

にわかに玄関が賑やかになり、ずんぐりした男が颯爽《さっそう》と現れた。

「おう、トンチボ。やけに遅かったじゃねぇか」

「旦那が急に無茶を言い出すもんし。それでも何とか間に合わせましたっちゃ」

二人は思わせぶりに笑い合っている。

「何を企んでおるのか知れぬが、先に例のものを頼めるか、トンチボ」

「おいよ、先生」

トンチボが風呂敷包みから取り出したのは、一尺四方の分厚い板である。息を呑んだ。

「何と、四百八十方位の見盤《けんばん》……」

「こたびは別に新しき試みをした。これをあわせ使えば、誤りなく計れよう。鑑板《かがみいた》と名付けた。トンチボよ」

次は、見慣れない器具だった。見盤をちょうど半分に割った大きさで、細長い目盛り板を並べて真ん中に空円を設けてある。方位盤の磁石を空円に当てて取り付け、動かないように二つの木の楔《くさび》で固定して計るという。

「三千大千世界一の振矩術で微細に計れば、坑道を繋げられるはずじゃ」

与右衛門の全身が痺《しび》れた。

この鑑板を見盤に付属させて使いこなせれば、四百八十方位を正確に測れる。どれほどの誤差を回避できるだろう。オランダの振矩術をはるかに凌駕《りょうが》しているはずだ。

「へへ。そいつは先生の指図で、大坂《おおざか》の職人に特に頼んで作らせたんじゃぞ。わしに感謝しいや」

トンチボが得意気に団子鼻《だんごばな》の下を太い指でこすっている。

勘兵衛からトンチボに与えられた密命が、難破しても急ぎ上方《かみがた》へ出向いたもうひとつの理由だったらしい。

与右衛門は手中の見盤と鑑板を握り締める。

振矩師が水と戦うための強力な武器だ。たまに帯刀《たいとう》を許される者も出るが、大小を腰に帯びぬ代わりに、振矩術で用いる諸道具を持ち歩くのが、与右衛門たちの誇りだった。

「平助の野郎が遅いな。俺の言うことなら、何でも聞くと誓ったはずなんだが。ヒラメ、何か知ってるかい？」

「御奉行様のご命令はちゃんと伝えたはずでござる」

平岡の言葉が終わらぬうち、玄関で聞き覚えのある舌足らずな声がした。

「間瀬様、お指図通り連れてきやした」

やがて現れた平助は、借りてきた猫のようにおどおどした様子だ。その後ろから現れた父の姿に、与右衛門は胸を撫《な》でおろした。荻原が約束を守ったのだ。

「平助、大儀だった。次は旅烏《たびがらす》を樽ごと持ってこい」

「畏《かしこ》まりやした」と、色黒の顔がすぐに引っ込んだ。

吉大夫はどうやってあの無頼《ぶらい》を手なずけたのだろう。

視線を浴びて居心地の悪そうな与蔵を、吉大夫が肩へ手を回しながら迎え入れ、与右衛門の隣に座らせた。

「あんたに切られた脇腹の傷がまだじくじく痛むんだよ」

「わしの足も同じでござる」

「おあいこか。嫌なら深入りはしねぇが、佐渡でも三備《さんび》でも、身分と立場がだいぶ違うのに、あんたと寿老人の間柄はどうも訳ありに思えてな。なぜあんたは自ら罪を被《かぶ》った？」

「……贖罪《しょくざい》でござる」

短く応じて黙りこむ与蔵に代わり、勘兵衛が切り出した。

「われらは、奇《く》しき縁《えにし》で結ばれてございましてな」

与蔵は米津藩の下士ながら剣才を買われ、若くして藩主の警固《けいご》に当たるべく取り立てられた。藩主が江戸で急病に倒れ、瀕死《ひんし》の床にあった時、与蔵は藩の行く末を憂《うれ》えた主君からひとつの密命を受けた。驚くなかれ、国元にいる嫡男長治《ながはる》の闇討ちである。与蔵は命令に従い、長治を守ろうとした勘兵衛の剣をも破って、暗夜に主筋を殺めた。だが結果として、それが主家の減封に繋がったわけだ。

与蔵の固く暗い表情を、与右衛門はじっと見つめた。はたして己《おのれ》の剣が正しかったのか、父は水汲みをしながら、ずっと悩み続けていたに違いない。

「与蔵は罪に思うて己を苛《さいな》んできたが、武士なら主命《しゅめい》に従うほかなかった。ゆえに私は相思相愛のわが娘との縁組も許した。各務《かがみ》家では私の他に娘が生き残り、減封後も三備に残った」

寂しげだが、ぬくもりのある微笑みを勘兵衛は浮かべている。

「では、先生は……」

与右衛門の心に、切なく甘酸《あまず》っぱい思いが立ち込めてゆく。

「私が与蔵を佐渡へ呼んだ理由は、ただ一人の孫に会いたかったからでもある。この十五年、そなたと過ごした日々は、身に余る幸せであった」

勘兵衛は弟子たちに分《わ》け隔《へだ》てなく接したが、一番弟子として師から与えられた薫陶《くんとう》は、祖父として注がれた愛情でもあったのだ。

「大癋見党は、口封じのために咎《とが》なき人の命を奪った。じゃが、おまえのおかげで、佐渡に少しは罪滅ぼしと恩返しができる」

「あんたがいなきゃ、ありえなかった大普請だ。胸を張って三途《さんず》の川を渡ってくれ」

吉大夫の言い草に、勘兵衛は微苦笑を浮かべてから、与蔵を見た。

「お主は主家再興においても立派に裏方の役目を果たした。後は大癋見こと各務主膳が、すべての責めを負う。お主はやがて生まれ来る孫と穏やかに暮らせ」

与蔵は目にうっすらと涙を浮かべながら、勘兵衛に向かって両手を突いた。もらい泣きしたトンチボが団子鼻をぐずらせている。

「寛大にも荻原様は、私に帯刀と切腹をお許しくだされた。ついては与蔵。介錯《かいしゃく》を頼まれてくれぬか？」

与右衛門は雷《いかずち》に撃たれたような心地だった。祖父は武士の顔をしている。

勘兵衛は荻原出立の前日、送別の宴の後に腹を切るという。つまり明日だ。吉大夫はそれを見越して、今宵の宴席を設けたのだ。

「畏まってござる、義父上《ちちうえ》」

与蔵は固く口を結び、静かに頭を下げた。

「わが人生に悔いはない。後は同志たちと共に、主家の行く末と佐渡の明日を見守るのみ」

本当だろうか。振矩師として南沢惣水貫を完成させ、曽孫《ひまご》を腕に抱きたかったはずだ。

「俺はしんみりするのが嫌いでな。実はとびきりの座興《ざきょう》を用意してある。おい、あてび、お鴇《とき》。まだ支度《したく》は終わらねぇのか？」

隣の部屋から襖越《ふすまご》しに「いま少し待ってくらしゃまし」と女将が怒鳴り返してきた。いつの間に来ていたのだろう。

「寿老人は誰が止めても腹を切る気満々だし、放っておいてもじきにくたばる」

吉大夫は物々しく居住まいを正した。

「されば本日、元禄四年六月二十四日、見習いだった静野与右衛門は、一人前の振矩師として師から正式に認められた。ついてはこの場で取り急ぎ、お鴇との祝言《しゅうげん》を挙げちまう。お前ら、誰も文句はねえだろうな？」

「今日これからですか？」

「なんだ与右衛門、不服か？　俺が全部手配してやったんだ。苦労したんだぞ」

「一番汗を掻《か》いたのは、わしだっちゃ」

むきになって反駁《はんばく》するトンチボの肩に、吉大夫が手を回す。

「仮にも父親だろうが。威張るな」

「されど広間役。『いま少し』の工夫のため、これから新しい振矩絵図と段取りを――」

「凍て刹刀からの祝儀《しゅうぎ》として、ずる賢い知恵をくれてやるよ。普請場を十万両分と二万両分の二つに分けろ。先に五年十万両の普請をやっちまうんだ。その後でおもむろに付け足しの普請を願い出るのさ。そこまで銭と人を注ぎ込んであと少しって時に、もう後へは引かんし、引けんさ。後勘定《あとかんじょう》にすりゃ、幕閣連中も必ず認める。絵図を出してみろ」

「されど、さようにいい加減な話で――」

与右衛門が懐から出した絵図をひったくると、吉大夫が南沢を指した。

「幸い南沢の出口には滝と川がある。妙蓮寺《みょうれんじ》辺りのややこしい箇所を、川の付け替えとか、適当に別の普請にしちまえ。誰もわざわざ佐渡まで確かめに来やしねぇさ。なぁ、トンチボ？」

「なるほど。作っちまったもん勝ちだっちゃ。小さく産んで大きく育てる。うまいやり方だっちゃ。間瀬の旦那はまるでいかさま師だっちゃ」

与右衛門も二人の言うやり方で、話が通りそうな気がしてきた。

「実は彦次郎がお鴇に気がある。早くしねぇと、江戸へ連れて行かれるぞ」

「それは真でございまするか？」

身を乗り出す与右衛門の背を、吉大夫が荒々しく叩いた。

「何でもまっすぐ本気にとるな。俺の口から出る半分は戯言《ざれごと》だよ。だけど、平助が遅《おせ》えな」

ちょうど玄関で人の声がして、吉大夫が喜んで出たが、連れてきたのは意外にも後藤だった。

「庄兵衛に声をかけたのは、固めの盃《さかずき》も兼ねるからだが、実は払いを任せてある」

「さ、さようなのでござるか？」

「俺は御役御免で手元不如意《てもとふにょい》なんだよ。お前はしこたま貯め込んできたろうが。何ならここで仔細《しさい》を明らかにしてやろうか？」

「そ、それには及びませんぞ。お任せくだされ」

後藤が慌《あわ》てて頭《かぶり》を振る。

「それじゃ祝い酒だ。今朝がた思いついたもんで、ちょいと慌ただしかったが」

「全くです。もう少し時間があれば、ちゃんとした練帽子《ねりぼうし》も用意できたのですけれど」

女将が襖《ふすま》を開けて顔を出し、口を尖《とが》らせている。その後ろからしずしずと現れたのは白無垢《しろむく》姿の花嫁だ。太白《たいはく》の間着《あいぎ》に純白の打掛《うちかけ》を羽織《はお》る女性は、幼なじみの娘には見えなかった。

しばし言葉を忘れ、見惚《みほ》れた。

「どうした？　まさか怖気《おじけ》づいたんじゃねぇだろうな」

吉大夫がどんと与右衛門の背を叩いたせいで、咽《むせ》て咳《せ》き込んだ。

「結婚ってのは勢いでするもんだ。さもなきゃ、俺みたいにやりそびれるぜ。さあ、盃を用意しろ。呑むぞ！」

トンチボも一緒になって歓声を上げる。が、すぐに小さくなった。

「だけど旦那。平助の野郎がまだ旅烏《たびがらす》の酒樽を持ってきておりやせんぜ。あの野郎、途中でこっそり味見とかしとるんじゃ」

「いや、そんなはずはねぇ。あいつも座に加わるように命じてあるからな」

戸口のほうから、舌足らずな声が聞こえてきた。やがて現れた平助の顔は半泣きだ。

「樽を落として、割ってしもうて……」

5

〽是は安房の清澄より出でたる僧にて候　我いまだ甲斐の国を見ず――


能舞台の上で『鵜飼《うかい》』が演じられている。

大久保が建立《こんりゅう》した大山祇《おおやまづみ》神社の境内は佐渡奉行以下、貴賤《きせん》を問わず多くの者たちで溢《あふ》れていた。事前に告知したところ、前日から場所取りが殺到した。空気だけでも楽しもうと、能舞台の周りはもちろん、境内の外まで立錐《りっすい》の余地なく筵《むしろ》が敷かれている。

荻原は民から徴収した公金こそ厳密に使用を律するものの、「町に銭を回せ」と派手な金使いを喜び、「やるなら大掛かりにせよ」と吉大夫に注文をつけたらしい。そのため、奉行所のある上町《かみまち》から北沢《きたざわ》へ、帯刀坂《たいとうざか》を下りて大山祇神社へ至る道には出店が並び、祭りの日のようにごった返した。

道すがら荻原は「今後は毎年夏に祭りをしてはどうじゃ？」と与右衛門に言ったものだ。山の神の心をなごませる〈やわらぎ〉の神事にかこつければよかろう、花火を上げるのも面白そうだと、吉大夫も知恵を出した。

一行は、総源寺で亡くなった三十六士と金沢雄三郎の墓に手を合わせてから、大山祇神社に参詣した。荻原の内心は推《お》し量《はか》るしかないが、大罪人《たいざいにん》である槌田勘兵衛の死をもって幕引きとする結末に、変更はなさそうだった。

〽たとひ悪人なりとても　慈悲の心を先として――

演目がひとつ終わり、昼餉《ひるげ》の休みに入ると、境内が一斉に賑やかになった。

「実によき舞じゃったのう」

与右衛門の右隣に、枯れ木のように勘兵衛が座っている。

偉大な師は自分の祖父だった。滅んだ主家に最後まで忠誠を尽くす武士と知って、さらに尊崇と敬愛の念を強くした。だが勘兵衛は、今日の能と宴が終わった後、静かに腹を切る。どのみち、珪肺《けいはい》のために余命いくばくもない身だ。

間近に迫る別れに、与右衛門の心は鉛のように重い。

勘兵衛の右隣に、与蔵が背筋を伸ばして端坐《たんざ》していた。勘兵衛の身柄を預かる平岡も近くにいるが、お鴇、あてびとトンチボは裏方の仕事で飛び回っていた。

与右衛門はちらりと左、本舞台の正面にある荻原の座敷へ目をやった。

左隣に座る吉大夫が、屈託《くったく》ない様子で話しかけている。

今朝、切腹のための白装束を無言で用意する勘兵衛を、お鴇と二人で止めたものの、取り付く島がなかった。吉大夫に訴えたが、「藩の筆頭家老まで務めた男だ。武士は最期《さいご》をいかに迎えるかが大事なんだよ」と応じ、安請け合いをしなかった。

「おい、与右衛門。お鴇を連れて来い。佐渡奉行の命令だ」

吉大夫が悪戯《いたずら》っぽい顔で、手招きした。

「さようなことをわしは命じておらんぞ」と、珍しく荻原が慌《あわ》てている。

「すぐに連れて参りまする。今は賄《まかな》いを手伝っておるはず」

宴《うたげ》ではあてびが料理を差配し、鯛御膳《たいごぜん》に自然薯《じねんじょ》の芋汁《いもじる》、さらに清水《しみず》で冷やした沢根団子《さわねだんご》を用意すると聞いていた。裏方でお鴇を摑まえて戻ると、少し顔を赤くした荻原がドギマギしている。

「御奉行様、これが妻の鴇にございます」

「他人の空似《そらに》ってのは恐ろしいもんだろう、彦次郎？」

居住まいを正した荻原は、ようやく威厳を取り戻して、重々しく語りかけた。

「わしはそちの旦那に佐渡の行く末を委《ゆだ》ねた。支えてやってくれい」

「かしこまりました。夫を支え、佐渡のためお奉行さまのため、お役に立てるよう尽くして参ります」

お鴇が小ぶりでまん丸な目で見つめると、視線を逸《そ》らした荻原は懐へ手を入れ、巾着袋から一分金を取り出した。懐紙《かいし》に包み「些少《さしょう》なれどわしからの祝儀《しゅうぎ》じゃ」と手渡した。

「ありがとう存じます。佐渡は再び大盛《おおざか》りになると、山師や買石《けいし》たちが噂しておりました。御奉行さまは佐渡の誇りにございます。ぜひまたお越しを」

「彦次郎も、やっと人気が出てきたじゃねぇか」

奉行所の中では、荻原に「せめて盆踊りまで在島を」と直訴《じきそ》する役人たちがおり、離島延期を求める連判状《れんばんじょう》まで作られたが、荻原は「なぜわしが踊らねばならぬ？」と真顔で反問し、つれなかった。

「わしが直々《じきじき》に佐渡でやるべき仕事は済んだ。馬鹿でない者を江戸で見繕《みつくろ》って送る。されば金銀山は与右衛門とトンチボらが回してくれよう。もうわしの出る幕はない」

従来の奉行は年に一度、ゆったりと佐渡で遊んで帰っていった。だが、荻原は仕事だけを終えて、去る。まるで野分《のわき》（台風）のようだった。

「天下が荻原彦次郎を必要としてるんだ。佐渡で独り占めはできまい」

吉大夫は袂《たもと》から取り出した佐渡小判を鮮やかに宙で舞わせている。

「進捗《しんちょく》については文で寄越せ。何もなければ三月《みつき》に一度で構わぬ。無駄な文を書く暇があれば半日でも早く惣水貫を通せ」

ははっと畏まる与右衛門の隣で、お鴇が物怖《ものお》じせずに言上した。

「お奉行さま、折り入って一つ、お願いの儀がございます。新たな留守居役にはぜひ、こちらの間瀬吉大夫さまを」

お鴇の必死の懇願に、荻原は傍《かたわ》らの旧友をじろりと見た。

「この男は身勝手でな。女に頼まれると安請け合いするくせに、奉行から命じられても従わぬ」

「吉大夫さん、佐渡に残ってくださるのでしょう？」

「佐渡は最高だ。女に酒、カケスも野兎《のうさぎ》も、どこかしら愛嬌《あいきょう》があって大好きだ。沢根団子は冷やすと抜群に美味《うま》くなるしな」

吉大夫は手慰《てなぐさ》みに佐渡小判をいじっている。

「ならば決まりです。お奉行さま、何とぞ！」

「思案しておく。大儀じゃ。下がってよい」

荻原が逃げるように前を向くと、吉大夫が茶化した。

「お鴇は彦次郎の亡くなった愛妻に瓜二《うりふた》つなんだよ」

吉大夫は初恋の女がお鴇に似ていると言っていた。事情は知れぬが、荻原の妻となったわけか。

「ふん。顔などはっきり覚えておらぬわ」

取り繕《つくろ》うような荻原の強がりが微笑ましかった。

お鴇と共に席へ戻ると、勘兵衛が柔らかい笑みを浮かべていた。本当にこの後、腹を切る人間だとは思えない。

観能の後に酒を呑ませて酔い潰しでもすれば、断念してはくれまいか。鞍馬天狗が終わってから荻原に談判《だんぱん》し、勘兵衛に思いとどまらせようと決めた。吉大夫も力を貸してくれるはずだ。

「あのお二人は信じてよい。前だけを向いて歩め、与右衛門」

勘兵衛の時代は留守居役が足を引っ張ったが、荻原の下では、後ろから鉄砲を撃《う》たれる心配もあるまい。

「先生、美味《おい》しい鯛御膳のお弁当ですよ」

お鴇が提《さ》げ重箱《じゅうばこ》を手に現れた。

簡易な曲げわっぱが普通だが、勘兵衛は留守居役を正式には解かれておらず、奉行と同じ黒漆塗りの上等な重箱に詰めてあった。最後の日だから、せめてとの思いもあるだろう。

「もう南沢の噂が広まって、池田権兵衛《ごんべえ》さんがやっぱり帰ってくるんですって」

荻原の宣言を伝え聞き、一度は佐渡を諦めて去った山師たちも、続々と舞い戻り始めている。

「南沢の後じゃがな、与右衛門。川に水車を建てて鏈《くさり》の粉成《こなし》ができまいか」

川の力を上手に使えば、そのぶん人の苦労を減らせる。勘兵衛は振矩術の枠にはまらない生き方で佐渡を引っ張り、支えてきた。与右衛門も祖父のごとき振矩師にならねばなるまい。

「なるほど。しっかりと思案いたしまする」

大山祇神社の境内に、心地よい森の風が吹いていた。

6

間瀬吉大夫が鯛御膳をじっくり味わっていると、隣の彦次郎が弁当の蓋《ふた》を閉じた。

「歴史を見るに佐渡奉行は腐敗しやすい。力が大きすぎるからじゃ。わしが辞めた後は二人の奉行を任じ江戸と佐渡に一年交替をもっての在勤とすべく上奏するといたそう」

彦次郎のごとき清廉《せいれん》有能な奉行が続くとは限らない。二奉行が互いに牽制《けんせい》し合い、切磋琢磨《せっさたくま》するよう仕組むわけだ。むろん人を得ねば、ただ事なきを期する政《まつりごと》に堕《だ》しようが、最悪の腐敗は免れやすい。先の先まで見通した、佐渡のための進言といえる。

「そのほうがよかろうが、能を見ながらそんなことを考えていたのか？」

「今この飯を食いながら考えた」

あっという間に鯛御膳を平らげ、〆《しめ》のビワの実も食べ終えた彦次郎が、懐から取り出した贋金を退屈そうに眺めている。彦次郎にとって、食事は仕事をするために必要な腹ごしらえか。お鷺《さぎ》とはどんな食事をしていたのだろう。

「いま少し味わって食ったらどうなんだ？　佐渡名物、車麩《くるまふ》の舌触りはちゃんと確かめたんだろうな？」

吉大夫は楽しみに最後まで取っておいた車麩を箸先で摘《つま》む。お鴇に指図した通り、甘辛く煮てあった。

「ああ美味かったぞ。お鷺も甘い物が好きじゃった。お前と夫婦《めおと》になっておればまだ生きておったやも知れんがな」

旧友が珍しくボソリと呟《つぶや》いた。

やはり同じ人間のことを考えていた。彦次郎はまだ引きずっているらしい。吉大夫も諸国を遍歴《へんれき》していた頃、お鷺が幼時に訪れた水戸の千波湖《せんばこ》を眺めながら恋人を想い、感傷に浸《ひた》りもした。

「早くに死んじまった人間だから、そう思うだけさ」

「わしがそばにおれば気付いてやれた。お鷺を失うてまで打ち込んできた仕事じゃからな。死ぬまでやり続けるしかあるまい」

彦次郎の仕事への執念は、亡き愛妻への想いが昇華したためらしい。

「俺は間違ってなかったよ。お鷺が佐渡の名奉行を生み出したんだ」

旧友は片笑みを浮かべながら、鼻で嗤《わら》った。

「このわしが佐渡奉行ごときで終わると思うてか。遠からず勘定奉行となりてこの国の経済を立て直してみせようぞ」

彦次郎の手がギュッと贋金を握り込む。

「そいつがずいぶん気に入ったみたいだな、勘定奉行?」

「内藤はこの贋金一両を佐渡小判一両一分で手に入れたのだな?」

「足元を見て、びた一文負けなんだらしい。犬公方に不満は多々あれ、もう誰も徳川の世をひっくり返せはすまい。両替商にとっちゃ、質を下げた貨幣でも、公方が一両といえば一両なのさ」

吉大夫は手中で光り輝く佐渡小判をじっと見つめる。

「彦次郎、悲しいとは思わねぇか。佐渡じゃ、己《おのれ》は一生使わねぇ金銀のために、命を削って働く民がいる。この金ピカを作るために、何人も死ぬ。どこにでも転がってる石礫《いしつぶて》を小判にしたら、駄目なのか?」

「わしも穿子《ほりこ》たちを見ながら同じことを考えておった。覚えておるか吉大夫? 昔いかにすれば日本を富ませうるかをお前と論じた」

幕府勘定所に入って日も浅い時分だ。まだ若い二人は何でもできると勘違いしていた。算術のように答えは一つきりで、知恵さえあれば正義を貫けると信じてもいた。

「二人で門限に遅れて金沢に搾《しぼ》られた後、座敷牢へぶち込まれた時だな。太平の世を謳歌《おうか》するうち人が増え、物と金が毎日大量に動いている。天下の経済がうまく回らぬのは、貨幣が足りぬからだという結論になった」

貨幣がなぜ必要か、どれだけ必要かなどと時を忘れて議論に熱中してしまい、急いで勘定所へ戻ったものの、金沢から大目玉を喰らった。その数日前には平岡が大目に見てくれたのだが。

「わしらは間違っとらなんだ。実際に世を動かしてみて痛いほどわかったぞ。やはりこの国には経済に見合った金銀貨が足りぬのじゃ」

寛文《かんぶん》年間には非常の分銅まで鋳潰《いつぶ》して貨幣を作ったが、焼け石に水だ。

彦次郎は続ける。

「質を落とせばそれだけ多くの貨幣を世に回せる。公儀が堂々とやれば天下の大罪ではない。現にこの贋金を本物と信じた者たちが商いに使っておる」

「何が贋金かを決めるのは公儀だからな。おまけに公儀は、差分《さぶん》で大儲けできるって寸法だ。それを世のために使うなら、悪い話じゃねぇさ」

彦次郎はじっと贋金を見つめていたが、やがて決意したようにうなずいた。

「貨幣は国家が造る所、瓦礫《がれき》を以ってこれに代えるといえども、まさに行うべし」

言葉を舌で味わうかのように、彦次郎にしては珍しく嚙《か》み締《し》めるような口調だった。

「わしは国を富ませる秘策を佐渡で見つけた。この元禄の世で貨幣を改鋳《かいちゅう》するのじゃ。江戸へ戻って速やかに始める」

世に流通する貨幣を変えて増やすのだと、彦次郎は語った。

貨幣は、それを作る幕府への信さえあれば、たとえ紙切れであっても価値は揺るがぬはずだ。容易に贋金を作らせぬため金銀をある程度使うにせよ、真っ正直に八割も使う必要はない。本来は道具にすぎぬ貨幣が足りないために経済が行き詰まるなど、本末転倒ではないか。

「さすがは天下の荻原彦次郎。よき知恵だ」

「馬鹿どもを相手にどこまで通用するか。やってみねばわからんがな」

彦次郎は満更《まんざら》でもない顔をしたが、吉大夫に向かって頭を下げてきた。

「すまぬ。昔お前が夜半密かに抜けておるのを勘定頭《がしら》に知らせたのはこのわしじゃ」

彦次郎は密かに悩んできたらしい。

「あんたのせいじゃない。極秘であるはずの策は複数から漏《も》れた。父上の腹心まで裏切っていたからな。わが殿は政争に負けた。ただそれだけの話だ」

「米津家の没落と三十年越しの再興で気付いたことがある」

吉大夫も武士の生き方について、改めて考えさせられた。主家もまた、故郷のひとつなのかも知れない。

「酒井忠清公は馬鹿づくしの幕閣では珍しく賢明なお方であった。なにゆえあれほどの人物が惨《みじ》めに没落して不遇《ふぐう》をかこちながら逝《い》かれたと思うか」

「今さらまじめに考えて、銭になるのか？」

苛立《いらだ》ちを覚えて、ぶっきら棒に反問《はんもん》した。何をどう言い繕《つくろ》おうとも、吉大夫たちは負け犬だ。思い出しても虚《むな》しいだけではないか。

「お前を再び世に出せば天下が得をする。忠清公が身をもって守られた天下にな」

彦次郎の巨眼を見返しながら、旧友の言わんとすることにハタと気付いた。

後継ぎを巡って相争い没落した米津家の末路に思いを致すなら、忠清が敗北を確信したあの時、忠清派のみがひとり敗けして失脚するほうが、天下を割るより、はるかにいいと考えたわけか。

「お前の主君はあえて自ら没落の道を選ばれた。公こそが今の太平の世を残されたのだ。佐渡は片付いた。じゃが公方様の周りには強大にして悪しき者どもがおる」

彦次郎は吉大夫のほうへ身を乗り出し、幾分声を落とした。

「久しぶりに凍て剃刀の快刀乱麻《かいとうらんま》ぶりを楽しませてもらった。わしはこのまま幕閣を上り詰めてゆく。お前がそばにおれば鬼に金棒よ。五百石くれてやろう。どうじゃ？」

彦次郎は七百五十石だ。この稀有《けう》の役人の頭の中に己《おのれ》はなく、天下があるのみか。

「ありがたい話だが、犬公方のいる城で仕える気はない。敗残の素浪人にも五分の魂がある。それに、色々な連中が佐渡におってくれと言うものでな」

「多少は悩むかと思うたに即断か。お前より数等劣るが内藤あたりを送り込めば佐渡は十分じゃ。例えば三年交代とすれば水も淀《よど》むまい。お前でなくともできる仕事よ」

黙していると、彦次郎がさらに続けた。

「実は結城《ゆうき》の代官が悪辣《あくらつ》な政をしておるようでな。公儀にも後ろ盾がおるゆえ容易に手が出せぬ。江戸が厭なら次は結城へ行ってひと肌脱いでみんか。天下万民のためじゃ」

結城は天領で、吉大夫には縁もゆかりもなかった。そういえば、佐渡も同じだったか。

「考えさせてくれ。安請け合いすると大変な目に遭うと、この島で改めて学んだもんでな。さてと、次はいよいよ鞍馬天狗か」

重たい話が嫌になって、吉大夫は明るい声で話題を変えた。

「佐渡で能を何度も見たが、どの動きがどうって勘定がつかなくて、退屈で仕方ねぇな。薪能なんかは、目を瞑《つむ》って音だけ聞いてると、面白さがわかったような気もするんだが」

余り寝ていないせいもあり、吉大夫は能の最中はむしろ眠ってばかりいた。

「能の基本は謡《うたい》にある。ゆえに耳で楽しむのは誤りではないがもったいない話じゃ。能では謡と舞と囃子《はやし》の結びつきを愉しむ。自在に思い浮かぶ景色を自分の頭で描きながら物語を作ってゆくのじゃ。世にこれほど偉大なる風雅《ふうが》も少なかろう。先ほどの『鵜飼』は公方様の御前《ごぜん》でも通用する出来《でき》映《ば》えであった。佐渡にこれほどの文化が花開いておるとは頼もしい限りじゃ」

「俺にはわからなんだが、そんなに凄《すご》いのか」

「次は見過ごさぬよう『鞍馬天狗』の見所を教えてやる。大癋見好きのお前は、大天狗が登場するときの囃子《はやし》をよう聞け。『大べシ』と呼んでな。龍神や鬼が登場する時の『早笛《はやふえ》』を遅くした囃子なのじゃ。本来は早いはずの囃子がゆっくりどっしりとした重みをもって奏せられるところに醍醐味《だいごみ》がある……」

吉大夫にはちんぷんかんぷんだが、延々と続きそうな彦次郎の蘊蓄《うんちく》は素人《しろうと》の域ではない。意外な応答に、噂に聞く将軍綱吉《つなよし》の異常なほどの能への傾倒《けいとう》を思い出した。

「あんたも大出世した後に備えているわけか」

「否。単に能が好きなだけじゃ」

それでも彦次郎は、佐渡で仕事に明け暮れ、最後にようやく能を楽しんだ。

「鞍馬天狗に出る子供たちにとって、初舞台が荻原重秀の見た花見児《はなみご》だったって話は、励みになるだろうよ」

「そろそろ始まる。能の最中は無駄口を叩くでないぞ」

吉大夫が演目として鞍馬天狗を選んだのは、各務主膳《かがみしゅぜん》以下の米津浪士に敬意を表するためだ。

〽かやうに候ふ者は　鞍馬の奥僧正が谷に住まひする客僧にて候
やがて大勢の花見の稚児《ちご》が現れ、舞台は一気に華やかになった。

中入りを経ていよいよ大癋見が登場すると、さざ波にも似たどよめきが境内に広がってゆく。

いつ鞍馬天狗が登場するか、ほとんどの観客は熟知しているが、それでもここ佐渡では特別の役柄だ。

能面侍大癋見の正体が槌田勘兵衛率いる米津三十七士であったことは、今も伏せられている。もう現れぬから、大久保の呪い話とともに、謎もいつしか消えてゆくだろう。

〽今は何をか包むべき　我此山に年経たる　大天狗は我なり
隣の彦次郎は食い入るように能舞台を見つめている。よほど能が好きらしい。

やがて、大天狗が牛若《うしわか》に飛行自在の兵法を伝授し、暇乞《いとまご》いをした。

牛若が天狗の袂《たもと》にすがりつく。


〽西海四海の合戦といふとも　影身《かげみ》を離れず弓矢の力を添へ守るべし……


大天狗の姿が舞台から消え、謡《うたい》の余韻《よいん》だけが場を支配すると、境内に静寂《せいじゃく》が広がった。

彦次郎が満足そうにうなずいた時、右手から女の悲鳴が上がった。

「先生……まさか、先生！」

与右衛門が隣の勘兵衛の体を抱き締め、お鶴が縋《すが》りついている。

切腹の必要はなかったらしい。勘兵衛は大好きな能を楽しみながら、婿と孫たちのそばで静かに眠るように逝《い》った。鞍馬天狗のように、遺《のこ》してゆく若者たちを守護してくれるに違いない。

「あの侍はこの世でなすべきことをすべてやり抜いた。見事な死にざまじゃ」

「ああいうのを大往生《だいおうじょう》って言うんだろう。俺もあのような死に方をしてみたいもんだ」

吉大夫は亡き主君、酒井忠清のどこか安らかな死に顔を思い浮かべた。亡き父も同じだった。武士が悔いなく生き抜いたなら、結果の如何にかかわらず、本望なのかも知れない。

「常に死に場所を探し求めるべし。さもなくば悔いなき死を得られはせぬ」

なるほど彦次郎は、明日死んでもよいように今日を生きてきた。そのために次なる戦場へ向かう。

それに引き換え吉大夫はどうか。佐渡でそれができるのか。

「良きものを見せてもらった。たとえいつか金銀が尽きるとも佐渡の能は千年続くであろう」

「あんたがそいつを守ったんだ」

彦次郎は照れを隠すように立ち上がると、大音声を張り上げた。

「今日の素晴らしき能の宴はこれにてお開きとする。これより総源寺にて天下一の振矩師、槌田勘兵衛の死を悼《いた》み、弔《とむら》う」

佐渡奉行荻原重秀に向かい、吉大夫を始め皆が一斉に平伏した。

7

元禄四年六月二十七日、入道雲の湧《わ》き立つ夏空の下、小木へ向かうトンチボの廻船《かいせん》が、相川の湊に白帆をはためかせている。

勘兵衛の死を受け、荻原は出立を日延《ひの》べし、総源寺で丁重に葬儀を終えた。与右衛門は吉大夫と一緒に、波止場《はとば》へ向かう荻原に付き従っている。

「今日はえらく波が高いぞ、彦次郎。もう一日延ばしたらどうだ？」

荻原が来島した時と同じく、晴れてはいても朝から風が吹き荒れていた。

「明日なら風が収まるとも限るまい」

「あんたを引き止めてくれって、大勢から頼まれてるんだ。ほれ、周りを見ろよ」

湊には驚くほどの人だかりができ始めていた。役人たちだけでも百人はいる。

「何じゃそちらは？　何しに参《い》った？」

顔を赤らめながら、荻原はことさら群衆を無視して、早足で歩を進める。

逃げ込むように船へ向かおうとする荻原の肩に、吉大夫が手を置いた。

「馬鹿じゃなきゃ、見てわかるだろう。佐渡奉行にもう二度と会えないと思って、あんたを慕う者たちが見送りに来たんだよ」

奉行所を去るにあたり、荻原は「わしを見送る暇なぞあれば仕事をせよ」と言い放ったが、役人たちは従わなかった。用もないのに仕事を中断して奉行所を抜け出せば処罰されるが、皆で決まりを破れば怖くない。多くは前奉行時代、ぬるま湯に浸《つ》かっていた小役人たちだ。

当初は荻原の剣幕《けんまく》と叱責《しっせき》に震え上がって愚痴《ぐち》をこぼし、あるいは悲憤慷慨《ひふんこうがい》していた者たちも、この三月《みつき》近くを夢中で駆け抜けるうち、仕事のやり方、考え方が根底から変わって、やりがいを感じ始めた。「南沢」という大きな置き土産を前に、奮い立ってもいた。

いざ荻原が去るとなると、強い喪失感を覚え、泣き出す者さえ出た。離島の延期を願い出て荻原に一喝《いっかつ》されても、「一生の思い出に叱られておきたい」という者が後を絶たず、荻原も辟易《へきえき》している様子だった。

「あんたも凄《すさ》まじい人気だな。妬《や》いちまうぜ」

人だかりはどんどん膨れ上がってゆく。もう千人に近いだろうか。

「どいつもこいつも暇人《ひまじん》じゃな」

悪態《あくたい》をつく荻原の声が微かに震えている。

荻原の指図であえて周知しなかったのに、山師、買石《けいし》から穿子《ほりこ》、町人や百姓が申し合わせたように湊へ押しかけていた。荻原は検地で不評も買っていたし、行く先々での奇矯《ききょう》な振る舞いが噂になり、怖いもの見たさで集まった者もいよう。ただ、荻原の鬼気迫《ききせま》る数々の奇行《きこう》の中に、これまでの物見遊山《ものみゆさん》奉行とは違う無私を皆、感じていたはずだった。

「御奉行様。皆に代わり、心より御礼を申し上げまする」

与右衛門が深礼すると、湊にいる者たちが荻原に向かって一斉に頭を下げた。

今の佐渡には巨大普請の計画と志しかなく、それはまだ何の形も取ってはいない。

六所迎え掘りの全坑道が一頭の巨龍のごとく地底を貫く日まで、不安と苦闘の日々が続くだろう。それでも不世出《ふせいしゅつ》の佐渡奉行が短時日でやりとげた偉業とその凄まじい気魄は、新奉行への固い信頼とともに佐渡中興《ちゅうこう》の確かな希望の火を灯《とも》した。

「さてと船で仕事じゃ」

荻原は平岡と、江戸の本家に所用がある後藤を従え、廻船《かいせん》へ乗り込む。

昨夜、平岡は平べったい色白の顔を真っ赤にしながら、実はあてびに懸想《けそう》していたと、与右衛門にこっそり教えてくれた。また文を書くそうだ。後藤は南沢の件で町を歩き回るうち、次第に心意気が変わってきた。吉大夫に「男の中の男」などとおだて上げられてすっかりその気になり、近ごろでは故郷のためにひと肌脱ぐと、やる気満々だ。

「佐渡を頼んだぞ！」

荻原は怒鳴るように言い、群衆に向かって飴色《あめいろ》の算盤《そろばん》を高く掲げた。

堅物《かたぶつ》で変わり種の奉行にしては珍しい振る舞いに、熱狂が沸き起こった。

水主《かこ》たちがせっせと櫓《ろ》を漕ぎながら、相川を大急ぎで離れてゆく。

「いつも急いでやがるな。まともな役人が一生かけてやる大仕事を、奴は三月足らずでやっちまいやがった」

湊に立つ吉大夫は金ピカの佐渡小判を左の掌上で弄《もてあそ》んでいる。昨夜は御役宅《おやくたく》で荻原と二人きり、酒を酌《く》み交わしていたはずだ。

「天下の勘定吟味役を、次の大仕事が待っているのでございましょうな」

「佐渡も危なかったが、日本も大きく傾いている。立て直せるのは彦次郎だけらしい」

荻原は正しいと考えれば、誰に嫌われようとも突き進む。幕閣《ばっかく》でも敵が多かろう。正式な沙汰《さた》はまだだが、荻原がいずれ吉大夫を新しい留守居役に任ずるはずだった。

「お奉行さまが涙ぐんでおられるように見えましたが、気のせいでしょうか」

お鴇の声も上ずって聞こえた。

「焼き剃刀だけに中身は熱いのさ。人間、惜しまれて去ってゆくのが一番いい。これ以上奴がいたら、さすがに鼻についてくるぜ」

「今日も波が高いですから、また船の中で戻しておられるやも知れませぬ」

最初の日、船中で嘔吐《おうと》しながら役人たちの報告を吟味《ぎんみ》していた荻原の青白い顔を思い出す。

もうずいぶん昔の出来事のようだ。

「きっとオエオエ吐きながら、庄兵衛《しょうべえ》と改鋳《かいちゅう》の段取りでも話しているだろう。昨日は出前の蕎麦《そば》を食いながら将棋を指し始めたんだが、なかなか勝負がつかなくてな。結局、朝まで飲み明かしたんだ」

腐れ縁の旧友二人はいったいどんな話をしたのだろう。

「ちなみに、どちらが勝たれたのですか」

「また引き分けだよ。負けてやるつもりだったんだが、途中から二人ともムキになっちまってな」

やけに急ぐ船影が波間から消えても、余韻《よいん》を味わうように、皆が波止場に立ち尽くしていた。

「おい、お前ら。早く仕事へ戻れ。さもねぇと、御奉行様に叱られちまうぞ」

吉大夫の鶴の一声で、役人たちが一斉に奉行所へ戻り始めた。あれほどだらけていた小役人たちがこうもキビキビ動くとは、上役次第で人も変わるものだ。

　この半年余りで、吉大夫はすっかり佐渡になじみ、奉行所でも町でも、金銀山でも身分を問わず友垣を作ってきた。もう広間役ではないはずだが、皆が従っている。荻原が去っても、吉大夫がいる限り、佐渡はうまく回るだろう。

「俺はずっと故郷に捨てられたんだと思ってきた。だけど、違う。捨てられるのが怖くて、俺のほうから故郷を逃げ出しちまったんだ。時は掛かるだろうが、いつか俺も故郷へ戻ってみるさ」

　海に向かって立つ長身が海風を全身に浴び、左手で佐渡小判を弄んでいる。

「なあ、与右衛門。いずれ南沢が落ち着いたら、与蔵と一緒に三備《さんび》へ墓参りに行ったらどうだ？　親父の体がまだ達者なうちにな」

「親父殿と話してみます。今から楽しみでございまする」

　春日崎《かすがざき》まで一行を送ったトンチボの廻船が湊へ戻り、むじな顔が下りてきた。小木まで同行するつもりが、荻原に「戻って仕事をせよ」と言われたらしい。

　水主たちに指図を終えたトンチボが、親しげに吉大夫に話しかけてきた。

「間瀬の旦那、荷造りの手伝いはいつ頃入れましょうかい？」

「俺は気ままな旅烏だからな。旅支度《たびじたく》なら半刻《はんとき》も要らねぇよ」

　さらりと出た意外な言葉に、与右衛門は引っ掛かった。どういう意味だ。

「ちょっと待ってくらしゃまし、吉大夫さん！　荷造りとか旅支度って何の話ですか？　留守居役に就《つ》かれるんでしょう？」

　傍《かたわ》らのお鴇が憤然として吉大夫に詰め寄った。

「もうじき、江戸から内藤兵右衛門《ないとうへいえもん》って男が佐渡へやってくる。大癒見の件でも色々動いてくれた奴でな。もちろん俺のほうがずっと男前だが、まじめさでは与右衛門といい勝負だ。そいつが新しい留守居役さ」

話を聞きつけた町人たちが周りに集まり始めると、与右衛門が皆の思いを代弁した。

「お話が違うではありませぬか」

「世の中だいたい俺の望み通りにはいかねぇんだ。昨夜、彦次郎と話して決めた」

「まさか、また安請け合いを？」

「ああ。一生直らんようだな。俺のこの癖は」

「吉大夫さんらしい」

お鴇が噴き出しながら、涙を浮かべている。

自嘲気味《じちょうぎみ》に笑う吉大夫を、皆が懸命に引き止めにかかった。

どこからともなくふらりと現れては戯言《ざれごと》で笑いを誘い、飄々《ひょうひょう》と去ってゆく親しみやすい長身が佐渡島から消えてしまうのは、寂しくてならなかった。

「佐渡へ来るまで、俺は腐っていた。過去を引きずったまま、あてもなくただ生きていた。この半年、俺は佐渡に暮らして、久しぶりに自分がちゃんと生きてるって気がしたんだ。そいつはなぜかと、思い返してみた。故郷のために怒り、泣き、喧嘩し、笑い、喜ぶ。そんなお前らを見ているうちに、助けてやりたくなったんだよ」

自分が失《な》くしたからこそ、故郷の値打ちがわかる。だから、誰かが故郷を取り戻す手助けをしたいのだ、と吉大夫は言う。

「彦次郎によれば、結城にとんでもねぇ悪代官がいるらしい。過酷な悪政に、故郷を捨てた者までいるそうな。おまけに江戸も伏魔殿で、犬公方の周りに不埒な企みをする連中がいるという。聞いちまったら、放っちゃおけねぇだろ」

騒然として口々に引き止めにかかる皆に、トンチボが野太い声を出した。

「わしが戻ってきた以上、佐渡はこれから順風満帆よ。そんな上り一本調子の島より、大揉《おおも》めでキリキリ舞いしている場所のほうが、間瀬の旦那にゃ似合ってやすよ」

「俺って、つくづく可哀そうな人間だな」

口を挟む父親に、お鴇が肘鉄《ひじてつ》を喰らわせる。

「父《とと》は何にも知らないくせに、わかったようなこと言わんでくらしゃまし」

トンチボがきょとんとした顔つきで娘を見ているが、与右衛門にもわかった。吉大夫が佐渡を去る理由の一つは、あてびをトンチボに譲るためではないか。

「おい、大山師《だいやまし》。ちょいと付き合ってくれねぇか。大工町《だいくまち》で飲み直す約束をしてるんだ。今度来る内藤の恥ずかしい秘密をこっそり教えてやる。お前らも来ねぇか？」

「そうこなくっちゃ、旦那！」

吉大夫とトンチボを先頭に、一団がぞろぞろと並んで牢坂《ろうさか》へ向かう。その後ろ姿を見ながら、与右衛門の心は甘酸っぱい思いでいっぱいになった。

「お鴇、真にこれでよいのであろうか」

「女将さんに尋ねてみましょう。一生後悔するといけないから」

その足で吉祥屋を訪ねると、あてびは不在だった。さてはと、下寺町《しもてらまち》へ至る石段を登ってゆくと、坂の上で独り物思いに耽《ふけ》る萱草《かんぞう》色の小袖が見えた。

「女将さん、ご承知でござるか？　広間役は佐渡を出て、次の場所へ行かれるとか」

あてびは視線も寄越さず、空に浮かぶ二切れの雲を見つめたまま、ぼそりと応じた。

「雲は気楽ねぇ。くっついたり離れたり、好きな所へ流れて行って。でも人間は、地に足をつけて生きてゆかなきゃ」

あてびは笑おうとし、でもできずに唇を噛んだ。

「惚れ込んだ男を故郷にすればいいと思ったけれど、故郷はやっぱり捨てられないね。せっかく荻原さまが世直しを始めてくれたんだし、相川を回して行かないと。吉大夫さんはうちなしでも生きていけるけど、トンチボは無理だからさ。お鴉もそばにいないいんだし」

涙を浮かべるあてびの強がりがいじましい。

「それで、女将さんは幸せなんですか」

「お互いに大人だからね。それぞれに背負ってるものがあるのよ。大人の恋は、自分が幸せになれるかじゃなくて、どうすればいちばん人を傷つけなくて済むかを考えるもんさ」

女将の目からみるみる涙が溢れ出し、すっと頬を伝ってゆく。

思いは本気だったのだろう。佐渡最強の女の涙を、初めて見た。

「年甲斐《としがい》もなく、ばかばかしい話さ」

「いいえ。うちはちっともそうは思いません」

お鴉がもらい泣きしながら、あてびのそばに寄り添う。

下寺町の小さな丘に、夏の夕暮れの涼やかな風が吹いた。

8

奉行所の斜め向かいに新しく開かれた道場では、幾人もの若者たちが呻《うめ》きながら板間《いたのま》に横たわっていた。

口下手《くちべた》な与蔵は、ほとんど喋《しゃべ》らずに手本だけを見せ、後は竹刀《しない》でしごくだけだ。

与右衛門も心身を鍛《きた》えようと思い、早朝か仕事の後に道場へ顔を出すが、皆が口を揃《そろ》えて「厳しすぎる」とこぼしていた。それでも、少しずつ動きが良くなったと感じる者も少なくない。

今日は、あと数日で島を去る吉大夫の付き添いだった。

「おい、師範。ちょいと最初から飛ばしすぎじゃねぇのか?」

吉大夫はたまにふらりと顔を出して稽古を付けたが、それも今日で終わりだ。

三日前、江戸から大急ぎでやってきた内藤兵右衛門を皆に紹介し、与右衛門に案内させながら一緒に佐渡をさっとひと巡りすると、潟上《かたがみ》温泉に浸《つ》かりながら「後は頼むぜ」と内藤の肩をポンと叩いた。それで、引き継ぎは終わりだった。

「気が向いたら江戸へ上って、堀内道場へ顔を出さねぇか。俺の名前を出せば師範が会う。あんたの暗夜剣を伝授すりゃ、二百両はいけるぜ」

「あの技は門外不出でござる」

「減るもんでもねぇのに、与右衛門の親父だけにお固いねぇ。だけどあんたのしごきで、この島にも一本筋が通るだろう。佐渡の復活も近そうだ」

道場を出ると、吉大夫は牢坂近くの見晴らしに立ち、相川の海を眺めた。

留守居役の内藤は、荻原や吉大夫に比べるとはるかに小粒で、新しいことは何もできまいが、それだけに命ぜられたことは着実にこなしてゆくだろう。だが、南沢は前人未到《ぜんじんみとう》の大普請だ。不安でいっぱいだった。

思いが顔に出たのか、吉大夫が与右衛門の肩に腕を回してきた。

「二進《にっち》も三進《さっち》もいかなくなったら、俺を呼べ。何とかしてやる」

そうだ。勘兵衛はもういないが、吉大夫は同じ日本のどこかで、金銀貨を出したり消したり、冴《さ》えない冗談を飛ばしながら飲んだくれているはずだ。そう思うだけで、どこか心が軽くなった。

「すぐにお呼びせぬよう努めますするが、窪田《くぼた》平助が少し気懸かりです」

「もう心配ねぇよ。今後は悪さをしねぇように、平助の秘密をお前にだけ教えといてやる。実はあいつも天下の大罪を犯してるんだ」

驚く与右衛門の耳元で、長身が首を折るようにして囁《ささや》く。

「あいつは、旗本の親父が長崎にいた時に生まれたんだが、ガキの頃に耶蘇教《やそきょう》にかぶれちまったのさ。奴は隠れキリシタンなんだよ。だから親からも相手にされずに、流されちまったんだ」

佐渡島でも宣教師の布教があり、キリシタンが禁圧され、寛永《かんえい》の頃に中山で殉教者が出たと聞くが、今では検挙も稀だった。

「俺は、吉原で隠れキリシタンの遊女と仲良くなって、色々教えてもらったんだ。平助の変わった鼻歌は聖歌《せいか》だし、『百合屋』の百合も聖母マリアの印だ。伊藤屋の手先になって暴れ始めたから、水金町《みずかねまち》に直談判《じかだんぱん》しに行った時に、隠してる木彫《きぼ》りのマリア像を探し出して突きつけたら、泣きついてきたよ」

平助が伊藤屋の借金の取立てで騒ぎを起こしていた頃だ。真っ青になった平助は、泣きながら過去を打ち明けたという。相川から離れて鄙《ひな》びた水金町に住んでいたのも信仰を隠すためで、野次馬として色々な事件に首を突っ込むのも、キリシタン検挙の動きがないか、いち早く摑《つか》むためだったらしい。

「信じてる神様が駄目だって理由で故郷を追われりゃ、世間を恨みたくもなる。あいつはもうこの島で生きてゆくしかねぇ。天涯孤独の寂しがり屋だから、仲良くしてやってくれ」

今までは憎たらしいだけだった平助に、与右衛門は初めて同情を覚えた。

9

夕暮れ近づく夏の佐渡の海は穏やかで、白い波がわずかに立っているだけだ。

「間瀬の旦那、船が来やした。急な出立だけど、本当にいいんですかい？」

吉大夫は明日離島すると告げていたが、荻原のように大仰《おおぎょう》に見送られては敵《かな》わないと、だしぬけに予定を一日早めたのである。そのため、湊は閑散《かんさん》としていた。

「ああ、湿っぽいのは大の苦手なんだよ。世話になった。皆によろしく伝えておいてくれ。あばよ、お前らも達者でな」

トンチボの廻船が相川の湊に着岸すると、吉大夫は片手を軽く上げて合図しただけで、何の未練もなさそうに船へ乗り込んだ。小木の海潮寺《かいちょうじ》で一泊してから明日、越後《えちご》へ渡る。

名残惜《なごりお》しさに与右衛門がすぐ後へ従うと、傍らにいたお鴇も一緒に続いてきた。

ボン、ボンと鈍い音が、遠くから聞こえてくる。

音のほうを見やると、花火が上がっていた。役人たちが密かに仕組んでいた余興《よきょう》である。ずぼらな吉大夫なら見過ごしかねないと懸念し、与右衛門も船に乗り込んで教える段取りだった。

「お前ら、仕事しろって言ったろうに」

「旦那が出し抜かれるとは、こりゃ傑作だ」

「凍て剃刀の考えそうなことくらい、小役人でも見抜いてるんですよ」

「裏を掻《か》かれたな。だけど、佐渡奉行所にはもう小役人なんていねぇよ。大仰な連中だが、小粋《こいき》な真似をしてくれるじゃねぇか」

丘へ繋《つな》がる牢坂の石段には、留守居役の内藤兵右衛門以下がずらりと並んでいた。道場近くの見晴らしでも与蔵以下、門弟たちが揃《そろ》って船を見送っている。

岸辺にも一斉に人が集まってきた。金穿大工《かなほり》から遊女、童たちの姿まで勢揃《せいぞろ》いだ。噂があっという間に広まったのだろう。

吉大夫が面倒くさそうに手を上げて、振り返す。

「早く船を出してくれよ、トンチボ。俺はこういうのに弱《よえ》えんだ」

照れ臭いのだろう、吉大夫は佐渡小判を懐から取り出し、宙に舞わせ始めた。

「いけねぇ。そういや、こいつを庄兵衛《しょうべえ》に返し忘れちまった」

吉大夫が弾《はじ》き上げるたび、小判が夕光を浴びて橙色に煌《きら》めく。

「その小判、後藤様も広間役に進呈するおつもりだったのではありませぬか」

与右衛門が言うと、傍《かたわ》らのお鴇もうなずいた。

「堂々ともらっておかれませ。吉大夫さんが佐渡のために尽くされた御礼としては、全然足りませんけれど」

「ありがたく頂戴しておくか。思い出の品じゃ、使えねぇがな。さあ、お前らも岸へ戻れ」

吉大夫は佐渡小判で、去るように合図した。

「広間役、心より御礼を申します」

与右衛門は改めて畏《かしこ》まると、吉大夫に深く頭を下げた。

「南沢惣水貫は必ず完成させまする。他にも、人力で回している石磨《いしうす》を水車に代えられないか試したいと存じます。皆の暮らしを楽にするのが、振矩師の仕事にございますれば」

「いいねぇ。水の力で鏈《くさり》を砕けりゃ、苦役《くえき》がまた一つ減る。人が人生を楽しめる時間が増えれば、佐渡はもっと面白くなる。さすがは俺が相棒に選んだ男だ」

肩に大きな手を置かれると、与右衛門は不覚にも涙ぐんだ。

最初はいけ好かない上役だったが、いつしか惚《ほ》れ込んでいた。佐渡が復活すれば、荻原は奉行として名声を高めようが、吉大夫には何もない。それでも、佐渡のために命懸けで骨を折ってくれた。

「新天地で落ち着かれたら、また来てくらしゃまし。みんなで大歓迎しますから」

「結城は佐渡ほど大変じゃねぇそうだ。早いところ片付けて、ぼちぼち気が向いたらやってくるさ。与右衛門、気張れよ」

「槌田勘兵衛の一番弟子なれば、三千大千世界一の振矩師になってみせまする」

「その意気だ、相棒」

吉大夫の蕩《とろ》けるような笑顔に、与右衛門はたまらなくなって、大きな逞《たくま》しい体に縋《すが》りつく。ゴツゴツした硬い筋肉を感じた。

「考え直してはくださいませぬか。せめて、あと半年……」

こみ上げてくるもので言葉が途切れると、吉大夫が抱き締めてくれた。

「お前たちが教えてくれたんだよ。故郷《ふるさと》は土だけじゃねぇ、人との繋がりなんだってな。縁もゆかりもなかったこの島で、勘兵衛は三十年かけて、失くした故郷を懸命に取り戻そうとした。米津《よねづ》の地は取り戻せなかったが、必死に佐渡で生きているうちに、勘兵衛は新しい故郷を手に入れていたんだ」

人生とは別れだ。わかってはいても、与右衛門は啜《すす》り上げる。

「故郷ってのは、自分が本当の自分らしくなれる場所なのかも知れねぇな。だから人は、その気にさえなりゃ、どこにでも、幾つでも故郷を作れる。失《な》くしちまったんなら、自分で作りゃいいのさ。一度きりの人生を懸命に生きたその場所は、そこで出会った人々の思い出と綯《な》い交《ま》ぜになって、いつか振り返った時に故郷になる。だからこの佐渡も、俺の故郷さ」

吉大夫がいなければ、南沢も夢物語に終わったはずだ。佐渡に希望はあったろうか。

「俺は欲張りでな。あちこちに新しい故郷を作りてぇんだ。結城が終わったら、次の場所さ。今度佐渡へ来た時は、たっぷり土産《みやげ》話を聞かせてやる。与右衛門、それまでには多少柔らかくなっておけよ」

身を離した吉大夫が与右衛門の肩をポンと叩くと、お鴇が手に提げていた竹皮《たけかわ》包《づつ》みを差し出した。大癋見の能面の裏に載《の》せてある。

「女将さん手ずから握ったんですよ。小腹が空いたら召し上がってくださいって。大好物の車麩《くるまふ》の揚げ物も入れてあります」

「粋《いき》な女だ」と嬉しそうに受け取る吉大夫に、お鴇が小声で尋ねる。

「吉大夫さん、本当にいいんですね？」

湊にあてびの姿はなかった。

惚《ほ》れた男だからこそ、去り行く島に未練を残させたくないからだ。

「惚れっぽい俺でも、二十年越しの片思いを邪魔するほど野暮《やぼ》じゃねぇさ。山あり谷ありだろうが、トンチボならでっかい夢を追い続けて、惚れた女を幸せにするさ。見守ってやってくれ」

促されて船を降り、岸辺へ戻ると、すぐに廻船は動き出した。

夕焼けへ吸い込まれるように、黒い船影が海原を滑《すべ》ってゆく。

「行って、しまわれたな……」

いつのまにかそばに来ていた平助が、しんみりとこぼした。少し涙声だ。

「あのお方がいらっしゃらなければ、佐渡はどうなっていたのでしょうね」

橙色の海原から小さな船影が消えても、湊に集まった人々は、夕暮れの凪《な》ぎの海を見つめ、なかなか立ち去ろうとはしなかった。

結び　近江守様時代《おうみのかみさま》

十二年後、元禄十六年（一七〇三）春、佐渡金銀山はまさしく山盛《やまざか》りだ。

佐渡が誇る振矩師、静野与右衛門は相川の湊に立ち、柔らかい海風を全身に浴びていた。

遠く荻原重秀が大活躍している江戸では、四十七人の赤穂義士《あこうぎし》たちが仇討ちを成し遂げた後、切腹して果てたらしい。報せを聞いた時、与右衛門は槌田勘兵衛らによる米津家再興の秘話を思い起こした。

再び繁栄を取り戻した相川では、下戸町《おりとまち》や炭屋町《すみやまち》の岸辺をさらに埋め立てて町を広げた。人口も倍近くまで膨《ふく》れ上がり、越後《えちご》からの廻米《かいまい》も必要なほどだ。与右衛門が山へ入り始めた二十年前の天和《てんな》三年と比べると、金は四倍、銀は五倍以上に産量が増え、銀の運上額も最盛時の一年二千貫へ迫る勢いとなっていた。

佐渡の繁栄はとどまるところを知らないのに、再興への道を開いた旅者《たびのもん》二人は、一度も佐渡へ現れなかった。

「与右衛門さん、船はまだだろう？」

隣へやってきたあてびは、いつもの麝香《じゃこう》の匂いがした。念入りに着飾っているのは、かつての想い人に会うだけでなく、繁栄を謳歌《おうか》する相川の再興をひと目で伝えたいからだろう。京町《きょうまち》に賑わいが戻り、色とりどりの西陣織《にしじんおり》が北前船でやってくる。

「懐かしゅうて、待ち切れませぬゆえ」

小木湊《おぎみなと》まで間瀬吉大夫を迎えに行ったトンチボの廻船が今日、相川へ入るのだ。

佐渡は、復活した。

江戸へ戻った荻原は約を違《たが》えなかった。

毎年「金銀山御入用《ごいりよう》」として江戸表《えどおもて》から小判を送り、稀代《きだい》の大普請を支え続け、実に十一万三千両を注《つ》ぎ込んだ。与右衛門は期待に応え、六所迎え掘りをわずか五年、たった半間（約九十センチメートル）ほどのずれで見事に成功させた。

南沢惣水貫の貫通により、水没間歩《まぶ》の水は一気に海へ放出された。

この時はまるで長い夜が明けたかのように、佐渡に住まう皆が万歳を唱えたものだ。

以来、佐渡金銀山は再び活況を呈《てい》し始め、荻原の官名を取り「近江守様時代」が到来したと讃えられている。

天下の荻原は勘定吟味役として貨幣改鋳《かへいかいちゅう》を進言し、金銀貨の質を下げて差金《さきん》、差銀《さぎん》で幕府の財政破綻《はたん》を救い、貨幣の流通を増やし、好景気をもたらした。

与右衛門は「三千大千世界一の南沢惣水貫をご覧いただきたし」と荻原に文を書いた。

高さ八尺、幅六尺の坑道は、荻原の好きな将棋の駒形《こまがた》に掘った所や、円弧《えんこ》の天頂を蜘蛛《くも》の巣《す》のように美しく彫《ほ》った所もある。

「金銀山あらん限りの大業《たいぎょう》なり」と、荻原は手放しで賞したものの、うまく回っているなら焼き刃の出番はないとばかり、けんもほろろだった。荻原が来島しないため奉行所に緩みが出かねないと訴えると、自分の代わりに、追って朝夕の時を告げる鐘楼《しょうろう》を作らせると返事が来た。鐘の音を荻原と思えという話らしい。

与右衛門は先年、勘兵衛の遺業を引き継ぎ、後世のために佐渡金銀山の鉱脈延亘《えんこう》の大絵図を完成させた。また、質が低いと敬遠されていた安鏈《やすぐさり》の粉成《こなし》を水車で行えるようにし、買石《けいし》たちも競って安鏈を扱い始めたから、さらに金銀の産量が増えた。

今や「振矩《ふりがね》与右衛門」とまで呼ばれる自分が、荻原の意を受けた奉行所やトンチボたちと力を合わせ、これからも佐渡に興隆をもたらすつもりだから、荻原が佐渡の土を踏むことは本当にないのかも知れない。

「それで、吉大夫さんは結局、どこから来るんだろうね?」

「さあ。結城の後も、蝦夷《えぞ》から琉球《りゅうきゅう》まで、あちこちへ行かれていたようですが」

例によって安請け合いをして、新しい代官として結城に入った吉大夫は、荻原から聞いた話とはずいぶん違うと、すぐに気付いたらしい。吉大夫は幕閣と結びついて強大な権勢を振るっていた悪代官を、町民たちと力を合わせて追い出すなど紆余曲折《うよきょくせつ》の末、ついには十一ヶ町の地子御免《じしごめん》(地税免除)まで認めさせた。裏では荻原が力を貸したに違いない。

その後は信州善光寺や大和の今井などの厄介な事件に首を突っ込んだらしいが、ころころ所在が変わって居場所が摑めないため、江戸の平岡経由で文をやりとりしてきた。

そこへ突然、吉大夫から佐渡を訪ねるとの文が先月届いたのである。

どこから来たのか、群れからはぐれた一羽のトキが羽ばたいている。

「船はまだか」

振り返ると、与蔵が左右に幼子《おさなご》の手を引きながらやってきた。道場では「鬼師範」と恐れられていても、孫の前ではただの優しい祖父である。

寡黙は相変わらずだが、武道を通じ門弟たちを性根《しょうね》から叩き直してゆく与蔵は、勘兵衛を失い荻原が去った後の奉行所や金銀山の心の支柱になっていた。

「静野先生。今宵の宴の支度、万端相整《ばんたんあいととの》っておりまする」

若い声は弟子の山尾伊兵衛《やまおいへえ》だ。

南沢惣水貫を妙蓮寺滝から大安寺《だいあんじ》門前まで延伸する〈佐兵衛間切《さひょうえけんぎり》〉を普請した際に、しっかりと振矩術を伝授した。

荻原が人心を一新した役人たちは、仕事が早くて的確になった。金銀の出鉱《しゅっこう》や年貢高《ねんぐだか》はごまかせぬし、報告次第では、江戸の荻原から叱責《しっせき》の文が届くから、手も抜けない。

だが、いかに優れた採掘技術を生み出し、継承しても、いずれ必ず相川の金銀は枯渇《こかつ》する。だから豊かな今のうちに島を富ませ、文化の花を咲かせ、故郷を守る志を持つ次の世代を育てる。愛する故郷のためにできることを、すべてやっておきたかった。

「まあ、このままお祭りでもできそうな賑わいですね」

お鴇も来た。

静野一家は今、勘兵衛の住んでいた上京町の屋敷に暮らしている。

料理が得意なお鴇は、南沢惣水貫へ至る地下の酒庫を料理屋にし、まるで間歩の中で飲み食いを楽しめるような趣向の店に模様替えして、大いに繁盛していた。あてびと力を合わせて酒蔵を興し、吉大夫に飲ませたいと、ますます美味となった「旅烏」を造っている。

いつしか湊には、祭りでも始めるように、大きな人だかりができていた。すでに千人は超えているだろう。

役人たちはもちろん、後藤や山師の小川、和田に村上、さらに平助の姿もあった。

「いらした。きっと、あの船よ！」

まだ遠くにある船影をお鶴が指差した。喜びを隠しきれない様子だ。お鶴は三人目の子を身ごもっている。吉大夫に名付け親になってもらうつもりだ。

春を迎える佐渡の沖合に、一隻の廻船が真っ白な帆をはためかせている。

次第に近づいてくる船の舳先《へさき》に、ゆらりと立つ長身が見えた。

（了）

主な参考文献

麓三郎『佐渡金銀山史話』三菱金属鉱業株式会社（一九七三年）
テム研究所編著『図説佐渡金山』ゴールデン佐渡（一九八五年）
佐渡市世界遺産推進課他『黄金の島を歩く』新潟日報事業社（二〇〇八年）
島津光夫・神蔵勝明『離島佐渡・第二版』野島出版（二〇一一年）
新潟県佐渡市・佐渡市教育委員会『佐渡金銀山』（二〇〇八年）
金子勉「振矩術に関する調査研究」佐渡市教育委員会（二〇一〇年）
村井敦志『勘定奉行　荻原重秀の生涯』集英社新書（二〇〇七年）
佐渡市教育委員会『佐渡能楽史序説―現存能舞台三五棟―』佐渡市教育委員会（二〇〇八年）
飛田範夫「佐渡国相川の庭園と作庭者」長岡造形大学研究紀要（二〇一三年）
佐渡市世界遺産推進課『「佐渡金銀山」視察資料集』（二〇一六年）
佐渡博物館監修『図説佐渡島歴史散歩』河出書房新社（一九九八年）
酒井篤彦『炎の如く　備前贋銀事件始末』河出書房新社（二〇〇七年）
永井義男『図説吉原入門』学研（二〇〇八年）

本作品は地方史を題材とした時代ミステリ小説であり、史実とは異なります。

執筆にあたっては、右資料やインターネットなどのほか、佐渡県立中等教育学校の余湖明彦教諭に方言を含め監修いただき、また、株式会社ゴールデン佐渡（史跡佐渡金山）の河野雅利社長、渡辺竜五佐渡市長、佐渡市世界遺産課の宇佐美亮課長補佐から貴重なご教示をいただきました。江戸時代の金銀山を巡る用語や工程、技術は非常に複雑であるため、現代読者向けに便宜単純化するなどしました。文責はもちろん筆者にあります。

本書は、「新潟日報」２０２３年3月28日〜11月22日まで
掲載された作品を加筆改稿したものです。

装丁／高柳雅人
装画／ヤマモトマサアキ

本書7頁「採鉱模式図」と8頁「佐渡奉行所」は『図説
佐渡金山』（©株式会社ＴＥＭ研究所＝編・著）に掲載さ
れた図版です。

赤神諒（あかがみ・りょう）

1972年、京都府生まれ。同志社大学文学部卒業。大学教授、法学博士、弁護士。2017年「義と愛と」（のち『大友二階崩れ』に改題）で第9回日経小説大賞を受賞しデビュー。2023年『はぐれ鴉《がらす》』で第25回大藪春彦賞受賞。他の著書に『大友の聖将《ヘラクレス》』『大友落月記』『酔象の流儀 朝倉盛衰記』『北前船用心棒 赤穂ノ湊 犬《いぬ》侍見参《ざむらいけんざん》』『空貝《うつせがい》 村上水軍の神《しん》姫《き》』『計策師《けいさくし》 甲駿相三国同盟異聞』『立花三将伝』『太陽の門』『仁王の本願』『誾《ぎん》』『火山に馳す 浅間大変秘抄』など多数。

佐渡絢爛《さどけんらん》

二〇二四年三月三十一日 第一刷
二〇二四年十月 十 日 第二刷

著者 赤神 諒
発行人 小宮英行
発行所 株式会社徳間書店
〒一四一-八二〇二 東京都品川区上大崎三-一-一 目黒セントラルスクエア
電話（〇三）五四〇三-四三四九（編集）
（〇四九）二九三-五五二一（販売）
振替 〇〇一四〇-〇-四四三九二
本文印刷所 本郷印刷株式会社
カバー印刷所 真生印刷株式会社
製本所 東京美術紙工協業組合

ISBN978-4-19-865810-6